OS FARSANTES

GRAHAM GREENE
OS FARSANTES

tradução Ana Maria Capovilla

Copyright © 2000 by Graham Greene
Copyright da tradução © 2016 by Editora Globo S.A.

Todos os direitos reservados. Nenhuma parte desta edição pode ser utilizada ou reproduzida — em qualquer meio ou forma, seja mecânico ou eletrônico, fotocópia, gravação etc. — nem apropriada ou estocada em sistema de banco de dados sem a expressa autorização da editora.

Texto fixado conforme as regras do Acordo Ortográfico da Língua Portuguesa (Decreto Legislativo nº 54, de 1995).

Editora responsável: Ana Lima Cecilio
Editor assistente: Thiago Barbalho
Diagramação: Gisele Baptista de Oliveira
Capa: Thiago Lacaz

Título original: *The Comedians*

CIP-BRASIL. CATALOGAÇÃO NA PUBLICAÇÃO
SINDICATO NACIONAL DOS EDITORES DE LIVROS, RJ

G831f

Greene, Graham
Os farsantes / Graham Greene ; tradução Ana Maria Capovilla. - [3. ed.] - São Paulo: Biblioteca Azul, 2016.
362 p. ; 21 cm.

Tradução de: The comedians
ISBN 978-85-250-6189-8

1. Romance inglês. I. Capovilla, Ana Maria. II. Título.

16-31719
CDD: 823
CDU: 821.111-3

1ª edição, 1987
2ª edição, 2003
3ª edição, 2016

Direitos exclusivos de edição em língua portuguesa para o Brasil adquiridos por Editora Globo S.A.
Av. Nove de Julho, 5229
São Paulo — SP — 01407-200 — Brasil
www.globolivros.com.br

As aparências estão dentro de nós e aquele que aparenta mais majestade é rei.

THOMAS HARDY

[Para A. S. Frere]

Caro Frere,

QUANDO VOCÊ DIRIGIA UMA GRANDE EDITORA, eu era um de seus autores mais assíduos, e quando deixou de ser editor, eu, como muitos outros escritores de seu time, senti que havia chegado a hora de procurar outra casa. Este é o primeiro romance que escrevo desde então, e quero oferecê-lo a você como forma de celebrar mais de trinta anos de colaboração — uma palavra fria demais para expressar todos os conselhos (que você jamais esperou que eu seguisse), todo o estímulo (do qual você jamais percebeu que eu precisasse), todo o afeto e o prazer desses anos compartilhados entre nós.

Uma palavra a respeito de Os farsantes. É improvável que eu venha a mover com êxito uma ação por difamação contra mim mesmo. No entanto, quero deixar claro que, embora o nome do narrador desta história seja Brown, não é Greene. Muitos leitores pressupõem — sei disso por experiência — que o "eu" é sempre o autor. Dessa forma, já fui considerado o assassino de um amigo, o amante ciumento da esposa de um funcionário do governo e um obsessivo jogador de roleta. Não pretendo acrescentar à minha natureza camaleônica as características inerentes ao amante da mulher de um diplomata sul-americano, e possivelmente um filho ilegítimo, educado pelos jesuítas. Ah, poderão dizer, Brown é católico e, como todos sabem, Greene também... Muitas vezes as pessoas esquecem que, mesmo no caso de um romance ambientado na Inglaterra, contendo mais de dez personagens, a história não teria nenhuma verossimilhança se pelo menos um deles não fosse católico. O fato de se ignorar esse aspecto das estatísticas sociais às vezes confere ao romance inglês um certo provincianismo.

O "eu" não é a única personagem imaginária: nenhuma das outras, desde as menores, como o encarregado de negócios britânicos, até as principais, jamais existiu. Uma característica física apanhada aqui, um vício de linguagem, um episódio misturam-se na cozinha do inconsciente e emergem, na maioria dos casos, de forma irreconhecível até para o próprio cozinheiro.

Quanto ao infortunado Haiti e à personagem do dr. Duvalier, não foram inventados; este último nem sequer chegou a ser denegrido na busca de um efeito dramático. Impossível escurecer ainda mais aquela noite. Os *tontons macoutes* contam com homens mais perversos do que Concasseur; o funeral interrompido foi inspirado num fato verídico; muitos Joseph andam mancando pelas ruas de Porto Príncipe depois de uma sessão de tortura, e, embora jamais tenha conhecido o jovem Philipot, encontrei com guerrilheiros tão corajosos e mal treinados quanto ele no velho asilo de loucos perto de São Domingos. Só em São Domingos as coisas mudaram depois que comecei este livro... para pior.

Com carinho,
GRAHAM GREENE

OS FARSANTES

APRESENTAÇÃO

MINHAS DUAS PRIMEIRAS VIAGENS AO HAITI foram prazerosas. Na época, o presidente Magloire governava o país; a pobreza era extrema, mas havia muitos turistas e uma parte do dinheiro que eles traziam escorria até os últimos degraus da escala social. O hotel de luxo El Rancho, em Pétionville, onde me hospedei quando estive em Porto Príncipe, estava sempre cheio, cheio demais. O prefeito de Miami apareceu uma noite com um bando de turbulentos seguidores e moças esganiçadas, cenas licenciosas ocorreram na piscina até alta madrugada. Conheci poetas, pintores e romancistas haitianos, e simpatizei acima de tudo com um homem que serviu de modelo para o dr. Magiot de *Os farsantes*, um romance que, então, nem sonhava escrever um dia. Era médico e filósofo, mas não comunista. Durante um período, havia sido ministro da Saúde, mas, sentindo-se de mãos atadas, pediu demissão (o que seria muito perigoso no governo do dr. Duvalier). A cada dois anos, ele visitava a Europa para participar de congressos de filosofia. Era corpulento e muito negro, de grande dignidade e com a cortesia dos velhos tempos. Morreria no exílio — teve mais sorte do que o dr. Magiot? Quem poderá dizer? Naquela época, assisti à cerimônia vodu descrita no romance. Quem tinha recursos podia viajar com total liberdade pelo país. Fui duas vezes a Cap-Haïtien, visitei Jérémie, cenário de um massacre brutal no ano de minha última visita ao Haiti. Não era preciso esperar horas na delegacia de polícia por um salvo-conduto para sair de Porto Príncipe. Estive no Haiti pela última vez em 1963. Foi o ano crítico do governo de Papa Doc e talvez o mais cruel. Duas dúzias de guerrilheiros lutavam no norte (encontrei os que restavam deles um ano depois, alojados num antigo asilo de loucos em São Domingos). Eles serviam de pretexto para as barreiras ao redor da capital, guardadas por soldados esfarrapados. Impossível chegar ou sair do hotel sem ser duas vezes revistado para apreensão de armas. Embora aos olhos dos americanos continuasse um baluarte contra o comunismo no Caribe, Papa Doc mostrara sua força brigando com o Ocidente. Barbot, o fundador dos *tontons macoutes*, fora feito em pedaços por uma rajada de balas num subúrbio da capital, e fotos de seu corpo decoravam as paredes da delegacia de polícia — ele estivera em contato com os fuzileiros navais americanos que se encontravam lá para guardar a embaixada e colaborar no programa de ajuda militar. O jovem filho do comandante americano, sequestrado pelos *tontons macoutes*, havia sido salvo no último momento, enquanto era arrastado para o interior do palácio, pelo filho de Duvalier, que frequentara o mesmo colégio. Depois desse incidente, os fuzileiros foram retirados, o embaixador americano deixou o país, o embaixador britânico foi expulso, Duvalier, excomungado, e o núncio permaneceu em Roma. As embaixadas sul-americanas encontravam-se lotadas de refugiados, inclusive o chefe do Estado Maior e quase todos os oficiais acima da patente de coronel. Os *tontons macoutes* perseguiram os fugitivos dentro da embaixada em São Domingos, e o presidente Bosch mobilizou tanques na fronteira, a menos de um dia de marcha de Porto Príncipe. A cidade estava às escuras quando cheguei naquele verão, e, embora o toque de recolher tivesse sido suspenso, ninguém se aventurava pelas ruas depois do anoitecer. Eu nem imaginava então que Papa Doc sobreviveria para sucumbir de morte natural anos mais tarde; que um embaixador americano, apropriadamente chamado Benson Timmons III, teria de ficar esperando horas no palácio para ouvir um sermão do doutor, e que Nelson Rockefeller apareceria na sacada diante da população de Porto Príncipe apertando a mão de Duvalier e entregando-lhe uma carta pessoal do presidente dos Estados Unidos.

Desta vez, não me hospedei no El Rancho, mas subi a colina para vê-lo de novo. Não havia hóspedes no hotel, apenas um empregado, e a piscina estava vazia. Em meu hotel, o Oloffson (chamo-o Trianon no romance), estavam três hóspedes além de mim — o gerente italiano do cassino e um velho artista americano com a esposa, um casal amável que, não nego, tem alguma semelhança com o sr. e a sra. Smith. Ele pretendia ensinar o uso do *silk screen* aos artistas haitianos, para que pudessem ganhar um pouco mais vendendo reproduções de seus quadros nos Estados Unidos. O cônsul-geral do Haiti em Nova York o animara a conhecer seu país, prometendo-lhe enviar todo o material necessário para as aulas depois que ele embarcasse; mas as semanas se passavam e nada chegava, e nenhum funcionário do governo mostrava interesse em um projeto que não encheria os bolsos de ninguém. Certa noite, nós três nos arriscamos na escuridão para visitar o bordel que descrevi como a casa de *Mère* Catherine. Não havia fregueses, com exceção de dois *tontons macoutes*. O "sr. Smith" começou a desenhar as garotas que dançavam entre si de um jeito respeitoso e decorativo, e elas cercaram sua cadeira como estudantes excitadas, enquanto os *tontons* olhavam atentos através de seus óculos escuros para esse estranho espetáculo de uma felicidade sem medo e de uma inocência que não podiam compreender.

Todos os dias, "Petit Pierre" aparecia para um drinque e uma vez trouxe consigo o prefeito de Porto Príncipe, que me levou para ver os prédios deteriorados e abandonados da nova cidade de Duvalierville, onde somente a arena para as brigas de galos havia sido concluída. Logo percebi que a função de "Petit Pierre" era sondar o que eu pretendia e relatar quais eram minhas intenções. Eu desejava mais que qualquer outra coisa sair daquela sufocante cidade de pesadelo, onde poucas semanas depois de minha partida os alunos de todas as escolas foram obrigados a presenciar a execução de dois guerrilheiros capturados no cemitério, cena reprisada todas as noites, por uma semana, pela televisão local. No entanto, obter a autorização para ir a qualquer lugar fora da cidade não era nada fácil; e mesmo para deixar o país era preciso ter um visto de saída. Finalmente, consegui uma entrevista com o próprio ministro do Exterior. O sr. Chalmers estava de partida para Nova York, onde iria participar da Assembleia das Nações Unidas a fim de protestar contra o fato de terem sido encontradas armas americanas nas mãos dos guerrilheiros (afirmação bastante provável, uma vez que os Estados Unidos haviam fornecido ao Exército haitiano armamentos americanos e todos os oficiais superiores estavam mortos ou exilados ou trancados nas embaixadas estrangeiras). Chalmers recusou-me a permissão para ir a Cap-Haïtien, no norte, em nome de "minha segurança pessoal", mas com relutância consentiu que visitasse Aux Cayes, no sul, onde eu pretendia passar a noite com alguns missionários canadenses. Mesmo com seu consentimento, tive de passar horas na delegacia, sentado debaixo das fotografias do falecido Barbot. A delegacia ficava em frente ao palácio branco do presidente. Ninguém passava a pé pelo palácio; era considerado perigoso passar debaixo daquelas janelas falsas pelas quais, acreditava-se, o Baron Samedi, o que assombrava os cemitérios, estaria espiando. Até os motoristas de táxi evitavam aquele lado da praça. Olhando para cima, do banco em que estava sentado, via minha personagem Concasseur me observando por minutos a fio através de seus óculos escuros. Ficaria bem menos tranquilo se pudesse ler o que escreveram a meu respeito mais tarde: que eu era "espião" de uma potência imperialista não identificada.

A viagem a Aux Cayes pela Grande Rodovia do Sul era de menos de cento e oitenta quilômetros, mas eu levaria, como me advertiram, mais de oito horas, pois a estrada praticamente deixava de existir a meia hora da cidade. Não tenho vergonha de confessar que, na véspera da partida, dormi pouco com medo do que poderia acontecer. Não tinha ilusões a respeito de meu afável motorista: com certeza, tratava-se de um informante dos *tontons*, e me parecia extremamente fácil forjar um conveniente acidente naquela estrada precária ou um assassinato ainda mais conveniente, que poderia ser atribuído aos guerrilheiros, alguns dos quais operavam no sul. Papa Doc não se incomodaria com o escândalo — não havia turistas a espantar.

Naquelas semanas, o medo penetrou profundamente em meu subconsciente: o Haiti era realmente o pesadelo que os jornais anunciavam, e, quando chegou o momento de partir e eu esperava no aeroporto meu avião da Delta, não me agradou o fato de alguém enfiar furtivamente em minha mão uma carta endereçada a um ex--candidato à presidência, exilado em São Domingos. Estaria sendo vítima de um truque de última hora de algum *agent provocateur*? Não é de estranhar que, depois disso, Porto Príncipe aparecesse em meus sonhos por anos a fio. Voltaria incógnito, com medo de ser descoberto.

Se eu soubesse o que o presidente pensava de mim, meus temores pareceriam ainda mais racionais. Tenho o prazer de afirmar que *Os farsantes* o tocou num ponto extremamente sensível. Ele atacou o livro pessoalmente numa entrevista concedida ao *Le Matin*, o jornal que possuía em Porto Príncipe — a única resenha que recebi de um chefe de Estado. *Le livre n'est pas bien écrit. Comme l'œuvre d'un écrivain et d'un journaliste, le livre n'a aucune valeur.**

---

* "O livro não é bem escrito. Como obra de um escritor e jornalista, o livro não tem nenhum valor." (N. E.)

Seria possível eu perturbar tanto seus sonhos assim como ele perturbara os meus? Pois cinco longos anos após minha visita, seu Ministério do Exterior publicou uma sofisticada e elegante brochura ilustrada, em papel acetinado, tratando de meu caso. A elaboração daquele trabalho exigira muita pesquisa; havia diversas citações extraídas das introduções que eu escrevera para uma edição francesa de meus livros. Impressa em francês e inglês e intitulada *Graham Greene démasqué* [desmascarado], incluía um esboço bastante distorcido de minha carreira. Esta obra cara foi distribuída à imprensa por intermédio das embaixadas haitianas na Europa, mas a divulgação cessou abruptamente quando o presidente descobriu que o resultado não era o que desejara. "Um mentiroso, um *crétin*, um delator... desequilibrado, sádico, pervertido... um perfeito estúpido... mentindo à vontade... a vergonha da altiva e nobre Inglaterra... um espião... um drogado... um torturador." (A última afirmação sempre me deixou um pouco perplexo.)

Estou orgulhoso por ter tido amigos haitianos que lutaram corajosamente nas montanhas contra o dr. Duvalier, mas um escritor não é tão impotente como em geral ele se sente, pois uma caneta, assim como uma bala de prata, também consegue verter sangue.

PRIMEIRA PARTE

CAPÍTULO 1

I

QUANDO PENSO EM TODOS OS MONUMENTOS cinzentos erigidos em Londres a generais a cavalo, heróis de antigas guerras coloniais, e a políticos de sobrecasaca, ainda mais esquecidos, não vejo razão para menosprezar a modesta pedra em homenagem à memória de Jones na remota estrada internacional, que ele não conseguiu atravessar, num país distante de sua pátria, embora até hoje não saiba com certeza onde se localizava, no sentido geográfico, a terra de Jones. Ao menos ele pagou pelo monumento — embora involuntariamente — com a vida, enquanto os generais voltaram para casa sãos e pagaram, de algum modo, com o sangue de seus homens; e quanto aos políticos, quem se importa com políticos mortos a ponto de lembrar com que questões eles se identificavam? O livre comércio é menos interessante do que uma guerra colonial contra os ashanti, embora os pombos londrinos não façam nenhuma diferença entre os dois. *Exegi monumentum*. Sempre que minha bizarra ocupação me leva a Monte Cristi, ao norte, e passo pela pedra, sinto-me de certo modo orgulhoso por ter contribuído para erguê-la.

Existe um ponto na vida do qual não se pode voltar e que não é percebido a tempo pela maioria das pessoas. Nem Jones nem eu percebemos quando esse momento chegou, embora, como os pilotos dos velhos aviões anteriores à era dos jatos, devêssemos ter sido preparados pela natureza de nossas duas carreiras para observar melhor. Seguramente, não me dei conta desse momento quando ficou para trás, numa escura manhã de agosto sobre o Atlântico, na esteira do *Medea*, um cargueiro da Real Companhia Holandesa de Navegação, que rumava para o Haiti e Porto Príncipe procedente da Filadélfia e de Nova York. Naquela fase da minha vida, eu ainda encarava meu futuro com seriedade — até mesmo o futuro de meu hotel vazio e de um caso amoroso quase igualmente vazio. Nada tinha a ver, ao que pude perceber, com Jones ou Smith; eles eram companheiros de viagem, só isso, e eu não tinha ideia das *pompes funèbres* que estavam reservando para mim na empresa do sr. Fernandez. Se me contassem, daria risada, como rio agora, nesses meus melhores dias.

O *pink gin* em meu copo oscilava com o movimento do navio, como se o copo fosse um instrumento que registrasse o choque das ondas, quando o sr. Smith afirmou com convicção, respondendo a Jones: "Nunca sofri de *mal de mer*, não senhor. É o efeito da acidez. Comer carne provoca acidez, beber álcool também." Ele era um dos Smith de Winconsin, mas desde o começo pensara nele como o candidato presidencial porque, antes mesmo de eu conhecer seu sobrenome, sua esposa havia se referido a ele dessa maneira, enquanto nos debruçávamos sobre o parapeito no início da viagem. Ela projetou seu queixo enérgico ao falar, como para indicar que, se houvesse outro candidato presidencial a bordo, não era àquele que se referia.

"Quero dizer, meu marido, o senhor Smith, foi candidato presidencial em 1948", ela disse. "É um idealista. Claro que, exatamente por isso, não teve nenhuma chance." De que estaríamos falando para levá-la a fazer esta afirmação? Olhávamos preguiçosamente o mar cinzento que, até o limite de três milhas, parecia um animal passivo e agourento numa gaiola, esperando o momento de mostrar o que poderia fazer lá fora. Talvez eu tenha comentado a respeito de uma conhecida que tocava piano, e quem sabe isso lhe tenha lembrado a filha de Truman e, por extensão, a política — tinha muito mais consciência política do que o marido. Acho que ela acreditava que, como candidata, teria tido mais chances do que ele, e, pelo que seu queixo esticado sugeria, eu podia perfeitamente imaginar que seria possível. O sr. Smith, vestindo uma capa de chuva com a gola levantada para proteger suas grandes e inocentes orelhas peludas, andava compassadamente pelo convés atrás de nós, um tufo de cabelos brancos levantado como uma antena de televisão ao vento, e uma manta de viagem sobre o braço. Podia imaginá-lo um poeta rústico ou talvez o diretor de alguma obscura faculdade, mas nunca um político. Tentei lembrar quem havia sido o adversário de Truman naquelas eleições. Com certeza fora Dewey, não Smith, enquanto o vento do Atlântico carregava consigo a frase de sua esposa. Acho que ela falava alguma coisa a respeito de legumes, mas a palavra me pareceu improvável naquele momento.

Conheci Jones pouco mais tarde, em circunstâncias embaraçosas, pois ele tentava subornar o camareiro para que trocasse nossas cabines. Na porta de minha cabine, com sua maleta numa das mãos e duas notas de cinco dólares na outra, estava dizendo: "Ele ainda não desceu. Não vai criar caso. Não é o tipo de pessoa que faria isso. Se é que vai perceber a diferença". Falava como se me conhecesse.

"Mas, sr. Jones...", começou a objetar o camareiro.

Jones era um homem de baixa estatura, bem-arrumado, com um terno jaquetão cinza-claro, que de certa forma parecia deslocado longe de elevadores, empregados de escritório, barulho de máquinas de escrever; era o único do gênero em nosso mísero cargueiro, mascateando em meio a um mar sombrio. Jamais tirava o paletó, notei mais tarde, nem mesmo na noite do concerto a bordo, e comecei a achar que talvez suas malas não contivessem nenhuma outra roupa. Imaginava-o como alguém que, tendo arrumado a bagagem às pressas, havia trazido o uniforme errado, pois certamente não pretendia chamar a atenção. Com o bigodinho preto e olhos escuros de pequinês, poderia tomá-lo por um francês, talvez alguém da Bolsa, e foi uma surpresa para mim quando soube que seu nome era Jones.

"Major Jones", respondeu ao camareiro em tom de reprovação. Fiquei quase tão embaraçado quanto ele. A bordo de um cargueiro há poucos passageiros, e é desagradável alimentar ressentimentos. O camareiro, com os dedos entrelaçados, disse-lhe honestamente: "Não há mesmo nada que eu possa fazer, senhor. A cabine foi reservada para este cavalheiro, o sr. Brown". Smith, Jones e Brown: era uma situação improvável. Eu tinha algum direito a meu nome banal, mas e ele? Sorri de seu embaraço, porém o senso de humor de Jones, como iria descobrir, era de natureza mais simples.

"É mesmo sua cabine, senhor?"

"Parece que sim."

"Alguém me disse que estava desocupada." Moveu-se ligeiramente de maneira a ficar de costas para minha mala, demasiado óbvia, bem na entrada da cabine. As notas haviam desaparecido, talvez na manga, pois não percebi nenhum movimento em direção ao bolso.

"Deram-lhe uma cabine ruim?", perguntei.

"Ah, é que prefiro o estibordo."

"É, eu também, nesta rota particularmente. Pode-se deixar a vigia aberta." E, como para enfatizar a verdade do que eu dizia, o navio começou um lento balanço, à medida que rumava para o mar aberto.

"Está na hora de um gim", disse Jones prontamente, e subimos a escada juntos até o pequeno salão. O camareiro negro aproveitou a primeira oportunidade, enquanto acrescentava água a meu gim, para sussurrar a meu ouvido: "Sou súdito inglês, senhor". Observei que não fez essa declaração a Jones.

A porta do salão escancarou-se e o candidato presidencial apareceu, uma figura imponente apesar das orelhas inocentes: teve de baixar a cabeça no vão da porta. Então olhou para todo o salão antes de se afastar para sua esposa entrar sob o arco de seu braço, como uma noiva debaixo de uma espada. Foi como se quisesse certificar-se primeiro se poderia considerar apropriada a companhia presente. Seus olhos eram de um azul-claro desbotado, e tinha tufos rebeldes de pelos cinzentos no nariz e nas orelhas. Era um espécime autêntico, se é que havia um, o oposto total do sr. Jones. Se me desse ao trabalho de me deter neles naquele instante, diria que podiam se misturar como água e óleo.

"Entre", disse o sr. Jones (não sei por que eu não conseguia imaginá-lo como major Jones), "entre e tome um trago." Sua linguagem, descobriria, era sempre um pouco ultrapassada, como se ele a tivesse aprendido num dicionário de termos coloquiais, mas não na última edição.

"Deve me desculpar", respondeu o sr. Smith cortesmente, "mas eu não toco em álcool."

"Nem eu", falou Jones, "eu o bebo", e acompanhou as palavras com a ação. "Meu nome é Jones", acrescentou, "major Jones."

"Prazer em conhecê-lo, major. Meu nome é Smith. William Abel Smith. Minha esposa, major Jones." Olhou-me com ar de interrogação, e percebi que de certo modo eu me atrasara com as apresentações.

"Brown", enunciei timidamente. Sentia-me como se estivesse fazendo uma brincadeira maldosa, mas nenhum deles percebeu.

"Toque de novo", disse Jones. "Seja camarada." Já havia sido promovido à posição de velho amigo e, embora o sr. Smith estivesse mais perto da campainha, atravessei o salão para tocá-la; em todo caso, ele estava ocupado enrolando a manta de viagem ao redor dos joelhos da esposa, apesar de o salão ser suficientemente quente (talvez fosse um hábito conjugal). Foi então, em resposta à afirmação de Jones de que não havia nada como um *pink gin* contra enjoo, que o sr. Smith fez sua declaração de fé. "Nunca sofri de *mal de mer*, não mesmo... Fui vegetariano toda a minha vida." Sua esposa rematou: "Foi um dos temas de nossa campanha", sua esposa rematou.

"Campanha?", perguntou Jones abruptamente, como se a palavra tivesse despertado nele o major.

"Nas eleições presidenciais de 1948."

"O senhor foi candidato?"

"Acho que tive bem poucas chances", disse o sr. Smith com um sorriso suave. "Os dois grandes partidos..."

"Foi um gesto", interrompeu impetuosamente sua esposa. "Mostramos nossa bandeira."

Jones ficou calado. Talvez estivesse impressionado, ou talvez, como eu, procurasse lembrar quais haviam sido os principais concorrentes. Então experimentou a frase com a língua, como se o gosto lhe agradasse: "Candidato presidencial em 48. Estou muito orgulhoso em conhecê-lo".

"Não tivemos uma organização", disse a sra. Smith. "Não dispúnhamos de meios. Mesmo assim conseguimos mais de dez mil votos."

"Jamais poderia prever uma votação tão grande", observou o candidato presidencial.

"Não ficamos em último lugar na votação. Foi um candidato... tinha algo a ver com agricultura, querido?"

"Sim, esqueci o nome exato de seu partido. Era discípulo de Henry George, acho."

"Devo admitir", observei, "que pensava que os únicos candidatos fossem um republicano e um democrata. Ah, havia um socialista também, não é?"

"As convenções atraem toda a publicidade", falou a sra. Smith, "embora não passem de rodeios vulgares. Pode imaginar o sr. Smith com um bando de animadoras de torcida?"

"Qualquer um pode se candidatar a presidente", explicou o candidato com suave humildade. "Esse é o orgulho de nossa democracia. Posso lhe dizer que foi uma grande experiência para mim. Uma grande experiência. Uma experiência que jamais esquecerei."

II

NOSSO NAVIO ERA BASTANTE PEQUENO. Acho que comportava apenas catorze passageiros, e o *Medea* não estava lotado. Não estávamos em temporada turística, e, em todo caso, a ilha para a qual rumávamos já não constituía uma atração para os turistas.

Havia um negro bem-arrumado, de colarinho branco muito alto, punhos da camisa engomados e óculos com aro de ouro, que ia para São Domingos; ele evitava a companhia dos outros e à mesa respondia polida e ambiguamente por monossílabos. Por exemplo, quando lhe perguntei qual seria a carga principal que o capitão receberia a bordo em Trujillo — corrigi-me: "Desculpe, quero dizer em São Domingos" —, inclinou gravemente a cabeça e disse "sim". Ele mesmo jamais fez uma pergunta, e sua discrição parecia reprovar nossa inútil curiosidade. Havia também um representante de uma empresa de produtos farmacêuticos. Esqueci a razão que alegou para não viajar de avião. Tive a certeza de que não era o verdadeiro motivo; pareceu-me que o sujeito estava com um problema cardíaco que não revelou a ninguém. Seu rosto tinha o aspecto esticado do papel sobre um corpo demasiado grande para a cabeça, e ele ficava deitado horas a fio em seu beliche.

Minha razão pessoal para viajar de navio — e às vezes suspeitei que poderia ser a mesma de Jones — era a prudência. Num aeroporto, as pessoas são rapidamente separadas da tripulação do avião na pista; num porto, elas sentem a segurança de estar em território estrangeiro; e, de fato, enquanto estivesse a bordo do

Medea, eu seria considerado cidadão holandês. Comprara minha passagem até São Domingos e dizia a mim mesmo, embora sem me convencer, que não tinha intenção de deixar o navio antes de obter algumas garantias do encarregado de negócios britânico — ou de Martha. O hotel que eu possuía nas colinas sobre a capital passara perfeitamente sem mim durante três meses; com certeza não teria nenhum hóspede, e eu dava muito mais valor à minha vida do que a um bar vazio, a um corredor de quartos vazios e a um futuro vazio de promessas. Quanto aos Smith, acho realmente que o amor pelo mar os trouxera a bordo; no entanto, levei algum tempo para descobrir o motivo pelo qual haviam decidido visitar a República do Haiti.

O comandante do navio era um holandês magro, inacessível, esfregado e limpo como seu próprio corrimão de metal, que apareceu à mesa uma única vez; ao contrário, o comissário de bordo era desalinhado e de uma alegria exuberante, com grande predileção pelo gim Bols e pelo rum haitiano. No segundo dia de viagem, convidou-nos para beber com ele em sua cabine. Todos nos comprimimos no interior do aposento, com exceção do representante de produtos farmacêuticos; ele explicou que costumava ir para a cama às nove. Até o cavalheiro de São Domingos se uniu a nós e respondeu "não" quando o comissário de bordo lhe perguntou o que achava do tempo.

O comissário tinha o hábito jovial de exagerar tudo, e sua alegria natural só arrefeceu um pouco quando os Smith pediram soda limonada e, como não havia, Coca-Cola. "Os senhores estão bebendo sua própria morte", disse, e começou a explicar sua teoria sobre a fabricação dos ingredientes secretos. Os Smith não se impressionaram e beberam a Coca-Cola com evidente prazer. "Aonde vamos vão precisar de algo mais forte do que isso", falou o comissário.

"Meu marido e eu nunca tomamos nada mais forte", respondeu a sra. Smith.

"Não devem confiar na água e não acharão Coca-Cola agora que os americanos saíram. À noite, quando ouvirem tiros pelas ruas, talvez achem que um bom copo de rum..."

"Nada de rum", afirmou a sra. Smith.

"Tiros?", perguntou o sr. Smith. "Disse tiros?" Olhou para sua esposa, encolhida sob a manta (não se sentia suficientemente aquecida nem na cabine lotada), com uma certa ansiedade. "Por que tiros?"

"Pergunte ao sr. Brown. Ele mora lá."

"Não ouço tiros com frequência", expliquei. "Em geral, eles agem de maneira mais silenciosa."

"Quem são *eles*?", quis saber o sr. Smith.

"Os *tontons macoutes*", interrompeu com maldoso prazer o comissário. "Os demônios do presidente. Usam óculos escuros e visitam suas vítimas na calada da noite."

O sr. Smith colocou a mão sobre o joelho da esposa. "O cavalheiro está tentando nos assustar, minha querida. Não nos disseram nada disso na agência de turismo."

"Ele não sabe", disse a sra. Smith, "que não nos assustamos tão facilmente", e, de certa forma, acreditei nela.

"O senhor compreende do que estamos falando, sr. Fernandez?", o comissário de bordo perguntou, dirigindo-se ao outro lado da cabine, com o tom de voz superior que alguns usam para falar com pessoas de outra raça.

O sr. Fernandez tinha o olhar embaçado de um homem prestes a adormecer. "Sim", disse, mas acho que poderia perfeitamente ter respondido "não". Jones, sentado na beira do beliche do comissário, acariciava um copo de rum e falou pela primeira vez: "Deem-me cinquenta comandos e limparei o país rapidamente".

"O senhor esteve nos comandos?", perguntei surpreso.

"Em outra unidade do mesmo batalhão", respondeu com ar ambíguo.

"Temos uma carta pessoal de recomendação para o ministro do Bem-Estar Social", interveio o candidato presidencial.

"Ministro de quê?", indagou o comissário. "Bem-Estar? Não vão encontrar nenhum. Deveria ver os ratos, grandes como cachorros..."

"Disseram-me na agência de turismo que havia alguns bons hotéis."

"Eu sou proprietário de um", retorqui. Tirei minha carteira e mostrei-lhe três cartões-postais. Embora impressos em cores fortes e vulgares, tinham certa dignidade histórica, pois eram relíquias de uma época finda para sempre. Num deles, uma piscina de azulejos azuis estava lotada de moças de biquíni; no segundo, um percussionista famoso em todo o Caribe tocava sob o teto de palha do bar *créole*, e no terceiro uma vista geral do hotel, havia frontões, sacadas e torres, a fantástica arquitetura do século XIX de Porto Príncipe. Pelo menos estes não haviam mudado.

"Imaginávamos algo mais tranquilo", comentou o sr. Smith.

"Está tudo bastante tranquilo agora."

"Seria com certeza agradável, não é, querida?, ficar com um amigo. Se o senhor tiver um quarto vago com banheiro ou chuveiro..."

"Todos os quartos têm banheiro. Não se preocupem com o barulho. O percussionista foi para Nova York e todas as moças de biquíni estão em Miami agora. Os senhores provavelmente serão meus únicos hóspedes."

Ocorreu-me que esses dois clientes poderiam valer muito mais do que o dinheiro que pagassem. Um candidato presidencial seguramente tem *status*; ele estaria sob a proteção de sua embaixada ou do que sobrara dela. (Quando eu saíra de Porto Príncipe, o pessoal da embaixada já se reduzia a um encarregado de negócios, uma secretária e dois fuzileiros montando guarda, tudo o que restava da missão militar.) Talvez o mesmo pensamento tenha ocorrido a Jones. "Eu poderia ficar também com os senhores", disse, "se não tivessem feito outros planos para mim. Seria como continuar a bordo se ficássemos juntos."

"A segurança está no grupo", concordou o comissário. "Com três hóspedes serei o *hôtelier* mais invejado de Porto Príncipe."

"Não é muito seguro ser invejado", replicou o comissário. "Seria muito melhor se vocês três continuassem conosco. Prefiro não me aventurar a ir a mais de cinquenta metros da beira-mar. Há um bom hotel em São Domingos. Um hotel de luxo. Posso mostrar-lhes uns cartões-postais tão bonitos quanto os dele." Abriu a gaveta, e, de relance, vi uma dúzia de pacotinhos quadrados: preservativos, que venderia com algum lucro à tripulação quando, em terra, fosse à casa de *Mère* Catherine ou a um estabelecimento mais barato. (Os argumentos que usaria para vender o produto, tinha certeza, consistiriam em algumas pavorosas estatísticas.) "O que fiz com eles?", perguntou inutilmente ao sr. Fernandez, que sorriu ao dizer "sim", e começou a procurar na mesa coberta de formulários impressos, clipes e vidros de tinta vermelha, verde e azul, além de antiquadas canetas de madeira com a pena de metal, antes de descobrir alguns cartões amassados com uma piscina exatamente igual à minha e um bar *créole* que só se distinguia do meu porque o percussionista era diferente.

"Meu marido não está de férias", afirmou com desdém a sra. Smith.

"Gostaria de ficar com um, se o senhor não se importar", disse Jones, escolhendo a piscina e os biquínis. "Nunca se sabe..."

Esta frase representou, penso, sua mais profunda investigação sobre o significado da vida.

III

No DIA SEGUINTE, eu ocupava uma espreguiçadeira, protegido a estibordo, e me deixava balançar languidamente, ora no sol, ora na sombra, pelos movimentos do mar verde-malva. Tentei ler um romance, mas o vagaroso e previsível progresso de suas personagens pelos desinteressantes corredores do poder me deu sono e, quando o livro caiu no convés, não me preocupei em recuperá-lo. Meus olhos só se abriram no momento em que o representante de produtos farmacêuticos passou; agarrava-se à balaustrada com as duas mãos e parecia subir por ela como se fosse uma escada. Ofegava pesadamente e tinha uma expressão de desesperada determinação, como se soubesse para onde a escalada o levaria e achasse que o esforço valia a pena; ao mesmo tempo, dava a impressão de ter plena consciência de que jamais teria forças para chegar ao fim. Novamente adormeci e me vi sozinho num quarto escuro; alguém me tocava com mão fria. Despertei, e era o sr. Fernandez que, suponho, havia sido surpreendido pelo excessivo balanço do navio e se apoiara em mim. Tive a impressão de uma chuva de ouro caindo de um céu negro quando seus óculos captaram o sol. "Sim", disse ele, "sim", sorrindo uma desculpa enquanto ia balançando por seu caminho.

Parecia que um repentino desejo de exercício se apoderara de todos no segundo dia de viagem. Pois em seguida foi o sr. Jones — ainda não me decidia a chamá-lo major — que passou firme no centro do convés, ajustando seu passo ao movimento do navio. "Borrasca!", gritou-me ao passar, e de novo tive a impressão de que o inglês era uma língua que ele havia aprendido nos livros, talvez, nesse caso, nas obras de Dickens. Então, inesperadamente, o sr. Fernandez voltou, com escorregadelas frenéticas, e depois dele, penosamente, o farmacêutico em sua laboriosa subida. Perdera o lugar, mas se mantinha obstinadamente na corrida. Comecei a imaginar quando o candidato presidencial apareceria; devia ter uma desvantagem muito grande, e naquele momento ele surgiu do salão a meu lado. Estava sozinho e parecia estranhamente alheio, como uma das figuras daqueles relógios de campanários. "Brisa forte", observou, como para corrigir o estilo inglês do sr. Jones, e se sentou na cadeira vizinha.

"Espero que a sra. Smith esteja se sentindo bem."

"Ela está ótima", confirmou, "ótima. Ficou na cabine aprimorando sua gramática francesa. Disse que não conseguia se concentrar comigo por perto."

"Gramática francesa?"

"Disseram-me que é a língua que se fala aonde nós vamos. A sra. Smith é uma magnífica linguista. Dê-lhe algumas horas com uma gramática e ela saberá tudo, menos a pronúncia."

"Ela ainda não havia estudado francês?"

"Isso não é problema para a sra. Smith. Certa ocasião, uma moça alemã ficou em nossa casa, e não demorou meio dia para minha esposa ensinar a ela como manter em ordem seu quarto, em sua própria língua. De outra vez, tivemos uma finlandesa. A sra. Smith levou quase uma semana até conseguir uma gramática finlandesa, mas depois nada mais a segurou." Fez uma pausa e sorriu, conferindo uma estranha dignidade a sua absurda declaração. "Estou casado com ela há trinta e cinco anos e jamais deixei de admirar essa mulher."

"Vocês costumam passar férias nesses lugares com frequência?", perguntei com uma ponta de malícia.

"Nós tentamos combinar as férias com nossa missão. Nem eu nem a sra. Smith somos pessoas que têm prazeres moderados."

"Entendi. E sua missão dessa vez os conduz a...?"

"Uma vez," disse ele, "passamos nossas férias no Tennessee. Foi uma experiência inesquecível. Sabe, chegamos lá como militantes da integração racial. Houve uma ocasião em Nashville, no caminho, em que temi pela sra. Smith.

"Foi uma maneira corajosa de passar as férias."

"Temos um grande amor pelas pessoas de cor." Parecia pensar que era a única explicação necessária.

"Acho que o desapontarão lá aonde o senhor vai agora."

" A maior parte das coisas nos desaponta, até olharmos para elas mais profundamente."

"As pessoas de cor podem ser tão violentas quanto os brancos em Nashville."

"Temos nossos problemas nos Estados Unidos. Mesmo assim achei, talvez, que o comissário estava zombando de mim."

"Foi sua intenção. A brincadeira virou contra ele. A realidade é pior do que tudo o que ele já possa ter visto do porto. Duvido que ele vá para a cidade."

"Você nos aconselharia, como ele, a seguir até São Domingos?"

"Sim."

Seus olhos desviaram-se com tristeza para a monótona e repetitiva paisagem marinha. Pensei tê-lo impressionado.

"Vou lhe dar um exemplo do que é a vida lá", acrescentei.

Contei ao sr. Smith a história de um homem suspeito de estar envolvido numa tentativa de sequestro dos filhos do presidente quando voltavam da escola. Aparentemente, não existia nenhuma prova contra ele, mas, como havia ganhado uma competição internacional de tiro no Panamá, talvez achassem que era necessário um campeão de tiro para acertar a guarda presidencial. Assim os *tontons macoutes* cercaram sua casa — ele estava ausente —, incendiaram-na com gasolina e depois metralharam os que tentavam sair. Deixaram que os bombeiros impedissem a progressão das chamas, e agora se pode ver o espaço vazio na rua, como um dente arrancado.

O sr. Smith ouviu com atenção. Ele disse: "Hitler fez pior, não? E era branco. O senhor não pode culpar a cor deles".

"Não culpo. A vítima era de cor também."

"Se o senhor analisar bem, as coisas estão bastante feias por toda parte. A sra. Smith não gostaria que voltássemos somente porque..."

"Não estou tentando persuadi-lo. O senhor me fez uma pergunta."

"Então por que, se me permite outra pergunta, o *senhor* está voltando para lá?"

"Porque a única coisa que possuo está lá. Meu hotel."

"Acho que a única coisa que possuímos, eu e minha esposa, é nossa missão." Estava sentado olhando o mar, e naquele momento Jones passou. Por cima do ombro, ele gritou "Quarta volta!", e prosseguiu.

"Ele também não está com medo", observou o sr. Smith, como se precisasse desculpar-se por mostrar-se corajoso, da maneira como alguém se desculparia pelo fato de estar usando uma gravata um tanto berrante, presenteada pela esposa, ao deparar com outros vestindo a mesma gravata.

"Fico imaginando se nesse caso se trata de coragem. Talvez ele seja como eu e não tenha outro lugar para ir."

"Ele tem sido muito afável conosco", disse com firmeza o sr. Smith. Era óbvio que desejava mudar de assunto.

Quando passei a conhecê-lo melhor, reconhecia aquele tom de voz peculiar. Ele ficava profundamente embaraçado quando eu falava mal de alguém, até mesmo de um estranho ou de um inimigo. Esquivava-se da conversa como o diabo da cruz. Às vezes, divertia-me atraí-lo sem que suspeitasse para a beira do fosso e depois, de repente, incitá-lo. Mas nunca consegui ensinar-lhe a pular. Acho que logo ele começou a adivinhar o que eu pretendia, mas jamais manifestou seu desagrado. Seria criticar um amigo. Preferia simplesmente se afastar. Essa era pelo menos uma característica que não compartilhava com a esposa. Mais tarde, eu aprenderia quão belicosa e direta sua natureza poderia ser. Ela era capaz de atacar qualquer um, com exceção, evidentemente, do candidato presidencial. Tive muitas brigas com ela ao longo do tempo; ela suspeitava que eu achasse graça de seu marido, mas nunca soube o quanto eu os invejava. Jamais conheci na Europa um casal com aquele tipo de lealdade.

Eu disse: "O senhor estava agora mesmo falando de sua missão".
"Estava? Deve me desculpar por falar a meu respeito dessa maneira. Missão é uma palavra importante demais."
"Estou interessado."
"Vamos chamar de esperança. Mas penso que um homem na sua profissão não a acharia muito simpática."
"O senhor quer dizer que tem algo a ver com vegetarianismo?"
"Sim."
"Não tenho nada contra. Meu trabalho é agradar a meus hóspedes. Se são vegetarianos..."
"Vegetarianismo não é apenas uma questão de dieta, sr. Brown. Diz respeito à vida em muitos aspectos. Se realmente eliminássemos a acidez do organismo humano, eliminaríamos as paixões."
"Então o mundo pararia."
Ele me reprovou gentilmente, "Eu não disse o amor", e senti uma curiosa sensação de vergonha. O cinismo é barato: pode-se comprar em qualquer loja popular e está embutido em todos os artigos de má qualidade.
"De qualquer maneira, o senhor está a caminho de um país vegetariano."
"O que quer dizer, sr. Brown?"
"Noventa e cinco por cento da população não pode comprar carne, peixe nem ovos."
"Mas não lhe ocorreu, sr. Brown, que não são os pobres que criam os problemas no mundo? As guerras são feitas pelos políticos, pelos capitalistas, pelos intelectuais, pelos burocratas, pelos chefões de Wall Street ou pelos chefões comunistas. Nenhuma delas é feita pelos pobres."
"E, suponho, os ricos e poderosos não são vegetarianos?"
"Não, senhor. Não costumam ser." Novamente me senti envergonhado por meu cinismo. Podia acreditar, por um instante, enquanto olhava aqueles olhos azuis-claros, firmes e sem dúvidas, que

ele tinha talvez algum argumento. Um camareiro apareceu a meu lado e recusei a provável sopa. "Ainda não está na hora da sopa, senhor. O comandante pede-lhe o favor de ir falar com ele, senhor."

O comandante estava em sua cabine, um apartamento tão despojado e escovado quanto ele próprio, sem nada pessoal em nenhum lugar, com exceção de uma fotografia de uma senhora de meia-idade que parecia ter saído naquele minuto do cabeleireiro, onde até mesmo seu caráter tivesse ficado debaixo do secador.

"Sente-se, sr. Brown. Aceita um cigarro?"

"Não, obrigado".

"Quero ir logo ao assunto. Preciso de sua cooperação. É muito embaraçoso."

"Sim?"

Num tom carregado de tristeza, ele prosseguiu: "Se há uma coisa de que não gosto numa viagem é o imprevisto".

"Acho que no mar... sempre... tempestades..."

"Naturalmente não estou falando do mar. O mar não tem problema nenhum." Mudou a posição de um cinzeiro, de uma cigarreira, e depois trouxe um centímetro mais perto dele a fotografia da mulher de rosto inexpressivo, cujo cabelo parecia de cimento cinza. Talvez ela lhe transmitisse confiança; em mim, provocaria uma paralisação da vontade. Ele disse: "O senhor conheceu este passageiro, o major Jones. Ele se faz chamar de major Jones".

"Conversei com ele."

"Quais as suas impressões?"

"Não sei, não pensei..."

"Acabo de receber um telegrama de meu escritório na Filadélfia. Eles querem que informe por telegrama quando e onde ele vai desembarcar."

"Certamente o senhor pode saber pela passagem..."

"Eles querem ter certeza de que não mudará seus planos. Nós vamos até São Domingos... O senhor mesmo me explicou que

comprou passagem até São Domingos, no caso de em Porto Príncipe... Talvez ele tenha a mesma intenção."
"É algum problema com a polícia?"
"Pode ser, é uma conjectura minha apenas, que a polícia esteja interessada. Quero que o senhor compreenda que não tenho nada contra o major Jones. É bem possível que tenha sido determinada uma investigação de rotina porque algum funcionário do arquivo... Mas pensei... O senhor também é inglês, vive em Porto Príncipe, de minha parte uma palavra de advertência, e da sua..."
Estava irritado com sua absoluta discrição, absoluta correção, absoluta retidão. Será que o comandante jamais dera uma escorregadela, uma vez ao menos, em sua juventude? Ou numa bebedeira, na ausência daquela sua mulher bem penteada? Eu disse: "O senhor o faz parecer um trapaceiro. Garanto-lhe que ele nem sequer sugeriu um jogo".
"Eu nunca disse..."
"O senhor quer que eu fique de olhos e ouvidos abertos?"
"Exatamente. Nada mais que isso. Se se tratasse de algo grave, eles seguramente teriam me pedido para prendê-lo. Talvez esteja fugindo de seus credores. Quem sabe? Ou algum problema com mulheres", acrescentou com desagrado, encontrando o olhar da mulher insensível de cabelo grisalho.
"Comandante, com todo respeito, não fui preparado para ser um informante."
"Não estou lhe pedindo nada assim, sr. Brown. Não poderia exigir de um velho como o sr. Smith... no caso do major Jones..." Novamente tomei consciência dos três nomes, intercambiáveis como máscaras cômicas numa farsa. "Se eu notar algo que mereça ser relatado... mas veja bem, não vou procurar isso." O comandante soltou um pequeno suspiro de autocomiseração. "Como se não houvesse bastantes responsabilidades para um homem só, nesta rota..."

Começou a me contar um longo episódio ocorrido dois anos antes no porto para o qual rumávamos. À uma da manhã, ouviu-se barulho de tiros, e, meia hora mais tarde, um oficial e dois policiais apareceram no passadiço: queriam revistar o navio. Naturalmente ele recusou a permissão. Aquele era território soberano da Real Companhia Holandesa de Navegação. Houve muita discussão. Ele confiava plenamente em seu vigia noturno, no que estava errado, pois descobriu que o homem dormira em seu posto. Então, no momento em que ia falar com o oficial de polícia a respeito de seu vigia, o comandante percebeu um rastro de sangue. O rastro ia até um dos botes e ali se descobriu o fugitivo.

"O que o senhor fez?", perguntei.

"Ele foi atendido pelo médico de bordo, e depois, é claro, o entreguei às autoridades competentes."

"Talvez estivesse procurando asilo político."

"Não sei o que ele estava procurando. Como poderia saber? Era praticamente analfabeto e em todo caso não tinha dinheiro para a passagem."

IV

QUANDO REVI JONES, após ter conversado com o comandante, senti em mim uma predisposição mais favorável a seu respeito. Se ele me pedisse para jogar pôquer naquele momento, concordaria sem hesitação e com prazer perderia para ele, porque uma demonstração de confiança tiraria o gosto amargo que ficara em minha boca. Contornei o convés para evitar o sr. Smith e levei uns respingos de água do mar; antes que pudesse desaparecer na cabine, encontrei-me cara a cara com o sr. Jones. Senti-me culpado, como se já tivesse traído seu segredo, quando ele interrompeu seu passeio para me oferecer uma bebida.

"É um pouco cedo", respondi.

"Hora de abrir, em Londres." Olhei meu relógio — marcava cinco para as onze — e me senti como se estivesse conferindo suas credenciais. Enquanto ele ia procurar o camareiro, peguei o livro que havia deixado no salão. Era uma edição americana, em brochura, com a foto de uma mulher nua deitada de bruços numa cama luxuosa, sob um título equivalente a *Nada melhor que o presente*. Dentro, a lápis, estava rabiscada sua assinatura, H. J. Jones. Estaria estabelecendo sua identidade ou reservando este livro para sua biblioteca particular? Abri ao acaso: "'Confiança?' A voz de Geoff feriu-a como uma chicotada...". Então Jones voltou trazendo duas cervejas. Coloquei o livro de volta e disse, desnecessariamente embaraçado: "*Sortes Virgilianae*."

"*Sortes* o quê?", Jones ergueu o copo e, virando as páginas de seu dicionário mental, rejeitou alguma expressão obsoleta e optou por um termo mais moderno: "Saúde". Tomou um gole e acrescentou: "Vi o senhor conversando com o comandante agora mesmo".

"Sim?"

"Um velho bastardo intratável. Só fala com os grã-finos."

A palavra tinha um sabor antigo; dessa vez seu dicionário certamente não o ajudara.

"Eu não me consideraria um grã-fino."

"Não dê muita importância a isto. Grã-fino tem um sentido especial para mim. Eu divido o mundo em duas partes, os grã-finos e os vagabundos. Aqueles passam muito bem sem os vagabundos, mas estes não dispensam os grã-finos. Eu sou um vagabundo."

"Qual é exatamente seu conceito de vagabundo? Parece ser bastante peculiar também."

"Os grã-finos têm emprego fixo ou uma boa renda. Dispõem de um amparo financeiro como o senhor tem em seu hotel. Os vagabundos... bom, nós nos arranjamos para viver aqui e ali, nos bares. Ficamos de ouvidos atentos e de olhos abertos."

"O senhor vive de sua esperteza, é isso?"
"Ou morremos por causa dela, muitas vezes."
"E os grã-finos, eles não têm nenhuma esperteza?"
"Eles não precisam de esperteza. Eles têm lógica, inteligência, caráter. Nós, vagabundos, às vezes andamos depressa demais para nosso próprio bem."
"E os outros passageiros, são vagabundos ou grã-finos?"
"Não consigo entender o sr. Fernandez. Poderia ser ambas as coisas. E o sujeito dos produtos farmacêuticos não nos deu nenhuma chance de julgá-lo. Mas o sr. Smith é um autêntico grã-fino, se é que existe algum."
"Ao que parece, o senhor admira os grã-finos."
"Todos nós gostaríamos de sê-lo; e não há momentos, admita, em que o senhor inveja os vagabundos? Por exemplo, quando não quer se sentar com seu contador e pensar no futuro?"
"Sim, suponho que haja momentos assim.
"O senhor pensa: 'Nós temos a responsabilidade, e eles é que se divertem'."
"Espero que o senhor se divirta no país aonde vai. É um país de vagabundos, do presidente para baixo."
"Mais um perigo para mim. Um vagabundo é capaz de reconhecer outro. Talvez eu tenha de me fazer passar por grã-fino para que baixem a guarda. Eu deveria estudar o sr. Smith."
"Quantas vezes teve de fazer o papel de um grã-fino?"
"Não muitas, graças a Deus. É o papel mais difícil para mim. Fico rindo no momento errado. O quê? Eu, Jones, *nesse* meio, dizendo isso? Às vezes fico com medo também. Eu me perco. É assustador perder-se, não é?, numa cidade estranha, mas quando você se perde em você mesmo... Tome outra cerveja."
"Esta rodada é minha."
"Não sei se estou certo a seu respeito. Vendo-o lá, com o comandante...Eu olhei pela janela e fiquei pensando... o senhor não

OS FARSANTES 39

parecia exatamente à vontade... o senhor por acaso não é um vagabundo fazendo-se passar por grã-fino?"

"Será que nós conhecemos a nós mesmos?" O camareiro se aproximou e começou a distribuir os cinzeiros. "Mais duas cervejas", pedi.

"Se não se importa", disse Jones, "desta vez eu tomaria um Bols. Fico irritado e um pouco fanfarrão com muita cerveja."

"Dois Bols", ordenei.

"Joga cartas?", ele perguntou, e eu pensei que afinal *chegara* o momento de me redimir; mesmo assim, respondi cauteloso: "Pôquer?"

Ele era muito franco para ser sincero. Por que me falara de uma maneira tão aberta de grã-finos e vagabundos? Tive a impressão de que ele adivinhava o que o comandante me havia dito e estava testando minha reação, jogando sua franqueza na corrente de meus pensamentos para ver se mudava de cor, como uma tira de papel de tornassol. Talvez ele pensasse que minha lealdade, no recente acontecimento, não seria necessariamente para com os grã-finos. Ou talvez meu nome Brown soasse para ele tão falso quanto o seu.

"Não jogo pôquer", retorquiu, e piscou para mim com seus olhos negros, como para dizer "peguei-o". Continuou: "Sempre me traio. Entre amigos. Não consigo esconder o que sinto. Só jogo *gin rummy*." Pronunciou o nome como se se tratasse de um jogo de crianças, uma marca de inocência. "Sabe jogar?"

"Joguei uma ou duas vezes", respondi.

"Não o estou obrigando. Só pensei que poderia ajudar a passar o tempo até o almoço."

"Por que não?"

"Camareiro, o baralho." Sorriu levemente para mim como para dizer: "Vê, não ando com minhas cartas marcadas".

Em realidade era, à sua maneira, um jogo de inocência. Não era fácil trapacear. Ele perguntou:

"A quanto vamos jogar? Dez *cents* por cem pontos?"

Jones colocava no jogo sua qualidade peculiar. Observava em primeiro lugar, contou-me mais tarde, em que parte da mão um adversário inexperiente segurava as cartas que iria descartar, e desse modo calculava se estava próximo de bater. Sabia, pela maneira como o adversário arrumava as cartas, pela sua hesitação antes de jogar, se eram boas, más ou neutras, e, se a mão fosse obviamente boa, ele com frequência ofereceria novas cartas, na certeza da recusa. Isso dava ao adversário uma sensação de superioridade e de segurança, para que ele se dispusesse a arriscar, a continuar jogando na esperança de um grande *gin*. A própria rapidez com a qual o oponente pegava uma carta e jogava outra era extremamente reveladora.

"A psicologia sempre vence a simples matemática", ele disse entre uma e outra mão, e era certo que ele quase sempre me vencia. Eu precisava ter uma mão pronta para ganhar.

Ele havia ganho seis dólares quando o gongo do almoço tocou. Era a medida do sucesso que ele queria, um ganho modesto, para que adversário nenhum jamais lhe recusasse a chance de jogar de novo. Sessenta dólares por semana não é um grande rendimento, mas ele me disse que era garantido e pagava seus cigarros e bebidas. E, é claro, havia os *coups* ocasionais: às vezes, um adversário desprezava um jogo tão infantil e insistia em apostar cinquenta *cents* por ponto. Uma vez, em Porto Príncipe, presenciei isso. Se Jones tivesse perdido, duvido que pudesse pagar, mas a sorte, mesmo no século xx, às vezes favorece os corajosos. O sujeito levou *capot* em duas colunas, e Jones levantou da mesa dois mil dólares mais rico. Mesmo dessa vez, foi moderado na vitória. Ofereceu ao adversário a revanche e perdeu quinhentos e poucos dólares. "Há outra coisa", revelou-me certa ocasião, "as mulheres normalmente não jogam pôquer. Os maridos não gostam, tem um quê de devasso e perigoso. Mas *gin rummy* a dez *cents* por cem pontos é uma ninharia. E, é claro, amplia bastante a gama de jogadores." Até a sra. Smith, que, tenho certeza, se afastaria com desaprovação de um jogo de pôquer, às vezes vinha olhar nossas partidas.

Aquele dia, no almoço — não sei como surgiu a conversa —, falamos sobre o tema da guerra. Acho que foi o representante de produtos farmacêuticos que começou: ele contou que fora vigilante do Corpo da Defesa Civil e estava ansioso por narrar episódios triviais sobre bombardeios, tão obsessivos e enfadonhos quanto os sonhos das outras pessoas. O sr. Smith sentava-se com uma máscara imóvel de polida atenção, e a sra. Smith brincava com seu garfo, enquanto o representante falava e falava sobre o bombardeio de um albergue para moças judias em Store Street ("Estávamos tão atarefados naquela noite que ninguém percebeu que tinha desabado"), até que Jones interrompeu brutalmente: "Eu mesmo perdi todo um pelotão certa vez".

"Como aconteceu?", perguntei, feliz por encorajar Jones.

"Nunca soube", ele disse. "Ninguém voltou para me contar a história." O pobre representante ficou boquiaberto. Estava no meio de sua história e não tinha mais plateia; parecia um leão-marinho que deixara cair seu peixe. O sr. Fernandez voltou a se servir de arenque defumado. Era o único que não mostrava interesse algum pela história de Jones. O próprio sr. Smith ficou bastante intrigado e disse: "Conte-nos mais, sr. Jones". Percebi que todos relutavam em dar-lhe um título militar.

"Foi na Birmânia", retomou Jones. "Havíamos sido lançados atrás das linhas japonesas numa manobra diversionista. Esse pelotão perdeu contato com meu QG. No comando estava um jovem, insuficientemente treinado para combate na selva. É evidente que, naquelas condições, se trata sempre de *sauve qui peut*. Por estranho que possa parecer, não tive nenhuma outra baixa, apenas todo aquele pelotão, arrancado de nossas forças assim." Partiu um pedaço de pão e engoliu. "Nenhum prisioneiro jamais voltou."

"O senhor era um dos homens de Wingate?", perguntei.

"O mesmo tipo de unidade", respondeu Jones com sua recorrente ambiguidade.

"E ficou muito tempo na selva?", quis saber o comissário.

"Bom, eu tinha um certo jeito para aquilo." E acrescentou com modéstia: "Não seria bom no deserto. Sabem, tinha fama de ser capaz de farejar água como um nativo."

"Isso também poderia ser bastante útil no deserto", repliquei, e ele me dirigiu um olhar de reprovação através da mesa.

"É uma coisa terrível", disse o sr. Smith, empurrando o que sobrava de seu bife, de soja, claro, especialmente preparado "que tamanha coragem e capacidade sejam utilizadas para matar nossos semelhantes."

"Como candidato presidencial", interveio a sra. Smith, "meu marido teve o apoio do movimento da objeção de consciência em todo o Estado."

"Eles também não comiam carne?", perguntei, e foi a vez de a sra. Smith me olhar desapontada.

"Não há motivo para rir", ela disse.

"É uma pergunta justa, querida", censurou-a gentilmente o sr. Smith. "Mas não há nada de estranho, sr. Brown, se pensar bem, que o vegetarianismo e a objeção de consciência andem juntos. Falava-lhe outro dia da acidez e de seu efeito sobre as paixões. Elimine a acidez e dará espaço para a consciência. E a consciência, bem, quer crescer, crescer e crescer. Assim, um dia, o senhor se recusa a permitir que um animal inocente seja abatido para seu prazer e, no outro dia, talvez se surpreenda, mas se recusará horrorizado a matar um semelhante. E então vem a questão da cor e de Cuba... Posso lhe dizer que também tive o apoio de muitos grupos teosóficos."

"A Associação Contra os Esportes Sangrentos também", disse a sra. Smith. "Não oficialmente, é claro, enquanto entidade. Mas muitos membros votaram no sr. Smith."

"Com um apoio tão grande...", comecei, "estou surpreso..."

"Os progressistas sempre serão minoria na nossa época", arrematou a sra. Smith. "Mas pelo menos nós fizemos nosso protesto."

E então, é claro, iniciou-se a tediosa e costumeira discussão. O representante de produtos farmacêuticos começou, e gostaria de dar-lhe a mesma autoridade do candidato presidencial, porque me parecia realmente representativo, mas, no seu caso, de um mundo mais desprezível. Como ex-vigilante de ataques aéreos, considerava-se um combatente. Além disso, tinha uma mágoa; suas reminiscências sobre as bombas haviam sido interrompidas. "Não consigo entender os pacifistas", disse, "eles consentem em ser defendidos por homens como nós..."

"Vocês não nos consultam", corrigiu-o gentilmente o sr. Smith.

"É difícil para a maioria de nós distinguir entre um indivíduo que defende a objeção de consciência e um sujeito que foge do trabalho."

"Pelo menos eles não fogem da prisão", rebateu o sr. Smith.

Jones veio inesperadamente em seu apoio. "Muitos serviram corajosamente na Cruz Vermelha", disse. "Alguns de nós devem a vida a eles."

"Não vai encontrar muitos pacifistas aonde o senhor vai", observou o comissário.

O químico persistiu, em voz alta porque estava magoado: "E se alguém atacar sua mulher, o que vai fazer então?".

O candidato presidencial olhou do outro lado da mesa para o corpulento viajante, pálido e doentio, e se dirigiu a ele como se fosse um interlocutor enfadonho numa reunião política, com ponderação e gravidade.

"Jamais afirmei, senhor, que retirando a acidez retiramos toda a paixão. Se a sra. Smith fosse atacada e eu tivesse uma arma em minha mão, não posso prometer que deixaria de usá-la. Possuímos padrões aos quais nem sempre nos atemos."

"Muito bem, sr. Smith", exclamou Jones.

"Mas eu deploraria minha paixão, senhor. Eu a deploraria."

V

NAQUELA NOITE, FUI À CABINE DO COMISSÁRIO antes do jantar, esqueço com que propósito. Encontrei-o sentado à sua escrivaninha. Soprava um preservativo até ficar do tamanho de um cassetete. Amarrava a extremidade com uma fita antes de tirá-lo da boca. Sua mesa estava coberta de grandes falos inflados. Era como um massacre de porcos.

"Amanhã é o dia do concerto a bordo", explicou-me, "e não temos balões. Foi ideia do sr. Jones usar isto." Notei que ele havia decorado alguns com umas caras engraçadas em tinta colorida. "Temos somente uma senhora a bordo, e não acredito que ela perceberá do que se trata."

"O senhor se esquece de que ela é progressista."

"Nesse caso não se importará. Esses são certamente os símbolos do progresso."

"Sofrendo de acidez como nós sofremos, ao menos não precisamos transmiti-la a nossos filhos."

Ele deu uma risadinha e começou a trabalhar com um lápis colorido num de seus monstruosos rostos. A textura da película gemeu sob seus dedos.

"A que horas acha que chegaremos na quarta-feira?"

"O comandante espera atracar à noitinha."

"Gostaria de chegar antes que as luzes se apaguem. Ainda apagam, suponho?"

"Sim. O senhor constatará que nada mudou para melhor. Só para pior. É impossível deixar a cidade sem autorização da polícia. Há barreiras em todas as estradas fora de Porto Príncipe. Duvido que o senhor consiga chegar a seu hotel sem ser revistado. Avisamos aos tripulantes de que correrão risco de vida se deixarem o porto. É claro que eles irão mesmo assim. *Mère* Catherine está sempre aberta."

"Alguma notícia do Baron?" Era como alguns chamavam o presidente, além de *Papa Doc* — nós dignificávamos sua vil figura bamboleante com o título de Baron Samedi, que na mitologia vodu assombra os cemitérios com sua cartola e casaca, fumando um enorme charuto.

"Dizem que não é visto há três meses. Não aparece sequer à janela do palácio para ver a banda. Pode até estar morto, pelo que sabemos. Se é que ele pode morrer sem uma bala de prata. Tivemos de cancelar nossa escala em Cap-Haïtien nas duas últimas viagens. A cidade está sob lei marcial. É muito próxima à fronteira dominicana, e nós não podemos entrar." Inspirou profundamente e começou a inflar outro preservativo. A teta saltou como um tumor, e um cheiro de hospital próprio da borracha encheu a cabine.

"O que fez o senhor voltar?", perguntou.

"Não posso abandonar um hotel que me pertence..."

"Mas o senhor o abandonou."

Não iria confidenciar minhas razões ao comissário. Eram demasiado pessoais e sérias, se é que podemos definir como séria a confusa comédia de nossa vida. Encheu outra *capote anglaise*, e pensei: "Seguramente deve existir uma força que sempre determina que as coisas aconteçam nas circunstâncias mais humilhantes". Quando eu era menino acreditava no Deus cristão. A vida à sua sombra era um negócio muito sério; e via-O encarnando em todas as tragédias. Ele pertencia às *lacrimae rerum* como uma gigantesca figura surgindo entre a bruma escocesa. Agora que eu me aproximava do fim da vida, era apenas meu senso de humor que, às vezes, me permitia acreditar n'Ele. A vida era uma comédia, e não a tragédia para a qual eu havia sido preparado, e me parecia que todos, nesse navio de nome grego (por que razão uma linha holandesa põe nomes gregos em seus navios?), éramos impelidos por um ser brincalhão, autoritário e prático para o extremo da comédia. Quantas vezes, no meio da multidão na Shaftesbury Avenue ou na Broadway, depois que os cinemas fechavam, eu ouvi a frase: "Ri até chorar".

"O que acha do sr. Jones?", perguntou o comissário.
"O major Jones? Deixo estes assuntos para o senhor e o comandante." Era óbvio que ele também havia sido consultado; talvez o fato de meu nome ser Brown me tornasse mais sensível à comédia de Jones.

Peguei uma das grandes linguiças de borracha e disse: "Alguma vez usou uma destas da maneira adequada?"

O comissário suspirou. "Infelizmente, não. Cheguei a uma idade... Inevitavelmente tenho uma *crise de foie*. Sempre que minhas emoções ficam agitadas."

O comissário admitira-me a uma confidência e agora exigia outra em troca, ou talvez o comandante tivesse exigido uma informação a meu respeito também e o comissário percebia a oportunidade de fornecê-la.

"De que maneira um homem como o senhor chegou a se estabelecer em Porto Príncipe? Como se tornou um *hôtelier*? O senhor não parece hoteleiro. Parece, parece...", mas sua imaginação falhou.

Ri. Ele fizera a pergunta pertinente, mas a resposta eu preferia guardá-la para mim.

VI

O COMANDANTE NOS HONROU na noite seguinte com sua presença no jantar, e também o chefe da casa de máquinas. Suponho que deva sempre existir uma certa rivalidade entre comandante e chefe, porque suas responsabilidades são iguais. Como o comandante tomava suas refeições sozinho, o chefe fazia o mesmo. Agora, cada qual numa cabeceira da mesa, sentavam em plena igualdade debaixo dos duvidosos balões. Houve um prato extra em homenagem à nossa última noite a bordo, e, com exceção dos Smith, os passageiros tomaram champanhe.

O comissário mostrava-se singularmente contido na presença de seus superiores (acho que ele teria preferido estar com o primeiro-oficial na ponte de comando, livre, em meio à escuridão e ao vento), e o comandante e o chefe estavam um pouco curvos sob o peso da ocasião, como sacerdotes celebrando uma importante festividade. A sra. Smith sentava-se à direita do comandante, eu à esquerda, e a simples presença de Jones impedia que a conversação fLuisse fácil. Até o cardápio acrescentava dificuldades, pois nessa ocasião fora plenamente satisfeita a predileção dos holandeses por carne gordurosa, e o prato da sra. Smith muitas vezes nos censurava com seu vazio. Os Smith, contudo, haviam trazido consigo inúmeras caixas e potes que, como boias no mar, sempre assinalavam seus lugares, e talvez por acharem que haviam traído seus propósitos ao tomar alguma coisa cujos ingredientes eram tão duvidosos, como a Coca-Cola, nessa noite preparavam suas próprias beberagens com água quente.

"Fui informado", disse sombriamente o comandante, "que após o jantar haverá alguma diversão."

"Somos um grupo pequeno", falou o comissário, "mas o sr. Jones e eu achamos que deveríamos fazer alguma coisa na última noite que passaremos juntos. Evidentemente, há nossa orquestra da cozinha e o sr. Baxter vai nos proporcionar algo muito especial..." Troquei um olhar intrigado com a sra. Smith. Nenhum de nós sabia quem poderia ser o sr. Baxter. Teríamos um clandestino a bordo?

"Pedi ao sr. Fernandez que nos ajudasse à sua maneira e ele consentiu com prazer", prosseguiu empolgado o comissário. "Concluiremos cantando 'Auld lang syne', em homenagem a nossos passageiros anglo-saxões." O pato passou pela segunda vez e os Smith, para nos fazer companhia, serviram-se novamente do conteúdo de suas caixas e potes.

"Com licença, sra. Smith, o que está bebendo?", indagou o comandante.

"Um pouco de Barmene com água quente. Meu marido prefere Yeastrel à noite. Ou às vezes Vecon. Ele acha que o Barmene tem um efeito excitante."

O comandante deu uma olhada assustada para o prato da sra. Smith e se serviu de uma fatia de carne de pato. "E o que está comendo, sra. Smith?", interpelei, querendo que o comandante saboreasse toda a extravagância da situação.

"Não sei por que está perguntando, sr. Brown. O senhor me viu comendo isso todas as noites à mesma hora. Massa de folhas de olmo", explicou ao comandante. Ele pousou a faca e o garfo, empurrou seu prato e ficou com a cabeça abaixada. Pensei a princípio que estivesse fazendo uma oração de agradecimento, mas acho que em realidade foi acometido por uma sensação de náusea.

"Vou terminar com um pouco de Nuttoline", acrescentou a sra. Smith, "se o senhor não tiver um iogurte."

O comandante pigarreou asperamente e desviou o olhar dela para a mesa, hesitou um pouco diante do sr. Smith, que se servia de abundantes colheradas de cereal marrom em seu prato, e fixou o olhar no inofensivo sr. Fernandez, como se de certo modo ele fosse responsável. Então anunciou num tom burocrático: "Amanhã à tarde chegaremos, espero, por volta das quatro horas. Gostaria de avisar aos senhores que se dirijam logo à alfândega, pois as luzes da cidade costumam ser desligadas por volta de seis e meia".

"Por quê?", perguntou a sra. Smith. "Deve ser um inconveniente para todos."

"Por medida de economia", explicou o comandante. E acrescentou: "As notícias do rádio essa noite não são boas. Parece que os rebeldes atacaram pela fronteira dominicana. O governo afirma que tudo está calmo em Porto Príncipe, mas gostaria de aconselhar aos que desembarcam aqui que se mantenham em contato com seus respectivos consulados. Recebi ordens para desembarcar os passageiros imediatamente e rumar em seguida para São Domingos. Não devo me demorar com a carga.

"Parece que encontramos encrenca, querida", falou o sr. Smith da ponta da mesa, servindo-se de outra colherada do que supus ser Froment, um prato que ele havia me explicado no almoço.

"Não é a primeira vez", replicou a sra. Smith com satisfação contida.

Um marinheiro entrou trazendo uma mensagem para o comandante, e ao abrir a porta os preservativos se mexeram, gemendo ao roçarem entre si. O capitão disse: "Os senhores precisam me desculpar. O dever. Agora tenho de ir. Desejo a todos uma noite festiva". Mas me perguntei se a mensagem não teria sido combinada de antemão; ele não era um homem sociável e achava difícil aceitar a sra. Smith. O chefe da casa das máquinas levantou-se também como se temesse deixar o navio nas mãos do comandante.

Com a saída dos oficiais, o comissário voltou a ser o que era e nos convidou a comer e beber mais. (Até os Smith, depois de muita hesitação — "Não sou propriamente uma comilona", esclareceu a sra. Smith —, serviram-se novamente de Nuttoline.) Foi servido um licor doce, como o comissário explicou, por conta da companhia, e a ideia de uma bebida de graça hipnotizou todo mundo, com exceção dos Smith, a beber mais, inclusive o representante de produtos farmacêuticos, embora este olhasse apreensivo para seu cálice como se o verde fosse a cor do perigo. Quando finalmente chegamos ao salão, havia um programa sobre cada cadeira.

O comissário gritou festivamente "Alegria, alegria", e começou a bater as mãos suavemente sobre seus joelhos roliços enquanto a orquestra entrava, liderada pelo cozinheiro, um jovem cadavérico, com as faces afogueadas pelo calor dos fogões, e seu chapéu de cozinha na cabeça. Seus companheiros carregavam caçarolas, panelas, facas, colheres: havia até um picador de carne para acrescentar uma nota estridente, e o *chef* segurava um espeto como batuta. No programa, a peça executada em primeiro lugar era *Noturno*, seguida por uma *Chanson d'amour*, cantada pelo próprio *chef*, com uma voz doce e insegura. *Automne, tendresse, feuilles mortes*, só consegui pegar poucas melancólicas palavras entre o oco estrépito das colheres sobre as panelas. O casal Smith permanecia de mãos dadas no sofá, a manta estendida sobre os joelhos dela, e o representante farmacêutico inclinava-se compenetrado para a frente, observando o cantor franzino; talvez com olho profissional estivesse considerando se algum de seus medicamentos poderia ser útil. Quanto ao sr. Fernandez, sentava-se distante, escrevendo vez por outra alguma coisa num caderno. Jones, de pé atrás da cadeira do comissário, curvava-se ocasionalmente para sussurrar algo em seu ouvido. Parecia tomado pela excitação de um gozo pessoal, como se a coisa toda fosse invenção sua, e quando aplaudia era com uma alegria de autocongratulação. Olhou para mim e piscou como para dizer: "Espere só. Minha imaginação não para aqui. Há coisas melhores ainda".

Eu tinha intenção de ir para a cabine quando a canção terminasse, mas o comportamento de Jones despertou minha curiosidade. O representante farmacêutico já havia desaparecido, e me lembrei de que havia passado sua hora costumeira de ir deitar-se. Jones então chamou o regente da orquestra para conferenciar; o chefe da percussão juntou-se a eles com sua grande caçarola de cobre debaixo do braço. Olhei para o programa e vi que a próxima peça era um "Monólogo dramático do sr. J. Baxter". "Foi uma apresentação muito interessante", disse o sr. Smith. "Não achou, minha querida?"

"As panelas serviram para um fim melhor do que cozinhar um pobre pato", replicou a mulher. Suas paixões não haviam enfraquecido de maneira perceptível com a retirada da acidez.

"Muito bem cantado, não achou, sr. Fernandez?"

"Sim", respondeu este, e chupou a ponta do lápis.

O representante farmacêutico entrou com um capacete na cabeça — não havia ido para a cama, mas trocara a calça por jeans e segurava um apito entre os dentes.

"Então este é o sr. Baxter", disse a sra. Smith num tom de alívio. Acho que ela não gostava de mistérios; queria todos os elementos da comédia humana marcados exatamente como os medicamentos do sr. Baxter ou o rótulo do vidro de Barmene. O representante farmacêutico emprestara talvez os jeans de um membro da tripulação, mas fiquei imaginando como teria conseguido o capacete.

Então, ele soprou o apito para nos fazer calar, embora somente a sra. Smith tivesse falado, e anunciou: "Um monólogo dramático intitulado *A ronda do vigilante*". Para seu óbvio desgosto, um membro da orquestra imitou a sirene de um ataque aéreo.

"Bravo", disse Jones.

"Deveriam ter me avisado", reclamou o sr. Baxter. "Agora perdi a concentração."

Foi novamente interrompido pelo estrondo de um bombardeio distante produzido no fundo de uma frigideira.

"O que vem a ser isso?", perguntou irritado.

"Os canhões no estuário."

"O senhor está interferindo no meu roteiro, sr. Jones."

"Prossiga", disse Jones. "A abertura acabou. A atmosfera está criada. Londres, 1940." O sr. Baxter lançou-lhe um olhar triste e magoado e anunciou de novo seu número, acrescentando ter sido composto pelo Vigilante do Posto x. Colocando a palma da mão sobre os olhos, como para protegê-los de estilhaços de vidro, começou a recitar:

Labaredas caíam sobre Euston, St. Pancras
E a velha, querida Tottenham Road.
Em sua ronda solitária caminhando,
O vigilante via sua sombra como uma nuvem.

Em Hyde Park, soava o estrondo dos canhões
Quando veio o clamor da primeira bomba.
Seu punho o vigilante sacudiu contra o céu,
Desafiando o poderio de Hitler.

Londres ficará de pé, St. Paul ficará de pé,
E a cada um dos que tombarem aqui
A maldição brotará num coração alemão
Contra seu demoníaco Führer.

Maples foi atingida, Gower Street é uma sombra,
Piccadilly está em chamas — mas tudo está bem.
Com nossa ração de pão brindaremos,
Pois a blitzkrieg morreu em Pall Mall.

O sr. Baxter apitou, perfilou-se repentinamente e disse: "Soou o alarme."
"E já não era sem tempo", completou a sra. Smith.
O sr. Fernandez gritou agitado: "Não, não. Ah, não, senhor", e acho que, com exceção da sra. Smith, todos concordaram que qualquer coisa que viesse depois teria o caráter de um anticlímax.
"Isso exige mais champanhe", disse Jones. "Garçom!"
A orquestra voltou para a cozinha, com exceção do regente, que ficou a pedido de Jones. "O champanhe é por minha conta", afirmou ele. "Se alguém merece uma taça, é o senhor."
O sr. Baxter sentou-se de repente a meu lado e começou a tremer todo. Sua mão batia nervosamente na mesa. "Não se preocupe", explicou, "é sempre assim. Fico nervoso depois da apresentação. Acha que me saí bem?"
"Muito", disse eu. "Onde achou o capacete?"

"É uma daquelas coisas que carrego comigo no fundo da mala. De certa maneira, nunca me separei dele. Imagino que o mesmo ocorra com o senhor, há coisas que a gente guarda..."

Era bem verdade: coisas muito mais portáteis do que um capacete, mas tão inúteis quanto ele — fotografias, um velho cartão-postal, um recibo de sócio há muito vencido de uma boate fora da Regent Street, um ingresso para um dia no cassino de Monte Carlo. Tinha certeza de que poderia encontrar meia dúzia dessas coisas se revirasse minha carteira. "A calça jeans eu peguei emprestada do imediato, mas ela tem um corte estrangeiro."

"Deixe-me servi-lo. Sua mão ainda está tremendo."

"Gostou de fato do poema?"

"Foi muito real."

"Então vou contar ao senhor algo que jamais contei a alguém antes. Eu sou o Vigilante do Posto x. Eu escrevi o poema. Depois da *blitz* de maio de 1941."

"O senhor escreveu mais coisas?", perguntei.

"Nada, senhor, exceto uma vez, sobre o funeral de uma criança."

"E agora, cavalheiros", anunciou o comissário, "consultem seu programa e verão que chegamos a um momento muito especial que nos foi prometido pelo sr. Fernandez."

E foi mesmo um momento muito especial, pois o sr. Fernandez foi tomado de súbito choro, como o sr. Baxter havia sido tomado pela tremedeira. Havia bebido champanhe demais? Ou se comovera sinceramente com a declamação do sr. Baxter? Era duvidoso, pois parecia não entender uma palavra de inglês com exceção dos seus "sim" e "não". Mas agora ele chorava, empertigado em sua cadeira; chorava com grande dignidade e eu pensei: "Nunca vi um homem de cor chorar". Eu os vira risonhos, zangados, mas jamais dominados como este homem por uma aflição inexplicável. Ficamos sentados em silêncio olhando para ele; não havia nada que qualquer um de nós pudesse fazer, não podíamos nos comunicar com ele. Seu corpo estremecia ligeiramente, como o salão do navio com a vibração das máquinas, e pensei que, afinal, essa era uma maneira mais adequada de nos aproximarmos da tenebrosa república do que música e cantos. Teríamos muita razão para chorar, todos nós, no lugar que nos aguardava.

Então vi pela primeira vez a melhor faceta dos Smith. Não gostei da rápida censura da sra. Smith ao pobre Baxter — suponho que qualquer poema sobre a guerra seria ofensivo para ela; mas foi a única entre nós a mexer-se agora para ajudar o sr. Fernandez. Sentou-se a seu lado, sem dizer palavra, e segurou sua mão na dela; com a outra afagava a palma rosada. Parecia uma mãe confortando o filho no meio de estranhos. O sr. Smith imitou-a e se sentou do outro lado do homem, formando assim um pequeno grupo à parte. A sra. Smith dava pequenos estalos com a língua, como faria com seu filho, e, tão repentinamente como começou, o sr. Fernandez parou de chorar. Ergueu-se, levou a mão velha e enrugada da sra. Smith até os lábios e saiu do salão.

"Bem," exclamou Baxter, "o que é que os senhores acharam?..."

"Muito estranho, disse o comissário. "Muito estranho mesmo."

"Um belo desmancha-prazeres", opinou Jones. Ergueu a garrafa de champanhe, mas estava vazia, e ele a devolveu à mesa. O regente pegou seu espeto e voltou para a cozinha.

"O pobre homem está com problemas", disse a sra. Smith. Era toda a explicação necessária, e ela olhou para sua mão como se esperasse ver na pele a marca dos lábios túrgidos do sr. Fernandez.

"Um verdadeiro desmancha-prazeres", repetiu Jones.

O sr. Smith interveio com uma sugestão: "Talvez devêssemos encerrar o entretenimento agora com *Auld lang syne*. É quase meia-noite. Não gostaria que o sr. Fernandez, lá sozinho, pensasse que nós continuamos na galhofa". Não era bem a palavra que eu empregaria para definir nossa comemoração até o momento, mas concordei com o princípio. Já não tínhamos orquestra para nos acompanhar, mas o sr. Jones sentou-se ao piano e dedilhou uma agradável interpretação da horrível ária. Um tanto constrangidos, demo-nos as mãos e cantamos. Sem o cozinheiro e Jones e o sr. Fernandez, formávamos um grupo bastante pequeno. Não tínhamos ainda terminado *Old acquaintance* e nossas taças já estavam vazias.

VII

JÁ PASSAVA MUITO DA MEIA-NOITE QUANDO JONES bateu à porta de minha cabine. Estava mexendo em alguns papéis com a ideia de destruir o que pudesse ser mal-interpretado pelas autoridades — por exemplo, tinha havido uma troca de correspondência relativa à possível venda de meu hotel, e em algumas cartas constavam perigosas referências à situação política. Estava mergulhado em meus pensamentos e respondi nervosamente quando bateu, como se já tivesse desembarcado e um *tonton macoute* estivesse à minha porta.

"Espero que eu não esteja adiando seu sono", disse ele.

"Ainda nem comecei a me despir."

"Desculpe por esta noite, as coisas não foram tão bem como eu pretendia. Naturalmente, o material era limitado. O senhor sabe, aflige-me a ideia de passar a última noite a bordo. Talvez a gente nunca mais volte a se ver. É como na véspera do Ano-Novo, quando queremos que o velho termine bem. Existe o que chamam de uma boa morte? Não gostei quando o preto chorou daquela maneira. Foi como se ele estivesse tendo uma visão. Do futuro. Claro que não sou religioso."

Olhou-me de maneira penetrante. "Nem o senhor, eu diria."

Eu tinha a impressão de que ele viera à minha cabine com um objetivo, não apenas para expressar sua decepção com a festa, mas talvez para pedir ou perguntar algo. Se ele tivesse condições de me ameaçar, chegaria até a suspeitar que essa era a intenção. Usava sua ambiguidade como uma roupa berrante e parecia orgulhar-se

disso, como quem diz: "Você tem que me aceitar como eu sou".
Ele prosseguiu: "O comissário diz que o senhor é realmente o dono daquele hotel..."
"Estava duvidando?"
"Não exatamente. Mas é que o senhor não parece o tipo. Nem sempre nós colocamos a descrição exata em nosso passaporte", explicou num tom levemente racional.
"O que consta no seu?"
"Diretor de empresa. E é verdade, de certa forma", admitiu.
"De certa forma é bastante vago", contestei.
"E no seu?"
"Empresário."
"É ainda mais vago", exclamou triunfante.

O inquérito, em parte disfarçado, deveria constituir a base de nosso relacionamento no pouco tempo que restava: nós nos agarraríamos a pequenos indícios, embora em questões maiores em geral fingíssemos aceitar a história do outro. Suponho que aqueles que consomem grande parte da vida a dissimular para uma mulher, para um sócio ou até para si mesmos, começam a se farejar. Jones e eu ganhamos um bom conhecimento mútuo no final, porque as pessoas utilizam uma pequena verdade sempre que podem. É uma forma de economia.

"O senhor viveu em Porto Príncipe", disse ele. "Deve conhecer algum dos figurões de lá..."
"Eles vêm e vão."
"No exército, por exemplo?"
"Foram todos embora. Papa Doc não confia no exército. O chefe do Estado-Maior, acho, está escondido na embaixada da Venezuela. O general está a salvo em São Domingos. Há alguns coronéis na embaixada dominicana, e três coronéis e dois majores na cadeia, se é que estão vivos. Tinha carta de recomendação para algum deles?"

"Não exatamente", afirmou, parecendo pouco à vontade. "É bom não apresentá-las até ter certeza de que seu homem ainda está vivo." "Tenho uma carta do cônsul-geral do Haiti em Nova York recomendando-me..." "Estamos navegando há três dias, lembre-se. Muitas coisas podem ter acontecido nesse meio-tempo. O cônsul-geral pode ter procurado asilo..."

Ele fez o mesmo comentário que o comissário: "Fico imaginando o que traz o *senhor* de volta, dadas as circunstâncias".

A verdade era menos cansativa do que a invenção, e já era tarde: "Acho que estava com saudades", respondi. "A segurança pode mexer com os nervos, como o perigo".

"Sim, acho que passei por minha dose de perigo durante a guerra", ele disse.

"Em que unidade o senhor estava?"

Sorriu para mim; eu havia jogado uma carta de um modo demasiado óbvio. "Ah, era um bocado instável mesmo naquela época. Eu circulava. Diga-me, que tipo de pessoa é seu embaixador?"

"Não temos embaixador. Foi expulso há mais de um ano."

"O encarregado de negócios então."

"Ele faz o que pode. Quando pode."

"Parece que estamos navegando para um estranho país."

Foi para a vigia como se esperasse ver a terra através das duzentas milhas de mar, mas não havia nada para ver exceto a luz da cabine espalhando-se sobre a superfície das ondas escuras como óleo amarelo. "Não é mais exatamente um paraíso para turistas?"

"Não. Nunca foi, na realidade."

"Mas quem sabe com algumas oportunidades para um sujeito dotado de imaginação?"

"Depende."

"De quê?"

"Do tipo de escrúpulos que o senhor tenha."
"Escrúpulos?" Olhou para o balanço da noite, aparentemente pesando com cuidado a pergunta. "Ah, bem... escrúpulos custam um bocado... Por que acha que aquele negro chorou, na verdade?"
"Não tenho ideia."
"Foi uma noite estranha. Espero que nos saiamos melhor da próxima vez."
"Da próxima vez?"
"Estava pensando no fim deste ano. Onde quer que a gente esteja." Afastou-se da vigia. "Bem, é hora de dormir, não é? E Smith, o que acha que ele pretende?"
"Por que deveria estar pretendendo algo?"
"Pode ser que o senhor esteja certo. Não ligue para mim. Estou indo embora. A viagem acabou. Não há como escapar disso agora." Com a mão na porta, acrescentou: "Tentei alegrar o ambiente, mas não deu muito certo. Dormir é a resposta para tudo, não é? Ou pelo menos eu acho."

CAPÍTULO 2

VOLTAVA SEM MUITAS ESPERANÇAS para o país do medo e da frustração, e no entanto todas as coisas familiares como o *Medea* me davam uma espécie de felicidade. A imensa massa do Kenscoff inclinando-se sobre a cidade estava como de costume semienvolvida por profundas sombras; havia um faiscar de cristal do sol tardio sobre os novos edifícios perto do porto, construídos para uma exposição internacional no chamado estilo moderno. Um Colombo de pedra nos observava enquanto nos aproximávamos — era ali que eu e Martha costumávamos nos encontrar à noite até que o toque de recolher nos fechasse em prisões separadas, eu em meu hotel, ela em sua embaixada, sem sequer um telefone que funcionasse para nos comunicarmos. Ela esperava no escuro, no carro do marido, e acendia os faróis ao ouvir o ronco de meu Humber. Fiquei pensando se no último mês, agora que o toque de recolher havia acabado, ela teria escolhido outro ponto de encontro, e com quem. Não tinha dúvidas de que já encontrara um substituto. Ninguém aposta na fidelidade hoje em dia.

Estava mergulhado em muitos pensamentos obstinados para me lembrar de meus companheiros de viagem. Não havia nenhum recado para mim da embaixada britânica, assim supus que por enquanto estava tudo bem. No balcão de imigração e na alfândega reinava a confusão habitual. O nosso era o único navio, e no entanto o galpão estava cheio: carregadores, motoristas de táxi que não faziam uma corrida havia semanas, polícia, o ocasional *tonton macoute* de óculos escuros e chapéu de feltro e pedintes, pedintes por toda parte. Eles se infiltravam pelas frestas como água na estação das chuvas. Um homem sem pernas estava sentado debaixo do balcão da alfândega como um coelho numa gaiola, executando uma silenciosa pantomima.

Uma figura familiar abriu caminho em minha direção. Em geral, ele frequentava o aeroporto e não esperava vê-lo aqui. Era um jornalista conhecido por todos como Petit Pierre — um *métis* num país em que os mestiços são os aristocratas à espera do início da batalha. Alguns achavam que tinha ligações com os *tontons*: de que outra maneira ele escapava de uma surra ou coisa pior? E no entanto, em sua coluna de mexericos, havia ocasionalmente notas que mostravam uma estranha audácia satírica. Imaginava, talvez, que a polícia não lesse nas entrelinhas. Segurou minhas mãos como se fôssemos velhos amigos e se dirigiu a mim em inglês: "Ora, sr. Brown, sr. Brown!".

"Como vai, Petit Pierre?"

Deu uma risadinha, erguendo-se em seus sapatos de biqueira, pois era de baixa estatura. Estava exatamente como eu me lembrava dele: risonho. Até a hora do dia era hilariante para ele. Tinha os movimentos rápidos de um macaco e parecia voltear de uma parede a outra agarrado aos cipós da risada. Eu sempre pensava que, quando chegasse seu dia, e com certeza haveria de chegar numa vida de provocações, ele riria para seu carrasco, como dizem que os chineses costumam fazer.

"É bom vê-lo, sr. Brown. Como estão as luzes brilhantes da Broadway? Marilyn Monroe, muito uísque, bares clandestinos...?" Estava um pouco desatualizado, porque jamais fora além de Kingston, na Jamaica, em trinta anos. "Quer me dar seu passaporte,

sr. Brown? Onde estão os bilhetes da bagagem?" Agitou-os acima da cabeça, empurrando a multidão, providenciando tudo, porque conhecia todo mundo. Até o sujeito da alfândega deixou minha bagagem passar sem abri-la. Petit Pierre trocou algumas palavras com um *tonton macoute* na porta, e quando consegui sair ele me encontrou um táxi. "Entre, entre, sr. Brown. Sua bagagem está chegando."
"Como estão as coisas por aqui?", perguntei.
"Tudo como sempre. Tudo calmo."
"Não há toque de recolher?"
"E para que haveria toque de recolher, sr. Brown?"
"Os jornais diziam que havia rebeldes no norte."
"Os jornais? Os jornais americanos? O senhor não acredita naquilo que os jornais americanos dizem, não é?" Enfiou a cabeça na porta do táxi e disse com sua curiosa hilaridade: "Não pode imaginar como estou feliz, sr. Brown, em vê-lo de volta". Quase acreditei nele.
"Por que não? Não sou deste lugar?"
"Claro que o senhor é deste lugar, sr. Brown. O senhor é um verdadeiro amigo do Haiti." Riu de novo. "No entanto, muitos verdadeiros amigos nos deixaram recentemente." Baixou o tom da voz: "O governo foi obrigado a assumir a administração de alguns hotéis vazios".
"Obrigado pelo aviso."
"Não seria certo deixar que as propriedades se deteriorassem."
"Uma preocupação muito amável. Quem mora lá agora?"
"Hóspedes do governo", respondeu rindo.
"Eles tomam conta dos hóspedes agora?"
"Havia uma missão polonesa, mas foi embora muito rapidamente. Aqui está sua bagagem, sr. Brown."
"Vou conseguir chegar ao Trianon antes que as luzes se apaguem?"
"Sim, se for direto."
"E para onde mais eu iria?"

Petit Pierre riu entre os dentes e disse:"Deixe-me ir com o senhor, sr. Brown. Há barreiras na estrada agora, entre Porto Príncipe e Pétionville."

"Está bem. Entre. Qualquer coisa para evitar problemas."

"O que fez em Nova York, sr. Brown?"

Respondi com honestidade:

"Estava tentando encontrar alguém que comprasse meu hotel."

"Não teve sorte?"

"Nenhuma."

"Nenhum negócio, num país tão grande?"

"Vocês expulsaram a missão militar. Fizeram com que o embaixador fosse chamado de volta. Não poderiam esperar muita confiança lá, não é? Meu Deus, esqueci completamente. Há um candidato presidencial a bordo do navio."

"Um candidato presidencial? Eu devia ter sido avisado."

"Um candidato sem muito sucesso."

"Não faz mal. Um candidato presidencial... o que veio fazer aqui?"

"Ele tem uma carta de apresentação para o secretário do Bem-Estar Social."

"O dr. Philipot? Mas o dr. Philipot..."

"Algo errado?"

"O senhor sabe como são os políticos. É a mesma coisa em todos os países."

"O dr. Philipot não está?"

"Ele não é visto há uma semana. Dizem que está de férias."

Petit Pierre tocou o ombro do motorista. "Pare, *mon ami*." Ainda não tínhamos chegado à estátua de Colombo e a noite caía rapidamente. "Sr. Brown, acho melhor voltar e procurá-lo. O senhor sabe como são as coisas em nosso país, precisamos evitar falsas impressões. Não adiantaria nada eu chegar à Inglaterra com uma carta de apresentação para o sr. Macmillan." Acenou para mim enquanto se afastava. "Vou aparecer em breve para tomar um uísque. Estou muito contente em vê-lo de volta, sr. Brown", e se foi com aquele ar de euforia gratuita.

Seguimos em frente. Perguntei ao motorista, provavelmente um agente dos *tontons*: "Chegaremos ao Trianon antes que as luzes se apaguem?". Ele deu de ombros. Não era sua função dar informações. As luzes ainda brilhavam no edifício da exposição usado pelo secretário de Estado, e havia um Peugeot estacionado perto da estátua de Colombo. Evidentemente, existiam vários Peugeot em Porto Príncipe, e eu não podia acreditar que ela seria tão cruel ou deselegante a ponto de escolher o mesmo local de encontro. Mesmo assim, disse ao motorista: "Vou descer aqui. Leve minha bagagem até o Trianon. Joseph pagará ao senhor". Não poderia ter sido menos prudente. Na manhã seguinte, o coronel-chefe dos *tontons macoutes* com certeza ficaria sabendo exatamente onde eu tinha descido do táxi. A única precaução que tomei foi verificar se o homem realmente ia embora. Fiquei olhando as lanternas traseiras até se perderem de vista. Então caminhei na direção de Colombo e do carro estacionado. Fui chegando por trás e vi o número do Corpo Diplomático na placa. Era o carro de Martha, e ela estava sozinha.

Observei-a por instantes, enquanto ela ainda não podia me enxergar. Ocorreu-me esperar ali, a poucos metros de distância, para ver o homem que se encontraria com ela. Então ela virou a cabeça e olhou em minha direção; percebeu que alguém a estava observando. Baixou a janela um centímetro e disse abruptamente em francês, como se eu fosse um dos inúmeros pedintes do porto: "Quem é você? O que quer?". Depois ligou os faróis. "Meu Deus, então você voltou." Disse-o num tom que serviria para uma febre recorrente.

Abriu a porta e me sentei a seu lado. Pude perceber a incerteza e o medo em seu beijo. "Por que você voltou?", perguntou.

"Suponho que senti saudade de você."

"Precisava fugir para descobrir isso?"

"Tinha esperança de que as coisas mudassem indo embora."

"Nada mudou."

"O que está fazendo aqui?"

"É um lugar melhor do que os outros para sentir saudade de você."

"Não estava esperando alguém?"

"Não." Pegou um de meus dedos e o torceu até me machucar. "Sabe, posso ser *sage*, por alguns meses. Menos nos sonhos. Fui infiel nos sonhos."

"Eu também fui infiel, à minha maneira."

"Não precisa me dizer agora qual é a sua maneira", ela pediu. "Apenas fique quieto. Fique aqui."

Obedeci. Sentia-me meio feliz, meio angustiado, porque era óbvio que uma coisa não havia mudado, com exceção de que agora, sem meu carro, ela teria de me levar de volta e correr o risco de sermos vistos nas proximidades do Trianon: não nos despediríamos perto de Colombo. Mesmo enquanto estava fazendo amor com ela, eu a testei. Com certeza ela não teria a coragem de me querer se estivesse esperando outro homem, mas depois disse a mim mesmo que esse não era um teste adequado — ela tinha coragem para tudo. Não era a falta de coragem que a mantinha presa ao marido. Deu um grito do qual eu me lembrava bem e colocou a mão na boca. Seu corpo perdeu toda a tensão, era como uma criança fatigada descansando sobre meus joelhos. "Esqueci de fechar a janela", ela disse.

"Será melhor subirmos até o Trianon antes que as luzes se apaguem."

"Encontrou alguém para comprar o hotel?"

"Não."

"Fico contente."

No parque público, a fonte musical erguia-se negra, seca, muda. Lâmpadas elétricas piscavam a mensagem noturna: *Je Suis Le Drapeau Haïtien, Uni Et Indivisible. François Duvalier.*[*]

---

[*] Em francês, no original: "Eu sou a bandeira haitiana, una e indivisível. François Duvalier". (N.E.)

Passamos pelas vigas enegrecidas da casa que os *tontons* haviam destruído e subimos a colina em direção a Pétionville. Na metade da subida, havia uma barreira. Um homem de camisa rasgada, calça cinza e chapéu de feltro que alguém devia ter jogado na lata do lixo veio arrastando seu fuzil pelo cano até a porta do carro. Disse-nos para descer a fim de sermos revistados. "Vou sair", eu disse, "mas essa senhora faz parte do Corpo Diplomático."
"Querido, não crie caso", disse ela. "Não existem mais privilégios agora." Foi andando para o acostamento, colocando as mãos sobre a cabeça e jogando para o soldado um sorriso que odiei.
"Não está vendo a inscrição C.D. na chapa?", continuei.
"E você não percebe que ele não sabe ler?" O rapaz apalpou meus quadris e escorregou as mãos pelas minhas pernas. Depois abriu o porta-malas do carro. Não foi uma busca diligente e acabou depressa. Abriu uma passagem na barreira e nos deixou ir. "Não gosto que você volte guiando sozinha", eu disse. "Vou mandar um empregado com você, se é que ainda tenho um." E então, depois de guiar mais um quilômetro, voltei mentalmente à velha suspeita. Se um marido é notoriamente cego à infidelidade, suponho que um amante tenha o defeito oposto: ele a vê por toda parte.
Diga, o que você estava fazendo, de verdade, esperando perto da estátua?"
"Não se comporte como um bobo esta noite", ela disse. "Estou feliz."
"Nunca escrevi para você que voltaria."
"Era um lugar para ficar me lembrando de você, só isso."
"Parece coincidência que justamente esta noite..."
"Você acha que esta foi a única noite em que eu me dei ao trabalho de me lembrar de você?" E acrescentou: "Luis uma vez me perguntou por que eu tinha parado de sair à noite para jogar *gin rummy*, agora que o toque de recolher havia acabado. Na noite

seguinte, peguei o carro como sempre. Não ia ver ninguém e não tinha nada para fazer, então vim até a estátua".

"E Luis está satisfeito?"

"Ele sempre está satisfeito."

Repentinamente, em torno de nós, acima e abaixo de nós, as luzes se apagaram. Restou um brilho ao redor do porto e dos prédios oficiais. "Espero que Joseph tenha guardado um pouco de querosene para mim", disse. "Espero que seja tão sensato quanto é virgem."

"Ele é virgem?"

"Bom, é casto. Desde que os *tontons macoutes* o espancaram."

Pegamos a alameda íngreme ladeada de palmeiras e primaveras. Sempre me perguntava por que o proprietário original batizara o hotel de Trianon. Nome algum poderia ser menos adequado. A arquitetura do prédio não era nem clássica à maneira do século XVIII nem luxuosa como a do século XX. Com suas torres, sacadas e entalhes de madeira, à noite tinha a aparência de uma casa de Charles Addams num número do *The New Yorker*. Podia-se esperar ver uma bruxa abrir a porta ou um mordomo maluco, com um morcego pendurado num lustre atrás dele. Mas à luz do sol, ou quando as luzes se acendiam entre as palmeiras, parecia frágil, uma construção de época, graciosa e absurda, uma ilustração de um livro de contos de fada. Eu chegara a amar este lugar e de certa maneira estava feliz por não ter encontrado um comprador. Acreditava que, se o hotel continuasse meu por mais alguns anos, teria a sensação de possuir um lar. Era chegada a hora de ter uma casa, assim como já era tempo de converter uma amante em esposa. Nem mesmo a morte violenta de meu sócio havia perturbado profundamente meu amor possessivo. Destacaria com frei Lourenço, na versão francesa de *Romeu e Julieta*, uma frase que fazia sentido recordar:

Le remède au chaos
N'est pas dans le chaos.*

---

* Do francês, no original: "O remédio para o caos / Não está no caos". (N. E.)

O remédio consistia no sucesso, que nada devia a meu sócio: nas vozes que gritavam na piscina, no tinir do gelo no bar onde Joseph fazia seus famosos ponches de rum, na chegada dos táxis da cidade, no burburinho do almoço na varanda, e à noite o percussionista e os bailarinos, com a figura grotesca do Baron Samedi, a dançar, surgindo em passos suaves debaixo das palmeiras iluminadas. Por pouco tempo eu tive tudo isso.

Recompusemo-nos na escuridão, e eu beijei Martha de novo: ainda era uma interrogação. Não podia crer numa fidelidade que durara três meses de solidão. Talvez — especulação menos desagradável do que outra — ela tivesse voltado para o marido. Apertei-a contra mim e perguntei: "Como vai Luis?"

"O mesmo", respondeu. "Sempre o mesmo."

E no entanto pensei que ela devia tê-lo amado alguma vez. Este é um dos tormentos do amor proibido: até o abraço mais íntimo da amante é uma prova a mais de que o amor não dura. Encontrei Luis pela segunda vez quando, com outros trinta convidados, participei de um coquetel na embaixada. Pareceu-me impossível que o embaixador — aquele homem robusto, perto dos cinquenta, cujo cabelo brilhava como um sapato lustrado — não percebesse quantas vezes nossos olhares se cruzavam ao longo da sala cheia de gente, o toque furtivo que ela me dava com a mão ao passar. Mas Luis mantinha sua aparência de superioridade estabelecida: essa era sua embaixada, essa era sua esposa, esses eram seus convidados. As embalagens dos fósforos traziam suas iniciais impressas, até os rótulos dos charutos. Lembro-me de que ele ergueu um copo de coquetel contra a luz, mostrando-me a delicada gravura de uma máscara de touro. "Mandei fazê-los especialmente para mim em Paris", dissera. Ele tinha um grande senso de posse, mas talvez não se importasse em ceder o que possuía.

"Luis consolou-a enquanto eu estava fora?"

"Não", ela disse, e eu me amaldiçoei pela minha covardia em formular a pergunta de modo que sua resposta permanecesse ambígua. Ela acrescentou: "Ninguém me consolou", e imediatamente comecei a pensar em todos os significados de consolo, entre os quais ela poderia escolher um para satisfazer seu senso da verdade. Porque ela possuía um senso da verdade.

"Você está usando um perfume diferente."

"Luis me deu este pelo meu aniversário. O seu terminou."

"Seu aniversário. Esqueci..."

"Não faz mal."

"Joseph está demorando", disse eu. "Deveria ter ouvido o carro."

"Luis é gentil comigo. Você é o único que me maltrata. Como os *tontons macoutes* com Joseph."

"O que você quer dizer com isso?"

Tudo como antes! Depois de dez minutos, tínhamos feito amor e, após meia hora, começávamos a brigar. Saí do carro e subi os degraus no escuro. Em cima, quase tropecei em minhas malas que o motorista havia depositado lá. Chamei por Joseph e ninguém respondeu. A varanda se estendia de ambos os lados, mas não havia sido preparada nenhuma mesa para o jantar. Pela porta aberta do hotel, podia-se ver o bar à luz de um pequeno lampião a óleo, como aqueles que se colocam perto da cama de uma criança ou de um doente. Este era meu luxuoso hotel — um círculo de luz que mal tocava uma garrafa de rum pela metade, dois bancos, um sifão de soda empoleirado na sombra como um pássaro de bico comprido. Chamei de novo por Joseph e de novo ninguém respondeu. Desci os degraus até o carro e pedi a Martha que esperasse um momento.

"Há algo errado?"

"Não consigo encontrar Joseph."

"Eu preciso voltar."

"Não pode ir sozinha. Não tenha tanta pressa. Luis pode esperar um pouco."

Subi novamente os degraus do hotel Trianon. *Um centro da vida intelectual do Haiti. Um hotel de luxo que satisfaz igualmente* o conhecedor da boa comida e o amante dos costumes locais. Experimente as bebidas especiais preparadas com o melhor rum haitiano, mergulhe na luxuosa piscina, ouça a música dos tambores haitianos e aprecie os dançarinos haitianos. Conviva com a elite intelectual haitiana, os músicos, os poetas, os pintores, que encontram no hotel Trianon um centro social... O folheto turístico dizia quase a verdade, antigamente.

Procurei debaixo do bar e encontrei uma lanterna a pilha. Atravessei o salão até meu escritório, a mesa coberta de velhas contas e recibos. Não esperava um cliente, mas nem Joseph se encontrava lá. "Que regresso", pensei, "que regresso!" Abaixo do escritório ficava a piscina. Aproximadamente a essa hora, os convidados dos coquetéis chegavam dos outros hotéis da cidade. Alguns, nos bons tempos, não bebiam em nenhum outro lugar, a não ser no Trianon, exceto os que haviam feito reserva nos passeios turísticos e entornavam de tudo. Os americanos sempre bebiam martínis secos. À meia-noite, alguns deles nadavam nus na piscina. Uma vez, olhei pela janela às duas da manhã. Havia uma enorme lua amarela e uma mulher fazia amor na piscina. Seus seios estavam comprimidos contra a borda, não pude ver o homem atrás dela. Ela não percebeu que eu a estava observando; não percebia nada. Naquela noite pensei, antes de dormir: "Consegui".

Ouvi passos no jardim vindo na direção da piscina, os passos irregulares de alguém que manca. Joseph sempre mancou desde sua entrevista com os *tontons macoutes*. Eu ia sair até a varanda para ir a seu encontro quando olhei de novo sobre minha mesa. Algo estava faltando. Todas as contas se encontravam ali onde se haviam acumulado durante minha ausência, mas onde estava o pequeno peso para papéis de bronze em forma de caixão, com as iniciais R.I.P., que eu comprara para mim num Natal em Miami? Não tinha nenhum valor, custara dois dólares e setenta e cinco *cents*, mas era meu e me surpreendi ao ver que já não estava lá. Por que as coisas mudam em nossa ausência? Até Martha havia mudado seu perfume. A vida mais instável é aquela em que menos queremos que os pequenos detalhes se alterem.

Saí na varanda para encontrar Joseph. Via sua lanterna ziguezaguear no caminho sinuoso que saía da piscina.

"É o senhor, *monsieur* Brown?", gritou espantado.

"É claro que sou eu. Por que você não estava aqui quando cheguei? Por que deixou minhas malas...?"

Ficou me olhando lá de baixo com uma expressão aflita em seu rosto preto.

"Madame Pineda me deu uma carona. Quero que você a leve de volta para a cidade, de carro. Você pode voltar de ônibus. O jardineiro está aqui?"

"Foi embora."

"E o cozinheiro?"

"Foi embora."

"Meu peso para papéis? O que aconteceu com ele?"

Olhou-me como se não entendesse.

"Não veio nenhum hóspede desde que eu fui embora?"

"Não, *monsieur*. Somente..."

"Somente o quê?"

"Quatro noites atrás, o dr. Philipot, ele veio aqui. Ele disse não contar pra ninguém."

"O que ele queria?"

"Eu digo a ele não ficar aqui. Eu digo a ele os *tontons* procuram ele aqui."

"O que ele fez?"

"Ele fica do mesmo jeito. Então o cozinheiro foi embora e o jardineiro foi embora. Ele diz que volta quando ele vai. Ele homem muito doente. Por isso ele fica. Eu digo vá para as montanhas, mas ele diz não anda, não anda. Seus pés muito inchados. Eu digo a ele ir embora antes que o senhor volta."

"Que confusão fui encontrar", disse. "Vou falar com ele. Em que quarto ele está?"

"Quando eu ouvi o carro, eu chamo ele. É *tonton*, saia logo. Ele muito cansado. Ele não quer ir. Ele diz: "Estou velho". Eu digo a ele *monsieur* Brown perdido se eles encontra o senhor por aqui. O mesmo para o senhor, eu digo, se os *tontons* encontra o senhor na estrada, mas *monsieur* Brown perdido se eles pega o senhor aqui. Eu digo que vou falar com eles. Ele sai então depressa, depressa. Mas era só aquele estúpido motorista do táxi com a bagagem... Então eu corro dizer a ele."

"O que vai fazer com ele, Joseph?" O sr. Philipot não era mau sujeito em comparação com a maioria dos funcionários do governo. Nos primeiros anos de seu cargo, ele tinha inclusive feito algumas tentativas de melhorar as condições da favela do porto; mandara instalar uma bomba para água, com seu nome gravado numa placa de ferro fundido, no fim da rua Desaix, mas o encanamento nunca foi ligado porque a empreiteira não recebeu uma comissão adequada.

"Quando eu vou no quarto ele não está mais lá."

"Você acha que ele fugiu para as montanhas?"

"Não, *monsieur* Brown, não as montanhas", Joseph disse. Fitava lá embaixo com a cabeça inclinada. "Acho que ele fez coisa muito ruim." Recitou em voz baixa a inscrição em meu peso para papéis: *"Requiescat in pace"*, pois Joseph era um bom católico e também um bom vodu. "Por favor, *monsieur* Brown, vem comigo."

Segui-o pelo caminho até a piscina, na qual eu havia visto a moça bonita fazendo amor, uma vez, em outros tempos, nos anos dourados. Estava vazia agora. Minha lanterna iluminou a parte rasa e uma camada de folhas.

"Outro lado", disse Joseph muito quieto, sem se aproximar mais. O dr. Philipot deve ter andado até a estreita gruta de sombras feita pelo trampolim e agora jazia em posição encolhida debaixo do trampolim, com os joelhos puxados até o queixo, um feto de meia-idade já vestido para o enterro em seu asseado terno cinzento. Tinha cortado os pulsos e depois a garganta, para ter certeza. Acima da cabeça, estava o círculo escuro do cano. Bastava ligar a água para lavar todo o sangue; tinha sido cuidadoso ao máximo. Não devia estar morto havia mais que alguns minutos. Meus primeiros pensamentos foram egoístas: eu não poderia ser culpado por um homem se matar em minha piscina. O acesso era fácil pela estrada, sem passar pela casa. Os pedintes costumavam vir aqui na tentativa de vender bugigangas de madeira esculpida aos hóspedes que nadavam.

"O dr. Magiot ainda está na cidade?", perguntei. Joseph assentiu com a cabeça.

"Vá até madame Pineda no carro lá fora e peça a ela que o deixe na casa do doutor a caminho da embaixada. Não lhe diga por quê. Traga-o aqui, se ele quiser vir."

"Era o único médico da cidade", pensei, "com coragem para atender até um inimigo acérrimo do Baron." Mas antes que Joseph se mexesse, houve um ruído de passos e ouvi a voz inconfundível da sra. Smith. "A alfândega de Nova York poderia aprender com o pessoal daqui. Eles foram muito educados com a gente. Você jamais encontra tanta cortesia entre os brancos como entre o pessoal de cor."

"Cuidado, querida, há um buraco no chão."

"Estou vendo muito bem. Nada como cenouras cruas para a vista, senhora..."

"Pineda."

"Sra. Pineda."

Martha fechava a retaguarda carregando uma lanterna. A sra. Smith disse: "Encontramos esta amável senhora no carro lá fora. Parecia não haver ninguém por perto."

"Desculpe. Esqueci por completo que os senhores iriam se hospedar aqui."

"Pensei que o sr. Jones viesse também, mas nós o deixamos com um policial. Espero que não tenha problemas."

"Joseph, prepare imediatamente a suíte John Barrymore. Providencie muitos lampiões para o casal Smith. Devo pedir desculpas por causa das luzes. Logo se acenderão."

"Nós gostamos disso", observou o sr. Smith. "Parece uma aventura."

Se uma alma pairar, como alguns acreditam, uma hora ou duas sobre o corpo que deixou, quantas banalidades estará destinada a ouvir, na esperança de que alguém expresse um pensamento sério, algo que empreste dignidade à vida que abandonou. Disse à sra. Smith: "Esta noite se importariam em comer apenas ovos? Amanhã organizarei tudo para atendê-los. Infelizmente o cozinheiro saiu ontem".

"Não se preocupe com os ovos", replicou o sr. Smith. "Para falar a verdade, eu e a sra. Smith somos um tanto dogmáticos em matéria de ovos. Mas temos nosso Yeastrel."

"E eu tenho meu Barmene", completou a sra. Smith.

"Basta um pouco de água quente", explicou o homem. "Eu e a sra. Smith somos muito versáteis. Não precisa se preocupar conosco. O senhor tem uma bela piscina aqui."

Para mostrar-lhes o tamanho da piscina, Martha dirigiu a luz de sua lanterna na direção do trampolim e para a extremidade mais funda. Rapidamente peguei a lanterna de sua mão e levantei o feixe de luz em direção à torre com seus ornatos em relevo e à sacada que se debruçava sobre as palmeiras. Uma luz já brilhava lá em cima onde Joseph estava preparando o quarto. "Lá está sua suíte", indiquei. "A John Barrymore. De lá se pode avistar toda Porto Príncipe, o porto, o palácio, a catedral."

"John Barrymore realmente se hospedou aqui?", perguntou o sr. Smith. "Naquele quarto?"

"Foi antes do meu tempo, mas posso mostrar-lhes suas contas das bebidas."

"Um grande talento destruído", observou ele com tristeza. Não podia esquecer que o racionamento da luz acabaria logo e todas as lâmpadas de Porto Príncipe se acenderiam. Às vezes, a luz ficava apagada quase três horas, às vezes menos de uma hora — era muito imprevisível. Eu havia dito a Joseph que durante minha ausência o "negócio" teria de continuar normalmente, pois quem sabe alguns jornalistas não se hospedariam por poucos dias para fazer uma reportagem sobre o que sem dúvida chamariam de a "República do Pesadelo"? Talvez para Joseph "normalmente" significasse luzes, como de costume, entre as palmeiras e em volta da piscina. Eu não queria que o candidato presidencial visse o corpo encolhido debaixo do trampolim — não na primeira noite. Não era essa minha ideia de hospitalidade. E ele não havia mencionado uma carta de apresentação que trazia para o secretário do Bem-Estar Social?

Joseph apareceu no início do caminho. Pedi-lhe que levasse os Smith ao quarto e depois fosse até a cidade de carro com a sra. Pineda.

"Nossa bagagem está na varanda", avisou a sra. Smith.

"Está em seu quarto agora. Não ficará escuro por muito mais tempo, prometo. Os senhores devem nos desculpar. Somos um país muito pobre."

"Quando penso em todo aquele desperdício na Broadway!", disse Martha, e para meu alívio eles começaram a subir, com Joseph iluminando o caminho. Fiquei perto da parte rasa da piscina, mas agora, com os olhos acostumados à escuridão, pensei que podia distinguir o corpo como um monte de terra.

"Algo errado?", Martha me iluminou o rosto com sua lanterna.

"Ainda não tive tempo de ver. Empreste-me a lanterna um instante."

"Por que demorou aqui embaixo?"

Virei a lanterna para as palmeiras, bem longe da piscina, como se estivesse inspecionando as instalações elétricas. "Estava falando com Joseph. Vamos subir agora, sim?"

"E encontrar com os Smith? Prefiro ficar aqui. É engraçado pensar que nunca estive aqui antes. Em sua casa."

"Não, sempre fomos muito prudentes."

"Você nem perguntou por Angel."

"Desculpe."

Angel era seu filho, a criança insuportável que contribuía para nos separar. Era gordo demais para a idade, tinha os olhos do pai, como botões marrons, comia chocolate, observava coisas e tinha exigências — exigia continuamente a atenção exclusiva da mãe. Ele parecia esvaziar nosso relacionamento de toda ternura, assim como esvaziava o recheio líquido de um bombom com uma longa chupada. Era o tema de metade de nossas conversas. "Preciso ir agora. Prometi a Angel que leria para ele." "Não posso ficar com você esta noite. Angel quer ir ao cinema." "Meu querido, estou tão cansada esta noite. Angel convidou seis amigos para o chá."

"Como está Angel?"

"Ficou doente enquanto você esteve fora. Com gripe."

"Mas está melhor agora?"

"Sim, melhorou."

"Vamos."

"Luis não me espera tão cedo, nem Angel. Estou aqui; é melhor aproveitarmos."

Olhei para o mostrador do relógio. Eram quase oito e meia. "Os Smith...", eu disse.

"Estão ocupados com a bagagem. O que o está preocupando, querido?"

"Perdi um peso para papéis", respondi fracamente.

"Muito precioso?"

"Não, mas se sumiu um peso para papéis, o que mais não terá sumido?"

De repente, a nosso redor, todas as luzes brilharam. Peguei Martha pelo braço, agarrei-a com força e fui subindo com ela pelo caminho. O sr. Smith saiu na sacada e gritou para nós: "O senhor acha que seria possível arranjar outro cobertor para a sra. Smith, caso faça frio?".

"Vou mandar um para o senhor, mas não vai esfriar."

"De fato é uma vista linda daqui."

"Vou apagar as luzes do jardim para o senhor ver melhor."

A chave de controle ficava em meu escritório, e estávamos quase chegando lá quando a voz do sr. Smith se fez ouvir novamente.

"Sr. Brown, tem alguém dormindo em sua piscina."

"Espero que seja um pedinte."

A sra. Smith provavelmente se aproximou do marido, porque ouvi sua voz em seguida: "Onde, querido?".

"Lá embaixo."

"Coitado. Acho que vou levar um dinheiro para ele."

Fiquei tentado a dizer: "Leve-lhe sua carta de apresentação. É o secretário do Bem-Estar Social".

"Eu não faria isso, querida. Você vai acordá-lo."

"Que lugar esquisito escolheu."

"Imagino que seja por causa do ar fresco."

Fui até a porta do escritório e apaguei as luzes do jardim. Ouvi o sr. Smith dizendo: "Olhe, querida. Aquela casa branca com a cúpula. Aquele deve ser o palácio".

"Um pedinte dormindo na piscina?", duvidou Martha.

"Acontece."

"Não o vi antes. O que você está procurando?"

"Meu peso para papéis. Para que alguém o pegaria?"

"Como era?"

"Um pequeno caixão com as iniciais R.I.P. gravadas. Usava-o para a correspondência não urgente."

Ela riu, me abraçou e me beijou. Retribuí como pude, mas o corpo na piscina parecia transformar nossas preocupações em comédia. O cadáver do dr. Philipot fazia parte de um tema mais trágico; nós éramos apenas um enredo secundário proporcionando um pequeno alívio. Ouvi Joseph se mexer no bar e gritei: "O que está fazendo?. Ao que parecia, a sra. Smith havia explicado do que precisava: duas xícaras, duas colheres, uma garrafa de água quente. "Leve também um cobertor", disse eu, "e depois vá para a cidade."

"Quando o verei de novo?", perguntou Martha.

"No mesmo lugar, à mesma hora."

"Nada mudou, não é?", mostrou-se ansiosa.

"Não, nada", mas minha voz tinha um tom nervoso que ela percebeu.

"Sinto muito, mas em todo caso você voltou."

Quando finalmente ela foi embora de carro com Joseph, voltei para a piscina e sentei na beirada, no escuro. Temia que os Smith descessem e quisessem conversar; no entanto, depois de alguns minutos, vi as luzes se apagarem na suíte John Barrymore. Provavelmente, eles haviam tomado o Yeastrel e o Barmene, e agora se deitavam para dormir despreocupados. Na noite anterior, os festejos os haviam mantido acordados até tarde, e o dia fora muito longo. Fiquei pensando o que poderia ter acontecido a Jones. Ele manifestara a intenção de se hospedar no Trianon. Pensei também no sr. Fernandez e suas misteriosas lágrimas. Qualquer coisa para não pensar no secretário do Bem-Estar Social encolhido debaixo do trampolim.

Ao longe, por cima das montanhas além do Kenscoff, um som de atabaques indicava o local de uma *tonnelle* vodu. Não era frequente ouvir os atabaques agora, sob o governo de Papa Doc. Algo se mexia na escuridão, e quando virei a luz da lanterna vi um cachorro magro, esfomeado, ao lado do trampolim. Fitava-me com olhos lacrimejantes e agitava o rabo desconsolado, como se pedisse minha permissão para pular lá embaixo e lamber o sangue. Enxotei-o. Anos antes, eu contratara três jardineiros, dois cozinheiros, Joseph, um *barman* extra, quatro mensageiros, duas moças, um motorista, e na temporada — ainda não era fim de temporada — ainda pegava outros ajudantes. Numa noite como esta, ao lado da piscina, haveria um show, e nos intervalos da música se ouviria o perpétuo burburinho das ruas distantes, como uma colmeia agitada. Agora, embora o toque de recolher tivesse sido suspenso, não se ouvia um som, e sem a lua nenhum cachorro latia. Era como se meu sucesso também tivesse escapado de meu alcance. Não o experimentava fazia muito tempo, mas não podia me queixar. Tinha dois hóspedes no hotel Trianon, havia reencontrado minha amante e, ao contrário de *Monsieur le Ministre*, ainda estava vivo. Ajeitei-me da maneira mais confortável possível na beira da piscina e comecei minha longa espera pelo dr. Magiot.

CAPÍTULO 3

I

DE TEMPOS EM TEMPOS, na minha vida, tive necessidade de apresentar um *curriculum vitae*. Em geral, começava mais ou menos assim. Nascido em 1906 em Monte Carlo, de pais ingleses. Estudou no Colégio Jesuíta da Visitação. Muitos prêmios por composições em versos e prosa latina. Bem cedo, encaminhou-se na carreira dos negócios... Evidentemente, variava os detalhes da carreira de acordo com o objetivo do currículo. Quantas coisas estavam excluídas ou eram duvidosas mesmo naquelas frases de abertura. Minha mãe com certeza não era inglesa, e até hoje não sei se era francesa — talvez fosse uma monegasca peculiar. O homem que ela escolhera para ser meu pai deixou Monte Carlo antes de meu nascimento. Talvez seu nome fosse Brown. O nome Brown soa com certa autenticidade — em geral ela não era tão modesta em suas escolhas. Da última vez em que a vi, quando agonizava em Porto Príncipe, chamava-se *comtesse* de Lascot-Villiers. Abandonara Monte Carlo (e casualmente o filho) com toda pressa, logo após o armistício de 1918, sem pagar minhas contas na escola. Mas a Companhia de Jesus está acostumada a débitos em aberto; ela trabalha assiduamente à margem da aristocracia, onde cheques devolvidos são quase tão comuns quanto adultérios, e assim o colégio continuou me mantendo. Eu era um aluno dotado, e de certo modo esperava-se que com o tempo mostrasse uma vocação. Eu mesmo chegava a acreditar nisso; o senso da vocação pairava em torno de mim como a gripe, um miasma de irrealidade, a uma temperatura abaixo do normal na fria manhã racional, mas febril à noite. Como os outros garotos, lutava com o demônio da masturbação, lutava com fé. Acho estranho agora pensar em meus versos e composições latinas. Todo aquele conhecimento desapareceu por completo, como meu pai. Um verso apenas ficou obstinadamente em minha cabeça, uma lembrança dos velhos sonhos e ambições: *Exegi monumentum aere perennius...** Repeti-o para mim mesmo quase quarenta anos mais tarde, quando estava, no dia da morte de minha mãe, à beira da piscina do hotel Trianon, em Pétionville, e olhava para os fantásticos rendilhados de madeira entalhada contra as palmeiras e para as nuvens tempestuosas tingidas de preto deslocando-se sobre o Kenscoff. Possuía mais da metade do hotel e sabia que logo ele me pertenceria inteiramente. Já tinha o controle, era um proprietário. Recordo que pensei: "Vou transformar isso no hotel de turismo mais popular do Caribe", e talvez tivesse conseguido se um médico louco não subisse ao poder, enchendo as noites com as notas dissonantes da violência, em vez de jazz.

    A carreira de um *hôtelier* não era, como observei, a que os jesuítas esperavam que eu seguisse. Aquela naufragara totalmente numa representação, no colégio, de uma sóbria tradução francesa de *Romeu e Julieta*. Deram-me o papel de frei Lourenço e alguns versos que tive de decorar ficaram em minha mente até hoje, não sei por quê. Não parecem poesia. *"Accordes-moi de discuter sur ton*

---

* De um verso em latim de Horácio (Odes, III, 30): "Erigi monumento mais duradouro que o bronze". (N.E.)

état."* Frei Lourenço tinha o poder de tornar prosaica até a tragédia dos amantes fatais. "*J'apprends que tu dois, et rien ne peut le reculer, être mariée a ce comte jeudi prochain.*"** Os padres devem ter achado o papel adequado, naquelas circunstâncias, e não demasiado excitante ou exigente, mas acho que minha gripe vocacional já estava quase curada, e os ensaios intermináveis, a contínua presença dos amantes e a sensualidade de sua paixão, embora abafada pelo tradutor francês, levaram-me à minha escapada. Eu parecia bem mais velho do que era, e o diretor da peça, se não conseguiu me tornar um ator, pelo menos me ensinou perfeitamente os segredos da caracterização. Tomei "emprestado" o passaporte de um jovem professor leigo de literatura inglesa e uma tarde me disfarcei para ir ao cassino. Lá, no surpreendente espaço de quarenta e cinco minutos, graças a uma incrível sucessão de dezenoves e zeros, ganhei o equivalente a trezentas libras, e uma hora mais tarde perdia minha virgindade, de modo inexperiente e inesperado, num quarto do Hôtel de Paris.

Minha mentora era pelo menos quinze anos mais velha, mas em minha lembrança ela sempre permaneceu com a mesma idade, enquanto eu envelhecia. Nós nos conhecemos no cassino onde, vendo que a sorte me favorecia (eu fazia minhas apostas por cima de seu ombro), ela começou a colocar suas fichas ao lado das minhas. Se amealhei, naquela tarde, mais de trezentas libras, ela ganhou talvez cem, e àquela altura me fez parar, aconselhando-me prudência. Tenho certeza de que não pretendeu me seduzir. É verdade que me convidou para tomar chá no hotel, mas percebera meu disfarce melhor do que os funcionários do cassino, e nas escadas virou-se para mim como a um companheiro de conspiração e sussurrou: "Como

---

* Em francês, do original: "Me foi concedido falar sobre tua condição". (N. E.)
** Em francês, no original: "Eu entendi que você deve, e nada pode reverter isso, estar casado no máximo até a próxima quinta-feira". (N. E.)

conseguiu entrar?". Estou certo de que para ela, naquele momento, eu não passava de uma criança em busca de aventura, que a divertia. Nem fingi. Mostrei-lhe meu passaporte falso, e no banheiro de seu apartamento ela me ajudou a tirar os traços da caracterização que, numa tarde de inverno, à luz das lâmpadas, haviam passado por verdadeiros. Vi frei Lourenço desaparecer ruga por ruga no espelho sobre o aparador onde jaziam suas loções, lápis de sobrancelha, potes de creme. Parecíamos dois atores dividindo o mesmo camarim.

O chá no colégio era servido em longas mesas, com uma chaleira na extremidade de cada uma. Longas baguetes, três em cada mesa, eram dispostas junto com parcas porções de manteiga e geleia; as xícaras eram rústicas para resistir às mãos dos alunos e ao chá forte. No Hôtel de Paris fiquei espantado com a fragilidade das xícaras, a chaleira de prata, os apetitosos canapés, as bombas recheadas de creme. Perdi a timidez. Falei de minha mãe, de minhas composições em latim, de *Romeu e Julieta*. Talvez sem más intenções, citei Catulo para mostrar minha erudição.

Não me lembro agora da sucessão dos eventos que levaram ao primeiro beijo longo e adulto sobre o sofá. Era casada, ela me contou, com um diretor do Banco da Indochina, e eu tive a visão de um homem despejando moedas numa gaveta com uma concha de metal. Naquele momento, encontrava-se em visita a Saigon, onde ela suspeitava que ele tinha uma amante cochinchinesa. A conversa não foi longa; voltei logo a meu aprendizado, recebendo a primeira lição de amor sobre uma grande cama branca com abacaxis esculpidos na cabeceira, num quartinho branco. Quantos detalhes consigo ainda recordar daqueles momentos, depois de mais de quarenta anos! Dizem que, para os escritores, os primeiros vinte anos de vida contêm toda a experiência — o resto é observação —, mas eu acho que isso é igualmente válido para todos nós.

Uma coisa curiosa aconteceu enquanto estávamos na cama. Ela me achou tímido, assustado, difícil. Seus dedos não tinham sucesso, até seus lábios haviam fracassado em sua função, quando repentinamente, vinda do porto ao sopé da colina, uma gaivota voou para dentro do quarto. Por um instante, as brancas asas abertas pareceram tomar todo o aposento. Ela se encolheu com uma exclamação de susto: era ela que estava assustada, agora. Estendi a mão para tranquiliza-la. O pássaro veio descansar sobre uma cômoda debaixo de um espelho de moldura dourada, e lá ficou olhando para nós sobre suas longas pernas semelhantes a pernas de pau. Parecia perfeitamente à vontade no quarto, como um gato, e a qualquer momento esperava que começasse a limpar suas penas. Minha nova amiga tremia um pouco de medo e repentinamente eu me senti seguro como um homem e a possuí com grande naturalidade e confiança, como se fôssemos amantes há muito tempo. Nenhum de nós, naqueles instantes, viu a gaivota ir embora, apesar de eu sempre imaginar ter sentido a brisa de suas asas sobre minhas costas enquanto o pássaro voava de volta ao porto e à baía.

Foi tudo o que houve, a vitória no cassino e mais alguns minutos de triunfo num quarto branco e dourado — meu único caso de amor que terminou sem dor nem mágoa. Pois ela nem sequer pode ser considerada a causa de minha saída do colégio; isso foi o resultado de minha própria indiscrição ao deixar cair na sacola da coleta, durante a missa, uma ficha de roleta de cinco francos, que eu não descontara. Pensava estar demonstrando minha generosidade, pois em geral a contribuição que eu dava se resumia a poucos trocados, mas alguém me viu e denunciou ao diretor de estudos. Na entrevista que se seguiu, o último vestígio de minha vocação desapareceu. Despedi-me dos padres com polidez recíproca; se eles estavam desapontados, acho que ao mesmo tempo sentiram um relutante respeito — minha façanha não era indigna do colégio. Eu conseguira esconder minha pequena fortuna debaixo do colchão e quando lhes assegurei que um tio, por parte de meu pai, me havia mandado a passagem para a Inglaterra com a promessa de um apoio futuro e de um emprego em sua empresa, eles me deixaram partir sem mágoa. Disse-lhes que pagaria a dívida de minha mãe assim que ganhasse o suficiente (promessa que eles aceitaram com certo embaraço porque obviamente duvidavam de que fosse mantida) e eu lhes assegurei também que com certeza entraria em contato com um certo padre Thomas Capiole S. J. em Farm Street, um velho amigo do reitor (promessa que eles confiaram seria mantida). Quanto à imaginária carta do tio, foi muito fácil escrevê-la. Se eu podia enganar as autoridades do cassino, não tinha medo de fracassar com os padres da Visitação, e nenhum deles pensou em pedir que eu mostrasse o envelope. Parti para a Inglaterra pelo expresso internacional que parava na estaçãozinha abaixo do cassino. Vi pela última vez as torres barrocas que haviam dominado minha infância — uma visão da vida de adulto, o palácio da fortuna, onde absolutamente tudo poderia acontecer, como eu tive a oportunidade de constatar.

II

Perderia as proporções corretas de meu tema se tivesse de narrar todas as fases de minha carreira desde o cassino em Monte Carlo até outro cassino em Porto Príncipe, onde mais uma vez ganhei muito dinheiro e amei uma mulher, coincidência não mais improvável do que o encontro, em pleno Atlântico, de três pessoas chamadas Smith, Brown e Jones.

No longo intervalo de tempo, levei uma existência à toa, salvo por um período de paz e respeitabilidade que veio com a guerra, e nem todas as minhas ocupações foram tais que pudessem constar de meu currículo. O primeiro emprego que consegui, graças a meu bom conhecimento do francês (o latim, singularmente, nunca teve grande utilidade para mim), foi num pequeno restaurante do Soho onde trabalhei seis meses como garçom. Nunca mencionei esse fato, nem minha promoção para o Trocadero, graças a uma referência forjada do Fouquet de Paris. Após alguns anos no Trocadero, ascendi ao posto de assessor de uma pequena editora de textos educativos que estava lançando uma série de clássicos franceses com notas de um teor escrupulosamente expurgado. Esse foi incluído em meu currículo. Outros que se seguiram, não. Na verdade, fiquei um pouco mal-acostumado com a segurança de meu emprego durante a guerra, quando trabalhei no Departamento de Informações Políticas do Ministério do Exterior, supervisionando o estilo de nossa propaganda no território de Vichy, e tinha até uma romancista como secretária. Quando a guerra acabou, queria algo melhor do que a antiga existência sem perspectivas, embora por alguns anos eu voltasse àquela vida, até que finalmente me ocorreu uma ideia ao sul de Piccadilly, em frente a uma daquelas galerias onde é provável ver uma obra de pouco valor de um obscuro pintor holandês do século XVIII. Ou talvez uma galeria de segunda classe, onde misteriosamente se satisfazia a predileção por risonhos cardeais saboreando seu salmão das sextas-feiras. Um homem de meia-idade usando um colete trespassado e um relógio de corrente, um sujeito distante, diria, de interesses artísticos, estava olhando os quadros, e de repente me ocorreu que eu sabia exatamente o que passava por sua cabeça. "Na Sotheby's, no mês passado, um quadro alcançou cem mil libras. Um quadro poderia representar uma fortuna, se alguém tivesse conhecimento suficiente ou mesmo se arriscasse", e ele observava com intensidade algumas vacas numa pastagem, como se estivesse observando uma bolinha de marfim rodando numa roleta. Com toda certeza, ele olhava as vacas no pasto, e não os cardeais. Ninguém poderia imaginar os cardeais num leilão da Sotheby's.

 Uma semana depois daquele episódio ao sul de Piccadilly, joguei a maior parte do que havia acumulado durante mais de trinta anos e investi num *trailer* e em cerca de vinte estampas baratas

— desde um Henri Rousseau até um Jackson Pollock. Pendurei-as em meu reboque com um registro das quantias que haviam alcançado em leilão e a data das vendas. Depois procurei um estudante de arte capaz de produzir rapidamente vários pastiches grosseiros que cada vez ele assinava com nome diferente — era comum eu sentar a seu lado enquanto ele trabalhava e treinava novas assinaturas num pedaço de papel. Apesar do exemplo de Pollock e Moore, comprovando que até um nome anglo-saxão podia ter valor, a maioria dos nomes era estrangeira. Lembro-me de um Msloz só porque nunca ninguém quis comprar e, no fim, tivemos de apagar sua assinatura e substituí-la por Weill. Pude constatar que o comprador queria, como satisfação mínima, ser capaz de pronunciar o nome — "Comprei um novo Weill outro dia" —, e a pronúncia mais próxima a Msloz que eu ouvi foi algo como Sludge, nome que deve ter causado uma resistência inconsciente no comprador.

Viajava de uma cidade do interior para a outra puxando meu *trailer*, e descansava num bairro longínquo e abastado de uma cidade industrial. Logo percebi que os cientistas e as mulheres não serviam para mim: os cientistas sabem demais, e poucas donas-de-casa gostam de arriscar sem a perspectiva do dinheiro vivo que o jogo do bingo proporciona. Eu precisava de jogadores, pois a ideia de minha exposição era em realidade esta: "Desse lado da galeria, os senhores podem ver os quadros que alcançaram os maiores preços nos últimos dez anos. Os senhores poderiam imaginar que este *Ciclistas* de Léger, este *Chefe de estação* de Rousseau valem uma fortuna? Do outro lado, os senhores terão a oportunidade de identificar seus sucessores e ganhar uma fortuna também. Se os senhores perderem, pelo menos terão alguma coisa pendurada na parede sobre a qual poderão conversar com seus vizinhos, conquistarão a fama de iluminados patronos das artes e isto não lhes custará mais do que...". O preço variava de vinte a cinquenta libras, dependendo do bairro e do cliente; uma vez vendi uma mulher de duas cabeças, remota imitação de Picasso, por cem.

À medida que meu jovem se tornava mais hábil em seu trabalho, produzia uma meia dúzia de quadros variados numa manhã e eu pagava duas libras e dez cada um. Não estava roubando ninguém; com quinze libras pelo trabalho de uma manhã, ele ficava bastante satisfeito; na verdade, eu vinha ajudando um jovem promissor e tenho certeza de que muitos jantares de província transcorreram melhor graças a algum ultrajante desafio ao bom gosto pendurado na parede. Certa vez, vendi uma imitação de Pollock a um homem que tinha anõezinhos de Walt Disney plantados no jardim, ao redor do relógio de sol e de cada lado do calçamento maluco. Por acaso o prejudiquei? Ele tinha dinheiro! Possuía um ar de completa invulnerabilidade, embora Deus sabe que tipo de aberração em sua vida sexual ou profissional Soneca e os outros anões possam ter compensado.

Foi logo após meu sucesso com o proprietário de Soneca que recebi um apelo de minha mãe, se é que se podia chamar de apelo. Veio sob a forma de um cartão-postal que mostrava as ruínas da fortaleza do imperador Christophe em Cap-Haïtien. Ela escreveu no verso seu nome, que era novo para mim, seu endereço e duas frases: *Estou uma ruína também. Será bom vê-lo, caso você apareça por aqui.* Entre parênteses, após *Maman* — não reconhecendo sua caligrafia li inicialmente "Manon" — acrescentou *comtesse* de Lascot-Villiers. Levara muitos meses para me encontrar.

Não via minha mãe desde uma ocasião em Paris, em 1934, e não tive notícias dela durante a guerra. Diria mesmo que não teria respondido a seu convite não fosse por duas coisas: era o gesto mais parecido a um apelo maternal que ela jamais fizera, e na verdade já era tempo de acabar com a galeria de arte itinerante, pois um jornal de domingo vinha tentando descobrir a origem de meus quadros.

Tinha mais de mil libras no banco. Vendi o *trailer*, o estoque e as reproduções por quinhentas libras a um homem que jamais lia o *People* e voei para Kingston, onde procurei sem êxito algumas oportunidades de negócios antes de tomar outro avião para Porto Príncipe.

III

PORTO PRÍNCIPE ERA UM LUGAR muito diferente anos atrás. Tão corrompida quanto agora, suponho, e até mais suja; tinha o mesmo número de pedintes, mas pelo menos estes sentiam alguma esperança, porque havia turistas. Agora, quando um homem diz "Estou morrendo de fome", deve-se acreditar nele. Fiquei imaginando o que minha mãe estaria fazendo no hotel Trianon, se vivia lá com uma pensão do conde, se é que existira algum conde, ou se trabalhava como governanta. Quando a vi pela última vez, em 1934, ela trabalhava como *vendeuse* num ateliê de costura não muito conhecido. Naquele período anterior à guerra, era grã-fino empregar uma inglesa, de modo que ela se fazia chamar Maggie Brown (talvez seu nome de casada fosse realmente Brown).

Por discrição, levei minhas bagagens para El Rancho, um luxuoso hotel americanizado. Queria ficar confortavelmente instalado enquanto meu dinheiro durasse, e ninguém no aeroporto pôde me dar informações a respeito do Trianon. Enquanto subia de carro entre as palmeiras, parecia bastante sujo: as primaveras precisavam de uma poda e havia mais capim do que cascalho no caminho. Algumas pessoas bebiam no terraço, entre elas Petit Pierre, embora eu logo ficasse sabendo que pagava suas bebidas exclusivamente com sua pena. Um jovem negro bem-vestido veio a meu encontro na escada e me perguntou se eu precisava de um quarto. Disse que viera ver *Madame la Comtesse* — não conseguia decorar o sobrenome aristocrático e havia deixado o cartão-postal no quarto do hotel.

"Acho que ela está doente. Espera o senhor?"

Um casal americano muito jovem em traje de banho vinha da piscina. O homem rodeava com o braço o ombro da moça. "Olá, Marcel", ele disse, "dois daqueles seus especiais."

"Joseph", chamou o negro. "Dois ponches de rum para o sr. Nelson." E voltou a me inquirir.

"Diga a ela", pedi, "que o sr. Brown está aqui."
"O sr. Brown?"
"Sim."
"Vou ver se está acordada", ele hesitou. "O senhor veio da Inglaterra?"
Confirmei, e Joseph saiu do bar carregando os ponches de rum.
"O sr. Brown da Inglaterra?", perguntou Marcel novamente.
"Sim, o sr. Brown da Inglaterra." Ele subiu a escada com relutância. Os estrangeiros no terraço olhavam com curiosidade para mim, com exceção do jovem casal, muito ocupado em trocar cerejas com os lábios. O sol estava prestes a se pôr atrás do grande maciço do Kenscoff.
"O senhor veio da Inglaterra, de Londres?", indagou Petit Pierre.
"Sim."
"Fazia muito frio lá?"
Parecia um interrogatório da polícia secreta, mas naquele tempo não havia polícia secreta.
"Estava chovendo quando saí de Londres."
"Gosta daqui, sr. Brown?"
"Faz apenas duas horas que cheguei." No dia seguinte, soube a razão de seu interesse: havia um parágrafo a meu respeito na coluna social do jornal local.
"Você está ficando ótima no nado de costas", o jovem dizia à moça.
"Oh, Chick, é verdade mesmo?"
"É verdade, amorzinho."
Um negro vinha subindo pela escada segurando duas abomináveis peças entalhadas de madeira. Ninguém lhe deu a menor atenção e ele ficou ali, segurando-as sem dizer nada. Nem percebi quando ele foi embora.
"Joseph, o que há para o jantar?", gritou a moça.
Um homem deu a volta pelo terraço carregando um violão. Sentou-se a uma mesa próxima do casal e começou a tocar. Ninguém lhe

deu a menor atenção também. Comecei a ficar um pouco sem jeito. Esperava uma recepção um pouco mais calorosa na casa de minha mãe.

Um negro alto, pouco mais velho, com um rosto de traços romanos enegrecidos pela fuligem das cidades e cabelo levemente grisalho, desceu as escadas, seguido por Marcel. "É o sr. Brown?", perguntou.

"Sim."

"Sou o dr. Magiot. Quer vir até o bar um instante?"

Fomos ao bar. Joseph estava preparando mais ponches de rum para Petit Pierre e seu grupo. Um cozinheiro com um grande chapéu branco pôs a cabeça na porta e se retirou quando viu o dr. Magiot. Uma mestiça muito bonita parou de conversar com Joseph e aproximou-se do terraço carregando toalhas de linho para cobrir as mesas.

"O senhor é o filho de *Madame la Comtesse?*", indagou o doutor.

"Sim." Tinha a impressão de não ter feito nada a não ser responder a perguntas desde que chegara.

"Naturalmente sua mãe está ansiosa por vê-lo, mas antes eu queria dizer-lhe algumas coisas. Ela não deve ficar agitada. Por favor, quando estiver com ela seja muito delicado. Pouco expansivo."

"Nunca fomos muito expansivos", sorri. "Qual é o problema, doutor?"

"Ela teve uma segunda *crise cardiaque*. Estou espantado de que esteja viva. É uma mulher extraordinária."

"Não deveríamos chamar... talvez?"

"Não precisa recear, sr. Brown. O coração é minha especialidade. Não encontrará ninguém mais competente do que eu até Nova York. Duvido que encontre alguém lá." Não estava se vangloriando, apenas explicando, porque os brancos costumavam duvidar dele. "Estudei com Chardin em Paris."

"Nenhuma esperança?"

"Não sobreviverá a outro ataque. Boa noite, sr. Brown. Não se demore com ela. Estou contente que tenha podido vir. Temia que ela não tivesse ninguém para chamar."

"Ela não me chamou exatamente."

"Talvez uma noite destas o senhor e eu possamos jantar juntos. Conheço sua mãe há muitos anos. Tenho um grande respeito..." Ele se inclinou ligeiramente para mim como um imperador romano ao encerrar uma audiência. Não era de modo algum condescendente. Conhecia seu exato valor. "Boa noite, Marcel." Não se inclinou para Marcel. Observei que mesmo Petit Pierre o deixou sair sem cumprimentá-lo ou lhe fazer perguntas. Fiquei envergonhado ao pensar que tinha sugerido a um homem de seu gabarito um segundo parecer.

"Quer subir, sr. Brown?", propôs Marcel.

Segui-o. Nas paredes havia quadros de pintores haitianos, formas captadas em gestos rígidos e cores brilhantes, vivas e pesadas: uma briga de galos, uma cerimônia vodu, nuvens negras sobre o Kenscoff, bananeiras de um verde violento, os caules azulados da cana-de-açúcar, milho dourado. Marcel abriu a porta, e fiquei chocado com o cabelo de minha mãe espalhado sobre o travesseiro, um vermelho haitiano que jamais existira na natureza. Derramava-se abundantemente em volta dela sobre a grande cama de casal.

"Meu querido", ela disse, como se eu tivesse vindo do outro lado da cidade para visitá-la. "Que bom que você apareceu." Beijei sua testa ampla como uma parede pintada de branco, e um pouco daquele alvor me ficou nos lábios. Tinha consciência de que Marcel observava. "Como vai a Inglaterra?", perguntou como se indagasse a respeito de uma nora distante, com a qual não se importava muito.

"Estava chovendo quando saí."

"Seu pai jamais suportou o clima de seu próprio país."

Poderia passar em qualquer lugar por uma mulher de pouco mais de quarenta anos, e eu não percebia nada nela que a fizesse parecer uma inválida, salvo um repuxar da pele ao redor da boca que eu observaria anos mais tarde no representante de produtos farmacêuticos.

"Marcel, uma cadeira para meu filho." Com relutância ele arrastou uma cadeira da parede, mas, quando eu sentei, permaneci

distante dela por causa da amplidão da cama. Era um leito impudico construído para um único fim, trabalhado em arabescos dourados mais adequados a uma cortesã de romance histórico do que a uma velha moribunda.
"Mãe, existe realmente um conde?", perguntei.
Ela sorriu com ar astuto.
"Ele pertence a um passado distante", disse, e não tive certeza se queria dar à frase o sentido de um epitáfio ou não. "Marcel", acrescentou, "bobinho, você pode nos deixar a sós sem problemas. Eu disse a você. É meu filho." Quando a porta se fechou, ela observou com complacência: "É absurdamente ciumento".
"Quem é?"
"Ele me ajuda a administrar o hotel."
"Não é o conde, por acaso?"
"*Méchant*", replicou mecanicamente. Ela realmente havia absorvido da cama, ou seria do conde?, uma atitude natural de uma dama do século XVIII.
"Por que teria ciúme, então?"
"Talvez pense que você não é de fato meu filho."
"Você quer dizer que ele é seu amante?" Fiquei pensando o que meu desconhecido pai, cujo nome era Brown, ou pelo menos assim eu pensava, teria achado de seu sucessor negro.
"Por que está sorrindo, meu querido?"
"Você é uma mulher maravilhosa, mãe."
"Tive um pouco de sorte no fim da vida."
"Você quer dizer Marcel?"
"Não. Ele é um bom rapaz, só isso. Quero dizer o hotel. É a primeira propriedade de verdade que eu tive. Ele me pertence totalmente. Não há nenhuma hipoteca. Até os móveis estão pagos."
"E os quadros?"
"São para vender, é claro. Eu fico com uma comissão."
"Foi a pensão do conde que permitiu que você...?"

"Não, nada disso. Não ganhei nada do conde, a não ser o título, e nunca olhei no almanaque da nobreza para ver se ele existe. Não, isso foi sorte mesmo. Um certo *monsieur* Dechaux, que vivia em Porto Príncipe, estava aflito com os impostos, e, como eu trabalhava para ele como secretária, concordei que colocasse esse hotel em meu nome. É claro que em meu testamento eu deixava o hotel para ele, e como eu tinha mais de sessenta anos e ele trinta e cinco, o arranjo pareceu-lhe totalmente seguro."
"Ele confiava em você?"
"Ele estava certo em confiar em mim. Errado foi ele querer dirigir um Mercedes esporte nas estradas daqui. Foi uma sorte não matar mais ninguém."
"E assim você se tornou a proprietária?"
"Ele ficaria muito feliz em saber disso. Meu caro, você não pode imaginar quanto ele detestava a esposa. Uma negra gorda e enorme sem cultura. Ela nunca poderia dirigir o lugar de maneira propícia. É claro que depois da morte dele tive de alterar meu testamento. Seu pai, se ainda estiver vivo, poderia ser o herdeiro mais próximo. A propósito, deixei aos padres da Visitação meu rosário e meu missal. Sempre me ressenti pela maneira como os tratei, mas naquela época tinha um enorme problema de dinheiro. Seu pai foi um porco comigo, Deus o guarde."
"Então ele morreu?"
"Tenho todas as razões para achar que sim, mas nenhuma prova. As pessoas têm uma vida tão longa, hoje em dia. Coitado."
"Falei com o médico."
"O dr. Magiot? Gostaria de tê-lo conhecido quando mais moço. É um homem e tanto, não é?"
"Ele disse para você ficar calma..."
"Estou aqui prostrada nesta cama", exclamou com um sorriso matreiro e suplicante. "Não posso fazer mais do que isso para lhe agradar, não é? Sabe que aquele ótimo sujeito me perguntou se eu

queria falar com um padre?' Disse-lhe: 'Mas doutor, uma confissão me deixaria seguramente muito nervosa agora, com tantas coisas para lembrar'. Você poderia ir até a porta, querido, e abri-la um pouco?" Obedeci. O corredor estava vazio. Do andar de baixo vinham um tinir de talheres e uma voz que dizia: "Chick, você realmente acha que eu *conseguiria*?".
"Obrigada, querido. Só queria ter certeza... Enquanto está de pé, poderia me dar a escova? Obrigada, mais uma vez. Muito obrigada. Que bom para uma velha ter seu filho por perto..." Fez uma pausa. Acho que esperava que eu cortesmente, como um gigolô, desmentisse sua idade. "Queria falar com você a respeito de meu testamento", prosseguiu num tom de ligeiro desapontamento, enquanto escovava sem parar seus improváveis e abundantes cabelos.
"Você não deveria descansar agora? O médico me disse para não demorar muito."
"Eles lhe deram um bom quarto, espero. Alguns dos quartos são um pouco nus. Falta de dinheiro."
"Deixei minha bagagem no El Rancho."
"Ah, mas você precisa ficar aqui, querido. El Rancho. Não adianta anunciar aquela espelunca. Afinal, era o que eu tinha de dizer a você, este hotel será seu um dia. Eu só queria explicar, a lei é tão complicada, é preciso tomar todas as precauções. Está na forma de ações, e eu deixei a Marcel um terço. Será muito útil se você o tratar bem, eu precisava fazer alguma coisa pelo rapaz, não é? Ele tem sido muito mais do que um simples gerente. Você entende? Você é meu filho, é claro que entende."
"Eu entendo."
"Estou feliz que você esteja aqui. Não queria cometer nenhum engano... Jamais subestime um advogado haitiano, no que se refere a um testamento... Direi a Marcel que você assumirá imediatamente a direção. Tenha apenas um pouco de tato, ele é um bom rapaz. Marcel é muito sensível."

"E você, mãe, fique calma. Se puder, não pense mais nos negócios. Tente dormir."

"Dizem que estar morto é ficar tão quieto quanto possível. Não vejo por que antecipar minha morte. A morte dura muito tempo." Encostei novamente os lábios naquela parede pintada de branco. Ela fechou os olhos num gesto artificial de amor e fui me afastando em direção à porta na ponta dos pés. Quando a abri, com muita delicadeza para não incomodá-la, ouvi uma risadinha na cama. "Você é mesmo meu filho", ela disse. "Que papel está representando agora?" Foram suas últimas palavras para mim, e até hoje não sei ao certo o que ela quis dizer.

Tomei um táxi para El Rancho e fiquei lá para o jantar. O local estava cheio, um bufê de comidas haitianas cuidadosamente adaptadas ao paladar americano havia sido instalado ao lado da piscina, um sujeito magro com chapéu em formato de cone se exibia num atabaque com batidas rápidas e fulgurantes, e foi então, na primeira noite, acho, que nasceu em mim a ambição de tornar o Trianon um sucesso. No momento, era obviamente um hotel de segunda classe. Imaginei pequenas agências incluindo-o em seus passeios turísticos. Duvidava que os lucros satisfizessem a Marcel e a mim. Estava decidido a vencer, da maneira mais grandiosa possível; um dia teria o prazer de mandar os hóspedes excedentes ao El Rancho com minhas recomendações. E o mais estranho é que meu sonho se tornou realidade, por algum tempo. Em três temporadas, consegui transformar o lugar barato no bizarro ponto da moda de Porto Príncipe, e em três temporadas eu o vi acabar de novo, até que agora só havia os Smith lá em cima, na suíte John Barrymore, e *Monsieur le Ministre* morto na piscina.

Paguei minha conta, e mais uma vez desci de táxi a colina e entrei naquela que já começava a considerar minha propriedade exclusiva. Na manhã seguinte, verificaria as contas junto com Marcel, entrevistaria o pessoal, assumiria o controle. Já planejava a melhor maneira de comprar a parte de Marcel, mas isso teria de esperar até que minha mãe tivesse partido para seu novo destino. Eles me haviam reservado um quarto grande no mesmo andar que o dela. A mobília, ela havia dito, estava toda paga, mas as tábuas do assoalho precisavam de uma reforma. Cediam e rangiam debaixo dos pés, e a única coisa de valor no quarto era a cama, uma bela e ampla cama vitoriana — minha mãe entendia de camas — com grandes relevos de latão. Que eu lembrasse, era a primeira vez que dormia numa cama pela qual não tivesse pago, com o café da manhã incluído, ou pela qual não devesse, como no Colégio da Visitação. A sensação era extravagantemente voluptuosa e dormi bem — até que o estrépito de uma sineta histérica, antiquada, me acordou quando sonhava — Deus sabe por quê — com a Revolta dos Boxers.

Ela tocava, tocava, e me recordei então de um alarme de incêndio. Vesti o robe e abri a porta. Outra porta se abriu ao mesmo tempo no corredor, e vi Marcel aparecer com ar sonolento em sua cara larga e achatada. Vestia um pijama de seda vermelho-vivo e hesitou o bastante para eu ler o monograma sobre o bolso: um M entrelaçado com um Y. Fiquei imaginando o que seria aquele Y, até que me lembrei de que o nome de minha mãe era Yvette. Aquele pijama seria um presente sentimental? Duvidei que fosse. Era mais provável que o monograma fosse um gesto de desafio de minha mãe. Ela tinha muito bom gosto e Marcel, uma figura apropriada para envolver em seda escarlate; ela não era suficientemente mesquinha para se preocupar com aquilo que seus turistas de segunda classe poderiam pensar.

Viu que eu estava olhando para ele e disse em tom de desculpa: "Ela precisa de mim". Em seguida, dirigiu-se lentamente, com aparente relutância, para a porta dela. Notei que não bateu antes de entrar.

Tive um sonho esquisito quando voltei a dormir, mais esquisito do que a Revolta dos Boxers. Eu estava andando à beira do lago, ao luar, vestido de coroinha, sentindo o magnetismo da água calma, meus passos me levando cada vez mais para perto da margem, até que minhas botas pretas ficaram submersas. Então começou a ventar e o vagalhão investiu contra o lago, como uma onda de arrebentação, mas em vez de vir em minha direção tomou o rumo oposto, suspendendo a água num longo recuo, e eu me encontrei pisando sobre seixos secos. Do lago só existia um brilho no longínquo horizonte do deserto de pequenas pedras, que me machucavam através de um buraco nas botas. Despertei com a agitação que tomava conta das escadas e dos corredores do hotel. Madame la Comtesse, minha mãe, estava morta.

Viajava com pouca bagagem, meu terno europeu era quente demais para usar e eu tinha como única escolha camisas esporte espalhafatosas para vestir no velório. A que escolhi foi comprada na Jamaica; era vermelha e coberta de estampas tiradas de um livro do século XVIII sobre a economia das ilhas. Àquela altura, já haviam arrumado minha mãe, e ela jazia vestida numa diáfana camisola vermelha, com um ambíguo sorriso de satisfação secreta, mesmo sensual, nos lábios. Mas o pó de arroz havia endurecido um pouco com o calor, e eu não consegui beijar a dura camada. Marcel estava de pé perto de sua cama, trajado corretamente de preto, o rosto banhado em lágrimas como um telhado negro numa tempestade. Considerava-o a última extravagância de minha mãe, mas não foi um simples gigolô que me disse angustiado: "Não foi minha culpa, senhor. Disse várias vezes a ela: 'Não, você não tem forças suficientes. Espere um pouco. Será melhor se você esperar'".

"O que foi que ela disse?"

"Nada. Só arrancou os lençóis. E quando eu a vejo assim é sempre a mesma coisa." Começou a sair do quarto, sacudindo a cabeça como para tirar a chuva dos olhos, e então voltou apressadamente, ajoelhou-se ao lado da cama e apertou os lábios contra o lençol arredondado pelo ventre dela. Ficou lá ajoelhado em seu terno preto, como um sacerdote negro num ritual obsceno. Fui eu e não ele quem deixou o quarto e fui eu quem desceu até a cozinha e pôs os criados a trabalhar de novo para o café da manhã dos hóspedes (até o cozinheiro estava impossibilitado pelas lágrimas), e fui eu quem telefonou para o dr. Magiot. (O telefone funcionava com frequência naqueles dias.)

"Ela era uma grande mulher", disse mais tarde o dr. Magiot, e "Eu mal a conhecia" foi tudo o que pude dizer em meu espanto.

No dia seguinte, procurei em seus papéis para encontrar o testamento. Ela não era muito ordeira: as gavetas de sua escrivaninha continham indiscriminadamente contas e recibos sem uma ordem perceptível; havia confusão inclusive nos anos. Numa pilha de recibos da lavanderia, encontrei, aqui e ali, o que se costumava chamar de *billet-doux*. Um em inglês, escrito a lápis nas costas de um cardápio do hotel, dizia: "*Yvette, venha me ver esta noite. Estou morrendo. Quero o* coup de grâce". Seria de um hóspede do hotel? Fiquei imaginando se ela o guardara por causa do menu ou da mensagem, pois era um cardápio bastante especial, comemorativo de algum 14 de Julho.

Em outra gaveta, que ao contrário continha principalmente tubos de cola, percevejos, grampos, cargas de canetas e clipes, havia um pequeno cofre-porquinho de louça. Estava leve, mas ainda assim retinia. Não queria quebrá-lo, mas parecia tolo jogá-lo simplesmente, sem olhar o que havia dentro, na pilha de cacarecos que começava a se avolumar. Quando o arrebentei, encontrei uma ficha de roleta de Monte Carlo de cinco francos, como aquela que eu colocara no saquinho da coleta muitas décadas antes, e uma medalha manchada, presa a uma fita. Não podia imaginar o que fosse, mas quando a mostrei ao dr. Magiot ele a reconheceu.

"A medalha da Resistência", disse ele, e depois acrescentou: "Ela era uma grande mulher".

A medalha da Resistência... Não me comunicara com minha mãe nos anos da ocupação. Acaso ela a merecera ou a surrupiara ou a recebera de alguém em sinal de amor? O dr. Magiot não tinha dúvidas, mas a mim custava imaginar minha mãe como heroína, embora pudesse muito bem ter desempenhado esse papel, assim como pode ter representado a *grande amoureuse* para os turistas ingleses. Ela convencera os padres da Visitação de sua retidão moral, inclusive no duvidoso ambiente de Monte Carlo. Eu sabia pouco a seu respeito, mas o bastante para reconhecer nela uma perfeita comediante.

No entanto, embora suas contas estivessem em desordem, não havia nada de desorganizado em seu testamento. Era claro e preciso, assinado pela *comtesse* de Lascot-Villiers e tendo como testemunha o dr. Magiot. Ela transformara o hotel numa sociedade limitada, concedendo uma cota nominal a Marcel, outra ao dr. Magiot e outra a seu advogado, que se chamava Alexandre Dubois. Ela possuía as outras noventa e sete cotas, bem como os três certificados de propriedade, devidamente grampeados ao documento. A empresa era dona de tudo, até a última colher e garfo; eu recebi sessenta e cinco cotas, e Marcel, trinta e três. Tornava-me para todos os efeitos o dono do Trianon. Podia começar imediatamente a realizar o sonho da noite anterior — ou logo após o intervalo do rápido enterro de minha mãe, rapidez exigida pelo clima.

Nesses arranjos, o dr. Magiot prestou um auxílio inestimável; ela foi transportada naquela mesma tarde para o modesto cemitério da aldeia, na montanha do Kenscoff, onde, segundo o rito católico, foi sepultada entre os pequenos túmulos. Marcel chorou sem nenhum pudor à beira da sepultura, que parecia um buraco cavado para esgoto na rua de uma cidade, pois ao redor se erguiam as casinhas que os haitianos construíam para seus mortos; nos dias de Finados, eles deixavam ali seu pão e vinho.

Enquanto eram jogados sobre o caixão os punhados de terra do ritual, fiquei imaginando a melhor maneira de me livrar de Marcel. Permanecemos em meio à escuridão das nuvens negras como tinta, que sempre se acumulavam sobre a montanha naquela hora do dia, e agora elas despejavam sobre nós, com fúria, uma pancada brusca de água enquanto corríamos para nossos táxis, o padre na frente e os coveiros fechando a retaguarda. Não sabia na época, mas agora sei, que os coveiros não voltariam antes da manhã seguinte para cobrir o caixão de minha mãe, porque ninguém trabalha num cemitério à noite, a não ser um zumbi saído de seu túmulo ao comando de um *houngan*, para trabalhar em meio às trevas.

O dr. Magiot me convidou para jantar em sua casa naquela noite e, além disso, me deu muitos conselhos que imprudentemente não levei em conta; pensava que talvez ele pretendesse conseguir o hotel para outro cliente. Foi aquela única cota de que era detentor que me fez suspeitar, embora eu estivesse de posse do certificado de propriedade assinado.

Ele morava na parte mais baixa de Pétionville, numa casa de três andares, uma miniatura de meu hotel, com sua torre e suas sacadas de madeira entalhada. No jardim, havia um pinheiro-de--norfolk seco e pontudo, como uma ilustração de romance vitoriano, e o único objeto moderno da sala, onde sentamos após o jantar, era o telefone. Parecia um descuido no arranjo de uma sala de museu. Os drapeamentos pesados dos cortinados vermelhos, as toalhas de lã sobre mesas esparsas, com borlas em cada ponta, os objetos de porcelana sobre a cornija da lareira, incluindo dois cachorros com o mesmo olhar gentil do dono, os retratos dos pais do doutor (fotos coloridas montadas sobre seda cor de malva em molduras ovais), o anteparo preguedo diante da inútil lareira falavam de outra época; as obras literárias, numa estante fechada com portas de vidro (o dr. Magiot guardava os livros profissionais em seu consultório), estavam encadernadas em couro velho.

Examinei-as enquanto ele "lavava as mãos", como dissera em inglês polido. Havia *Os miseráveis* em três volumes, *Os mistérios de Paris* com o último volume faltando, vários *romans policiers* de Gaboriau, a *Vida de Jesus* de Renan e, muito surpreendentemente entre tal companhia, *O capital* de Marx, encadernado no mesmo couro de modo a não se distinguir de longe de *Os miseráveis*. A candeia à altura do cotovelo do dr. Magiot tinha um quebra-luz de vidro vermelho e, sabiamente, era a petróleo, pois mesmo naqueles dias a corrente elétrica era precária.

"O senhor pretende realmente assumir a direção do hotel?", quis saber meu anfitrião.

"Por que não? Tenho alguma experiência de trabalho em restaurantes. Vejo grandes possibilidades de melhoria. Minha mãe não atendia a clientela de luxo."

"Clientela de luxo?", repetiu o doutor. "Acho que o senhor não poderia viver da clientela de luxo aqui."

"Alguns hotéis, sim."

"Os bons tempos não durarão sempre. As eleições vêm aí..."

"Não faz muita diferença quem ganhará, não é?"

"Para os pobres, não. Mas para os turistas, talvez." Colocou um pires florido sobre a mesa perto de mim — um cinzeiro estaria fora de época naquela sala onde ninguém jamais fumara nos velhos tempos. Estendeu o pires com gestos cuidadosos, como se fosse porcelana preciosa. Ele era muito grande e muito preto, mas exibia enorme delicadeza — jamais maltrataria, tinha certeza, nenhum objeto inanimado, como uma cadeira recalcitrante. Nada seria menos imprevisto para um homem com a profissão do dr. Magiot do que um telefone. Mas quando este tocou durante nossa conversa, ele ergueu o receptor com a mesma gentileza com a qual ergueria o pulso de um paciente.

"O senhor ouviu falar", disse ele, "do imperador Christophe?"

"Claro."

"Aquela época pode facilmente voltar. Talvez mais cruel e com certeza mais infame. Deus nos livre de um pequeno Christophe."

"Ninguém pode afugentar os turistas americanos. Vocês precisam de dólares."

"Quando o senhor nos conhecer melhor, perceberá que não vivemos de dinheiro aqui, vivemos de dívidas. Pode-se matar um credor, mas ninguém jamais mata um devedor."

"De quem o senhor tem medo?"

"Tenho medo de um médico desconhecido do interior. Seu nome não significaria nada para o senhor, agora. Só espero que não o veja um dia em luminosos sobre a cidade." Foi a primeira profecia malograda do dr. Magiot. Ele subestimou a própria obstinação ou a própria coragem. Caso contrário, eu não ficaria esperando por ele mais tarde, ao lado da piscina vazia onde o ex-ministro jazia quieto como um enorme pedaço de carne num açougue.

"E Marcel?", ele me perguntou. "O que o senhor pensa fazer com Marcel?"

"Não decidi ainda. Amanhã conversarei com ele. Sabe que ele possui um terço do hotel?"

"O senhor esquece que eu assinei como testemunha do testamento."

"Ocorreu-me que ele poderia estar disposto a vender sua parte. Não tenho dinheiro, mas talvez possa fazer um empréstimo no banco."

O dr. Magiot apoiou as palmas rosadas de suas grandes mãos sobre os joelhos e se inclinou em minha direção como se tivesse um segredo para contar."Eu aconselharia o senhor a fazer o contrário", disse. "Deixe que ele compre suas ações. Facilite isto para ele e deixe que as compre a um preço barato. Ele é haitiano. Pode viver com um mínimo aqui. Ele pode sobreviver." Mas de novo o dr. Magiot revelou-se um falso profeta. Ele enxergava o futuro de seu país de maneira mais clara que o destino dos indivíduos que o compunham.

"Ah, não, comecei a gostar do Trianon", respondi, sorrindo. "O senhor verá, eu ficarei e conseguirei sobreviver."
Esperei dois dias antes de falar com Marcel, mas no intervalo conversei com o gerente do banco. As duas últimas temporadas em Porto Príncipe haviam sido boas. Apresentei meus planos a respeito do hotel, e o gerente, que era europeu, não criou problemas em me adiantar o dinheiro de que precisava. O único ponto em que ele se mostrou difícil foi no prazo de pagamento. "O senhor está praticamente me pedindo para saldar a dívida em três anos?"
"Sim."
"Por quê?"
"Bem, veja, antes disso haverá eleições."
Não via Marcel desde o funeral. Joseph, o *barman*, vinha me pedir ordens, o cozinheiro e o jardineiro se dirigiam a mim. Marcel abdicara sem lutar, mas eu percebi, quando passava por ele nas escadas, que exalava um forte cheiro de rum. Assim, deixei preparado um copo de bebida para ele quando nos reunimos finalmente para conversar. Ele ouviu sem uma palavra e aceitou o que eu tinha a dizer sem discutir. O que eu lhe oferecia era muito dinheiro, em termos haitianos, e em dólares e não em gurdes, embora representasse metade do valor nominal de suas cotas. Buscando um impacto psicológico, eu tinha o dinheiro comigo em notas de cem dólares. "É melhor você contá-lo", eu disse, mas ele pôs o dinheiro no bolso sem conferir. "E agora, queira assinar aqui", e ele assinou sem ler o que estava firmando. Foi extremamente fácil. Sem nenhuma cena.
"Vou precisar de seu quarto", emendei, "a partir de amanhã." Estaria sendo duro com ele? O que em parte me influenciava era o embaraço de tratar com o amante de minha mãe, e deve ter sido desagradável para Marcel também conhecer o filho dela, um homem muito mais velho do que ele próprio. Pouco antes de sair da sala, falou nela. "Eu fiz de conta que não ouvi a campainha", disse, "mas ela tocava sem parar. Pensei que estivesse precisando de alguma coisa."

"Mas ela só precisava de você?"
"Estou envergonhado."
Não poderia discutir com ele a poderosa influência dos desejos sexuais de minha mãe. "Não acabou seu rum", observei. Ele esvaziou o copo e disse: "Quando estava zangada ou quando fazia amor comigo, ela me chamava de 'grande besta negra'. É o que me sinto agora, uma grande besta negra." Saiu do quarto, um dos bolsos bastante volumoso com as notas de cem dólares, e uma hora mais tarde o vi descer pela alameda, carregando uma velha mala de papelão. Deixou no quarto o pijama de seda escarlate com o monograma YM.

Durante uma semana, não ouvi mais falar nele. Eu estava muito atarefado no hotel. A única pessoa que conhecia realmente seu trabalho era Joseph (tornei-o famoso mais tarde por seus ponches de rum), e só podia supor que os hóspedes estavam tão acostumados a comer mal em casa, que aceitavam os pratos do cozinheiro como uma característica inseparável da vida humana. Ele servia bifes excessivamente passados e sorvete. Passei a sobreviver quase exclusivamente à base de *grapefruit*, que ele não conseguia estragar. A temporada estava quase terminando, e eu não via a hora que o último hóspede fosse embora para despedir o cozinheiro. Não que soubesse onde encontrar um sucessor para ele — bons cozinheiros eram difíceis de encontrar em Porto Príncipe.

Uma noite, senti uma aguda necessidade de esquecer o hotel, então fui até o cassino. Naquele tempo, antes que o dr. Duvalier subisse ao poder, havia turistas em número suficiente para manter ocupadas três mesas de roleta. Ouvia a música da boate embaixo, e ocasionalmente uma mulher em vestido de noite, cansada de dançar, trazia seu acompanhante para as mesas. As mulheres haitianas são as mais belas do mundo, acho, e lá havia rostos e figuras que poderiam ganhar uma fortuna numa capital do Ocidente. Num cassino, eu tinha sempre a sensação de que tudo poderia acontecer.

"O homem só perde a virgindade uma vez", e eu perdera a minha naquela tarde de inverno em Monte Carlo. Estava jogando havia alguns minutos quando vi Marcel sentado à mesma mesa. Pensei em mudar, mas eu já havia ganho uma vez *en plein*. Tenho a superstição de que só uma mesa dá sorte, e naquela noite encontrara minha mesa da sorte, pois em vinte minutos eu já ganhava cento e cinquenta dólares. Despertei a atenção de uma jovem europeia do outro lado da mesa. Ela sorriu e começou a me seguir nas apostas, dizendo algo a seu acompanhante, um sujeito gordo com um enorme charuto, que a abastecia de fichas e nunca jogava. Mas a mesa que me dava tanta sorte dava azar a Marcel. Às vezes, colocávamos nossas apostas no mesmo quadrado, e então eu perdia. Passei a esperar que ele colocasse suas fichas antes de fazer minhas apostas, e a moça, ao perceber minha intenção, começou a fazer o mesmo. Era como se dançássemos no mesmo passo — como num ronrom malaio, sem nos tocar. Estava feliz porque ela era bonita e porque me lembrava Monte Carlo. Quanto ao gordo, trataria daquele problema mais tarde. Talvez ele também trabalhasse no Banco da Indochina.

Marcel tinha um sistema maluco. Era como se estivesse aborrecido com o jogo e, quanto mais depressa perdesse, mais depressa abandonaria a mesa. Então ele me viu e, amontoando o restante de suas fichas, colocou-as no número zero, que não aparecia fazia mais de trinta rodadas. Perdeu, é claro, como as pessoas sempre perdem quando fazem uma jogada desesperada, e empurrou sua cadeira para trás. Inclinei-me em sua direção com uma ficha de dez dólares. "Pegue um pouco da minha sorte", disse-lhe.

Estaria tentando humilhá-lo, tentando lembrá-lo de que era o amante pago de minha mãe? Não me recordo agora, mas, se foi este meu motivo, certamente fracassei. Ele pegou a ficha e respondeu com grande cortesia em seu cuidadoso francês: *"Tout ce que j'ai eu* *de chance dans ma vie m'est venu de votre famille"*.* Apostou novamente no zero e o zero saiu — eu não o acompanhara. Devolveu-me minha ficha e falou: "Desculpe. Preciso ir agora. Preciso dormir urgentemente."

Olhei-o enquanto deixava o salão. Ele tinha mais de trezentos dólares para trocar agora. Eu o expulsara de minha consciência. E embora ele fosse realmente retinto e muito grande, era injusto, pensei, chamá-lo de besta negra, como minha mãe havia feito.

De certa maneira, toda a seriedade se esvaiu do salão quando ele foi embora. Éramos todos boêmios agora, jogando por divertimento, sem arriscar nada e sem ganhar nada, apenas o preço de algumas doses. Aumentei meus ganhos para trezentos e cinquenta dólares e os deixei cair a duzentos só pelo prazer de ver o homem do charuto perder um pouco também. Então parei. Ao trocar minhas fichas, perguntei ao caixa quem era a moça:

"Madame Pineda", respondeu, "uma senhora alemã."

"Não gosto de alemães", disse, desapontado.

"Nem eu."

"Quem é o sujeito gordo?"

"O marido dela, o embaixador." Mencionou algum pequeno país da América do Sul, mas eu o esqueci imediatamente. Em geral distinguia facilmente uma república sul-americana da outra pelos selos, mas deixara minha coleção no Colégio da Visitação de presente para o rapaz que considerava meu melhor amigo (há muito esqueci seu nome).

"Também não gosto de embaixadores", disse ao caixa.

"São um mal necessário", retrucou, contando meus dólares.

"Você acredita que o mal seja necessário? Então é um maniqueísta como eu." Nossa discussão teológica não pôde ir em frente

---

* Em francês, no original: "Toda oportunidade que tive na vida me foi dada pela sua família." (N. E.)

108 GRAHAM GREENE

porque ele não havia estudado no Colégio da Visitação e, em todo caso, a voz da moça nos interrompeu: "Maridos também".

"O que têm os maridos?"

"São um mal necessário", ela explicou, colocando suas fichas na mesa do caixa.

Costumamos admirar qualidades que estão fora de nosso alcance; assim admirei sua lealdade e naquele momento quase me afastei dela para sempre. Não sei o que me impediu de fazê-lo. Talvez tenha captado em sua voz outra qualidade que acho admirável — a qualidade do desespero. Desespero e verdade são estreitamente afins; em geral, pode-se confiar numa confissão desesperada, e, assim como não é dado a todos fazer uma confissão no leito de morte, a capacidade do desespero é concedida a muito poucos, e eu não era um desses. Mas ela tinha isso, o que a desculpou a meus olhos. Teria sido melhor se eu tivesse seguido meu primeiro pensamento e ido embora, pois me afastaria de um bocado de infelicidade. Em vez disso, esperei na porta do salão enquanto ela pegava o que havia ganho.

Tinha a mesma idade da mulher que eu conhecera em Monte Carlo, mas o tempo havia invertido a situação. A primeira mulher tinha idade suficiente para ser minha mãe, e agora eu era velho o bastante para ser o pai da estrangeira. Era muito morena, miúda e nervosa — nunca imaginaria que fosse alemã. Veio em minha direção contando os dólares, para esconder sua timidez. Ela havia feito um lance desesperado e agora não sabia o que fazer com a presa na outra extremidade da linha.

"Onde está seu marido?", perguntei.

"No carro", ela respondeu. E olhando para fora vi pela primeira vez o Peugeot com as chapas c.d. Sentado no banco da frente, ao lado da direção, o gordo fumava seu longo charuto. Seus ombros eram largos e achatados. Era possível pendurar um cartaz neles. Pareciam uma parede fechando uma rua sem saída.

"Quando posso vê-la de novo?"
"Aqui. Lá fora, no estacionamento. Não posso ir a seu hotel."
"Você sabe quem eu sou?"
"Eu também faço perguntas", disse ela.
"Amanhã à noite?"
"Às dez. Devo estar de volta à uma."
"E agora, ele vai querer saber por que demorou?"
"Ele tem uma paciência infinita. É uma qualidade diplomática. Ele espera para falar até que a situação política esteja madura."
"Então por que precisa estar de volta à uma?"
"Tenho um filho. Sempre acorda por volta da uma e me chama. É um hábito, um mau hábito. Ele tem pesadelos com um ladrão em casa."
"Seu único filho?"
"Sim."

Tocou meu braço, e naquele momento o embaixador, no carro, esticou o braço direito e tocou a buzina duas vezes, mas sem impaciência. Ele nem virou a cabeça, do contrário nos teria visto.

"Está sendo intimada", comentei, e, com minha primeira queixa, o presságio de outras queixas caiu sobre mim.

"Acho que já é quase uma hora." E acrescentou rapidamente: "Conheci sua mãe. Gostava dela. Era uma mulher autêntica." Dirigiu-se para o carro. Seu marido abriu a porta para ela sem se virar, e ela tomou o volante; a ponta do charuto brilhou perto de seu rosto, como uma luz de advertência na beira de uma estrada em obras.

Voltei para o hotel, e Joseph veio a meu encontro na escada. Ele me avisou que Marcel havia chegado meia hora antes e pedira um quarto para aquela noite.

"Só para esta noite?"
"Ele diz que vai amanhã."

Pagara adiantado, deixando a quantia que sabia ser correta, e mandara levar para cima duas garrafas de rum. Pedira para ficar no quarto de *Madame la Comtesse*.

"Ele poderia ficar em seu antigo quarto." Mas então me lembrei de que um novo hóspede, um professor americano, ocupava o aposento.

Tinha razão para me preocupar. De certa maneira, fiquei comovido. Estava contente que minha mãe fosse tão adorada por seu amante e pela mulher no cassino cujo nome esquecera de perguntar. Talvez eu mesmo tivesse gostado dela se me tivesse dado uma pequena chance. Talvez eu alimentasse a esperança de que sua capacidade de ser amada passasse um pouco para mim — uma grande vantagem nos negócios —, assim como os dois terços de seu hotel.

Estava quase uma hora atrasado quando encontrei o carro com a placa C.D. fora do cassino. Muitas coisas me haviam mantido ocupado e não tinha absolutamente nenhuma disposição para vir. Não podia fingir para mim mesmo que estava apaixonado por *madame* Pineda. Um pouco de concupiscência e um pouco de curiosidade era tudo o que eu imaginava sentir, e ao me dirigir para a cidade recordava tudo o que havia registrado contra ela: que era alemã, que fora ela a dar o primeiro passo, que era a esposa de um embaixador. (Com certeza ouviria os lustres e os copos de coquetel tilintar durante sua conversa.)

Ela abriu a porta do carro para mim.

"Quase desisti de você", reclamou.

"Desculpe. Muitas coisas aconteceram."

"Agora você está aqui, melhor irmos embora. Nossos colegas começam a chegar depois das onze, quando os jantares oficiais terminam."

Deu marcha à ré. "Aonde estamos indo?", perguntei.

"Não sei."

"O que a levou a falar comigo ontem à noite?"

"Não sei."

"Você quis me acompanhar na sorte?"

"Sim. Acho que fiquei curiosa de ver como era o filho da condessa. Nunca acontece nada de novo por aqui."

O porto estendia-se à nossa frente, banhado pela luz de refletores temporários. Dois cargueiros estavam sendo descarregados. Havia uma longa procissão de figuras curvas debaixo dos sacos. Ela manobrou o carro em semicírculo, parando numa mancha de sombra perto da estátua branca de Colombo. "Nenhuma pessoa de nosso meio vem aqui à noite", ela disse, "e nenhum pedinte também."
"E a polícia?"
"A chapa C.D. tem alguma utilidade."
Fiquei pensando qual de nós dois estava usando o outro. Havia meses que eu não fazia amor com uma mulher, e ela... — obviamente ela chegara ao impasse da maioria dos casamentos. Mas eu estava arrasado pelos acontecimentos do dia, desejava não ter vindo e não podia deixar de me lembrar de que ela era alemã, embora fosse demasiado jovem para ter alguma culpa. Havia uma única razão pela qual nós dois nos encontrávamos ali e no entanto não fizemos nada. Ficamos sentados olhando para a estátua que olhava na direção dos Estados Unidos.
Para fugir da situação absurda, coloquei a mão sobre seu joelho. A pele estava fria; ela não usava meias. "Como você se chama?", indaguei.
"Martha." Ela se virou ao responder, e eu a beijei desajeitadamente, sem encontrar sua boca.
"Não é preciso, sabe? Somos pessoas adultas", ela disse, e repentinamente eu estava de volta ao Hôtel de Paris, impotente, e nenhum pássaro de asas brancas veio me salvar.
"Só quero conversar", mentiu gentilmente para mim.
"Pensei que você tivesse muito para conversar na embaixada."
"Na noite passada, não teria havido problemas se eu tivesse ido para seu hotel?"
"Graças a Deus, você não foi", afirmei. "Já havia o suficiente para me preocupar lá."
"Que tipo de problema?"

"Não vamos falar sobre isso agora." De novo, para disfarçar minha falta de sentimento, eu agi de maneira rude. Arranquei-a de trás do volante e sentei-a com violência sobre minhas coxas; ela arranhou a perna no rádio e deu um grito de dor.

"Desculpe."

"Não foi nada."

Acomodou-se mais confortavelmente, encostou os lábios no meu pescoço, mas não senti nada; nada se excitava dentro de mim e fiquei pensando até quando ela aguentaria o desapontamento, se é que estava desapontada. Então, por um longo instante, esqueci completamente dela. Estava de volta ao calor do meio-dia, batendo à porta do quarto que havia sido de minha mãe sem obter resposta. Continuei batendo, batendo, pensando que Marcel dormia como um bêbado.

"Fale-me do problema", ela pediu, e de repente comecei a falar.

Contei-lhe que o camareiro ficara nervoso e depois Joseph, e que finalmente, não obtido resposta, usei a chave mestra e verifiquei que a porta estava travada. Tive de arrancar a divisória entre duas sacadas e passar com dificuldade de uma para a outra — felizmente os hóspedes estavam fora, nadando nos recifes. Encontrei Marcel pendurado no lustre com seu próprio cinto. Sua determinação deve ter sido muito grande, pois bastava que ele tomasse um impulso de poucos centímetros para apoiar o pé na extremidade cheia de arabescos da grande cama de minha mãe. Havia bebido todo o rum, menos um pouco na segunda garrafa, e num envelope endereçado a mim colocara o que restava dos trezentos dólares.

"Pode imaginar como estive ocupado depois disso. Com a polícia e com os hóspedes também. O professor americano foi razoável, mas um casal inglês disse que iria se queixar a seu agente de viagens. Ao que parece, um suicídio coloca um hotel numa categoria de preços inferior. Não é um começo auspicioso."

"Foi um choque terrível", consolou ela.

"Eu não o conhecia nem me importava com ele, mas foi um choque, sim, realmente foi. Acho que vou ter de mandar um padre purificar o quarto, ou um *houngan*. Não sei bem qual deles. E o lustre terá de ser destruído. Os empregados insistem nisso."

Fiquei aliviado ao falar, e com as palavras veio também o desejo. Sua nuca encostava em minha boca e uma perna estava estendida contra o painel do carro. Ela estremeceu, sua mão por azar esbarrou no aro do volante e a buzina disparou. Continuou a gemer como um animal ferido ou um navio perdido no nevoeiro, até que os estremecimentos pararam.

Ficamos sentados em silêncio na mesma posição rígida, como duas peças de maquinaria que um mecânico não conseguiu consertar. Era o momento de se despedir e ir embora: quanto mais nos demorássemos, maiores seriam as exigências que o futuro reservaria para nós. No silêncio começa a confiança, cresce a satisfação. Percebi que dormira um pouco, acordara e a encontrara dormindo. O sono compartilhado era um vínculo indesejado. Olhei para o relógio. Ainda faltava muito para a meia-noite. Os guindastes revolviam em cima dos cargueiros, e numa longa procissão os carregadores iam do navio para o armazém, curvos sob seus capuzes de saco como monges capuchinhos. Minha perna estava doendo. Afastei-a e acordei Martha.

Ela se desvencilhou com dificuldade e disse abruptamente: "Que horas são?"

"Vinte para a meia-noite."

"Sonhei que o carro quebrou e que era uma da manhã", ela disse.

Senti que ela me colocava no lugar que me cabia, entre dez da noite e uma da manhã. Foi desencorajador constatar como o ciúme cresce rapidamente: mal a conhecia há vinte e quatro horas, e já me aborrecia com as exigências dos outros.

"O que há?", perguntou.

"Estava pensando em quando nos veremos de novo."

"À mesma hora, amanhã. Aqui. É um lugar como qualquer outro, não é? Pegue um motorista de táxi diferente, só isso."

"Não foi exatamente a cama ideal."

"Iremos para o banco de trás." Vai ser bom lá", disse ela com uma precisão que me deprimiu.

Assim começou nosso caso e assim continuou com pequenas alterações: por exemplo, um ano mais tarde ela trocou seu Peugeot por um modelo mais novo. Houve ocasiões — uma vez seu marido foi chamado para consultas — em que nos livramos do carro; uma vez, com a ajuda de uma amiga, passamos dois dias juntos em Cap-Haïtien, mas depois a amiga voltou para casa. Às vezes, tinha a impressão de que não éramos amantes, mas conspiradores presos um ao outro pela prática de um crime. E como conspiradores estávamos muito conscientes dos detetives em nossa pista. Um deles era uma criança.

Fui à embaixada para um coquetel. Não havia nenhuma razão para que eu não fosse convidado, pois seis meses depois que nos conhecêramos eu me tornara um membro aceito pela comunidade estrangeira. Meu hotel alcançava um modesto sucesso, embora eu não me satisfizesse com a modéstia e ainda sonhasse com aquele cozinheiro de primeira categoria. Conheci o embaixador uma vez, quando levou de carro até o hotel um de meus hóspedes — um compatriota — depois de um jantar na embaixada. Ele aceitou e elogiou uma das bebidas de Joseph, e à sombra de seu longo charuto acomodou-se por alguns momentos em minha varanda. Nunca vi um homem usar a palavra "meu" com mais frequência: "Pegue um de meus charutos". "Por favor, deixe meu chofer tomar uma bebida." Falamos das eleições próximas. "Na minha opinião, o médico vai ganhar. Ele tem apoio dos Estados Unidos. É a informação que eu tenho." Ele me convidou "para seu próximo coquetel".

Por que me aborreci com ele? Eu não estava apaixonado por sua mulher. Eu havia "dormido" com ela, só isso. Ou assim acreditava, então. Foi no decorrer de nossa conversa que ele descobriu que eu estudara com os padres da Visitação e declarou uma espécie de afinidade: "Eu estive no Colégio de Santo Inácio, no Paraguai... Uruguai, o que importa?".

Fiquei sabendo mais tarde que o coquetel para o qual fora convidado, no devido tempo, reunia o chamado segundo escalão. O primeiro, onde se servia caviar, era puramente diplomático — embaixadores, ministros, primeiros-secretários —, enquanto o do terceiro escalão era simplesmente uma "obrigação". Foi uma cortesia ser incluído no segundo, que deveria reunir elementos para "diversão". Havia vários haitianos ricos lá com suas esposas de rara beleza. Ainda não chegara para eles o momento de fugir do país ou de ficar trancados em suas casas à noite, com medo do que lhes poderia acontecer pelas ruas escuras após o toque de recolher.

O embaixador apresentou "minha esposa" — "minha" de novo — e ela me levou até o bar para oferecer uma bebida.

"Amanhã à noite?", perguntei, e ela me encarou carrancuda, franzindo os lábios para indicar que eu não devia falar, que estávamos sendo observados. Mas não era o marido que ela temia. Ele estava ocupado mostrando "minha" coleção de quadros de Hyppolite a um dos convidados, indo de um quadro a outro, explicando cada um, como se os temas também lhe pertencessem.

"Seu marido não pode nos ouvir com toda essa algazarra."

"Você não percebe", disse ela "que ele presta atenção em cada palavra?"

Mas "ele" não era o marido. Uma criaturinha com não mais que um metro de altura, olhos escuros e atentos abria caminho até nós com a arrogância de um homenzinho, empurrando os joelhos dos convidados como se fossem uma espécie de vegetação rasteira numa floresta que lhe pertencia. Percebi que tinha os olhos fixos na boca da mãe, como se lesse os lábios.

"Meu filho Angel", ela me apresentou e, a partir desse momento, sempre pensei na pronúncia inglesa do nome como uma espécie de blasfêmia.

Reconquistada sua posição ao lado da mãe, não a abandonou mais, embora não falasse uma palavra — estava ocupado demais em ouvir, enquanto sua mão de aço agarrava a da mãe, como uma algema. Conhecera meu verdadeiro rival. Martha me contou, quando nos encontramos na vez seguinte, que ele havia feito muitas perguntas a meu respeito.

"Ele está farejando algo errado?"

"Como poderia, na sua idade? Tem só cinco anos."

Passou um ano, e descobrimos maneiras de ludibriá-lo, mas suas reivindicações em relação à mãe continuavam. Descobri que ela era indispensável para mim, mas quando eu a pressionava a abandonar o marido, a criança impedia sua fuga. Martha não podia fazer nada que pusesse em risco a felicidade do filho. Poderia deixar o marido no dia seguinte, mas como conseguiria sobreviver se ele tirasse Angel dela? Eu tinha a impressão de que, mês após mês, o filho ficava mais parecido com o pai. Agora ele tinha uma maneira particular de dizer "minha" mãe; e uma vez eu o vi com um longo charuto de chocolate na boca; estava engordando rapidamente. Era como se o pai tivesse gerado seu próprio demônio para ter certeza de que nosso caso não fosse longe demais, além dos limites da prudência.

Houve uma época em que alugamos um quarto para nossos encontros, sobre uma loja síria. O dono da loja, que se chamava Hamit, era de total confiança. Foi pouco depois que o doutor subiu ao poder e a sombra do futuro lá estava para todo mundo ver, negra como a nuvem sobre o Kenscoff. Qualquer tipo de ligação com uma embaixada estrangeira era importante para um indivíduo sem pátria, pois quem poderia dizer quando iria precisar de asilo político? Infelizmente, embora tivéssemos examinado com cuidado o lugar, não percebemos que num canto atrás dos produtos farmacêuticos havia algumas prateleiras com brinquedos melhores do que os de qualquer outra loja, e entre os comestíveis, para uma clientela de luxo que ainda não acabara totalmente, era possível encontrar uma caixa de biscoitos ao uísque, a guloseima predileta de Angel entre as refeições. Isso provocou nossa primeira briga.

Já nos havíamos encontrado três vezes no quarto sírio, mobiliado com uma cama de metal coberta por um acolchoado de seda cor de malva, quatro cadeiras ao longo da parede e diversas fotos coloridas à mão de grupos de família. Acho que era o quarto dos hóspedes, impecavelmente conservado para alguma importante visita do Líbano que nunca chegara e jamais viria agora. Na quarta vez, esperei duas horas, e Martha não apareceu. Saí pela loja, e o sírio me disse discretamente:

"A sra. Pineda acabou de sair. Esteve aqui com o filhinho."

"O filhinho?"

"Compraram um carrinho e uma caixa de biscoitos."

No fim da tarde, ela me telefonou. Parecia ansiosa e com medo, falando muito rapidamente:

"Estou no correio. Deixei Angel no carro."

"Comendo biscoitos ao uísque?"

"Biscoitos ao uísque? Como sabe? Querido, não pude me encontrar com você. Quando cheguei à loja encontrei Angel com a governanta. Tive de fingir que havia ido até lá para comprar alguma coisa para ele como prêmio por ter se comportado."

"Ele se comportou?"

"Não muito. A governanta disse que me viram sair da loja na semana passada... que bom que nunca saímos juntos... e ele queria ver onde eu tinha ido. Foi assim que descobriu os biscoitos de que tanto gosta."

"Os biscoitos ao uísque."

"Sim. Ah, ele está entrando no correio agora, veio me procurar. Hoje à noite. Mesmo lugar." O telefone emudeceu.

Assim nos encontramos mais uma vez ao lado da estátua de Colombo, no Peugeot. Dessa vez, não fizemos amor. Brigamos. Disse-lhe que Angel era uma criança mimada e ela admitiu, mas quando eu disse que ele a espionava ficou zangada, e quando comentei que estava ficando gordo como o pai, tentou me esbofetear. Agarrei seu pulso, e ela me acusou de bater nela. Então rimos nervosamente, mas a briga continuou, de maneira mais branda.

Observei de uma forma bastante razoável: "Seria melhor que você acabasse com isso, de um jeito ou de outro. Essa vida não pode continuar indefinidamente."

"Então você quer que eu o deixe?"

"Claro que não."

"Mas eu não posso viver sem Angel. Não é culpa dele se eu o mimei. Ele precisa de mim. Não posso estragar sua felicidade."

"Daqui a dez anos, ele não precisará mais de você. Estará dando suas escapadas para a casa de *Mère* Catherine ou dormindo com uma de suas empregadas. Só que você não estará aqui, estará em Bruxelas ou em Luxemburgo, mas há bordéis para ele lá também."

"Dez anos é muito tempo."

"E você será uma mulher de meia-idade e eu estarei velho, velho demais para me importar. Você continuará vivendo com dois homens gordos... E com a consciência tranquila, é claro. Você vai salvar a consciência."

"E você? Não me diga que não se consolou com todo tipo de mulher, de todas as formas possíveis."

Nossas vozes iam ficando cada vez mais altas na escuridão sob a estátua. Como todas as brigas desse tipo, não levou a nada, apenas a uma ferida que sara com facilidade. Há lugar para tantas feridas diferentes antes de percebermos que estamos arrancando uma velha crosta. Saí de seu carro e fui andando em direção ao meu. Sentei-me à direção e comecei a dar marcha à ré. Dizia a mim mesmo que aquele era o fim — o jogo não valia o sacrifício —, ela que ficasse com seu detestável filho. Poderia encontrar muitas mulheres mais atraentes na casa de *Mère* Catherine, e afinal ela era alemã. Gritei da janela do carro "Boa noite, *Frau* Pineda", com um pouco de maldade, quando meu carro emparelhou com o seu; percebi então que ela estava debruçada sobre o volante, chorando. Acho que era preciso me separar dela uma vez para me dar conta de que não podia viver sem Martha.

Quando sentei de novo a seu lado, ela já estava se controlando.

"Hoje não dá", disse ela.

"Não."

"Vamos nos ver amanhã?"

"Claro."

"Aqui, como sempre?"

"Sim."

"Há algo que eu queria lhe dizer. Uma surpresa. Algo que você deseja muito."

Por um instante pensei que fosse se render e prometer deixar marido e filho. Coloquei meu braço a seu redor para ampará-la na grande decisão, e ela disse: "Você precisa de um bom cozinheiro, não é?"

"Ah... sim. Acho que sim."

"Tenho um cozinheiro maravilhoso e está indo embora. Provoquei uma briga de propósito e o despedi. É seu se você o quiser." Acho que ficou novamente magoada com meu silêncio. "Não acredita agora que amo você? Meu marido ficará furioso. Ele dizia que André era o único cozinheiro de Porto Príncipe capaz de preparar um suflê como se deve." Contive-me a tempo antes de perguntar: "E Angel? Também gosta da comida dele?".

"Você acaba de fazer minha fortuna", falei em vez disso. E era quase verdade: o Suflê ao Grand Marnier do Trianon ficou famoso por algum tempo, até que o terror começou, a missão americana partiu e o embaixador britânico foi expulso, o núncio nunca mais regressou de Roma e o toque de recolher colocou entre nós uma barreira pior do que qualquer briga, até que finalmente eu fui embora com o último avião da Delta para Nova Orleans. Joseph acabara de escapar com vida de um interrogatório dos *tontons macoutes*, e eu fiquei apavorado. Eles estavam atrás de mim, tinha certeza. Talvez Fat Gracia, o chefe dos *tontons*, quisesse meu hotel. Mesmo Petit Pierre deixou de aparecer para tomar uma bebida de graça. Durante semanas, fiquei sozinho com Joseph machucado, o cozinheiro, a camareira e o jardineiro. O hotel precisava de pintura e de reparos, mas para que gastar com mão de obra sem a perspectiva de hóspedes? Só mantive em ordem, como um túmulo, a suíte John Barrymore.

Em nosso caso de amor, havia pouco agora que compensasse o medo e o fastio. O telefone deixara de funcionar: ficava sobre minha mesa como uma relíquia de tempos melhores. Com o toque de recolher, já não era possível nos encontrarmos à noite, e de dia sempre havia Angel. Pensei estar escapando do amor e da política quando finalmente recebi meu visto de saída na delegacia de polícia após uma espera de dez horas, com o pesado cheiro de urina no ar e os policiais voltando com expressão satisfeita das celas. Lembro-me de um padre que ficou sentado o dia inteiro, com batina branca e uma atitude petrificada de longa e imperturbável paciência enquanto lia o breviário. Seu nome não foi chamado. Penduradas atrás de sua cabeça, na parede cor de fígado, estavam as fotos de Barbot, o desertor morto com seus companheiros, metralhados numa cabana nos arredores da capital, um mês antes. Quando o sargento de polícia me entregou finalmente o visto, atirando-o pelo balcão como se atira um pedaço de pão a um pedinte, alguém disse ao padre que a delegacia estava fechando. Acho que ele voltou no dia seguinte. Era um lugar como qualquer outro para ler o breviário, pois nenhuma das pessoas que passavam ousava falar com ele, agora que o arcebispo estava no exílio e o presidente fora excomungado.

Como foi maravilhoso deixar a cidade enquanto olhava para ela lá embaixo através do ar livre e translúcido, o avião subindo na tempestade que como de costume assomava sobre o Kenscoff. O porto parecia pequeno comparado ao vasto e enrugado deserto atrás dele, a serra árida e desabitada, como a espinha quebrada de um animal pré-histórico moldado na argila, alongando-se até Cap-Haïtien e a fronteira dominicana. Dizia a mim mesmo que encontraria um aventureiro para comprar meu hotel, e então estaria tão descomprometido como no dia em que chegara a Pétionville e encontrara minha mãe estendida em sua grande cama de bordel. Sentia-me feliz por ir embora. Sussurrei-o à montanha negra que rodava lá embaixo, mostrei-o com meu sorriso à aeromoça americana arrumadinha que me trazia um copo grande de uísque com soda e ao piloto que apareceu para nos informar sobre o andamento do voo.

 Passaram-se quatro semanas antes que eu despertasse angustiado em meu quarto com ar-condicionado na rua 44 Oeste, em Nova York, depois de sonhar com uma confusão de pernas e braços num Peugeot e uma estátua olhando para o mar. Soube então que mais cedo ou mais tarde eu voltaria, quando minha obstinação se esgotasse, meu plano de negócios fracassasse, e quando me convencesse de que comer meio pão com medo seria muito melhor do que não comer nenhum.

CAPÍTULO 4

I

O DR. MAGIOT FICOU MUITO TEMPO agachado ao lado do corpo do ex-ministro. Na sombra lançada por minha lanterna, ele parecia um feiticeiro exorcizando a morte. Hesitei em interromper seu ritual, porque tinha medo de que os Smith acordassem em sua suíte na torre, e finalmente falei, interrompendo seus pensamentos. "Não podem pretender que seja outra coisa senão um suicídio", disse.

"Eles podem pretender o que quiserem", respondeu. "Não tente se enganar." Começou a esvaziar o conteúdo do bolso esquerdo do ministro, que estava exposto devido à posição do corpo. "Era um dos melhores." Estudou cuidadosamente cada pedacinho de papel como um funcionário de banco verificando se o dinheiro não é falso, segurando-os perto dos olhos e de seus grandes óculos redondos que só usava para ler.

"Fizemos o curso de anatomia juntos em Paris. Mas naqueles dias até Papa Doc era um homem bom. Lembro-me de Duvalier durante a epidemia de tifo na década de 20..."

"O que está procurando?"

"Qualquer coisa que possa ligá-lo ao senhor. Nessa ilha, aquela oração católica é muito adequada: 'O demônio é como um leão rugindo à procura de quem devorar'."

"Ele não devorou o senhor."
"Dê-lhe mais um pouco de tempo." Colocou um caderno de notas no bolso. "Não temos tempo de ver tudo isso agora." Então virou o corpo, pesado mesmo para o dr. Magiot. "Estou contente que sua mãe tenha morrido quando morreu. Ela já havia sofrido o bastante. Um Hitler é suficiente para uma vida."
Falávamos em sussurros com medo de incomodar os Smith.
"Um pé de coelho", disse, "para dar sorte." Pôs o objeto de volta. "E aqui está algo pesado." Tirou meu peso para papéis de bronze em formato de caixão e com as iniciais R.I.P. "Nunca soube que ele tinha senso de humor."
"É meu. Deve tê-lo tirado de meu escritório."
"Ponha-o de volta no mesmo lugar."
"Devo mandar Joseph chamar a polícia?"
"Não, não. Não podemos deixar o cadáver aqui."
"Eles não podem me acusar por um suicídio."
"Podem acusá-lo porque ele escolheu sua casa para se esconder."
"Por que razão ele fez isso? Eu não o conhecia. Encontrei-o uma vez numa recepção, e só."
"As embaixadas estão estreitamente vigiadas. Suponho que ele acreditasse no ditado inglês: 'O lar de um inglês é seu castelo'. Tinha tão poucas esperanças que buscou segurança num adágio."
"É infernal encontrar esse tipo de coisa em minha primeira noite em casa."
"Sim, acho que é. Tchekhov escreveu: 'O suicídio é um fenômeno indesejável'."
O dr. Magiot levantou-se e olhou para o cadáver. Um homem de cor tem um grande senso da ocasião. Não é corrompido pela educação ocidental: a educação só muda sua forma de se expressar. O bisavô do dr. Magiot talvez erguesse seu lamento às estrelas indiferentes, em dialeto escravo; ele pronunciou um breve discurso sobre o morto, com palavras cuidadosamente escolhidas. "Por maior que seja

o medo da vida para um homem", disse, "o suicídio continua sendo um ato corajoso, o ato lúcido de um matemático. O suicida julga pelas leis da probabilidade, tantas probabilidades contra uma de que a vida será mais miserável do que a morte. Seu senso matemático é maior do que o de sobrevivência. Mas imagino como o senso de sobrevivência deve clamar para ser ouvido no último instante, que desculpas deve apresentar, de um teor totalmente anticientífico."

"Pensei que como católico o senhor condenaria completamente..."

"Não sou católico praticante, e em todo caso o senhor está pensando no desespero teológico. Neste desespero não há nada de teológico. Pobre sujeito, ele estava infringindo uma norma. Estava comendo carne às sextas-feiras. Nesse caso, o senso de sobrevivência não alegou um mandamento divino como desculpa pela inação."

E acrescentou, mudando de tom: "Venha cá e segure as pernas. Temos de tirá-lo daqui". A conferência estava encerrada, a oração fúnebre já fora pronunciada.

Foi reconfortante sentir-me nas grandes mãos quadradas do dr. Magiot. Eu era como um paciente que aceita sem questionar o rígido regime imposto para um tratamento. Tiramos o secretário do Bem-Estar Social da piscina e o transportamos para a alameda, onde se encontrava o carro do dr. Magiot, de faróis apagados.

"Quando o senhor voltar", pediu ele, "abra a torneira para lavar o sangue."

"Tudo bem, vou abrir, mas não sei se sairá água..."

Ajeitamos o corpo no assento traseiro. Nas histórias de detetives, um cadáver sempre pode parecer um bêbado, mas este morto estava inconfundivelmente morto — o sangue cessara de escorrer, mas quem olhasse dentro do carro notaria a monstruosa ferida. Felizmente, ninguém ousava sair à rua durante a noite; era a hora em que os zumbis trabalhavam ou os *tontons macoutes*. Quanto a estes, estavam soltos. Ouvimos seu carro se aproximar — nenhum outro estaria circulando tão tarde — antes que chegássemos ao fim da alameda. Apagamos os faróis e esperamos. O carro subia lentamente a colina, vindo do centro; podíamos ouvir as vozes de seus ocupantes discutindo a respeito do raspar da terceira marcha. Tive a impressão de um carro velho que jamais conseguiria vencer a longa subida até Pétionville. O que faríamos se parasse na entrada da alameda? Os homens com certeza buscariam ajuda no hotel e alguma bebida de graça, à hora que fosse. Pareceu-nos esperar muito tempo antes que o som do motor passasse pela alameda e se afastasse.

"Para onde vamos levá-lo?", perguntei.

"Não podemos ir muito longe, nem para cima nem para baixo, sem esbarrar numa barreira. Esta é a estrada para o norte, e os soldados não ousam dormir com medo da inspeção. Era provavelmente o que os *tontons* estavam fazendo. Eles irão até o posto policial do Kenscoff se o carro não quebrar."

"O senhor teve de passar por uma barreira para chegar até aqui. Como explicou?"

"Disse que havia uma mulher que deu à luz e não estava passando bem. Com sorte, é um caso comum demais para o sujeito informar à polícia."

"E se ele informar?"

"Direi que não encontrei a cabana."

Pegamos a estrada principal. O dr. Magiot acendeu os faróis altos de novo. "Se alguém estiver na rua e nos vir", disse, "vai imaginar que somos *tontons*."

Nossa escolha do local estava seriamente limitada pela barreira de cima e pela barreira de baixo da estrada. Subimos duzentos metros colina acima — "Isto servirá para mostrar que ele passou o Trianon: não estava indo para lá" — e viramos na segunda rua à esquerda. Era uma zona de pequenas casas e jardins abandonados. Ali haviam morado nos velhos tempos os vaidosos e os não suficientemente bem-sucedidos; estavam no caminho de Pétionville, mas não haviam chegado até lá: o advogado que aceitava os casos desprezados, o astrólogo fracassado e o médico que preferia seu rum aos pacientes. O dr. Magiot sabia exatamente quem ainda ocupava sua casa e quem havia fugido para se livrar das taxas abusivas que os *tontons macoutes* cobravam à noite para a construção da nova cidade, Duvalierville. Eu mesmo contribuíra com cem gurdes. Para mim, as casas e os jardins pareciam igualmente sem vida e descuidados.

"Aqui", determinou o doutor.

Conduziu o carro alguns metros fora da estrada. Tínhamos de manter os faróis acesos, porque não estávamos com as mãos livres para segurar uma lanterna. Iluminaram uma placa quebrada que agora anunciava apenas: ... *Pont. Seu futuro po...*

"Então ele se foi", eu disse.

"Ele morreu."

"Morte natural?"

"As mortes violentas são mortes naturais aqui. Ele morreu por causa do ambiente."

Tiramos o corpo do dr. Philipot do carro e o arrastamos para trás de uma enorme árvore, onde não seria visto da estrada. O dr. Magiot enrolou um lenço na mão direita e pegou do bolso do morto uma pequena faca de cozinha para cortar bifes. Seus olhos haviam sido mais penetrantes que os meus na piscina. Deixou a faca a poucos centímetros da mão esquerda do cadáver. "O dr. Philipot era canhoto".

"O senhor sabe tudo, ao que parece."

"Esquece que estudamos anatomia juntos. Deve lembrar-se de comprar outra faca de cozinha."

"Ele tem família?"

"A mulher e um menino de seis anos. Acho que pensou que o suicídio seria mais seguro para eles."

Voltamos ao carro e retomamos a estrada. Na entrada da alameda do hotel, desci. "Tudo depende agora dos empregados", disse eu.

"Eles terão medo de falar. Uma testemunha aqui sofre tanto quanto um acusado."

II

Os SMITH DESCERAM — para tomar o café da manhã na varanda. Era praticamente a primeira vez que eu via o homem sem uma manta sobre o braço. Eles haviam dormido bem e comeram com apetite o *grapefruit*, a torrada e a geleia; receei que pedissem alguma estranha bebida com um nome escolhido por uma firma de relações públicas, mas eles aceitaram o café e até elogiaram sua qualidade.

"Acordei só uma vez", disse o sr. Smith, "e pensei ter ouvido vozes. Quem sabe o sr. Jones chegou?"

"Não."

"Estranho. A última coisa que ele me disse na alfândega foi: 'Vamos nos encontrar hoje à noite no hotel do sr. Brown'."

"Provavelmente foi arrastado para outro hotel."

"Esperava tomar um banho antes do café da manhã", falou a sra. Smith "mas vi Joseph limpando a piscina. Parece que ele é quem cuida de tudo aqui."

"Sim. É valiosíssimo. Estou certo de que a piscina vai ficar pronta para a senhora antes do almoço."

"E o pedinte?", perguntou o sr. Smith.

"Ah, ele foi embora antes do amanhecer."

"Não de estômago vazio, espero." Ele sorriu para mim como para dizer: "Estou apenas brincando. Sei que o senhor é um homem de boa vontade".

"Joseph com certeza cuidou disso."

Pegou outra torrada e continuou:

"Acho que hoje pela manhã a sra. Smith e eu vamos assinar nossos nomes no registro da embaixada."

"Seria bom."

"Acho que seria um ato de cortesia. Mais tarde talvez eu possa entregar minha carta de apresentação ao secretário do Bem-Estar Social."

"Se eu fosse o senhor, perguntaria à embaixada se houve alguma mudança. Ou seja, caso a carta esteja endereçada a alguém pessoalmente."

"A um dr. Philipot, parece-me."

"Então com certeza eu perguntaria. As mudanças se dão muito rapidamente aqui."

"Mas suponho que seu sucessor me receberia. O que eu tenho para propor seria de grande interesse para qualquer ministro preocupado com saúde."

"Acho que o senhor nunca me disse o que estava planejando."

"Venho aqui como representante..."

"... dos vegetarianos dos Estados Unidos", acrescentou a sra. Smith. "Os vegetarianos autênticos."

"Existem os falsos?"

"Claro. Há até alguns que comem ovos fertilizados."

"Hereges e cismáticos dividiram todos os grandes movimentos da história humana", ponderou tristemente o sr. Smith.

"E o que os vegetarianos propõem fazer aqui?"

"Além da distribuição de literatura gratuita, naturalmente traduzida para o francês, planejamos abrir um centro de comida vegetariana no coração da capital."

"O coração da capital é uma favela."

"Então num local adequado. Queremos que o presidente e alguns de seus ministros assistam à abertura de gala e façam a primeira refeição vegetariana. Como um exemplo para o povo."

"Mas ele tem medo de deixar o palácio."

O sr. Smith riu educadamente com aquilo que considerou meu pitoresco exagero. A sra. Smith comentou: "Não podemos esperar nenhum incentivo do sr. Brown. Ele não é dos nossos."

"Vamos, vamos, querida, o sr. Brown só estava brincando conosco. Talvez, após o desjejum, eu telefone para a embaixada."

"O telefone não funciona. Mas posso mandar Joseph com um bilhete."

"Não, nesse caso tomaremos um táxi. Se o senhor nos conseguir um."

"Mandarei Joseph procurar um."

"Ele é de fato o homem que cuida de tudo", disse-me a sra. Smith severamente, como se eu fosse o proprietário de uma plantação do sul. Vi Petit Pierre subindo pela alameda e os deixei. "Ah, sr. Brown", chamou ele, "muito, muito bom dia!" Agitava um exemplar do jornal local. "O senhor vai ver o que escrevi a seu respeito. Como estão seus hóspedes? Dormiram bem, espero." Subiu os degraus, inclinou a cabeça para os Smith sentados à mesa e aspirou o doce perfume das flores de Porto Príncipe, como se fosse um estrangeiro no lugar."Que paisagem! As árvores, as flores, a baía, o palácio." Deu uma risadinha. "A distância dá encanto à paisagem. William Wordsworth."

Petit Pierre não viera por causa da vista, eu tinha certeza disso, e a esta hora não viria para uma dose grátis de rum. Provavelmente ele queria informações, a não ser que desejasse fornecê-las. Sua animação não significava necessariamente boas notícias, pois Petit Pierre era sempre alegre. Era como se tivesse jogado uma moeda para decidir entre as duas únicas atitudes possíveis em Porto Príncipe, a racional e a irracional, o desespero ou a jovialidade; a imagem de Papa Doc caíra para baixo, e ele se atirara à alegria do desespero.

"Deixe-me ver o que escreveu."

Abri o jornal em sua coluna de mexericos, que sempre estava na página quatro, e li que, entre os muitos visitantes ilustres que haviam chegado ontem no *Medea*, estava o honorável sr. Smith, derrotado por estreita margem nas eleições presidenciais americanas de 1948 por Truman. Vinha acompanhado pela elegante e amável esposa, a qual, em circunstâncias mais propícias, teria sido a primeira-dama dos Estados Unidos, um adorno da Casa Branca. Entre os outros passageiros, encontrava-se o bem-amado patrono do centro intelectual, o hotel Trianon, de volta de uma visita de negócios a Nova York... Em seguida, olhei para as páginas principais. O secretário da Educação anunciava um plano de seis anos destinado a eliminar o analfabetismo no norte... Por que lá particularmente? Não havia maiores detalhes. Talvez ele estivesse dependendo de um furacão de dimensões razoáveis. O furacão Hazel, em 1954, eliminou grande parte do analfabetismo no interior — a relação dos mortos nunca foi revelada. Um pequeno parágrafo falava de um grupo de rebeldes que havia cruzado a fronteira dominicana: tinham sido rechaçados, e dois combatentes capturados carregavam armas americanas. Se o presidente não tivesse brigado com a missão americana, as armas provavelmente seriam tchecas ou cubanas.

"Há boatos a respeito de um novo secretário do Bem-Estar Social", observei.

"Nunca podemos confiar em boatos", disse Petit Pierre.

"O sr. Smith trouxe uma carta de apresentação para o dr. Philipot. Não quero que cometa um equívoco."

"Talvez ele deva esperar alguns dias. Ouvi dizer que o dr. Philipot está em Cap-Haïtien, ou em algum outro lugar no norte."

"Onde há combates?"

"Não acredito que haja realmente muitos combates."

"Que tipo de homem é o dr. Philipot?" Sentia uma comichão de curiosidade sobre alguém que se tornara uma espécie de parente distante pelo fato de morrer em minha piscina.

"Um homem que sofre tremendamente dos nervos."

Fechei o jornal e o devolvi a Petit Pierre. "Vejo que você não menciona a chegada de nosso amigo Jones."

"Ah, sim, Jones. Quem é exatamente o major Jones?" Tinha certeza de que ele viera com o objetivo de colher e não de trazer informações.

"Um companheiro de viagem. É tudo que sei."

"Ele diz que é amigo do sr. Smith."
"Nesse caso, suponho que deve ser."
Petit Pierre imperceptivelmente foi me afastando da varanda até que viramos no canto, saindo da vista dos Smith. Um pedaço dos punhos brancos da camisa cobria-lhe as mãos negras. "Se o senhor fosse franco comigo, talvez pudesse ajudá-lo."
"Franco a respeito de quê?"
"A respeito do major Jones."
"Gostaria que você não o chamasse de major. De certa forma não combina com ele."
"O senhor acha que ele talvez..."
"Não sei nada a respeito dele. Absolutamente nada."
"Ele ia ficar em seu hotel."
"Parece que encontrou acomodação em outro lugar."
"Sim. Na delegacia de polícia."
"Mas por quê?"
"Acho que encontraram algo incriminador em sua bagagem. Não sei do que se trata."
"A embaixada inglesa sabe?"
"Não, mas não acho que ajudaria muito. Essas coisas têm de seguir seu curso. Ainda não o estão maltratando."
"O que você aconselha, Petit Pierre?"
"Deve haver um mal-entendido, mas há sempre a questão do *amour-propre*. O delegado sofre bastante de *amour-propre*. Talvez se o sr. Smith falasse com o dr. Philipot, ele poderia conversar com o secretário do Interior. O major Jones então poderia ser multado por uma contravenção técnica."
"Mas que contravenção ele cometeria?"
"Essa questão em si é um tecnicismo", disse ele.
"Você acabou de me dizer que o dr. Philipot está no norte."
"Certo. Talvez o sr. Smith devesse em vez disso falar com o secretário do Exterior." Balançava o jornal orgulhosamente. "Ele

deve saber como o sr. Smith é importante, porque sem dúvida leu meu artigo."

"Vou falar imediatamente com nosso encarregado de negócios."

"É o método errado", disse Petit Pierre. "É muito mais fácil satisfazer o *amour-propre* do delegado do que satisfazer o orgulho nacional. O governo haitiano não aceita protestos de estrangeiros."

Foi o mesmo conselho que o encarregado de negócios me deu mais tarde, naquela mesma manhã. Era um homem de peito magro e traços sensíveis que me lembraram, da primeira vez em que o vi, Robert Louis Stevenson. Falava com muitas hesitações e um ar divertido de derrota — as condições de vida na capital o haviam derrotado, não o ataque da tuberculose. Tinha a coragem e o humor dos derrotados. Por exemplo, carregava no bolso uns óculos escuros que colocava sempre que via um membro dos *tontons macoutes*, os quais os usavam como uniforme, para aterrorizar. Colecionava livros sobre a flora do Caribe, mas os mandara todos para casa com exceção dos mais comuns, assim como mandara os filhos, pois havia sempre o risco de um incêndio repentino, ajudado por uma lata de querosene.

Ele me ouviu sem interrupção ou impaciência enquanto eu lhe contava os apuros de Jones e o conselho de Petit Pierre. Tinha certeza de que não mostraria maior surpresa se eu lhe contasse que o secretário do Bem-Estar Social morrera em minha piscina e como me livrara do cadáver, mas acho que me ficaria secretamente grato por não ter apelado para ele. Quando acabei minha história, ele afirmou: "Recebi um telegrama de Londres a respeito de Jones."

"O comandante do *Medea* também. O telegrama que ele recebeu foi enviado pelos proprietários da Filadélfia. Não era muito específico."

"O meu poderia ser definido como cauteloso. Eu não deveria ser excessivamente prestativo. Suspeito que algum consulado tenha sido logrado."

"Mesmo assim, um súdito britânico na prisão..."

"Ah, concordo que é um pouco absurdo. Só devemos nos lembrar, não é?, de que mesmo estes bastardos podem ter agido com uma boa razão. Oficialmente eu procederei com cautela, como sugere o telegrama. Um inquérito formal para começar." Fez um movimento com a mão sobre a mesa e riu. "Jamais perderei o hábito de pegar um telefone na mão."

Era o espectador perfeito, o espectador com o qual todo ator sonha: inteligente, observador, divertido e crítico na medida certa, uma lição que ele aprendeu assistindo a tantas interpretações boas e más de peças medíocres. Por alguma razão, pesei as palavras de minha mãe quando a vi pela última vez: "Que papel você está representando agora?". Acho que eu estava desempenhando um papel; o do inglês preocupado com o destino de um compatriota, o de um responsável homem de negócios que conhecia claramente seu dever e viera consultar o representante de sua soberana. Temporariamente esqueci a confusão de pernas no interior do Peugeot. Tenho plena certeza de que o encarregado de negócios teria desaprovado o fato de eu estar pondo cornos num membro do corpo diplomático. Era um ato muito próprio do teatro farsesco.

"Duvido que minhas investigações sejam de alguma utilidade", ele continuou. "O secretário do Interior vai me dizer que o assunto está nas mãos da polícia. Provavelmente me fará uma conferência sobre a separação das funções judiciária e executiva. Já lhe contei de meu cozinheiro? Aconteceu enquanto o senhor estava fora. Ia dar um jantar para meus colegas, e o cozinheiro simplesmente desapareceu. Não chegou a fazer as compras. Foi apanhado a caminho do mercado. Minha esposa teve de abrir algumas latas que guardamos para uma emergência. O seu sr. Pineda não gostou do suflê de salmão enlatado." Por que ele disse *meu* sr. Pineda? "Depois fiquei sabendo que meu cozinheiro se encontrava numa cela da delegacia. Só o deixaram sair no dia seguinte, quando era tarde demais. Haviam-lhe feito perguntas sobre os hóspedes que eu convidara. Protestei, evidentemente, com o secretário do Interior. Disse que eu devia ter sido informado, e que teria providenciado para que ele fosse à delegacia a uma hora conveniente. O ministro simplesmente respondeu que ele era haitiano e que podia fazer o que bem entendesse com um haitiano."

"Mas Jones é inglês."

"Suponho que sim, mas mesmo assim duvido que nosso governo, nos dias atuais, mande uma fragata. É claro, estou ansioso por ajudá-lo da melhor maneira dentro de minhas possibilidades, mas acho que o conselho de Petit Pierre está bastante correto. Tente antes outros meios. Se não conseguir nada, é claro, protestarei amanhã de manhã. Tenho a sensação de que esta não é a primeira cela que o major Jones conheceu. Não devemos exagerar a situação.

Senti-me um pouco como o ator na pele do rei, repreendido por Hamlet por exagerar seu papel.

Quando voltei ao hotel, a piscina estava cheia, o jardineiro fingia estar ocupado retirando com o ancinho algumas folhas da superfície da água, e ouvi a voz do cozinheiro na cozinha. Tudo estava de novo quase normal, até com hóspedes. Lá na piscina, evitando o ancinho do jardineiro, nadava o sr. Smith, e seu calção de náilon cinza se agitava como uma vela, atrás dele na água, dando-lhe a aparência de um enorme animal pré-histórico. Ele nadava lentamente de peito, para cima e para baixo, grunhindo ritmicamente. Quando me viu, ergueu-se na água como uma figura mitológica. Seu peito estava coberto de longos pelos brancos.

Sentei ao lado da piscina e gritei a Joseph para que trouxesse um ponche de rum e uma Coca-Cola. Fiquei nervoso quando a sra. Smith foi até o fundo fazendo evoluções antes de emergir — passou perto do ponto em que o secretário do Bem-Estar Social havia morrido. Pensei em Holyrood e na indestrutível marca do sangue de Rizzio. O sr. Smith sacudiu-se e sentou a meu lado. Sua mulher apareceu na escada da suíte John Barrymore e gritou para ele enxugar-se, evitando pegar um resfriado.

"O sol vai me secar logo, querida", respondeu o sr. Smith.
"Ponha a toalha em cima dos ombros para não se queimar."
Enquanto ele obedecia, eu informei: "O sr. Jones foi preso pela polícia."
"Meu Deus! Não me diga! O que foi que ele fez?"
"Não fez necessariamente alguma coisa."
"Ele falou com um advogado?"
"Isso não é possível aqui. A polícia não permite."
O sr. Smith me olhou com uma expressão obstinada: "A polícia é a mesma em toda parte. Acontece frequentemente em meu país, no sul. Gente de cor trancada na cadeia, sem poder ver um advogado. Mas isso não quer dizer que esteja certo."
"Fui à embaixada. Eles acham que não poderão fazer muita coisa."
"Mas isso é um escândalo", replicou o sr. Smith. Estava se referindo à atitude da embaixada e não às circunstâncias da prisão de Jones.
"Petit Pierre acha que o melhor a fazer no momento seria uma intervenção sua, talvez, que o senhor fosse falar com o secretário de Estado."
"Farei tudo o que puder pelo sr. Jones. Obviamente está havendo um engano. Mas por que ele pensa que eu poderia ter alguma influência?"
"O senhor foi candidato presidencial", expliquei, enquanto Joseph trazia os copos.
"Farei tudo que puder", repetiu o homem, mergulhando seus pensamentos na Coca-Cola. "Eu me afeiçoei bastante ao sr. Jones. Não sei por que não consigo me acostumar a chamá-lo de major, afinal há gente boa em todos os exércitos. Ele me pareceu um inglês da melhor espécie. Alguém deve ter cometido um estúpido engano."
"Não quero ter problemas com as autoridades."
"Eu não tenho medo de problemas", disse o sr. Smith, "com nenhuma autoridade."

III

A sala do secretário de Estado ficava num dos prédios da exposição, perto do porto e da estátua de Colombo. Passamos a fonte musical que não tocava mais, o parque público com a declaração no estilo dos Bourbon: *Je Suis Le Drapeau Haïtien, Uni Et Indivisible, François Duvalier*, e chegamos finalmente ao grande edifício moderno de cimento e vidro, à ampla escadaria, à grande entrada com muitas poltronas confortáveis alinhadas com os murais de artistas haitianos. Tinha tão pouco a ver com os pedintes da praça do correio e a favela quanto com o palácio de Sans Souci de Christophe, mas seria uma ruína muito menos pitoresca.

No salão, havia mais de uma dezena de pessoas de classe média, gordas e prósperas. As mulheres, com suas melhores roupas nas cores azul-elétrico e verde-ácido, tagarelavam felizes entre si como se estivessem tomando chá, olhando rapidamente cada recém-chegado. Até as pessoas que esperavam ser atendidas tinham um ar de importância na atmosfera saturada pelo lento martelar das máquinas de escrever. Dez minutos após nossa chegada, o sr. Pineda passou pesadamente, com a certeza do privilégio diplomático. Fumava um charuto e, sem olhar para ninguém nem pedir licença, entrou por uma das portas que se abriam para um terraço interno.

"A sala particular do secretário", expliquei. "Os embaixadores da América do Sul ainda são *persona grata*. Principalmente Pineda. Ele não tem nenhum refugiado político em sua embaixada. Ainda não."

Esperamos quarenta e cinco minutos, mas o sr. Smith não mostrava nenhum sinal de impaciência.

"Parece muito bem organizado", observou a certa altura, quando as pessoas a serem atendidas se reduziam a duas após uma breve conferência com um funcionário. "Um ministro deve ser protegido."

Finalmente Pineda saiu e atravessou o salão, sempre fumando um charuto — era um novo. Ainda estava com o rótulo: ele nunca retirava as faixas de rótulo porque tinham seu monograma impresso. Dessa vez, acenou para mim com a cabeça em sinal de reconhecimento. Por um instante, pensei que pararia e falaria comigo; seu aceno atraiu a atenção do jovem que o acompanhava até o topo das escadas, pois este voltou e nos perguntou cortesmente o que queríamos.

"O secretário de Estado", eu disse.

"Ele está muito ocupado com os embaixadores estrangeiros. Há muitas coisas para discutir. O senhor sabe, amanhã ele viaja para as Nações Unidas."

"Então acho que ele deveria falar com o sr. Smith imediatamente."

"O sr. Smith?"

"Não leu o jornal de hoje?"

"Estive muito ocupado."

"O sr. Smith chegou ontem. Ele é o candidato presidencial."

"Candidato presidencial?", o jovem repetiu, incrédulo. "No Haiti?"

"Ele tem negócios no Haiti, mas este é um assunto para seu presidente. Agora ele gostaria de falar com o ministro antes que viaje para Nova York."

"Por favor, aguardem um instante aqui." Entrou num dos escritórios do lado interno do edifício e saiu, apressadamente, um minuto mais tarde, com um jornal. Bateu à porta do ministro e entrou.

"Deve saber, sr. Brown, que há muito tempo não sou mais candidato presidencial. Nós fizemos nosso gesto uma única vez."

"Não há nenhuma necessidade de explicar isso aqui, sr. Smith. Afinal o senhor faz parte da história." Vi naqueles olhos de um azul-pálido que talvez eu tivesse ido um pouco longe demais. Acrescentei: "Um gesto como o seu está aí para qualquer um ler", não especifiquei onde. "Pertence tanto a este ano quanto ao ano passado."

O jovem aproximou-se sem o jornal.

"Queiram me acompanhar, senhores..."

O secretário de Estado nos brindou com um amplo sorriso de todos os seus dentes brilhantes e grande amabilidade. Vi o jornal no canto de sua mesa. A palma que ele nos estendeu era larga, quadrada, rosada e úmida. Ele nos disse em excelente inglês que havia lido com interesse a respeito da chegada do sr. Smith e que não esperava ter a honra, pois estava partindo para Nova York no dia seguinte... Não havia sido informado pela embaixada americana, caso contrário, evidentemente, teria arranjado tempo...

Como o presidente dos Estados Unidos, expliquei, achara conveniente chamar de volta o embaixador, o sr. Smith julgara melhor fazer sua visita em caráter não oficial.

O secretário garantiu que entendia meu ponto de vista. E acrescentou, voltando-se diretamente para o sr. Smith: "Imagino que o senhor vai falar com o presidente."

"O sr. Smith ainda não pediu uma audiência. Ele estava ansioso para ver o senhor primeiro. Antes que viajasse para Nova York."

"Preciso fazer meu protesto diante das Nações Unidas", explicou, orgulhoso, o ministro. "Aceita um charuto, sr. Smith?" Ofereceu sua caixa de couro, e meu acompanhante aceitou um. Observei que a faixa tinha o monograma do sr. Pineda.

"Protesto?", perguntou o sr. Smith.

"As incursões da República Dominicana. Os rebeldes estão recebendo armas americanas. Temos provas."

"Que provas?"

"Dois homens foram capturados com revólveres fabricados nos Estados Unidos."

"Suponho que coisas assim possam ser compradas em qualquer lugar do mundo."

"Gana nos prometeu seu apoio. E espero que os países afro-asiáticos..."

"O sr. Smith está aqui por uma questão bastante diferente, interrompi. "Um grande amigo que viajou com ele foi preso ontem pela polícia."

"Um americano?"
"Um inglês chamado Jones."
"A embaixada inglesa fez alguma investigação? Em realidade este é um assunto que diz respeito ao secretário do Interior."
"Mas uma palavra do senhor, Excelência..."
"Eu não posso interferir em outro departamento. Sinto muito. O sr. Smith deve compreender."
O ex-candidato atalhou com uma aspereza que eu desconhecia nele: "O senhor pode descobrir qual a acusação, não pode?".
"Acusação?"
"Exatamente. Acusação."
"Não precisa haver necessariamente uma acusação. O senhor está antecipando o pior."
"Então para que mantê-lo na prisão?"
"Nada sei a respeito do caso. Suponho que haja algo a ser investigado."
"Então ele deveria ser levado diante de um magistrado e colocado sob fiança. Pagarei sua fiança por qualquer quantia razoável."
"Fiança?", estranhou o ministro, virando-se para mim com um gesto de apelo de seu charuto. "O que é fiança?"
"Uma espécie de presente para o governo, se o prisioneiro não precisar voltar para julgamento. Pode ser uma quantia substancial", acrescentei.
"O senhor já ouviu falar em *habeas corpus*, suponho", disse o sr. Smith.
"Sim, sim. Claro. Mas esqueci meu latim. Virgílio. Homero. Sinto não ter mais tempo para estudar."
Expliquei ao sr. Smith:
"A lei aqui se baseia supostamente no Código Napoleônico."
"Código Napoleônico?"
"Existem certas diferenças em relação à lei anglo-saxônica. O *habeas corpus* é uma delas."

"Um indivíduo deve ser acusado formalmente."
"De fato. No fim."
Falei rapidamente ao ministro em francês. Meu acompanhante não sabia francês, muito embora a sra. Smith já tivesse chegado à quarta lição no Hugo.
"Acho que houve um erro político. O candidato presidencial é amigo pessoal desse Jones. O senhor não deve indispô-lo justamente antes de sua visita a Nova York. Conhece a importância, nos países democráticos, de se mostrar uma atitude amistosa para com a oposição. A não ser que o caso seja realmente de grande importância, acho que o senhor deveria deixar o sr. Smith falar com seu amigo. Caso contrário, pensará sem dúvida que ele foi, quem sabe, maltratado."
"O sr. Smith fala francês?"
"Não."
"Veja, sempre existe a possibilidade de que a polícia tenha se excedido em suas instruções. Não gostaria que o sr. Smith tivesse uma má impressão do procedimento de nossa polícia."
"O senhor não poderia mandar um médico de confiança antes, para ajeitar as coisas?"
"Naturalmente não haverá nada para esconder, de fato. Acontece apenas que às vezes um prisioneiro não se comporta como deveria. Tenho certeza de que mesmo em seu país..."
"Então, quando podemos contar com o senhor para dar uma palavrinha com nosso colega? O que sugiro é que o sr. Smith deixe em suas mãos uma pequena compensação, em dólares, é claro, não na moeda local, por qualquer prejuízo que o senhor Jones possa ter provocado a algum policial."
"Farei o que puder. Desde que o presidente não seja envolvido nisso. Nesse caso, nenhum de nós poderia fazer mais nada."
"Não."
Acima de sua cabeça, estava o retrato de Papa Doc, o retrato de Baron Samedi. Vestindo a pesada casaca negra dos coveiros, ele

OS FARSANTES 141

nos espiava, através das espessas lentes de seus óculos, com olhos míopes e inexpressivos. Às vezes, comentava-se que ele assistia pessoalmente à morte lenta de uma vítima dos *tontons*. Talvez seus olhos não mudassem de expressão. Supostamente, seu interesse pela morte era puramente médico.

"Dê-me duzentos dólares", pedi ao sr. Smith. Ele tirou duas notas de cem de sua pasta. No outro bolso, vi que ele tinha uma foto da esposa envolta em sua manta. Coloquei as notas sobre a mesa do ministro; acho que olhou para elas com menosprezo, mas não acreditei que o sr. Jones valesse muito mais do que aquilo. À porta, voltei-me: "E o dr. Philipot", perguntei, "está aqui neste momento? Existe algo a respeito do hotel que gostaria de analisar com ele. Um projeto de drenagem".

"Acho que ele está no sul, em Aux Cayes, trabalhando no projeto de um novo hospital." O Haiti era um grande país para projetos: sempre significam dinheiro para seus autores, desde que não sejam começados."

"Teremos notícias do senhor, então?"

"Claro, claro. Mas não prometo nada." Agora era um pouco brusco. Frequentemente eu tinha observado que uma propina (embora naturalmente esta não fosse, no sentido estrito, uma propina) tem tal efeito: ela modifica um relacionamento. O homem que oferece uma propina se despe um pouco de sua própria importância; uma vez aceita a propina, ele se torna inferior, como um homem que paga uma mulher. Talvez eu tivesse cometido um erro. Talvez devesse ter mantido o sr. Smith como uma ameaça indefinida. O chantagista conserva sua superioridade.

IV

MESMO ASSIM, O MINISTRO MOSTROU-SE um homem de palavra; no devido tempo, nos foi permitido ver o prisioneiro.

Na delegacia de polícia, na tarde seguinte, o sargento era a figura mais importante; muito mais importante do que o secretário do ministro que nos acompanhou até lá. Ele tentou em vão chamar a atenção do grande homem, mas teve de esperar sua vez no balcão junto com todas as outras pessoas. O sr. Smith e eu nos sentamos debaixo das fotos do rebelde morto, que continuavam envelhecendo na parede após todos aqueles meses. O sr. Smith olhou para elas e rapidamente desviou o olhar. Numa salinha em frente, sentava-se um negro alto num elegante traje civil; tinha os pés sobre a mesa e olhava continuamente para nós através dos óculos escuros. Talvez fossem apenas meus nervos que lhe emprestavam uma expressão de crueldade repulsiva.

"Ele vai se lembrar de nós", disse o sr. Smith com um sorriso.

O homem sabia que havíamos falado dele. Tocou uma campainha sobre a mesa e apareceu um policial. Sem tirar os pés ou desviar a vista de nós, ele fez uma pergunta, e o policial nos fitou, respondeu, e o longo olhar fixo continuou. Eu virava a cabeça, mas inevitavelmente, depois de um minuto, voltava a olhar para as duas lentes negras circulares. Eram como um binóculo pelo qual ele observava os hábitos de dois insignificantes animais.

"Sujeito asqueroso", eu disse pouco à vontade. Então percebi que o sr. Smith estava retribuindo o olhar. Não era possível ver se o homem piscava frequentemente, por causa dos óculos escuros; poderia ter fechado e descansado os olhos, e nós jamais saberíamos. No entanto, foi o inflexível olhar azul do sr. Smith que venceu. O homem se levantou e fechou a porta de seu escritório.

"Ótimo", comentei.

"Eu também vou me lembrar dele", disse o sr. Smith.

"Provavelmente ele sofre de acidez."

"É bastante possível, sr. Brown."

Ficamos lá talvez mais de meia hora, antes que o secretário do ministro do Exterior conseguisse um pouco de atenção. Numa ditadura, os ministros vão e vêm; em Porto Príncipe, somente o chefe da polícia, o chefe dos *tontons macoutes* e o comandante da guarda palaciana tinham alguma permanência — somente eles podiam oferecer segurança a seus empregados. O secretário do ministro foi despachado pelo sargento como um menino que leva uma encomenda, e um cabo nos conduziu, descendo as escadas, pelo longo corredor de celas que fedia como um zoológico.

Jones estava sentado sobre um balde emborcado ao lado de um colchão de palha. Tinha o rosto riscado com tiras de esparadrapo e o braço direito enfaixado contra as costelas. Haviam dado um jeito nele, mas seu olho esquerdo poderia melhorar com um bife cru. Seu casaco transpassado parecia mais vistoso do que nunca, com uma pequena mancha de sangue cor de ferrugem.

"Ora, ora", cumprimentou-nos com um largo sorriso feliz, "vejam só quem está aqui."

"Ao que parece, o senhor resistiu à prisão", eu disse.

"Essa é a versão deles", ele se animou. "Tem um cigarro?"

Dei-lhe um.

"Não tem com filtro?"

"Não."

"Ah, bem, a cavalo dado... Essa manhã tive a sensação de que as coisas iam tomar um rumo melhor. Ao meio-dia, eles me deram um pouco de feijão, e um médico veio cuidar de mim."

"Do que está sendo acusado?", perguntou o sr. Smith.

"Acusado?" Ele parecia tão perplexo com o termo quanto o secretário do Exterior se mostrara antes.

"O que eles dizem que você fez, sr. Jones?"

"Não tive muita oportunidade de *fazer* alguma coisa. Nem passei pela alfândega."

"Deve haver alguma razão. Um equívoco de identidade, talvez?"

"Eles ainda não me explicaram a situação com muita clareza." Tocou cuidadosamente o olho. "Devo estar com péssima aparência."

"É tudo o que o senhor tem para dormir?", indignou-se o sr. Smith.

"Já dormi em lugares piores."

"Onde? É difícil imaginar..."

Ele respondeu de maneira vaga e pouco convincente: "Oh, na guerra, o senhor sabe." E acrescentou: "Acho que meu problema foi ter a carta de apresentação errada. Sei que o senhor me advertiu, mas achei que estava exagerando, como o comissário."

"Onde o senhor conseguiu sua carta de apresentação?", perguntei.

"Alguém que conheci em Leopoldville."

"O que o senhor estava fazendo em Leopoldville?"

"Foi há mais de um ano. Eu viajo muito." Tive a impressão de que para ele a cela não tinha a menor importância, como um dos inumeráveis aeroportos numa longa viagem.

"Vamos ter de tirar o senhor daqui", disse o sr. Smith. "O sr. Brown conversou com seu encarregado de negócios. Ambos fomos falar com o secretário de Estado. Pagamos a fiança."

"Fiança?" Ele tinha mais senso da realidade do que o ex-candidato. "Vou lhe dizer o que o senhor pode fazer por mim, se não se importa. Evidentemente, pagarei o senhor mais tarde. Dê vinte dólares ao sargento na saída."

"Naturalmente", concordou o sr. Smith, "se o senhor acha que servirá para alguma coisa."

"Oh, servirá, sim. Há outra coisa. Preciso conseguir aquele negócio da apresentação imediatamente. Tem um pedaço de papel e uma caneta?"

O sr. Smith tinha, e Jones começou a escrever.

"Não tem um envelope?"

"Acho que não."

"Então será melhor que eu mude a linguagem." Hesitou um momento e depois me perguntou: "Como é fábrica em francês?".

"*Usine?*"
"Nunca fui bom em línguas, mas aprendi um pouco de francês por aí."
"Em Leopoldville?"
"Dê isso ao sargento e diga a ele para passar adiante."
"Ele sabe ler?"
"Acho que sim." Levantou-se enquanto devolvia a caneta e disse em tom polido de despedida: "Foi bom receber visita de amigos".
"Tem outro compromisso?", perguntei-lhe ironicamente.
"Para falar a verdade, aqueles feijões estão começando a fazer efeito. Tenho um compromisso com o balde. Se um de vocês tivesse mais um pouco de papel..."
Reunimos três velhos envelopes, um recibo, uma página ou duas da agenda do sr. Smith e uma carta endereçada a mim, que pensava ter destruído, de um corretor de Nova York lamentando não ter no momento clientes interessados na compra de um hotel em Porto Príncipe.
"Que espírito este homem tem!", exclamou o sr. Smith no corredor. "Foi por isso que vocês sobreviveram à *blitz*. Vou tirá-lo daqui ainda que tenha de falar com o próprio presidente."
Olhei para o papel dobrado na minha mão. Reconheci o nome escrito nele. Era o de um oficial dos *tontons macoutes*. "Estou pensando se deveríamos nos envolver ainda mais."
"Nós *estamos* envolvidos", emendou com orgulho o sr. Smith, e sabia que ele pensava, naquele momento, nas grandes expressões que eu não poderia reconhecer: Humanidade, Justiça, a Busca da Felicidade. Não era por acaso que ele havia sido um candidato presidencial.

CAPÍTULO 5

I

No dia seguinte, várias coisas distraíram meus pensamentos do destino de Jones, mas não creio que o sr. Smith o esquecesse por um momento sequer. Vi-o na piscina às sete da manhã, nadando de uma ponta à outra, mas aquele movimento lento — da parte funda até a rasa e vice-versa — provavelmente o ajudava a pensar. Depois do café da manhã, escreveu alguns bilhetes que a sra. Smith bateu a máquina para ele numa Corona portátil, usando dois dedos, e ele os despachou, com a ajuda de Joseph, num táxi. Um bilhete era dirigido à sua embaixada, outro, ao novo secretário do Bem-Estar Social, cuja indicação havia sido anunciada naquela manhã no jornal de Petit Pierre. Possuía enorme energia apesar da idade, e tenho certeza de que jamais, nem por um instante, seu pensamento se afastou de Jones sentado no balde numa cela de prisão, enquanto ele vislumbrava o centro vegetariano que um dia acabaria com a acidez e a paixão do caráter haitiano. Ao mesmo tempo, esboçava um artigo sobre suas viagens que havia prometido escrever para o jornal de sua cidade — um jornal, não é preciso dizer, democrata, antissegregacionista e simpatizante do vegetarianismo. Ele me pedira, no dia anterior, que olhasse o texto para ver se havia erros factuais. "As opiniões, é claro, são minhas", acrescentara com o sorriso meio irônico de um pioneiro.

A primeira coisa que me distraiu logo cedo, antes que eu me levantasse, foi Joseph: ele bateu à minha porta dizendo que, contra todas as possibilidades, o corpo do dr. Philipot já havia sido descoberto; consequentemente, várias pessoas tinham abandonado suas casas e se refugiado na embaixada da Venezuela, inclusive um chefe da polícia local, um assistente do diretor dos correios e um professor (ninguém sabia que ligação eles mantinham com o ex-ministro). Dizia-se que o dr. Philipot se matara, mas evidentemente ninguém sabia como as autoridades descreveriam sua morte — como um assassinato político, talvez, planejado na República Dominicana? Comentava-se que o presidente devia estar furioso. Ele queria muito pôr as mãos no dr. Philipot, que uma noite, pouco tempo antes, sob a influência do rum, teria zombado das qualificações médicas de Papa Doc. Mandei Joseph ao mercado para colher todas as informações que conseguisse.

A segunda coisa que me distraiu foi a notícia de que o menino Angel estava com caxumba — com muita dor, escreveu-me Martha, e eu não pude deixar de desejar que doesse muito mais. Ela tinha medo de se ausentar da embaixada porque o filho poderia procurá-la, assim seria impossível encontrar-se comigo naquela noite, como havíamos combinado, perto da estátua de Colombo. Mas não havia razão, escrevia, após minha longa ausência, para eu não fazer uma visita à embaixada. Pareceria bastante natural. Muitas pessoas faziam questão de aparecer, agora que o toque de recolher fora suspenso, quando conseguiam evitar o policial do portão, e ele costumava tomar uma dose de rum na cozinha às nove. Ela supunha que essas pessoas estivessem preparando o terreno caso chegasse o momento de pedir asilo político com urgência. E acrescentava no final do bilhete: *Luis gostará. Ele o considera muito* — uma frase que podia ser interpretada de duas maneiras.

Joseph entrou em meu escritório depois do café da manhã, quando eu estava lendo o artigo do sr. Smith, para me contar toda a história da descoberta do corpo do dr. Philipot, como a conheciam agora os donos das bancas no mercado, se não os policiais. Foi uma chance em mil que levou a polícia ao corpo que o dr. Magiot e eu esperávamos ficasse escondido durante semanas no jardim do ex--astrólogo: uma chance bizarra, e o episódio tornava difícil manter a atenção no texto do sr. Smith. Um dos soldados da barreira na estrada, abaixo do hotel, enrabichara-se por uma camponesa que estava a caminho do mercado do Kenscoff naquela manhã. Ele não queria deixá-la passar, alegando que carregava algo escondido debaixo de sua anágua. A mulher ofereceu-se para mostrar o que tinha lá, e eles saíram juntos pelo acostamento, entrando no jardim abandonado do astrólogo. Ela tinha pressa de chegar ao Kenscoff, então logo ajoelhou, arrancou a anágua, apoiou a cabeça na grama e deparou com os olhos esbugalhados do ex-ministro do Bem-Estar Social. Ela o reconheceu, porque dias antes de assumir o cargo político ele atendera sua filha num *accouchement* difícil.

Como o jardineiro estava do outro lado da janela, tentei não demonstrar excessivo interesse pela narrativa de Joseph. Virei uma página do artigo do sr. Smith. *Eu e a sra. Smith*, escrevia, *sentimos deixar a Filadélfia depois de termos sido hóspedes dos Henry S. Ochs, dos quais muitos leitores se lembrarão por causa de suas hospitaleiras festas de Ano-Novo, na época em que moravam em De Lancey Place, 2041, mas a tristeza de deixar nossos bons amigos foi logo substituída pelo prazer de fazer novas amizades a bordo do* Medea...

"Por que eles foram à polícia?", perguntei. O mais natural era que o casal, depois da descoberta, se afastasse sorrateiramente sem dizer nada.

"Ela gritou tão alto que o outro soldado apareceu."

Pulei uma página ou duas do relato do sr. Smith e passei para a chegada do *Medea* a Porto Príncipe. *Uma república negra — uma* república negra com uma história, uma arte e uma literatura. Era como se eu estivesse vendo o futuro de todas as novas repúblicas africanas, quando seus problemas de desenvolvimento tiverem acabado. (Ele não tinha nenhuma intenção, estou certo, de parecer pessimista.) Naturalmente, resta muita coisa a fazer aqui. O Haiti teve a monarquia, a democracia e a ditadura, mas não devemos julgar uma ditadura negra como julgamos uma branca. A história do Haiti tem alguns séculos apenas, e se nós ainda cometemos erros, após duzentos anos, muito mais direito terá esse povo de cometer erros semelhantes e aprender com eles, quem sabe melhor do que nós. Há pobreza aqui, há pedintes pelas ruas, há algumas evidências de autoritarismo policial (não esquecera o sr. Jones em sua cela), mas eu me pergunto se um homem de cor que desembarca pela primeira vez em Nova York receberia a cortesia e a ajuda amável que eu e a sra. Smith recebemos no escritório de imigração de Porto Príncipe. Tinha a impressão de estar lendo sobre um outro país.

"O que estão fazendo com o corpo?", indaguei a Joseph.

A resposta foi que a polícia queria ficar com ele, mas o sistema de refrigeração do necrotério não estava funcionando.

"A sra. Philipot já sabe?"

"Ah, sim, está com ele no velório da empresa de *monsieur* Hercule Dupont. Acho que eles o enterrarão bem rapidinho."

Não pude deixar de me sentir responsável pelas últimas exéquias do dr. Philipot — ele havia morrido em meu hotel. Pedi a Joseph que me mantivesse informado e voltei ao diário de viagem do sr. Smith:

"Para um estrangeiro desconhecido como eu, obter uma entrevista com o secretário de Estado em meu primeiro dia em Porto Príncipe foi outro exemplo da surpreendente cortesia que tenho encontrado por toda parte aqui. O secretário de Estado estava prestes a embarcar para Nova York a fim de participar da conferência das Nações Unidas; não obstante, ele me concedeu meia hora de seu precioso tempo e me permitiu, graças à sua intervenção pessoal junto ao secretário do Interior, visitar um inglês na prisão, um companheiro de viagem a bordo do *Medea*, o qual, infelizmente — por algum equívoco burocrático que pode acontecer em qualquer país mais antigo que o Haiti —, se envolveu com as autoridades. Estou acompanhando o caso, mas temo um pouco pelo resultado. Duas qualidades que sempre achei profundamente implantadas nos meus amigos de cor — quer vivam na relativa liberdade de Nova York, quer sob a tirania indisfarçada do Mississippi — são o respeito pela justiça e um senso de dignidade humana." Ao se ler as obras em prosa de Churchill, percebe-se um orador falando a uma plateia histórica, e, ao ler o sr. Smith, eu tinha a impressão de um conferencista na Câmara Municipal de uma cidade de província. Via-me rodeado de senhoras de meia-idade, bem-intencionadas, de chapéu, que haviam pago cinco dólares por uma boa causa.

"Estou aguardando", prosseguia o sr. Smith, "um encontro com o novo secretário do Bem-Estar Social para discutir com ele o assunto que os leitores deste artigo há muito consideram minha ideia fixa: a criação de um centro vegetariano. Infelizmente, o dr. Philipot, o ex-ministro para o qual eu trazia uma carta de apresentação pessoal de um diplomata haitiano junto às Nações Unidas, no momento não se encontra em Porto Príncipe, mas posso assegurar a meus leitores que meu entusiasmo me levará a superar todos os obstáculos, se necessário ir até o próprio presidente. Espero ter com ele uma audiência simpática, pois antes de ingressar na política ele foi muito elogiado como médico durante a grande epidemia de tifo alguns anos atrás. Como Kenyatta, primeiro-ministro do Quênia, ele também deixou sua marca como antropólogo." ("Marca" era um eufemismo — fiquei pensando nas pernas paralíticas de Joseph).

Mais tarde, naquela manhã, o sr. Smith aproximou-se meio timidamente para ouvir o que eu achava de seu artigo. "Deve agradar às autoridades", eu disse.

"Elas jamais o lerão. O jornal não circula fora do Estado de Wisconsin."

"Não contaria com o fato de elas não o lerem. Hoje em dia são poucas as cartas que saem daqui. É muito fácil para eles censurá-las quando querem."

"O senhor quer dizer que eles as abrem?", perguntou incrédulo, mas acrescentou rapidamente: "Bom, sabemos que isso acontece até nos Estados Unidos."

"Se eu fosse o senhor, para evitar que isso aconteça, omitiria qualquer referência ao dr. Philipot."

"Mas eu não disse nada errado."

"Eles estão suscetíveis em relação ao doutor neste momento. O senhor sabe, ele se matou."

"Ah, coitado", exclamou o sr. Smith. "O que será que o levou a isso?"

"Medo."

"Ele havia feito alguma coisa errada?"

"Quem não fez? Ele falou mal do presidente."

Os velhos olhos celestes se desviaram. O sr. Smith estava decidido a não revelar suas dúvidas a um estrangeiro, um homem branco como ele, um membro da raça escravista. Observou:

"Gostaria de conhecer a viúva dele. Deve haver algo que eu possa fazer. Pelo menos a sra. Smith e eu deveríamos enviar flores". Por mais que ele amasse os negros, o mundo em que vivia era branco; e não conhecia nenhum outro.

"Eu não faria isso em seu lugar."

"Por que não?"

Eu queria desesperadamente poder explicar, e naquele momento, por azar, Joseph entrou. O corpo já havia saído do velório de *monsieur* Dupont; levavam o caixão a Pétionville para o enterro e agora estavam parados na barreira da estrada abaixo do hotel.

"Parece que estão com pressa."

"Eles muito preocupados", explicou Joseph.
"Agora não há nada a temer, com certeza", disse o sr. Smith.
"Com exceção do calor", acrescentei.
"Vou acompanhar o enterro", avisou ele.
"Nem sonhando."
Repentinamente, percebi a raiva que aqueles olhos celestes podiam demonstrar.
"Sr. Brown, o senhor não é meu guardião. Vou chamar a senhora Smith e nós..."
"Pelo menos deixe-a em casa. Será que o senhor não compreende o perigo...?" E foi àquela perigosa palavra *perigo* que a sra. Smith apareceu.
"Que perigo?"
"Minha querida, aquele pobre dr. Philipot para o qual eu trazia a carta de apresentação se matou."
"Por quê?"
"As razões parecem obscuras. Eles o estão levando para o enterro a Pétionville. Acho que deveríamos acompanhar o enterro. Joseph, por favor, *s'il vous plaît*, táxi..."
"De que perigo vocês estavam falando?", quis saber a sra. Smith.
"Nenhum de vocês se deu conta de que espécie de país é este? Tudo pode acontecer."
"O sr. Brown, querida, estava dizendo que eu deveria ir sozinho."
"Acho que nenhum dos dois deveria ir", retruquei. "Seria loucura."
"Mas, como sabe, nós tínhamos uma carta de apresentação para o dr. Philipot. Ele é amigo de um amigo."
"Isto será considerado um gesto político."
"O sr. Smith e eu jamais tivemos medo de gestos políticos. Querido, tenho uma roupa escura... Dê-me dois minutos."
"Ele não pode lhe dar nem um minuto", eu disse. "Ouça."
Mesmo de meu escritório, podia-se ouvir o som das vozes na colina, mas não parecia um enterro comum. Não havia a música

primitiva das *pompes funèbres* camponesas, nem a sobriedade de um funeral burguês. As vozes não choravam: elas brigavam, berravam. Um grito de mulher sobressaiu em meio ao vozerio. Antes que pudesse tentar detê-los, o casal Smith estava correndo pela alameda. O candidato presidencial tinha uma ligeira vantagem. Talvez a mantivesse mais por razões de protocolo do que pelo esforço, pois com certeza a sra. Smith tinha o passo mais acelerado. Segui-os mais lentamente e com relutância.

O hotel Trianon abrigara o dr. Philipot tanto em vida quanto na morte, e ainda não estávamos livres dele: da entrada da alameda podia-se ver o carro fúnebre. Aparentemente dera marcha à ré como para virar as costas a Pétionville e voltar à cidade. Um dos gatos famintos e sem dono que frequentavam aquele trecho da alameda havia pulado, com medo dos intrusos, em cima do carro fúnebre, e lá estava com o corpo arqueado e estremecendo como algo atingido por um relâmpago. Ninguém tentava escorraçá-lo de lá — os haitianos pensavam talvez que ele estivesse abrigando a alma do próprio extinto.

A sra. Philipot, que eu conhecera numa recepção da embaixada, encontrava-se na frente do carro fúnebre e desafiava o motorista a voltar. Era uma mulher belíssima, com menos de quarenta anos e pele olivácea, e estava de braços abertos como um monumento patriótico de mau gosto de alguma guerra esquecida. O sr. Smith continuava a repetir "Qual é o problema?". O motorista do carro fúnebre, que trazia os emblemas da morte incrustados, tocava a buzina — eu nunca havia reparado que os carros fúnebres também têm buzina. Dois homens de terno preto brigavam com ele, um de cada lado do veículo; eles tinham saído de um táxi caindo aos pedaços que também estacionara na minha alameda, e na estrada estava outro táxi, virando na direção de Pétionville. Nele via-se um menino com o rosto colado ao vidro. Era todo o cortejo.

"O que está acontecendo aqui?", gritou novamente o sr. Smith em sua aflição, e o gato bufou para ele de cima do teto de vidro.

A sra. Philipot gritou "*Salaud*" para o motorista, depois "*Cochon*", e então, com os olhos faiscando como flores negras, virou-se para o sr. Smith. Ela entendera o inglês."*Vous êtes américain?*"

"*Oui*", respondeu o sr. Smith, recorrendo a todo o francês que conhecia.

"Esse *cochon*, esse *salaud*", replicou a sra. Philipot, sempre barrando o caminho do carro fúnebre, "quer voltar para a cidade."

"Mas por quê?"

"Os soldados da barreira lá em cima não querem nos deixar passar."

"Mas por quê, por quê?", repetiu o sr. Smith, e os dois homens, deixando o táxi na alameda do hotel, começaram a descer a pé, resolutos, a colina rumo à cidade. Usavam cartolas.

"Eles o assassinaram", disse a mulher, "e agora não vão deixar nem que seja enterrado em nosso túmulo."

"Deve haver algum engano, com certeza."

"Eu disse a este *salaud* que passe por cima da barreira. Deixe que atirem. Deixe que matem sua mulher e seu filho." Ela acrescentou com ilógico desdém: "De qualquer maneira, provavelmente não têm balas nos fuzis".

"*Maman, maman*", gritou a criança do táxi.

"*Chéri?*"

"*Tu m'as promis une glace à la vanille.*"

"*Attends un petit peu, chéri.*" *

"Então", disse eu, "a senhora passou pela primeira barreira sem ser interrogada?"

"Sim, sim. Sabe, pagando alguma coisa."

"Lá em cima eles não aceitaram pagamento?"

"Ah, tinham ordens", respondeu. "Estavam com medo."

---

* Em francês, no original: "Mamãe, mamãe!"/ "Querido?"/ "Você me prometeu um sorvete de baunilha."/ "Espere um pouquinho, querido". (N. E.)

"Deve haver um engano", observei, repetindo o sr. Smith, mas ao contrário dele estava pensando na gorjeta recusada.
"O senhor mora aqui. Acredita mesmo nisso?" Ela se virou para o motorista e disse: "Vá em frente. Suba, *salaud*". E o gato, como se achasse que a ofensa era para ele, pulou para a árvore mais próxima: suas garras arranharam a casca e se agarraram. Bufou mais uma vez para todos nós, com ódio raivoso, e caiu na buganvília.
Os dois homens de preto voltaram a subir lentamente a colina. Tinham um ar intimidado. Tive tempo de olhar para o caixão — de luxo, digno do carro fúnebre, mas com apenas uma coroa de flores e um só cartão; o ex-ministro estava destinado a ter um sepultamento quase tão solitário quanto sua morte. Os dois homens que agora se encontravam perto de nós praticamente não se distinguiam um do outro, salvo pelo fato de que um era talvez um centímetro mais alto, ou talvez fosse o chapéu. O mais alto explicou: "Fomos até a barreira lá embaixo, *madame*. Eles falaram que não podemos voltar com o caixão. Não sem ordem das autoridades."
"Que autoridades?", perguntei.
"O secretário do Bem-Estar Social."
Todos nós olhamos ao mesmo tempo para o belo caixão com suas brilhantes alças de metal.
"*Lá* está o secretário do Bem-Estar Social", falei.
"Não é mais, desde hoje pela manhã."
"O senhor é Hercule Dupont?"
"Sou Clément Dupont. Este é *monsieur* Hercule." O sr. Hercule tirou sua cartola e curvou-se até a cintura.
"O que está acontecendo?", perguntou o sr. Smith. Eu contei a ele.
"Mas isto é um absurdo", interrompeu-me. "O caixão vai ter de esperar até se esclarecer algum estúpido equívoco?"
"Estou começando a acreditar que não foi nenhum equívoco."
"E o que mais poderia ser?"

"Vingança. Eles não conseguiram pegá-lo vivo." Dirigi-me à sra. Philipot: "Eles chegarão logo. Isto é certo. É melhor a senhora ir para o hotel com a criança".

"E largar meu marido na estrada? Não."

"Pelo menos diga à criança que vá, e Joseph lhe dará um sorvete de baunilha."

Agora, o sol já estava a pino sobre nós: estilhaços de luz dardejavam aqui e ali no vidro do carro fúnebre e nos enfeites brilhantes do caixão. O motorista desligou o motor e sentimos de repente o silêncio espalhar-se pela vastidão, até algum lugar onde um cachorro ganiu, nos arredores da capital.

A sra. Philipot abriu a porta do táxi e tirou o menino. Ele era mais preto do que ela, com as íris dos olhos enormes como ovos. Ela disse ao filho que fosse procurar Joseph e seu sorvete, mas ele não quis ir. Agarrou-se à sua saia.

"Sra. Smith", pedi, "leve-o até o hotel."

Ela hesitou. Disse: "Se vai haver confusão, acho que deveria ficar aqui com *madame* Phili... Phili... Leve-o você, querido".

"E deixar você aqui, querida?", replicou o sr. Smith. "Não".

Eu não tinha percebido que os motoristas dos táxis estavam sentados imóveis à sombra das árvores. Agora, como se tivessem trocado sinais um com o outro enquanto conversávamos, voltaram simultaneamente à vida. Um desviou o táxi do caminho, outro deu marcha à ré e virou o carro. Com um rangido das marchas, arremeteram como consumados ases do volante morro abaixo, em direção a Porto Príncipe. Ouvimos os táxis pararem na barreira e depois partir de novo até sumir no silêncio.

Hercule Dupont pigarreou. "O senhor está certo", disse. "Clément e eu vamos levar a criança..."

"Cada um deles pegou o menino por uma das mãos, mas ele puxou para se desvencilhar."

"Vá, *chéri*", disse a mãe, "e pegue um sorvete de baunilha."

"*Avec de la crème au chocolat?*"
"*Oui, oui, bien sûr, avec de la crème au chocolat.*"*

Formavam uma estranha procissão, os três subindo pela alameda debaixo das palmeiras, entre as buganvílias, dois gêmeos de meia-idade com cartola e a criança entre ambos. O hotel Trianon não era uma embaixada, mas suponho que os irmãos Dupont o consideraram talvez a melhor coisa depois disso: uma propriedade estrangeira. O motorista do carro fúnebre também — tínhamos nos esquecido dele — abruptamente pulou do veículo e correu para alcançá-los. A sra. Philipot, os Smith e eu ficamos sozinhos com o carro fúnebre e o caixão, ouvindo em silêncio o outro silêncio na estrada.

"O que vai acontecer agora?", perguntou o sr. Smith pouco tempo depois.

"Não depende de nós. Vamos esperar. Só isso."

"O quê?"

"Eles."

Nossa situação lembrou-me aquele pesadelo de criança quando o monstro escondido no armário está prestes a sair. Nenhum de nós estava ansioso para olhar para o outro e ver refletido seu próprio pesadelo; em vez disso, olhávamos através do vidro do carro fúnebre para o caixão novo e brilhante, com as alças metálicas, que era o motivo de toda a confusão. Ao longe, no ponto onde cachorros latiam, um carro iniciava a longa subida da colina. "Estão chegando", disse eu. A sra. Philipot apoiou a testa no vidro do carro fúnebre enquanto o automóvel subia lentamente em nossa direção.

"Gostaria que a senhora entrasse", solicitei a ela. "Seria melhor para nós se todos entrássemos."

"Eu não entendo", disse o sr. Smith. Esticou a mão e segurou o pulso da esposa.

---

* Em francês, no original: "Com calda de chocolate?/ Sim, sim, claro, com calda de chocolate". (N. E.)

O carro parou na barreira de baixo — ouvimos o ruído do motor funcionando; depois veio subindo em primeira e agora estava à vista, um grande Cadillac da época da ajuda americana aos pobres do Haiti. Parou a nosso lado, e quatro homens saíram. Usavam chapéus de feltro e óculos de sol muito escuros; tinham armas na cintura, mas apenas um deles preocupou-se em sacar, e não a sacou contra nós. Foi até o carro fúnebre e começou a quebrar o vidro com a arma, metodicamente. A sra. Philipot não se mexeu nem falou, e não havia nada que eu pudesse fazer. Não se pode discutir com quatro revólveres. Nós éramos testemunhas, mas não haveria tribunal que ouvisse nosso depoimento. O vidro lateral estava totalmente quebrado agora, mas o homem continuou a quebrar os cacos pontudos com sua arma. Não havia pressa, e ele não queria que ninguém machucasse as mãos.

A sra. Smith de repente deu um pulo e agarrou o ombro do *tonton macoute*. Ele virou a cabeça e eu o reconheci. Era o homem que o sr. Smith havia encarado na delegacia de polícia. Ele se sacudiu para se livrar da mão dela e, colocando firme e deliberadamente sua mão enluvada sobre o rosto da mulher, empurrou-a para trás, fazendo-a rodar até os arbustos da vegetação. Tive de agarrar o sr. Smith para contê-lo.

"Eles não podem fazer isso com minha esposa", gritou sobre meu ombro.

"Ah, sim, eles podem."

"Solte-me", bradou, lutando para se desvencilhar. Nunca vi um homem transformar-se tão rapidamente. "Porco", berrou. Foi a pior expressão que ele conseguiu encontrar, mas o *tonton macoute* não falava inglês. O sr. Smith contorceu-se e quase se desvencilhou. Era um velho forte.

"Não vai ser bom para ninguém se o senhor levar um tiro", avisei. A sra. Smith sentou-se entre os arbustos; pela primeira vez na vida parecia confusa.

Eles tiraram o caixão do carro fúnebre e o colocaram no automóvel. Enfiaram-no no porta-malas, deixando boa parte para fora, então amarraram cuidadosamente um pedaço de corda, com toda a tranquilidade. Não havia pressa; estavam seguros; eles eram a lei. A sra. Philipot, com uma humildade que nos envergonhou — mas não havia escolha entre humildade e violência, e somente a sra. Smith tentara a violência —, foi até o Cadillac e lhes pediu que a levassem também. Seus gestos diziam isso; sua voz era demasiado baixa para que eu pudesse ouvir o que falava. Talvez estivesse lhes oferecendo dinheiro por seu defunto: numa ditadura, as pessoas não são donas de nada, nem mesmo de um marido morto. Eles bateram a porta na cara dela e foram subindo pela estrada, o caixão saindo do porta-malas, como um engradado de frutas a caminho do mercado. Encontraram então um lugar para virar e voltaram. A sra. Smith já estava de pé; formávamos um pequeno grupo e parecíamos culpados. Uma vítima inocente quase sempre parece culpada, como o bode expiatório no deserto. Pararam o carro, e o oficial — supus que fosse o oficial, pois os óculos escuros e os chapéus e os revólveres eram todo o uniforme que eles usavam — escancarou a porta e acenou para mim. Não sou nenhum herói. Obedeci e atravessei a estrada, aproximando-me.

"O senhor é o dono desse hotel, não é?"
"Sim."
"O senhor esteve na delegacia de polícia ontem?"
"Sim."
"Da próxima vez que o senhor me procurar, não fique olhando para mim. Não gosto que me olhem fixo. Quem é o velho?"
"O candidato presidencial", respondi.
"O que quer dizer? Candidato presidencial de onde?"
"Dos Estados Unidos da América."
"Não brinque comigo."
"Não estou brincando. O senhor não leu os jornais?"
"Para que ele veio aqui?"
"Como posso saber? Ele falou com o secretário de Estado ontem. Talvez tenha contado a *ele* a razão. Pretende falar com o presidente."

"Não há eleições agora nos Estados Unidos. Estou a par disso."
"Eles não têm um presidente vitalício como vocês aqui. Eles têm eleições a cada quatro anos."
"O que ele estava fazendo com essa... lata de lixo?"
"Estava acompanhando o enterro de seu amigo, o dr. Philipot."
"Cumpro ordens", disse ele com uma vaga sugestão de fraqueza. Entendi por que estes homens usavam óculos escuros; eram humanos, mas eles também não podiam mostrar medo: seria o fim do terror para os outros. Os *tontons macoutes* no carro olhavam para mim sem nenhuma expressão, como espantalhos.

"Na Europa enforcamos uma porção de homens que cumpriam ordens", disse eu. "Em Nuremberg."

"Não gosto da maneira como fala comigo. O senhor não é franco. Tem uma maneira mesquinha de falar. Tem um empregado chamado Joseph, não é?"

"Sim."

"Lembro-me dele muito bem. Uma vez o interroguei." Mudou de assunto. "Esse é seu hotel. O senhor ganha a vida aqui."

"Não mais."

"Aquele velho partirá em breve, mas o senhor ficará aqui."

"Foi um erro você bater na mulher dele", eu disse. "É o tipo de coisa que ele não vai esquecer." Fechou com uma pancada a porta do carro, e o Cadillac foi descendo a colina; víamos a extremidade do caixão apontando para nós até que eles entraram na curva. Novamente houve uma pausa e os ouvimos na barreira; depois o carro acelerou, disparando em direção a Porto Príncipe. Em que lugar em Porto Príncipe? Que utilidade teria para alguém o corpo de um ex-ministro? Um corpo nem sequer podia sofrer. Mas a ausência de razão pode ser mais aterrorizante do que a razão.

"Ultrajante. É ultrajante!", exclamou o sr. Smith finalmente. "Vou telefonar ao presidente. Vou fazer com que aquele homem..."

"O telefone não funciona."

"Ele bateu em minha mulher."

"Não é a primeira vez", ela interveio, "e ele só me empurrou. Lembre-se de Nashville. Foi pior em Nashville."

"Foi diferente em Nashville", replicou, e havia emoção em sua voz. Ele amara as pessoas por causa de sua cor e havia sido traído muito mais profundamente do que aqueles que as odeiam. Acrescentou: "Sinto muito, querida, se usei expressões...". Pegou seu braço e seguimos todos pela alameda até o hotel. Os Dupont estavam sentados na varanda com o menino, e os três tomavam sorvete de baunilha com calda de chocolate. As cartolas estavam a seu lado como cinzeiros caros.

"O carro fúnebre está inteiro", avisei. "Eles só quebraram o vidro."

"Vândalos", disse Hercule, e Clément o afagou com a suave mão funerária.

A sra. Philipot estava bastante calma agora e não chorava. Sentou-se ao lado do filho e o ajudou a tomar o sorvete. O passado era passado e aqui, a seu lado, estava o futuro. Tive a sensação de que, quando chegasse o momento, não importa depois de quantos anos, não permitiriam que ele esquecesse. Ela falou uma vez só antes de ir embora no táxi que Joseph chamara para ela: "Um dia, alguém encontrará uma bala de prata".

Os Dupont, na falta de um táxi, partiram em seu próprio carro fúnebre, e eu fiquei sozinho com Joseph. O sr. Smith havia levado a esposa para a suíte John Barrymore a fim de que descansasse. Ele estava agitado por causa dela, e ela deixou que fizesse como queria. Eu disse a Joseph:

"De que serve um morto num caixão? Tinham medo de que o povo depositasse flores sobre sua tumba? Não parece provável. Ele não era um mau sujeito, mas também não era tão bom assim. As bombas de água na favela jamais ficaram prontas. Suponho que um pouco daquele dinheiro foi parar no bolso dele."

"O povo muito apavorado", falou Joseph, "quando ficou sabendo. Eles apavorados que o presidente pega seus corpos também quando eles morrem."

"Para que se preocupar? Só restaram pele e osso, e por que o presidente precisaria levar seus corpos?"

"O povo muito ignorante. Eles acham que o presidente guarda o dr. Philipot no porão do palácio e faz ele trabalhar a noite toda. O presidente é um grande homem do vodu."

"Baron Samedi?"

"Povo ignorante diz que sim."

"Para que ninguém o ataque à noite com todos aqueles zumbis lá para protegê-lo? São melhores do que guardas, melhores do que os *tontons macoutes*."

"*Tontons macoutes* zumbis também. Assim diz povo ignorante."

"Mas o que você acha, Joseph?"

"Eu ser homem ignorante, senhor."

Fui até a suíte John Barrymore e enquanto subia fiquei pensando onde deixariam o corpo. Havia uma infinidade de escavações inacabadas e ninguém perceberia um cheiro a mais em Porto Príncipe. Bati à porta e a sra. Smith disse para entrar.

O sr. Smith acendera um pequeno fogareiro portátil a querosene sobre a cômoda e estava fervendo um pouco de água. Ao lado havia uma xícara e um pires e uma caixa de papelão com a marca Yeastrel. Ele disse: "Convenci a sra. Smith a não tomar pelo menos uma vez seu Barmene. O Yeastrel é mais calmante." Havia uma grande fotografia de John Barrymore na parede olhando mais do que nunca com aquele seu ar de falso desdém aristocrático. A sra. Smith estava deitada.

"Como está a senhora?"

"Perfeitamente bem", ela disse decidida.

"Seu rosto não tem nenhum sinal", falou aliviado o sr. Smith.

"Estou lhe dizendo que ele só me empurrou."

"Não se empurra uma mulher."

"Acho que ele nem percebeu que eu era uma mulher. Eu... bem... de certa forma o agredi, devo admitir."

"É uma mulher corajosa, sra. Smith", elogiei.

"Absurdo. Nada disso. Eu enxergo através de um par de óculos de sol baratos."

"Ela tem a coragem de uma tigresa quando a provocam", disse o sr. Smith, mexendo o Yeastrel.

"Como vai se referir ao incidente em seu artigo?", perguntei a ele.

"Estou considerando o caso com bastante cuidado", respondeu, e tomou uma colherada da beberagem para ver se estava na temperatura certa. "Acho que mais um minuto, querida. Ainda está um pouco quente demais. Ah, sim, o artigo. Eu seria desonesto, acho, se omitisse totalmente o incidente, e, no entanto, não podemos esperar que os leitores vejam o caso na perspectiva correta. A sra. Smith é muito amada e respeitada em Wisconsin, mas mesmo lá é possível encontrar pessoas prontas a usar uma circunstância dessas para inflamar as paixões no que diz respeito à questão da cor."

"Eles jamais mencionariam o policial branco de Nashville e, disse a sra. Smith. "Ele me deixou com um olho roxo."

"Assim, no fim das contas", continuou o ex-candidato, "decidi rasgar o artigo. Em nosso país, as pessoas simplesmente ficarão esperando notícias nossas, só isso. Talvez mais tarde, numa conferência, eu possa mencionar o incidente quando a sra. Smith estiver sã e salva a meu lado para provar que a coisa não foi grave." Experimentou outra colherada de Yeastrel. "Acho que agora está bem morno, querida."

II

FUI COM RELUTÂNCIA ATÉ A EMBAIXADA naquela noite. Teria preferido não conhecer o ambiente habitual de Martha. Então, quando ela não estivesse comigo, desapareceria num vazio no qual eu poderia esquecê-la. Agora eu sabia exatamente para onde ela ia quando seu carro deixava a estátua de Colombo. Eu conhecia o saguão que ela atravessava com o livro em que os visitantes escreviam seus nomes, preso por uma corrente, a sala de visitas na qual ela entrava em seguida, com as poltronas e os sofás macios, o brilho dos lustres e a grande fotografia do general Fulano, seu presidente relativamente benévolo, que parecia tornar toda visita uma visita oficial, até mesmo eu. Sentia-me feliz pelo menos por não ter visto seu quarto de dormir.

Quando cheguei às nove e meia, o embaixador estava sozinho. Eu nunca o havia visto sozinho antes: parecia um homem diferente. Sentado no sofá, folheava a *Paris-Match* como alguém na sala de espera do dentista. Pensei em sentar-me em silêncio também e pegar *Jour de France*, mas ele se antecipou a mim, cumprimentando-me. Insistiu imediatamente para que eu pegasse um drinque, um charuto... Talvez fosse um homem solitário. O que fazia quando não havia festas oficiais e sua mulher saía para se encontrar comigo? Martha havia dito que ele gostava de mim — a ideia ajudou-me a vê-lo como um ser humano. Ele parecia cansado e desanimado. Carregou lentamente seu peso entre a mesa do bar e o sofá e disse: "Minha esposa está lá em cima lendo para meu filho. Descerá logo. Ela me disse que talvez o senhor aparecesse".

"Hesitei em vir. Devem gostar, às vezes, de ter uma noite para os dois."

"Sempre fico feliz em ver meus amigos", disse, e se calou.

Fiquei pensando se suspeitava de nossa relação ou se na realidade sabia.

"Sinto saber que seu filho apanhou caxumba."

"Sim. Ainda está na fase dolorida. É terrível, não é?, ver uma criança sofrer."

"Acho que sim. Nunca tive filhos."

"Ah."

Olhei para o retrato do general. Senti que eu deveria pelo menos estar ali em missão cultural. Ele usava uma fileira de medalhas e tinha a mão sobre a empunhadura da espada.

"Que tal Nova York?", perguntou o embaixador.

"Como sempre."

"Gostaria de conhecer Nova York. Conheço somente o aeroporto."

"Talvez um dia o senhor seja transferido para Washington." Foi uma observação infeliz; havia poucas possibilidades de que ganhasse tal posto se, em sua idade — que eu julgava perto dos cinquenta —, estava enterrado havia tanto tempo em Porto Príncipe.

"Ah, não", disse ele seriamente, jamais poderei ir para lá. Sabe, minha mulher é alemã.

"Sei disso, mas seguramente, agora..."

Falou como se fosse um fato natural em nosso mundo: "O pai dela foi enforcado na zona americana. Durante a ocupação.".

"Entendo."

"Sua mãe a trouxe para a América do Sul. Tinham parentes. Ela era criança, é claro."

"Mas ela sabe?"

"Ah, sim, sabe. Não há nenhum segredo a respeito. Ela se lembra do pai com ternura, mas as autoridades tinham uma boa razão..."

Fiquei pensando se o mundo voltaria a navegar com tanta serenidade pelo espaço como parecia fazer cem anos atrás. Naquela época, os vitorianos guardavam esqueletos nos armários, mas quem se importa com um simples esqueleto agora? O Haiti não era uma exceção num mundo sadio: era uma pequena fatia do dia a dia tomada ao acaso. O Baron Samedi andava por todos os nossos túmulos. Lembrei-me do homem enforcado da carta de tarô. "Deve parecer um tanto estranho", pensei, "ter um filho chamado Angel cujo avô foi enforcado." E não imaginei como eu me sentiria... Nunca tivemos o cuidado de tomar precauções, podia perfeitamente acontecer que meu filho... Um neto também de uma carta de tarô.

"Afinal de contas, as crianças são inocentes", observou. "O filho de Martin Bormann agora é padre no Congo."
"Mas por que", pensei, "contar-me essas coisas a respeito de Martha?" Mais cedo ou mais tarde um sujeito sempre sente a necessidade de ter uma arma contra uma amante: ele havia colocado uma faca na minha manga para que a usasse contra sua esposa quando chegasse o momento da raiva.

O empregado abriu a porta e introduziu outro visitante. Não compreendi o nome, mas enquanto ele caminhava sem ruído sobre o tapete, reconheci o sírio cujo quarto alugara um ano antes. Ele sorriu para mim com cumplicidade e disse: "Claro que conheço bem o sr. Brown. Não sabia que havia voltado. E que tal Nova York?".

"Alguma novidade na cidade, Hamit?", perguntou o embaixador.

"A embaixada venezuelana tem outro refugiado."

"Um dia desses vão vir aqui, imagino", comentou o embaixador. "Mas a desgraça gosta de companhia."

"Uma coisa terrível aconteceu esta manhã, Excelência. Eles pararam o funeral do dr. Philipot e levaram embora o caixão."

"Ouvi uns boatos. Não acreditei."

"São a pura verdade", disse eu. "Estava lá. Vi toda..."

"*Monsieur* Henri Philipot", anunciou o mordomo, e um jovem veio em nossa direção em meio a um profundo silêncio, com um leve claudicar de pólio. Reconheci-o. Era o sobrinho do ex-ministro, eu o havia encontrado antes, em dias mais felizes, um membro do pequeno grupo de escritores e artistas que costumavam se reunir no Trianon. Lembrava-me dele lendo em voz alta alguns poemas de sua autoria, bem construídos, melodiosos; um pouco decadentes e *vieux jeu*, com ecos de Baudelaire. Como pareciam distantes aqueles dias! Tudo o que restava como recordação eram os ponches de Joseph.

"Seu primeiro refugiado, Excelência", disse Hamit. "Estava quase à sua espera, *monsieur* Philipot."

"Oh, não", disse o jovem. "Isso não. Ainda não. Parece que quando a gente pede asilo tem de prometer não participar de ações políticas."

"E que ação política você está se propondo?", perguntei.

"Estou fundindo alguma velha prataria de família."

"Não compreendo", disse o embaixador. "Tome um dos meus charutos, Henri. São havanas autênticos."

"Minha querida e bela tia está falando numa bala de prata. Mas uma bala só poderia falhar. Acho que precisamos de muitas delas. Além disso, temos de cuidar de três demônios, não um: Papa Doc, o chefe dos *tontons macoutes* e o coronel da guarda do palácio."

"Que bom", interrompeu-o o embaixador, "que eles tenham comprado armas e não microfones com a ajuda americana."

"Onde estava essa manhã?", perguntei.

"Cheguei de Cap-Haïtien tarde demais para o funeral. Talvez tenha sido a minha sorte. Fui parado em cada barreira da estrada. Acho que eles pensavam que meu jipe era o primeiro tanque de um Exército invasor."

"Como vão as coisas por lá?"

"Calmas demais. O lugar está apinhado de *tontons macoutes*. A julgar pelos óculos de sol, a gente poderia estar em Beverly Hills."

Martha chegou enquanto o rapaz falava, e fiquei furioso porque olhou antes para ele, embora eu soubesse que era prudente me ignorar. Ela o cumprimentou de uma maneira um pouco calorosa demais, me pareceu. "Henri, estou contente que você esteja aqui", disse. "Receei por você. Fique conosco uns dias."

"Preciso ficar com minha tia, Martha."

"Traga-a também. E a criança."

"Ainda não chegou a hora."

"Não deixe para quando for tarde demais." Ela se virou para mim com o lindo sorriso inexpressivo que reservava a segundos- -secretários e disse: "Seremos uma embaixada de terceira classe, não é?, enquanto não tivermos nossos próprios refugiados".

"Como vai seu filho?", perguntei. Queria que a pergunta fosse tão inexpressiva quanto seu sorriso.

"A dor melhorou agora. Ele quer muito vê-lo."

"Por quê?"

"Ele sempre gosta de ver nossos amigos. Para não se sentir excluído."

Henri Philipot retomou o rumo: "Se pelo menos tivéssemos mercenários brancos como teve Tshombe. Nós, haitianos, lutamos há quarenta anos apenas com facas e garrafas quebradas. Precisamos de alguns homens com experiência de guerrilha. Temos montanhas tão altas quanto as de Cuba."

"Mas não florestas", disse eu, "para as pessoas se esconderem. Seus camponeses as destruíram."

"Ainda assim aguentamos bastante tempo contra os fuzileiros americanos." Acrescentou com amargura: "Digo 'nós', mas pertenço a uma geração posterior. Em minha geração, aprendemos a pintar, e agora eles compram quadros de Benoit para o Museu de Arte Moderna. Evidentemente custam muito menos do que um primitivo europeu. Nossos romancistas estão sendo publicados em Paris e agora vivem lá também.".

"E seus poemas?"

"Eram bastante melodiosos, não eram? Mas cantavam a subida do doutor ao poder. Todas as nossas negativas resultaram naquele grande positivo negro. Eu até votei nele. Sabe que não tenho ideia de como usar uma Bren? O senhor sabe usar uma Bren?"

"É uma arma fácil. Você aprende em cinco minutos."

"Então me ensine."

"Primeiro precisamos de uma Bren."

"Ensine-me com diagramas e caixas de fósforos vazias, e talvez um dia eu encontre a Bren."

"Conheço alguém mais preparado do que eu como professor, mas está na prisão no momento." Falei-lhe a respeito do "major" Jones.

"Então eles o pegaram?", perguntou com satisfação.
"Sim."
"Isso é bom. Os brancos reagem mal a uma surra."
"Parece-me que ele levou a coisa muito bem. Até tive a impressão de que estava acostumado."
"O senhor acha que ele tem realmente alguma experiência?"
"Ele me disse que lutou na Birmânia, mas só tenho a palavra dele."
"E o senhor não acredita nisso?"
"Alguma coisa não me deixa acreditar nele, não totalmente. Quando falava com ele, lembrava-me de uma época em que eu era moço e convenci um restaurante de Londres a me contratar porque eu falava francês. Disse que havia sido garçom do Fouquet. O tempo todo ficava esperando que descobrissem meu blefe, mas ninguém descobriu. Eu me vendi rapidamente, como um produto defeituoso com o preço colado sobre o defeito. E de novo, pouco tempo atrás, eu me vendi com sucesso como especialista em arte. Tampouco descobriram meu blefe. Não sei bem se Jones não está fazendo o mesmo jogo. Só sei que olhei para ele uma noite a bordo, voltando dos Estados Unidos. Foi depois do concerto de bordo, e pensei: 'Eu e você... não somos farsantes?'."
"Pode-se dizer isso da maioria das pessoas. Eu não era um farsante com meus versos cheirando a *As flores do mal*, publicados em papel feito à mão à minha própria custa? Enviei-os às principais revistas francesas. Foi um erro. *Meu* blefe foi descoberto. Nunca li uma crítica, salvo a de Petit Pierre. Com o mesmo dinheiro talvez pudesse ter comprado uma Bren para mim." (Era uma palavra mágica para ele agora — Bren.)
"Vamos, fiquem alegres", disse o embaixador. "Vamos ser todos farsantes juntos. Peguem meus charutos. Sirvam-se no bar. Meu *scotch* é bom. Talvez o próprio Papa Doc seja um farsante."
"Ah, não", replicou Philipot, "ele é real. O horror é sempre real."

O embaixador continuou: "Não devemos nos queixar demais pelo fato de sermos farsantes. É uma profissão honrada. Se conseguíssemos ser bons farsantes, a palavra teria pelo menos um certo estilo. Nós fracassamos, só isso. Somos maus farsantes, não somos maus sujeitos."
"Pelo amor de Deus", interveio Martha em inglês, como se estivesse se dirigindo a mim diretamente. "Eu não sou nenhuma farsante." Havíamos nos esquecido dela. Ela bateu com as mãos sobre as costas do sofá e gritou para eles em francês: "Vocês falam tanto. Tanta bobagem. Meu filho acabou de vomitar. Ficou o cheiro em minhas mãos. Ele estava chorando de dor. Vocês falam em representar papéis. Não estou representando nenhum papel. Eu faço alguma coisa. Procuro uma bacia. Procuro uma aspirina. Limpo sua boca. Carrego-o para minha cama".
Começou a chorar atrás do sofá. "Minha querida", falou o embaixador, embaraçado.
Eu não podia nem me aproximar dela ou olhá-la muito intensamente: Hamit me observava, irônico e compreensivo. Lembrei-me das manchas deixadas em seus lençóis, e fiquei pensando se ele mesmo os teria trocado. Ele sabia de tantas intimidades como o cão de uma prostituta.
"A senhora nos faz sentir envergonhados", disse Philipot.
Ela se virou e foi embora, mas o salto de seu sapato prendeu na barra do tapete e ela tropeçou, quase caindo no vão da porta. Segui-a e coloquei minha mão sob seu cotovelo. Sabia que Hamit me observava, mas o embaixador, se percebeu alguma coisa, disfarçou muito bem.
"Diga a Angel que subirei daqui a meia hora para lhe dizer boa-noite."
Fechei a porta atrás de mim. Ela tirara o sapato e tentava consertar o salto. Tirei-o de sua mão.
"Não há nada que se possa fazer", disse. "Você tem outro par?"
"Tenho mais vinte pares. Ele sabe? O que você acha?"

"Talvez. Não sei."
"Será que isso vai tornar as coisas mais fáceis?"
"Não sei."
"Talvez não precisemos mais ser farsantes."
"Você disse que não era farsante."
"Exagerei, não? Mas toda aquela conversa me irritou. Fez cada um de nós parecer mesquinho, inútil, com pena de si mesmo. Talvez sejamos, mas não deveríamos ficar contentes com isso. Pelo menos eu faço algumas coisas, ainda que sejam coisas más. Nunca fingi não desejar você. Nem que me apaixonei por você naquela primeira noite."
"Você me ama?"
"Eu amo Angel", defendeu-se, subindo pela ampla escadaria vitoriana com os pés envoltos apenas nas meias. Chegamos a um longo corredor, de cada lado do qual havia quartos com números.
"Vocês têm muitos quartos para os refugiados."
"É verdade."
"Escolha um para nós agora."
"É muito arriscado."
"É tão seguro quanto o carro. E o que importa, se ele sabe?"
"'Na minha própria casa', ele diria, assim como diria 'em nosso Peugeot.' Os homens sempre medem a traição em graus. Você não se importaria tanto, não é?, se fosse o Cadillac de outra pessoa."
"Estamos perdendo tempo. Ele nos deu meia hora."
"Você disse que iria ver Angel."
"Então, depois..."
"Talvez, eu não sei. Deixe-me pensar."

Ela abriu a terceira porta, e eu me encontrei onde jamais queria estar, no quarto de dormir que ela dividia com o marido. Ambas as camas eram de casal: seus lençóis cor-de-rosa pareciam cobrir o quarto como um carpete. Havia um enorme espelho no qual ele poderia vê-la enquanto se preparava para deitar. Agora que começava a sentir uma certa simpatia pelo homem, não via por que Martha não deveria gostar dele também. Ele era gordo, mas há mulheres que adoram homens gordos, assim como gostam de corcundas ou de pernetas. Ele era possessivo, mas há mulheres que gostam de escravidão. Angel estava sentado, apoiado em dois travesseiros rosados; a caxumba não aumentara de modo perceptível a gordura do rosto. Eu só disse "Alô!", pois não sei conversar com crianças. Seus olhos castanhos eram latinos e inexpressivos como os do pai, não os olhos azuis saxônicos do enforcado. Os de Martha eram assim.

"Estou doente", disse ele num tom de superioridade moral.

"Estou vendo."

"Eu durmo aqui com minha mãe. Meu pai dorme no quarto de vestir. Até a febre passar. Estou com febre de..."

"Com o que está brincando?", perguntei.

"Um quebra-cabeça", respondeu, e para Martha: "Não há mais ninguém lá embaixo?"

"*Monsieur* Hamit está lá, e Henri."

"Gostaria que eles subissem e viessem me ver também."

"Talvez eles nunca tenham tido caxumba. Devem estar com medo de pegar."

"O sr. Brown teve caxumba?"

Martha hesitou, e ele percebeu sua vacilação, como num interrogatório da promotoria. Confirmei que sim, e ele perguntou com aparente irrelevância:

"O sr. Brown joga baralho?"

"Não. Ou seja, não sei", ela disse, como se temesse uma armadilha.

"Não gosto de cartas", atalhei.

"Minha mãe gostava. Ela saía quase todas as noites para jogar baralho antes que o senhor fosse embora."

"Temos de ir agora", disse Martha. "Papai subirá em meia hora para dar boa-noite."

Ele me estendeu o quebra-cabeça e pediu: "Faça isso". Era uma daquelas caixinhas retangulares com as paredes de vidro, que contêm o desenho de um palhaço e dois buraquinhos no lugar dos olhos e duas bolinhas de aço que devem se encaixar nos olhos mexendo a caixa. Eu a virei de um lado e do outro; quase conseguia colocar uma das bolinhas no lugar, mas ao tentar pôr a outra desencaixava a primeira. O menino olhava para mim com desprezo e antipatia.

"Sinto muito. Não sou bom nessas coisas. Não sei fazer."

"O senhor não está fazendo direito", disse ele. "Continue."

Sentia o tempo que ainda tinha para estar com Martha escorrer como areia numa ampulheta e podia quase acreditar que ele também sentia. As diabólicas contas corriam uma atrás da outra em torno da borda da caixa e passavam por cima dos buracos dos olhos sem entrar; mergulhavam em direção aos cantos. Eu tentava mexê-las lentamente para baixo em direção aos soquetes numa ligeira inclinação, e depois, ao menor toque para guiá-las, elas caíam no fundo da caixa. Tinha de começar tudo de novo; agora não mexia mais a caixa, era apenas o tremor de meus nervos.

"Consegui colocar uma."

"Não basta", disse ele implacável.

"Está certo." Joguei a caixa para ele. "Você me mostra."

Sorriu para mim de maneira traiçoeira, hostil. Pegou a caixa e segurando-a com a mão esquerda quase não a mexia. Uma conta chegou a subir o pequeno aclive, hesitou na beira de um buraco e caiu.

"Uma..." A outra conta se moveu em direção ao outro olho, virou e caiu no buraco. "Duas", completou.

"O que há em sua mão esquerda?"

"Nada."

"Então mostre esse nada."

Ele abriu o punho e mostrou um pequeno ímã escondido. "Prometa que não vai contar", disse.

"E se eu não prometer?"
Parecíamos adultos brigando por causa de uma trapaça no baralho. "Eu também sei manter segredos, se você sabe", disse ele. Seus olhos castanhos não deixaram transparecer nada.
"Prometo", falei.
Martha beijou-o e ajeitou os travesseiros fazendo-o deitar, depois acendeu um pequeno abajur ao lado da cama. "Você vai vir para a cama cedo?", perguntou ele.
"Quando as visitas tiverem ido embora."
"Quando?"
"Como vou saber?"
"Você pode dizer que estou doente. Posso vomitar de novo. A aspirina não resolveu nada. Está doendo."
"Fique deitado. Feche os olhos. Papai vai subir logo. Então eu vou esperar que todos saiam e virei para a cama."
"Você não disse boa noite", acusou-me.
"Boa noite." Pus uma mão falsamente benévola sobre sua cabeça e desmanchei seu cabelo duro e seco. Minha mão depois ficou cheirando a camundongo.
No corredor, disse a Martha que ele também parecia saber.
"Como é possível?"
"O que ele quer dizer então com manter segredos?"
"É uma brincadeira que todas as crianças fazem." Mas como era difícil considerá-lo uma criança. "Ele sentiu muita dor. Não acha que ele está se portando muito bem?"
"Sim, claro. Muito bem."
"Como um adulto?"
"Ah, sim. Exatamente o que eu estava pensando." Pelo pulso, puxei-a pelo corredor. "Quem dorme neste quarto?"
"Ninguém." Abri a porta e a trouxe para dentro. "Não. Não está vendo que é impossível?"
"Fiquei fora três meses, e só fizemos amor uma vez desde então."

"Não fui eu quem fez você ir para Nova York. Não percebe que não estou disposta esta noite?"
"Você me pediu para vir hoje."
"Queria ver você. Só isso. Não fazer amor."
"Você não me ama, não é?"
"Você não devia fazer uma pergunta dessas."
"Por quê?"
"Porque eu poderia perguntar a mesma coisa a você."
Reconheci que sua observação estava correta; isso me enfureceu, e a fúria imediatamente afastou o desejo.
"Quantas 'aventuras' você teve em sua vida?"
"Quatro", respondeu sem nenhuma hesitação.
"E eu sou a quarta?"
"Sim. Se você quer se definir como uma aventura."

Muitos meses mais tarde, quando o caso acabou, percebi e apreciei sua franqueza. Ela não representava nenhum papel. Respondia exatamente às minhas perguntas. Nunca afirmou gostar de alguma coisa de que não gostasse ou preferir algo que a deixasse indiferente. Se eu não a compreendi, foi porque não conseguia fazer-lhe as perguntas certas, apenas isso. Era verdade que ela não era uma farsante. Ela havia conservado a virtude da inocência, e eu compreendo agora por que a amava. No fundo, a única virtude além da beleza que me atrai numa mulher é aquela coisa vaga, "bondade". A mulher em Monte Carlo traíra seu marido com um estudante, mas seu motivo era generoso. Martha também traía seu marido, mas não era o amor de Martha por mim que me prendia, se é que ela me amava, e sim aquele carinho desinteressado e cego pelo filho. Com a bondade uma pessoa se sente segura; por que é que eu não me satisfazia com a bondade, por que é que eu sempre fazia a ela as perguntas erradas?

"Por que não uma aventura que dure?", perguntei ao soltá-la.
"Como posso saber?"

Lembro-me da única carta verdadeira que recebi dela, além dos bilhetes para nossos encontros, escritos de maneira ambígua, para o caso de caírem nas mãos erradas. Foi enquanto estava esperando em Nova York. Devo ter-lhe escrito de um jeito rancoroso, desconfiado, ciumento. (Havia encontrado uma *call-girl* na East 56th Street e então pressupus, é claro, que ela tivesse arrumado um recurso equivalente para preencher os meses vazios.) Ela me respondeu com ternura, sem rancor. Talvez o fato de o pai da gente ter sido enforcado por crimes monstruosos nos faça perceber nossas mágoas mesquinhas dentro da devida perspectiva. Falou muito a respeito de Angel e de como era inteligente em matemática, falou muito de Angel e do pesadelo que estava tendo — "fico em casa com ele quase todas as noites, agora" —, e, de repente, me surpreendi pensando o que ela fazia quando *não* ficava em casa, com quem passava as horas da noite. Era inútil dizer a mim mesmo que ela estava com seu marido, ou no cassino onde a vira pela primeira vez.

E repentinamente, como se lesse meus pensamentos, ela escreveu — ou algo parecido: *Talvez a vida sexual seja o grande teste. Se podemos sobreviver a ela com caridade para com aqueles que amamos e com carinho para aqueles que traímos, não precisamos nos preocupar tanto com o bem e o mal que há em nós. Mas o ciúme, a desconfiança, a crueldade, a vingança, a recriminação... aí falhamos. O errado está nessa falha, mesmo que sejamos as vítimas e não os algozes. A virtude não é uma desculpa.*

E foi então que senti naquilo que ela escrevia uma certa pretensão, uma falta de sinceridade. Fiquei zangado comigo mesmo, e portanto zangado com ela. Rasguei a carta apesar de sua ternura, apesar de ser a única que eu tinha. Pensei que ela estava me fazendo um sermão porque havia passado duas horas naquela tarde no apartamento da East 56th Street, mas como ela poderia saber? É por isso que entre todas as minhas relíquias — o peso para papéis de Miami, um ingresso de Monte Carlo — não tenho nem um pedacinho de suas cartas comigo agora. E, no entanto, consigo lembrar com muita clareza sua carta polida e infantil, embora não consiga me recordar do tom de sua voz.

"Bom", disse eu, "é melhor descermos." O quarto onde estávamos era frio e desocupado; os quadros na parede haviam sido provavelmente escolhidos por alguma repartição.

"Você vai. Não quero ver aquelas pessoas."

"Na estátua de Colombo, quando ele estiver melhor?"

"Na estátua de Colombo."

Naquele momento, quando eu não esperava nada, ela me abraçou: "Pobre querido. Que recepção!"

"Não é culpa sua."

"Vamos fazer", disse ela. "Vamos fazer depressa."

Estava deitada na beira da cama e me puxou em sua direção, e eu ouvi a voz de Angel no corredor chamando: "Papai, papai".

"Não ligue", afirmou.

Levantou os joelhos, e eu me lembrei do corpo do dr. Philipot debaixo do trampolim: nascimento, amor e morte se assemelham bastante em suas posições. Senti que não poderia fazer nada, absolutamente nada, nenhum pássaro branco voaria para dentro do quarto a fim de salvar meu orgulho. Em vez disso, ouvi os passos do embaixador subindo a escada.

"Não se preocupe", disse Martha. "Ele não vai vir aqui."

Mas não foi o embaixador que arrefeceu meu entusiasmo. Levantei, e ela comentou: "Não faz mal. Foi uma má ideia a minha, só isso".

"Na estátua de Colombo?"

"Não, vou achar algo melhor. Juro que vou."

Ela saiu do quarto na minha frente e chamou: "Luis?".

"Sim, querida?" Ele apareceu na porta de seu quarto com o quebra-cabeça de Angel.

"Estava mostrando ao sr. Brown os quartos aqui em cima. Ele diz que poderíamos hospedar alguns refugiados."

Não havia nenhuma nota falsa em sua voz; ela estava perfeitamente à vontade e eu me lembrei de sua zanga quando falávamos de farsantes, embora agora provasse ser a melhor farsante entre todos nós. Representei meu papel com menos habilidade, havia uma aspereza em minha voz que traía a ansiedade:
"Preciso ir."
"Por quê? Ainda é cedo", disse Martha. "Faz tempo que não o vemos, não é, Luis?"
"Tenho um encontro", justifiquei, sem saber que estava falando a verdade.

III

AQUELE LONGO DIA AINDA NÃO HAVIA TERMINADO, faltava apenas uma hora ou uma eternidade para a meia-noite. Peguei meu carro e fui dirigindo à beira-mar, pela estrada esburacada. Poucas pessoas andavam pelas ruas; talvez não tivessem se dado conta de que o toque de recolher fora suspenso ou temessem alguma cilada. À minha direita, havia uma fileira de cabanas de madeira em lotes do formato de um pires, com uma cerca em volta onde cresciam algumas palmeiras e olhos-d'água brilhavam entre elas, como sucata num monte de lixo. Aqui e ali uma vela iluminava um pequeno grupo curvado ao redor de seu rum, como pessoas de luto em volta de um caixão. Às vezes, vinham sons furtivos de uma música. Um velho dançava no meio da estrada — tive de frear de repente. Ele se aproximou e riu para mim através do vidro. Pelo menos havia um homem sem medo naquela noite em Porto Príncipe. Não consegui entender seu *patois* e fui em frente. Fazia dois anos ou talvez mais que não ia à casa de *Mère* Catherine, mas agora eu precisava de seus serviços. Minha impotência tomava conta de meu corpo como uma maldição que precisava ser arrancada por alguma feiticeira.

Pensava na moça da East 56th Street, e quando com relutância pensei em Martha minha raiva cresceu. Se ela tivesse feito amor comigo quando eu quis, isso não estaria acontecendo.

Pouco antes da casa de *Mère* Catherine, a estrada se bifurcava — a pista do campo de aviação, se é que se podia chamar pista, terminava abruptamente (o dinheiro acabou ou então alguém não recebeu sua parte). À esquerda, ficava a estrada principal para o sul, quase intransitável, exceto para um jipe. Fiquei surpreso ao encontrar uma barreira ali, pois ninguém esperava uma invasão pelo sul. Parei, enquanto revistavam meu carro com mais cuidado do que de costume, debaixo de um grande cartaz que anunciava: *Plano Quinquenal — Conjunto EUA — Haiti. Grande Rodovia do Sul*. Mas os americanos tinham ido embora, e nada restava de todo o plano quinquenal a não ser o cartaz, sobre as poças de água parada, as valetas na estrada, as pedras e a carcaça de uma draga que ninguém se preocupara em tirar da lama.

Depois que me deixaram seguir, peguei a estrada à direita e cheguei à casa de *Mère* Catherine. Tudo era tão calmo que fiquei pensando se valeria a pena sair do carro. Uma cabana baixa e comprida, como um estábulo dividido em cubículos, era o lugar onde se fazia amor aqui. Vi uma luz brilhando na casa principal onde a mulher recebia seus hóspedes e lhes servia bebidas, mas não havia música nem dança. Por um instante, a fidelidade se tornou uma tentação e eu quis ir embora. Mas havia arrastado minha doença longe demais pela estrada ruim para desistir agora, e caminhei cautelosamente pelo conjunto escuro em direção à luz, odiando-me pelo caminho. Estupidamente havia virado o carro contra a parede, de modo que fiquei no escuro e quase imediatamente esbarrei num jipe, que estava de faróis apagados; um homem dormia ao volante. Novamente, quase virei e fui embora, pois havia poucos jipes em Porto Príncipe que não fossem dos *tontons macoutes*, e se eles estavam se divertindo com as meninas de *Mère* Catherine não haveria quartos para os clientes de fora.

Mas eu era obstinado em meu ódio contra mim mesmo e fui em frente. *Mère* Catherine ouviu-me tropeçar e veio a meu encontro na porta, segurando um lampião a querosene. Tinha o rosto de uma mucama muito meiga de um filme do Sul dos Estados Unidos e um corpo pequeno e delicado que devia ter sido lindo em outros tempos. Seu rosto não negava sua natureza, pois era a mulher mais bondosa que conheci em Porto Príncipe. Ela afirmava que suas meninas vinham de boas famílias, que apenas as ajudava a ganhar um dinheirinho, e se podia quase acreditar, porque ela lhes ensinara a se comportar perfeitamente em público. Até chegar aos cubículos, seus clientes deviam se conduzir de maneira decorosa, e, a julgar pelos casais que dançavam, podia-se crer que se tratava de uma festa de formatura num colégio de freiras. Certa vez, três anos antes, eu a vi socorrer uma moça vítima de um brutamontes. Eu estava tomando uma dose de rum e ouvi um grito vindo do que chamávamos de estábulo, mas antes que eu decidisse o que fazer *Mère* Catherine apanhou um facão da cozinha e saiu navegando como o pequeno *Revenge* disposto a tomar uma frota. Seu adversário, armado de uma faca, tinha duas vezes seu tamanho e estava bêbado de rum. (Ele devia ter um cantil escondido no bolso da calça porque *Mère* Catherine jamais permitiria que fosse com uma de suas meninas naquelas condições.) Ele deu meia-volta e fugiu ao vê-la aproximar-se. Mais tarde, quando fui embora, eu a vi pelas janelas da cozinha com a moça sentada em seus joelhos, embalando-a como a uma criança, num *patois* que eu não entendi. A moça adormeceu apoiada àquele pequeno ombro magro.

Mère Catherine sussurrou um aviso:

"Os *tontons* estão aqui."

"Todas as moças estão ocupadas?"

"Não, mas a menina de quem o senhor gosta está trabalhando."

Fazia dois anos que eu não ia lá, mas ela se lembrava, e, o que era mais extraordinário, a moça ainda estava com ela. Deveria ter perto de dezoito anos agora. Não esperava encontrá-la e, no entanto, fiquei desapontado. Com a idade, as pessoas preferem velhos amigos, até num bordel.

"Estão perigosos?", perguntei.

"Não acho. Vieram acompanhar alguém importante. Ele está com Tin Tin agora."

Quase fui embora, mas meu rancor contra Martha agia como uma infecção.

"Vou entrar", disse. "Estou com sede. Dê-me rum e uma Coca."

"Não tenho mais Coca."

Havia esquecido que a ajuda americana tinha acabado.

"Rum e soda, então."

"Só tenho algumas garrafas de Seven-Up."

"Está bem. Seven-Up."

Na porta da sala, um *tonton macoute* dormia numa cadeira; seus óculos escuros haviam caído em seu colo, e ele parecia bastante inofensivo. Na braguilha da calça de flanela cinzenta, faltava um botão. Reinava um silêncio absoluto. Pela porta aberta vi um grupo de quatro moças vestidas de musselina branca, com saia--balão. Estavam tomando laranjada de canudinho, sem falar. Uma delas pegou seu copo vazio e se afastou, caminhando lindamente, a saia de musselina agitando-se como um pequeno bronze de Degas.

"Nenhum cliente?"

"Todos foram embora quando os *tontons macoutes* chegaram."

Entrei. Perto da parede, com os olhos fixos em mim como se eu jamais tivesse conseguido escapar deles, estava o *tonton macoute* que eu vira na delegacia de polícia e que quebrara os vidros do carro fúnebre para tirar o caixão do *ancien ministre*. Seu chapéu jazia sobre uma cadeira, e ele usava uma gravata-borboleta de listras. Inclinei-me ligeiramente para ele e me encaminhei para outra mesa. Estava assustado com ele e me perguntei quem poderia ser o sujeito — mais importante do que este arrogante oficial — que Tin

Tin confortava naquele momento. Esperava, pelo bem dela, que não fosse pior.

"Parece que vejo o senhor em toda parte", disse o oficial.

"Procuro não dar na vista."

"O que o senhor quer aqui esta noite?"

"Rum e Seven-Up."

Reclamou com *Mère* Catherine, que vinha trazendo minha bebida numa bandeja: "Você disse que não tinha mais Seven-Up". Percebi que havia uma garrafa vazia de soda na bandeja atrás de meu copo. O *tonton macoute* pegou minha bebida e a experimentou. "Seven-Up. Pode trazer a este sujeito rum e soda. Precisamos de todas as Seven-Up que sobraram para meu amigo, quando ele voltar."

"Está tão escuro no bar. As garrafas deviam estar misturadas."

"Você precisa aprender a distinguir seus clientes importantes e...", ele hesitou e decidiu ser razoavelmente educado, "... os menos importantes. Pode sentar", ele me disse.

Eu me voltei.

"O senhor pode sentar aqui. Sente-se." Obedeci. "Pararam e revistaram o senhor na barreira?"

"Sim."

"E na porta, aqui? O senhor foi barrado na porta?"

"Por *Mère* Catherine, sim."

"Por um de meus homens?"

"Ele estava dormindo."

"Dormindo?"

"Sim."

Não vacilei em contar tudo. Os *tontons macoutes* que se matassem entre si. Fiquei surpreso quando ele não disse nada nem fez nenhum movimento em direção à porta. Só ficou olhando de maneira inexpressiva para mim através das lentes negras e opacas de seus óculos. Ele havia decidido algo, mas não deixaria que eu tomasse conhecimento de sua decisão. *Mère* Catherine me trouxe a bebida.

Experimentei-a. O rum ainda estava misturado com Seven-Up. Era uma mulher corajosa.
"Parece que vocês andam tomando muitas precauções esta noite", comentei.
"Estou acompanhando um estrangeiro muito importante. Preciso tomar precauções para sua segurança. Ele pediu para vir aqui."
"Julga-o seguro com a pequena Tin Tin? Ou o senhor tem um guarda no quarto, capitão? Ou é comandante?"
"Sou o capitão Concasseur. O senhor tem senso de humor. Gosto de humor. Gosto de piadas. Elas têm valor político. As piadas são um desabafo para os covardes e os impotentes."
"O senhor disse um estrangeiro importante, capitão? Esta manhã eu tive a impressão de que o senhor não gostava de estrangeiros."
"Minha opinião pessoal sobre cada branco é péssima. Admito que a cor me agride, ela me lembra excremento. Mas nós aceitamos alguns de vocês, quando são úteis ao Estado."
"O senhor quer dizer ao doutor?"
Com uma leve inflexão irônica, ele citou: "*Je Suis Le Drapeau Haïtien, Uni et Indivisible.*" Tomou um gole de rum. "Naturalmente, alguns brancos são mais toleráveis do que outros. Pelo menos os franceses têm uma cultura em comum conosco. Admiro o general. O presidente escreveu para ele oferecendo-se para fazer parte da Comunidade Europeia."
"Recebeu resposta?"
"Essas coisas demoram. Queremos discutir certas condições. Nós compreendemos a diplomacia. Não agimos desastradamente como os americanos e os ingleses."
Estava fascinado pelo nome Concasseur. Já o ouvira antes em algum lugar. A primeira sílaba lhe ficava muito bem, e talvez todo o nome, sugerindo poder de destruição, havia sido adotado como o de Stalin e de Hitler.

"O Haiti pertence de direito a qualquer Terceira Força", disse o capitão Concasseur. "Nós somos o verdadeiro baluarte contra os comunistas. Nenhum Castro jamais vencerá aqui. Nós temos um campesinato leal."

"Ou aterrorizado." Tomei um longo gole de rum; a bebida ajudava a tornar mais suportáveis suas pretensões. "Seu visitante ilustre está demorando."

"Ele me disse que ficou muito tempo sem mulher." E latiu para *Mère* Catherine: "Quero serviço. Serviço!". Bateu com o pé no chão. "Por que ninguém dança?"

"Um baluarte do mundo livre", eu disse.

As quatro garotas levantaram de sua mesa, e uma ligou o gramofone. Começaram a dançar entre si num gracioso estilo lento e antiquado. Suas saias volumosas oscilavam como turíbulos de prata mostrando suas pernas delgadas da cor da corça jovem; sorriam gentilmente umas para as outras e se mantinham um pouco afastadas. Eram lindas e indistintas, como pássaros de mesma plumagem. Quase impossível acreditar que estivessem à venda, como todo mundo.

"Naturalmente o mundo livre paga melhor", eu disse. "E em dólares."

O capitão Concasseur olhou na mesma direção que eu; não perdia nada através daqueles óculos escuros. Afirmou de repente: "Vou lhe arranjar uma mulher. Aquela moça baixinha lá, com uma flor no cabelo. Louise. Ela não está olhando para nós. Está envergonhada porque acha que eu posso ter ciúme. Ciúme de uma *putain*! Que absurdo! Vai atendê-lo muito bem se eu falar com ela.".

"Não quero mulher." Percebia a intenção através de sua aparente generosidade: eu atiro uma *putain* a um branco como alguém atira um osso a um cachorro."

"Então por que está aqui?"

Ele tinha razão de me fazer essa pergunta. Eu só pude dizer que mudara de ideia, enquanto olhava as moças rodarem, dignas de um cenário melhor do que a cabana de madeira, o bar que servia rum e os anúncios antigos da Coca-Cola.

"Nunca tem medo dos comunistas?", perguntei.

"Ah, eles não representam nenhum perigo. Os americanos desembarcariam seus fuzileiros se eles se tornassem um perigo. Naturalmente temos alguns comunistas em Porto Príncipe. Seus nomes são conhecidos. Não são perigosos. Reúnem-se em pequenos grupos de estudos e leem Marx. O senhor é comunista?"

"Como poderia ser? Sou dono do hotel Trianon. Dependo dos turistas americanos. Eu sou um capitalista."

"Então o senhor é como um de nós", disse com o tom mais próximo da cortesia que conseguiu. "Com exceção de sua cor, é claro."

"Não me insulte demais."

"Ah, o senhor não tem culpa de sua cor."

"Quero dizer, não diga que sou um de vocês. Quando um Estado capitalista se torna demasiado repugnante, corre o risco de perder até mesmo a lealdade dos capitalistas."

"Um capitalista será sempre leal se lhe derem uma comissão de vinte e cinco por cento."

"Um pouco de humanidade também é necessário."

"O senhor fala como um católico."

"Sim, talvez. Um católico que perdeu a fé. Mas não existe o perigo de seus capitalistas perderem a fé também?"

"Eles perdem a vida, jamais a fé. Seu dinheiro é sua fé. Eles o guardam até o fim e o deixam para os filhos."

"E esse seu homem importante, é um capitalista leal ou um político de direita?"

Enquanto ele fazia tinir o gelo no copo, atinei com o fato de ter ouvido antes o nome do capitão Concasseur. Petit Pierre o mencionara com um certo pavor. Ele havia confiscado todas as dragas e bombas de água pertencentes a uma companhia americana, depois de os empregados terem sido evacuados e de os americanos terem retirado seu embaixador; ele os mandara trabalhar num seu projeto maluco, numa aldeia na montanha do Kenscoff. Não foi muito longe porque os trabalhadores o deixaram ao fim de um mês por falta de pagamento; dizia-se também que ele não se saíra satisfatoriamente com o chefe dos *tontons macoutes*, que esperava sua devida comissão. Assim, a loucura de Concasseur erguia-se nas encostas do Kenscoff — quatro colunas de concreto e um chão de cimento já trincado pelo calor e pelas chuvas. Quem sabe o homem importante que agora estava brincando com Tin Tin no estábulo não fosse um financista que o ajudaria a concluí--lo? Mas que financista em seu juízo perfeito iria pensar em emprestar dinheiro a este país, do qual todos os turistas haviam fugido, para construir um rinque de patinação no gelo nas encostas do Kenscoff?

"Precisamos de técnicos, mesmo que sejam brancos", disse Concasseur.

"O imperador Christophe não precisou deles."

"Nós somos mais modernos do que Christophe."

"Um rinque de patinação em vez de um castelo?"

"Acho que já tolerei bastante o senhor", falou Concasseur, e percebi que eu havia ido longe demais.

Colocara o dedo na ferida e fiquei um pouco assustado. Se eu tivesse feito amor com Martha, como seria diferente esta noite! Estaria dormindo profundamente em minha própria cama no hotel, sem me preocupar com a política e a corrupção do poder. O capitão tirou o revólver do coldre e o apoiou sobre a mesa, ao lado de seu copo vazio. Seu queixo caiu contra a camisa de listras brancas e azuis. Ficou sentado num silêncio lúgubre como se estivesse pesando cuidadosamente as vantagens e as desvantagens de um tiro rápido entre os olhos. Eu não via desvantagem nenhuma, no que lhe dizia respeito.

Mère Catherine chegou, parou atrás de mim e depositou dois copos de rum, dizendo: "Faz mais de meia hora que seu amigo está lá com Tin Tin. Está na hora..."

"Tem de deixar", replicou o capitão, "todo o tempo que quiser. É um homem importante, muito importante." Pequenas bolhas de saliva juntavam-se nos cantos de sua boca como veneno. Ele tocou o revólver com a ponta dos dedos. "Um rinque de patinação é muito moderno." Os dedos brincaram entre o rum e o revólver. Fiquei feliz quando pegou o copo. "Um rinque de patinação é chique. É esnobe."

"O senhor pagou por meia hora", disse *Mère* Catherine.

"Meu relógio marca uma hora diferente", falou o capitão. "A senhora não perde nada. Não há outros clientes."

"Há o sr. Brown."

"Esta noite não", eu disse. "Não saberia como agir depois de um hóspede tão importante."

"Então por que o senhor fica aqui?", perguntou o capitão.

"Estou com sede. E curioso. Não é frequente no Haiti termos visitas importantes. Ele está financiando seu rinque de patinação?" O capitão olhou para o revólver, mas o momento da espontaneidade, que era o momento do perigo real, já havia passado. Só restavam sinais, como os sinais de uma doença antiga: os riscos de sangue no amarelo dos olhos, a gravata listrada que pendia um pouco torta. "O senhor não gostaria que seu importante hóspede estrangeiro entrasse e desse com um cadáver branco. Seria mau para seu negócio."

"Sempre poderemos acertar isso mais tarde...", disse ele com um tom de sombria verdade, e então um extraordinário sorriso abriu-lhe o rosto como uma fenda no cimento de seu rinque de patinação, um sorriso de civilidade, até mesmo de humildade.

Levantou-se, e, ouvindo a porta da sala fechar-se atrás de mim, virei-me e vi Tin Tin toda de branco, sorrindo também, com modéstia, como uma noiva na porta da igreja. Mas Concasseur e ela não estavam sorrindo um para o outro, ambos os sorrisos dirigiam-se para o hóspede de grande importância por cujo braço ela entrava. Era o sr. Jones.

IV

"JONES!", EXCLAMEI. Mostrava vestígios da batalha em seu rosto, mas agora estavam esmeradamente cobertos com esparadrapo.
"Vejam só, se não é o sr. Brown." Veio apertar minha mão calorosamente. "É bom ver alguém da velha turma", disse como se fôssemos veteranos que não se viam desde a última guerra, participando de uma reunião do regimento.
"O senhor me viu ontem", comentei, e percebi um ligeiro embaraço. Quando o mal-estar passava, Jones o esquecia o mais rapidamente possível. Explicou ao capitão Concasseur: "O sr. Brown e eu fomos companheiros de viagem no *Medea*. E como vai o sr. Smith?".
"Do mesmo modo que ontem quando ele o visitou. Está preocupado a seu respeito."
"A meu respeito? Mas por quê? Desculpe, não o apresentei à minha jovem amiga aqui."
"Tin Tin e eu nos conhecemos bem."
"Que bom, que bom! Sente-se, querida, vamos todos tomar um trago." Ele puxou uma cadeira para ela e então pegou meu braço, conduzindo-me a um canto. Disse em voz baixa: "Sabe, todo aquele negócio é história passada agora."
"Estou feliz em vê-lo são e salvo."
Ele explicou vagamente: "Foi meu bilhete que conseguiu isso. Achei que funcionaria. Nunca fiquei muito preocupado, em realidade. Equívocos de ambos os lados. Não gostaria, porém, que as garotas ficassem sabendo.".

"O senhor não imagina como são compreensivas. Mas *ele* não sabe?"

"Ah, sim, mas ele é obrigado a manter sigilo. Eu teria lhe contado amanhã como foram as coisas, hoje à noite estava precisando demais de uma trepada. Então conhece Tin Tin?"

"Conheço."

"É uma garota meiga. Estou contente por minha escolha. O capitão queria que eu pegasse a moça com a flor."

"Suponho que não teria notado a diferença. *Mère* Catherine satisfaz os gostos exigentes. O que o senhor está fazendo com *ele*?"

"De certa forma temos um negócio em comum."

"Não o rinque de patinação?"

"Não. Por que um rinque de patinação?"

"Tenha cuidado, Jones. Ele é perigoso."

"Não se preocupe comigo. Conheço o mundo." *Mère* Catherine passou: sua bandeja estava cheia de rum e ela trazia provavelmente a última Seven-Up, e Jones pegou um copo. "Amanhã eles vão me arranjar transporte. Vou visitá-lo quando tiver meu carro." Jones acenou para Tin Tin; ao capitão ele gritou: "*Salut*. Gosto daqui. Caí de pé."

Eu saí da sala, minha boca estava pegajosa com tanta Seven-Up, e sacudi o sentinela pelo ombro ao passar... afinal, tinha de retribuir a alguém. Fui tateando de volta para meu carro e ouvi passos atrás de mim, então me afastei. Poderia ser o capitão, vindo preservar a honra de seu rinque de patinação, mas era apenas Tin Tin.

"Disse a eles que vou fazer pipi."

"Como vai, Tin Tin?"

"Muito bem, e você?"

"*Ça marche.*"

"Por que não fica um pouco em seu carro? Eles irão embora logo. O inglês está *tout à fait épuisé*."

"Não duvido, mas estou cansado. Preciso ir. Tin Tin, ele se comportou com você?"
"Ah, sim. Gostei dele. Gostei muito dele."
"Do que gostou tanto?"
"Ele me fez rir", disse ela. Foi uma frase que repetiriam para mim de maneira inquietante em outras circunstâncias. Eu aprendera muitos truques numa vida desorganizada, mas não o truque de fazer alguém rir.

SEGUNDA PARTE

CAPÍTULO 1

I

JONES DESAPARECEU POR ALGUM TEMPO e tão completamente quanto o corpo do secretário do Bem-Estar Social. Ninguém jamais soube o que aconteceu com seu cadáver, embora o candidato presidencial tivesse feito mais de uma tentativa para descobri-lo. O sr. Smith se dirigiu ao escritório do novo secretário, sendo recebido com presteza e polidez. Petit Pierre se esmerara para espalhar sua fama de "adversário de Truman", e o ministro havia ouvido falar de Truman. Era um homenzinho gordo que usava, por alguma razão, um broche de uma associação estudantil; seus dentes grandes, brancos e separados pareciam pedras tumulares planejadas para um cemitério muito maior. Um cheiro curioso vinha de sua mesa como se um túmulo tivesse ficado descoberto. Acompanhei o sr. Smith, caso necessitasse de um intérprete, mas o novo ministro falava um bom inglês com ligeiro som fanhoso, que, de certa forma, reforçava o broche da associação. (Soube mais tarde que ele trabalhara por algum tempo como "mensageiro" da embaixada americana. Seria um raro exemplo de ascensão por merecimento se nesse meio-tempo ele não tivesse prestado serviço aos *tontons macoutes*, e chegou a ser assistente especial do coronel Gracia, conhecido como Fat Gracia.)

O sr. Smith desculpou-se pelo fato de sua carta de apresentação estar endereçada ao dr. Philipot.

"Pobre Philipot", comentou o ministro, e fiquei pensando se finalmente teríamos a versão oficial de seu fim.

"O que aconteceu com ele?", perguntou o sr. Smith com franqueza admirável.

"Provavelmente nós nunca o saberemos. Era um homem estranhamente taciturno, e devo confessar ao senhor, professor, que suas contas não estavam muito em ordem. Havia a questão da bomba de água da rua Desaix."

"O senhor está sugerindo que ele se matou?" Eu havia subestimado o sr. Smith. Por uma boa causa, ele sabia ser esperto e agora jogava suas cartas sem se trair.

"Talvez, ou talvez tenha sido vítima da vingança do povo. Nós, haitianos, temos a tradição de acabar com um tirano à nossa própria maneira, professor."

"O dr. Philipot era um tirano?"

"As pessoas da rua Desaix ficaram muito decepcionadas com a água."

"Então a bomba vai funcionar agora?", perguntei.

"Será um de meus primeiros projetos." Apontou para os fichários nas prateleiras atrás dele. "Mas, como o senhor vê, tenho muitas tarefas." Percebi que as alças de aço de muitas de suas "tarefas" estavam enferrujando havia uma longa sucessão de estações chuvosas: uma "tarefa" nunca era realizada rapidamente.

O sr. Smith voltou ao ataque astutamente: "Então o dr. Philipot ainda não foi encontrado?"

"Como todos os nossos comunicados de guerra costumavam dizer: 'Desaparecido, supostamente morto em ação'."

"Mas eu presenciei seu funeral", disse o sr. Smith.

"Seu o quê?"

"Seu funeral."

Eu observava o ministro. Ele não mostrou o menor embaraço. Deu um breve latido que deveria significar uma risada (fez-me lembrar um buldogue francês) e disse: "Não houve funeral."

"Foi interrompido."

"O senhor não pode imaginar, professor, a propaganda inescrupulosa montada por nossos adversários."

"Não sou professor e vi o caixão com meus próprios olhos."

"Aquele caixão estava cheio de pedras, professor. Quero dizer, sr. Smith."

"Pedras?"

"Tijolos para sermos exatos, trazidos de Duvalierville, onde estamos construindo nossa bela cidade nova. Tijolos roubados. Gostaria de lhe mostrar Duvalierville uma manhã, quando o senhor estiver livre. É nossa resposta a Brasília."

"Mas a esposa dele estava lá."

"Pobre mulher, ela foi usada, imagino que inocentemente, por gente inescrupulosa. Os agentes funerários foram presos."

Dei-lhe nota dez pela rapidez e imaginação. O sr. Smith foi temporariamente silenciado.

"Quando serão julgados?", perguntei.

"As investigações levarão algum tempo. A trama tem muitas ramificações."

"Então não é verdade o que as pessoas pensam, que o corpo do dr. Philipot está no palácio trabalhando como zumbi?"

"Tudo isso é crença vodu, sr. Brown. Felizmente, nosso presidente livrou o país do vodu."

"Então ele conseguiu mais que os jesuítas."

O sr. Smith interrompeu, impaciente. Ele havia feito o possível pela causa do dr. Philipot, e agora era sua missão que merecia toda prioridade. Estava ansioso por não antagonizar o ministro com irrelevâncias como zumbis e vodu. O ministro ouviu-o com grande cortesia, rabiscando ao mesmo tempo com um lápis. Talvez não fosse um sinal de desatenção, pois percebi que os rabiscos assumiam a forma de inúmeros sinais percentuais e cruzes; pelo que eu conseguia ver, não havia sinais de subtração.

O sr. Smith falou num edifício que pudesse abrigar um restaurante, cozinha, biblioteca e uma sala de leitura. Se possível, deveria haver espaço suficiente para ampliações. Um dia, seria possível construir até mesmo um teatro e um cinema; sua organização poderia fornecer filmes documentários, e esperava que logo — se houvesse oportunidade para a produção — pudesse surgir uma escola de dramaturgos vegetarianos. "Nesse meio-tempo", disse ele, "podemos sempre recorrer a Bernard Shaw."

"É um projeto grandioso", observou o ministro.

O sr. Smith já estava no país havia uma semana. Ele vira o sequestro do corpo do dr. Philipot; eu o levara de carro para visitar a pior parte da favela. Naquela manhã, ele insistira, contra meu conselho, em ir ele mesmo até o correio para comprar selos. Eu o perdi momentaneamente no meio da multidão, e, quando o reencontrei, ele não conseguia se aproximar mais de meio metro do guichê. Dois homens com um braço só e três pernetas o cercavam. Dois estavam tentando vender-lhe velhos envelopes sujos contendo selos haitianos fora de uso; os outros pediam esmola de uma forma menos sutil. Um homem totalmente sem pernas instalara-se entre seus joelhos e retirara os cadarços de seus sapatos, preparando-se para lustrá--los. Outros, vendo uma multidão reunida, acotovelavam-se para se juntar a ela. Um jovem, com um buraco no lugar do nariz, baixava a cabeça e tentava abrir caminho para chegar até a atração do momento. Um homem sem mãos levantava seus tocos lustrosos e rosados acima das cabeças da multidão para exibir sua enfermidade ao forasteiro. Era uma cena típica do correio, exceto que hoje em dia os forasteiros são raros. Tive de lutar para abrir caminho até alcançá-lo, e de repente minha mão encontrou um toco duro, inumano, como um pedaço de borracha dura. Empurrei-o de lado e me senti revoltado comigo mesmo, como se estivesse rejeitando a miséria. Cheguei a pensar: "O que diriam de mim os padres da Visitação?", tão profundamente arraigados são as disciplinas e os mitos da infância. Levei cinco minutos para livrar o sr. Smith, e ele perdeu os cadarços dos sapatos. Tivemos que comprar outros na loja de Hamit antes de ir ao encontro com o secretário do Bem-Estar Social.

O sr. Smith disse ao ministro: "O centro, evidentemente, não daria lucro, mas eu calculo que empregaríamos uma bibliotecária, uma secretária, um contador, cozinheiro, garçons e, é claro, os lanterninhas do cinema... Pelo menos vinte pessoas. Os filmes seriam educativos e gratuitos. Quanto ao teatro, bem, não devemos pensar muito para a frente. Todos os produtos vegetarianos seriam fornecidos a preço de custo, e a literatura para a biblioteca seria grátis.".Eu o ouvia espantado. O sonho estava intacto. A realidade não conseguia tocá-lo. Até a cena no correio não maculara sua visão. Os haitianos, libertos da acidez, da pobreza e da paixão, logo se curvariam felizes sobre suas porções de bife de soja.

"Essa sua nova cidade, Duvalierville", continuava o sr. Smith, "pode oferecer uma oportunidade admirável. Não sou contra a arquitetura moderna, não mesmo. Novas ideias precisam de novas formas, e o que eu quero trazer para seu país é uma ideia nova."

"Isso poderia ser arranjado", disse o ministro. "Há locais disponíveis." Ele estava fazendo toda uma fileira de pequenas cruzes sobre a folha, todos sinais de adição. "Tenho certeza de que o senhor dispõe de muito capital."

"Pensei num projeto em conjunto com o governo..."

"Evidentemente o senhor percebe, sr. Smith, que nós não somos um país socialista. Nós acreditamos na livre iniciativa. A construção teria de ser posta em concorrência."

"Sem dúvida."

"Naturalmente o governo faria a escolha final entre os licitantes. Não se trata apenas da menor oferta. É preciso levar em conta a infraestrutura de Duvalierville. E naturalmente a questão da limpeza pública é da maior importância. Por essa razão, penso que o projeto deveria ser em primeiro lugar da competência do Ministério do Bem-Estar Social."

"Ótimo", observou o sr. Smith. "Então eu trataria com o senhor."

"Posteriormente, é claro, teríamos de discutir o plano com o Tesouro. E a alfândega. Importações são responsabilidade da alfândega."

"Por certo aqui não há impostos sobre alimentos."

"Filmes..."

"Filmes educativos?"

"Ah, bem, falaremos sobre isso mais tarde. Há em primeiro lugar a questão do local. E seu custo."

"Não acha que o governo poderia se dispor a contribuir com o local? Tendo em vista nosso investimento em mão de obra. Acho que aqui a terra não alcança um preço elevado, de qualquer maneira."

"A terra pertence ao povo, não ao governo, sr. Smith", disse o ministro com gentil reprovação. "Em todo caso, o senhor verá que nada é impossível no moderno Haiti. Eu mesmo sugeriria, se pedissem minha opinião, uma contribuição para o local equivalente ao custo da construção..."

"Mas isso é absurdo", atalhou o sr. Smith, "os dois custos não estão relacionados."

"Reembolsável, é claro, ao término da obra."

"O senhor quer dizer que o local deveria ser gratuito?"

"Totalmente gratuito."

"Então não vejo a razão da contribuição."

"Para proteger os trabalhadores, sr. Smith. Muitos projetos estrangeiros param repentinamente, e o trabalhador diarista não encontra nada em seu envelope de pagamento. Coisa trágica para uma família pobre. Nós ainda temos muitas famílias pobres no Haiti."

"Talvez um aval bancário..."

"Dinheiro vivo é uma ideia melhor, sr. Smith. A gurde permanece estável há uma geração, mas há pressões sobre o dólar."

"Eu teria de escrever para meu comitê, em meu país. Duvido..."

"Escreva para seu país, sr. Smith, e diga que o governo aceita todos os projetos progressistas e fará tudo o que puder." Levantou-se de trás da mesa dando a entender que a entrevista terminara, e seu amplo sorriso dentuço indicava que esperava que fosse benéfico para todos. Colocou o braço sobre os ombros do sr. Smith para demonstrar que eram sócios na grande obra do progresso.

"E o local?"

"O senhor terá ampla escolha de locais, sr. Smith. Talvez próximo à catedral? Ou do colégio? Ou do teatro? Qualquer coisa que não entre em conflito com a estrutura de Duvalierville. Uma cidade tão bonita. O senhor verá. Eu mesmo a mostrarei ao senhor. Amanhã estarei muito ocupado. Tantas incumbências, sabe como é uma democracia, mas quinta-feira..."

No carro, o sr. Smith comentou comigo: "Ele me pareceu bastante interessado."

"Eu seria cauteloso com aquela contribuição."

"É reembolsável."

"Somente quando o edifício estiver concluído."

"A história a respeito dos tijolos no caixão. Acha que há algo atrás disso?"

"Não."

"Afinal", disse o sr. Smith, "nenhum de nós viu de fato o corpo do dr. Philipot. Não devemos julgar apressadamente."

II

Durante alguns dias após minha visita à embaixada, não tive notícias de Martha e fiquei preocupado. Revia a cena várias vezes na minha mente, tentando avaliar se havia sido pronunciada alguma palavra irrevogável, mas não me lembrava de nenhuma. Fiquei aliviado, mas também zangado, com seu bilhete breve e nada carinhoso quando finalmente chegou: Angel estava melhor, a dor havia acabado, ela poderia se encontrar comigo, se eu quisesse, perto da estátua. Fui ao encontro e verifiquei que nada havia mudado.

Mas até na ausência de mudança e em sua ternura eu encontrei motivos de ressentimento. Ah, sim, ela queria fazer amor comigo, agora que estava disposta... "Não podemos viver num carro", eu disse.

"Estive pensando bastante a respeito disso tambem", ela respondeu. "Nós nos destruiremos com esse segredo. Irei ao Trianon, se pudermos evitar seus hóspedes."

"Os Smith estarão dormindo a esta hora."

"Será melhor irmos com os dois carros no caso de... Eu poderei dizer que levei um recado de meu marido para você. Um convite. Algo parecido. Você vai na frente. Seguirei daqui a cinco minutos." Eu esperava uma noite de brigas, e então de repente a porta que eu fechara tantas vezes se escancarava. Entrei e só encontrei desapontamento. Pensei: "Ela raciocina mais depressa que eu; ela sabe das coisas".

Quando cheguei ao hotel, os Smith me surpreenderam com sua presença audível. Havia um tilintar de colheres, um barulho de latas e uma suave pontuação de vozes. Eles haviam ocupado a varanda naquela noite para seu Yeastrel e Barmene. Às vezes ficava pensando sobre o que poderiam conversar quando estavam sozinhos. Lembrariam velhas campanhas? Estacionei o carro e fiquei parado um pouco, escutando antes de subir os degraus. Ouvi o sr. Smith: "Você já colocou duas colheres, querida."

"Ah, não. Tenho certeza."

"Experimente antes e verá."

Pelo silêncio que se seguiu, deduzi que ele estava certo.

"Muitas vezes fico imaginando", disse o sr. Smith, "o que teria acontecido ao pobre homem que adormeceu na piscina. Na primeira noite. Lembra-se, querida?"

"Claro que me lembro. E gostaria de ter descido como pretendia, naquele momento. Perguntei a Joseph, no dia seguinte, mas acho que ele mentiu para mim."

"Não mentiu, querida. Ele não compreendeu."

Subi os degraus, e eles me cumprimentaram.

"Ainda não foram se deitar?", perguntei estupidamente.

"O sr. Smith queria adiantar sua correspondência."

Fiquei pensando como poderia afastá-los da varanda antes que Martha chegasse.

"Não devem se demorar. O ministro vai nos levar a Duvalierville amanhã. Vamos levantar cedo."

"Está certo", disse o sr. Smith. "Minha esposa não irá. Não quero que fique se sacudindo pelas estradas debaixo do sol."

"Posso aguentar tão bem quanto você."

"Eu *preciso* aguentar, querida. Você não tem necessidade. Poderá adiantar suas lições no Hugo."

"Mas o senhor também precisa dormir", disse eu.

"Pouco sono é suficiente para mim, sr. Brown. Você se lembra, querida, daquela segunda noite em Nashville..."

Havia notado que Nashville voltava frequentemente à sua memória comum: talvez porque tivesse sido a mais gloriosa de suas campanhas.

"Sabe quem eu vi na cidade hoje?"

"Não."

"O sr. Jones. Estava saindo do palácio com um homem muito gordo de uniforme. O guarda fez continência. É claro que não acho que estivesse fazendo continência ao sr. Jones."

"Ele parece estar bastante bem", comentei. "Da cadeia ao palácio. É quase melhor que de uma cabana à Casa Branca."

"Sempre achei que o sr. Jones tem um grande caráter. Estou contente com seu sucesso."

"Se não for à custa de alguém."

Mesmo àquela sugestão de crítica, a fisionomia do sr. Smith fechou-se de chofre (mexeu nervosamente seu Yeastrel), e eu fiquei bastante tentado a falar do telegrama enviado ao comandante do *Medea*. Não seria uma falha de caráter acreditar tão fervorosamente na integridade de todo mundo?

Fui salvo pelo ruído de um automóvel, e pouco depois Martha surgiu na escada.

"Ora, é a encantadora sra. Pineda", exclamou o sr. Smith, aliviado. Levantou-se e tratou de arrumar uma cadeira. Martha olhou para mim com desespero e disse: "Estou atrasada. Não posso ficar. Só vim trazer um recado de meu marido..." Tirou um envelope da bolsa e o colocou em minha mão.

"Tome um uísque, agora que está aqui", disse eu.

"Não, não. Realmente preciso ir para casa."

A sra. Smith observou — um pouco tensa, achei —, mas talvez tenha sido minha imaginação: "Não tenha pressa de ir embora por nossa causa, sra. Pineda. Já vamos para a cama. Venha, querido."

"Preciso ir mesmo, em todo caso. Meu filho está com caxumba, sabe?" Ela estava dando explicações demais.

"Caxumba?", espantou-se a sra. Smith. "Sinto muito, sra. Pineda. Nesse caso, é evidente que a senhora queira ir para casa."

"Vou levá-la até o carro", disse, e fui saindo com ela.

Fomos até o fim da alameda e paramos.

"O que deu errado?", perguntou Martha.

"Não deveria ter-me dado uma carta endereçada a você com minha letra."

"Eu não estava preparada. Era a única que tinha na bolsa. Ela não pode ter visto."

"Ela enxerga demais. Ao contrário do marido."
"Desculpe. O que faremos?"
"Podemos esperar até eles irem se deitar."
"E depois voltar sorrateiramente e ver a porta se abrir de repente e a sra. Smith..."
"Eles não estão em meu andar."
"Então com certeza encontraremos com ela nas escadas. Não posso."
"Outro encontro fracassado", lamentei.
"Querido, naquela primeira noite quando você voltou, ao lado da piscina, eu queria tanto..."
"Eles ainda estão na suíte John Barrymore, bem em cima."
"Podemos ir para debaixo das árvores. E agora as luzes estão apagadas. Está escuro. Nem a sra. Smith consegue enxergar no escuro."

Senti uma inexplicável relutância e tentei justificá-la falando dos mosquitos.

"Danem-se os mosquitos."

Da última vez que estivéramos juntos, havíamos brigado por causa de sua falta de disposição. Agora era minha vez. Pensei zangado: "Se sua casa não pode ser maculada, por que a minha deveria ser menos sagrada?". E então: "Sagrada por quê? Com um corpo morto na piscina?".

Saímos do carro e caminhamos o mais cuidadosamente possível em direção à piscina. Havia luz acesa na suíte Barrymore, e a sombra de um Smith passou pelo mosquiteiro. Deitamos numa depressão debaixo das palmeiras como corpos numa vala comum, e me lembrei de outra morte, Marcel pendurado no lustre. Nenhum de nós dois jamais morreria por amor. Iríamos sofrer, nos separar e encontrar outra pessoa. Pertencíamos ao mundo da comédia, não ao da tragédia. Os vaga-lumes se moviam entre as árvores e iluminavam intermitentemente um mundo ao qual não pertencíamos. Nós, os que não são de cor, estávamos todos muito distantes da pátria. Eu jazia tão inerte quanto *Monsieur le Ministre*.

"O que há, querido? Está zangado com alguma coisa?"
"Não."
"Você não me quer", afirmou humildemente.
"Não aqui. Não agora."
"Eu deixei você zangado na última vez." Mas queria me fazer perdoar."
"Nunca lhe contei o que aconteceu naquela noite. Por que mandei você embora com Joseph."
"Achei que estivesse me protegendo dos Smith."
"O dr. Philipot estava morto na piscina, bem naquela direção. Está vendo aquela mancha de luz da lua?"
"Assassinado?"
"Ele cortou o pescoço. Para escapar dos *tontons macoutes*."
"Eu entendo." Ela se afastou um pouco. "Ah, Deus, é terrível, as coisas que acontecem. São como pesadelos."
"Somente os pesadelos são reais neste lugar. Mais reais do que o sr. Smith e seu centro vegetariano. Mais reais do que nós mesmos."

Ficamos deitados em silêncio lado a lado em nossa vala, e eu a amei como nunca a havia amado no Peugeot ou no quarto sobre a loja de Hamit. As palavras nos aproximaram de uma maneira como jamais havíamos conseguido pelo contato físico. Ela disse:

"Invejo você e Luis. Pessoas que acreditam em algo. Vocês têm explicações."

"Eu tenho? Você acha que eu ainda tenho fé?"
"Meu pai acreditava também." Era a primeira vez que mencionava o pai para mim.
"Em quê?"
"No Deus da Reforma", ela disse. "Era luterano. Um luterano praticante."
"Ele tinha sorte de acreditar em alguma coisa."
"As pessoas na Alemanha também cortavam o pescoço para fugir à sua justiça."

"Sim. A situação não é anormal. É própria da vida humana. A crueldade é como um farol. Ela vasculha todos os cantos. Nós só conseguimos escapar dela por pouco tempo. Agora estamos tentando nos esconder debaixo das palmeiras."
"Em vez de fazer alguma coisa?"
"Em vez de fazer alguma coisa."
"Quase prefiro meu pai", ela afirmou.
"Não."
"Você ouviu falar dele?"
"Seu marido me contou."
"Pelo menos ele não era diplomata."
"Ou um proprietário de hotel que depende do turismo?"
"Não há nada errado nisso."
"Um capitalista à espera de dólares para voltar."
"Você fala como um comunista."
"Às vezes gostaria de ser."
"Mas vocês são católicos, você e Luis..."
"Sim, ambos fomos educados pelos jesuítas", eu disse. "Eles nos ensinaram a usar a razão, assim pelo menos sabemos que papel representamos agora."
"Agora?"
Ficamos deitados lá, abraçados, por muito tempo. Às vezes eu penso se não foi o momento mais feliz que tivemos juntos. Pela primeira vez confiamos um ao outro algo mais que uma carícia.

III

No dia seguinte, fomos de automóvel até Duvalierville, o sr. Smith, eu e o ministro, com um *tonton macoute* na direção; talvez ele estivesse lá para nos proteger, talvez para nos observar, talvez apenas para nos ajudar a passar pelas barreiras, pois essa era a estrada que ia para o norte, pela qual, como esperavam muitos na cidade, um dia chegariam os tanques de São Domingos.

Centenas de mulheres dirigiam-se ao mercado na capital, sentadas de lado em seus burricos; elas olhavam para os campos de ambos os lados da estrada e não prestavam atenção em nós: não existíamos em seu mundo. Ônibus passavam, pintados com listras vermelhas, amarelas e azuis. Podia haver pouca comida no país, mas não faltava cor. O profundo nevoeiro azulado pairava permanentemente pelas encostas da montanha, o mar era verde-pavão. O verde estava em toda parte, de todos os matizes, o verde cor de vidro de veneno do sisal, com riscos negros, o verde pálido das bananeiras começando a amarelar na ponta, combinando com a areia na beira do mar verde homogêneo. A terra era um turbilhão de cores. Um carrão americano passou a uma velocidade imprudente pelas péssimas condições da estrada e nos cobriu de poeira, e somente a poeira não tinha cor. O ministro tirou um lenço escarlate e limpou os olhos.

"*Salauds!*", exclamou.

O sr. Smith aproximou a boca de meu ouvido e sussurrou: "Viu quem eram aquelas pessoas?".

"Não."

"Acho que uma delas era o sr. Jones. Posso ter me enganado. Andavam muito rápido."

"É improvável", disse eu.

Na planície feia e uniforme, entre as colinas e o mar, haviam sido construídos alguns caixotes de um cômodo, um *playground* de cimento e um imenso rinhadeiro que entre as pequenas casas parecia quase tão impressionante quanto o Coliseu. Erguiam-se uma ao lado da outra em tal concha de poeira que, quando saímos do carro, redemoinhou a nosso redor na ventania da tempestade que se aproximava. À noite se tornaria novamente barro. Fiquei pensando de onde teriam saído, naquele deserto de cimento, os tijolos imaginários do caixão do dr. Philipot.

"É um teatro grego?", perguntou o sr. Smith, interessado.
"Não. É onde eles matam galos."
Sua boca se contraiu, mas ele afastou a aflição: afligir-se era uma forma de criticar.
"Não vejo muitas pessoas por aqui", comentou.
O secretário do Bem-Estar Social observou orgulhosamente: "Neste exato local, havia várias centenas de pessoas. Moravam em miseráveis casebres de barro. Tivemos de limpar o terreno. Foi uma operação de grande porte."
"Para onde foram?"
"Suponho que algumas foram para a cidade. Outras para as colinas, na casa de parentes."
"Voltarão quando a cidade estiver construída?"
"Bem, nosso projeto é para pessoas de uma classe mais elevada aqui."
Além do rinhadeiro, havia quatro construções com asas inclinadas como borboletas feridas; pareciam algumas das casas de Brasília vistas pela extremidade errada de um telescópio.
"E quem virá morar nessas?", quis saber o sr. Smith.
"São para turistas."
"Turistas?", estranhou ele.
Até o mar se escondera da vista; não havia nada em parte alguma, somente o grande rinhadeiro, o campo cimentado, a poeira, a estrada e as encostas pedregosas. Fora de um dos alvos caixotes, um negro de cabelo branco ocupava uma cadeira debaixo de um letreiro que o apontava como um juiz de paz. Era o único ser humano à vista e devia ter muita influência para se instalar tão cedo. Não havia sinal de homens trabalhando, embora no *playground* de cimento permanecesse uma máquina com a roda solta.
"Vejam Duvalierville." Ele nos levou mais perto de uma das casas: não era diferente dos outros caixotes, com exceção das asas inúteis que

eu podia imaginar desprendendo-se com a chuva pesada. "Uma dessas, projetadas por nosso melhor arquiteto, poderá servir para o nosso centro. Então o senhor não precisaria começar num local deserto."
"Eu havia pensado em algo maior."
"O senhor poderia ocupar todo o conjunto de casas."
"O que aconteceria com os turistas, então?", perguntei.
"Construiríamos outras mais para lá", ele disse, apontando com a mão para a árida planície insignificante.
"Parece um pouco fora do mundo", disse gentilmente o sr. Smith.
"Vamos ter casas para cinco mil habitantes aqui. Para começar."
"Onde vão trabalhar?"
"Traremos algumas indústrias para eles. O governo acredita na descentralização."
"E a catedral?"
"Ficará ali, atrás da máquina."
Da esquina do grande rinhadeiro, aproximou-se oscilando outro ser humano. O juiz de paz afinal não era o único habitante da nova cidade. Já tinha seus pedintes também. Ele devia estar dormindo ao sol quando foi acordado por nossas vozes. Talvez pensasse que o sonho do arquiteto se tornara realidade e havia turistas de verdade em Duvalierville. Possuía braços muito longos, nenhuma perna, e se aproximava imperceptivelmente como um cavalo a galope. Então viu nosso motorista, seus óculos escuros e seu revólver, e parou. Começou a murmurar uma espécie de cantilena, e debaixo da teia de aranha de sua camisa rasgada saiu uma estatueta de madeira que estendeu em nossa direção.
"Então o senhor tem seus pedintes", observei.
"Não é um pedinte", explicou o ministro. "É um artista."
Falou ao *tonton macoute*, que foi buscar a estatueta; era a figura de uma moça seminua indistinguível das dúzias de outras nas lojas sírias à espera de turistas simplórios que agora não apareciam mais.

"Permita que lhe dê um presente", disse o ministro, dando a peça ao sr. Smith, que a pegou embaraçado. "Um exemplo de arte haitiana."
"Preciso pagar o homem", sugeriu o sr. Smith.
"Não é necessário. O governo cuida dele." O ministro encaminhou-se de volta para o carro, a mão segurando o cotovelo do sr. Smith para guiá-lo sobre o chão acidentado. O pedinte balançava de um lado para o outro, emitindo sons melancólicos e desesperados. Não se distinguia uma palavra; acho que era desprovido de palato.
"O que ele está dizendo?" indagou o sr. Smith, mas o ministro ignorou a pergunta.
"Mais tarde", começou a dizer, "teremos um centro de artes adequado aqui, onde os artistas poderão viver e descansar inspirando-se na natureza. A arte haitiana é famosa. Nossos quadros são colecionados por muitos americanos e há exemplos no Museu de Arte Moderna de Nova York."
"Não me interessa o que o senhor está dizendo. Vou pagar aquele homem."
O sr. Smith livrou-se da mão protetora do secretário do Bem-Estar Social e voltou correndo na direção do aleijado. Tirou um punhado de dólares e estendeu a ele. O aleijado olhou-o incrédulo e assustado. Nosso motorista fez menção de interferir, mas eu bloqueei seu caminho. O sr. Smith curvou-se e apertou o dinheiro na mão do aleijado, que, com enorme esforço, começou a se balançar de volta para o rinhadeiro. Talvez tivesse um buraco lá, onde poderia esconder o dinheiro... Havia uma expressão de raiva e asco no rosto do motorista, como se ele tivesse sido roubado. Acho que pensou em sacar o revólver (os dedos tatearam o cinturão) para acabar com pelo menos um artista, mas o sr. Smith estava voltando bem em sua linha de fogo.
"Ele fez uma boa venda", observou o americano com um sorriso satisfeito.

O juiz de paz erguera-se para observar a transação fora de seu caixote além do *playground*. De pé mostrou-se enorme. Protegeu os olhos com a mão para ver melhor na forte claridade. Tomamos nossos lugares no carro, e houve um silêncio momentâneo. Então o secretário interveio:
"Para onde gostariam de ir agora?"
"Para casa", disse lacônico o sr. Smith.
"Poderia lhes mostrar o local que escolhemos para a universidade."
"Já vi o suficiente. Preferia ir para casa, se não se importa."
Olhei para trás. O juiz de paz corria rápido com suas longas pernas galopantes ao longo do *playground* cimentado enquanto o aleijado balançava desesperado em direção ao rinhadeiro; lembrou-me um caranguejo escapulindo para seu buraco. Ele tinha apenas uns vinte metros pela frente, mas nenhuma chance. Quando olhei de novo, um minuto mais tarde, Duvalierville havia desaparecido atrás da cortina de poeira de nosso carro. Não disse nada ao sr. Smith, porque ele sorria pela boa ação praticada; acho que já estava ensaiando como contaria a história à esposa, uma história que permitiria a ela compartilhar de sua sensação de felicidade.

Percorridos alguns quilômetros, o ministro disse:
"Evidentemente, o local dos turistas é em parte responsabilidade do secretário de Obras Públicas, e o secretário de Turismo também teria de ser consultado, mas ele é meu amigo pessoal. Se o senhor não se importar de fazer os arranjos necessários comigo, deixarei os outros satisfeitos."

"Satisfeitos?", perguntou o sr. Smith. Ele não era totalmente ingênuo; embora não se tivesse abalado com os pedintes do correio, creio que a cidade de Duvalierville lhe abrira os olhos.

"Quero dizer", acrescentou o ministro, tirando uma caixa de charutos da parte de trás do carro, "que o senhor não haverá de querer participar de discussões intermináveis. Eu representarei seus pontos de vista junto a meus colegas. Pegue alguns charutos, professor."

"Não, muito obrigado. Não fumo." O motorista fumava. Viu o que estava acontecendo pelo espelho retrovisor e, inclinando-se para trás, tirou dois charutos. Acendeu um e guardou o outro no bolso da camisa.

"Meus pontos de vista? Se os quiser, aqui estão. Não considero sua Duvalierville exatamente um centro de progresso. Fica muito longe."

"O senhor preferiria um local na capital?"

"Estou começando a reconsiderar todo o projeto", falou o ex--candidato num tom de voz tão definitivo que até o ministro mergulhou num incômodo silêncio.

IV

NO ENTANTO, O SR. SMITH PERSISTIU. Talvez, ao comentar os acontecimentos do dia com a mulher, a ajuda dada ao aleijado tenha contribuído para restabelecer sua esperança, a esperança de que poderia fazer alguma coisa pela raça humana. Talvez ela fortalecesse sua fé e combatesse suas dúvidas (era mais lutadora do que ele). Quando chegamos ao hotel Trianon, depois de mais de uma hora de silêncio fúnebre, ele já havia começado a rever suas críticas mais severas. A ideia de ter sido talvez injusto o perseguia. Ele se despedira com seca cortesia do secretário do Bem-Estar Social e agradecera "o passeio muito interessante", mas, de repente, na escada da varanda, ele parou e se virou para mim: "Aquela palavra 'satisfazer'... Acho que eu o tratei de uma maneira demasiado dura. Ela me irritou, mas é que o inglês não é sua língua nativa. Talvez ele não quisesse..."

"Ele queria sim, mas não pretendia dizê-la tão abertamente."

"Não fiquei impressionado de maneira muito favorável pelo projeto, reconheço, mas sabe, mesmo Brasília... e eles têm todos os técnicos de que necessitam. Já é alguma coisa querer algo, mesmo que a gente fracasse."

"Não acho que aqui estejam maduros para o vegetarianismo."

"Estava pensando o mesmo, mas talvez..."

"Talvez a gente tenha que ter dinheiro suficiente para ser carnívoro antes."

Ele me deu uma rápida olhada reprovadora e disse: "Vou conversar com a sra. Smith".

Então me deixou sozinho, ou pelo menos eu pensava estar sozinho até entrar em meu escritório, onde encontrei o encarregado de negócios inglês. Vi que Joseph o servira de seu ponche especial de rum.

"Uma cor linda", dizia o encarregado, segurando-o contra a luz, quando entrei.

"É o suco de romã."

"Vou sair de licença na semana que vem", explicou. "Então vim dizer *adieu*."

"Não vai lamentar por ir embora daqui."

"É interessante", disse ele, "muito interessante. Há lugares piores."

"O Congo, talvez? Mas lá as pessoas morrem mais depressa."

"Pelo menos estou feliz por não deixar um compatriota na cadeia. A intervenção do sr. Smith foi bem-sucedida."

"Não sei bem se foi ele. Tive a impressão de que Jones sairia de qualquer maneira, por seus próprios meios."

"Gostaria de saber que meios são esses. Não vou fingir que não fiz minhas investigações..."

"Como o sr. Smith, ele tinha uma carta de apresentação, mas, como aconteceu com o sr. Smith, suspeito que estivesse endereçada ao homem errado. Foi por isso que o prenderam, imagino, quando a tiraram dele no porto. Suspeito que sua carta fosse para um dos oficiais do Exército."

"Ele veio me procurar anteontem à noite", contou o encarregado. "Não o esperava. Chegou muito tarde. Eu já estava indo me deitar."

"Não o vejo desde a noite em que foi solto. Acho que seu amigo Concasseur não me considera suficientemente confiável. Eu estava lá, sabe, quando Concasseur acabou com o enterro de Philipot."

"Jones me deu a impressão de estar envolvido em algum tipo de projeto para o governo."

"Onde está hospedado?"

"Colocaram-no na Villa Créole. Sabe que o governo tomou o local? Eles alojaram a missão polonesa lá depois que os americanos foram embora. Os únicos hóspedes que tiveram até agora. E os poloneses partiram muito depressa. Jones tem um carro com motorista. Naturalmente, o motorista pode ser seu carcereiro também. É um *tonton macoute*. Não tem nenhuma ideia de qual poderia ser seu projeto?"

"Nenhuma indicação. Ele deve ter sido muito cauteloso. Para jantar o Baron é preciso ter uma colher muito comprida."

"É mais ou menos o que eu lhe disse. Mas acho que ele sabe muito bem, não é idiota. Sabia que ele esteve em Leopoldville?"

"Acho que ele disse uma vez..."

"Contou acidentalmente. Ele esteve lá na época de Lumumba. Eu verifiquei em Londres. Aparentemente, conseguiu sair de Leopoldville graças a nosso cônsul. Isso não quer dizer muito; muitas pessoas tiveram ajuda para sair do Congo. O cônsul deu-lhe uma passagem para Londres, mas ele desceu em Bruxelas. Isso não depõe contra ele tampouco, é claro... Acho que o que ele realmente queria comigo era verificar se a embaixada britânica tinha o direito de requerer o asilo, em caso de problemas. Precisei dizer a ele que não; nenhum direito legal."

"Ele já se meteu em algum problema?"

"Não. Mas está como que reconhecendo o terreno. Como Robinson Crusoé subindo na árvore mais alta. Não me agrada muito esse seu Sexta-Feira."

"O que quer dizer com isso?"

"Seu motorista. Um homem gordo como Gracia, com vários dentes de ouro. Acho que ele coleciona dentes de ouro. Provavelmente tem boas oportunidades. Gostaria que seu amigo Magiot arrancasse aquele seu grande molar de ouro e o pusesse a salvo. Um dente de ouro sempre atrai a cobiça." Tomou o último gole de seu ponche.

Era dia de visitas. Havia colocado meu calção de banho e mergulhei na piscina pouco antes da chegada do próximo visitante. Notei que tive de vencer uma certa repugnância para tomar banho ali, e a sensação voltou quando vi o jovem Philipot olhando para mim da beira da piscina, de pé exatamente no lugar em que, na parte do fundo, seu tio sangrara até morrer. Estava mergulhado e não percebi sua aproximação. Assustei-me quando ouvi a voz chamando através da água.

"Vejam só, Philipot, não sabia que você estava aqui."

"Fiz o que o senhor aconselhou. Fui falar com Jones."

Eu havia esquecido nossa conversa. "Por quê?

"O senhor deve se lembrar. A Bren."

Talvez eu não o tivesse levado suficientemente a sério. Pensei que a Bren era um novo símbolo poético para ele, como as torres nos poemas de minha juventude: afinal, aqueles poetas jamais participaram do Conselho de Eletricidade.

"Ele está hospedado na Villa Créole com o capitão Concasseur. Ontem à noite esperei até que vi Concasseur sair, mas o motorista de Jones ainda estava sentado no pé da escada. Aquele com os dentes de ouro. O homem que acabou com Joseph."

"Ele fez isso? Como o senhor sabe?"

"Alguns de nós mantêm um registro. Temos vários nomes anotados agora. Meu tio, fico envergonhado de dizer isso, estava na mesma lista. Por causa da bomba na rua Desaix."

"Não creio que tenha sido culpa dele."

"Nem eu. Agora os convenci de que seu nome pertence à outra lista. A lista das vítimas."

"Espero que vocês mantenham seus arquivos em lugar muito seguro."

"Pelo menos eles têm cópias do outro lado da fronteira."

"Como conseguiu ver Jones?"

"Entrei na cozinha por uma janela e depois subi pela escada de serviço. Bati à sua porta. Fingi ter um recado de Concasseur. Ele estava deitado."

"Deve ter se assustado um bocado."

"*Monsieur* Brown, o senhor sabe o que aqueles dois estão pretendendo?"

"Não, e você?"

"Não tenho certeza. Acho, mas não tenho certeza."

"O que você disse a ele?"

"Pedi que nos ajudasse. Expliquei que os ataques vindos do outro lado da fronteira não vão conseguir tirar o doutor. Eles mataram alguns *tontons macoutes* e depois foram mortos. Não têm treinamento nem metralhadoras Bren. Disse-lhe que uma vez sete homens assaltaram os quartéis do Exército porque tinham armas de cano curto. 'Por que está me contando isso?', ele perguntou. 'Você é um *agent provocateur*, por acaso?' Eu neguei e disse que, se não tivéssemos sido tão prudentes há tanto tempo, Papa Doc não estaria no palácio. Então Jones explicou: 'Falei com o presidente'."

"Jones esteve com Papa Doc?", perguntei incrédulo.

"Assim ele me contou, e acredito nele. Ele tem alguma coisa em mente, ele e o capitão Concasseur. Afirmou que Papa Doc estava tão interessado em armas e treinamento quanto eu. 'O Exército acabou', disse Jones. 'Não que servisse para alguma coisa, e as armas americanas que os *tontons macoutes* receberam estão enferrujando por falta de manutenção adequada. Então você pode perceber que é inútil vir aqui, a não ser que tenha uma proposta melhor do que a do presidente.'"

"Mas ele não disse que proposta?"

"Tentei ver os papéis sobre a mesa dele. Parecia o projeto de um edifício, mas ele me disse: 'Deixe aquilo. Significa muito para mim'. Então me ofereceu uma bebida para mostrar que não tinha nada de pessoal contra mim. Comentou: 'As pessoas precisam ganhar a vida da melhor maneira que podem. O que você faz?'. Eu respondi: 'Escrevia versos. Agora quero uma Bren. E treinamento. Treinamento também'. E ele: 'Vocês são muitos?'. Ao que observei que os números não eram importantes. Se os sete homens tivessem tido sete Bren..."

"As Bren não são mágicas, Philipot. Às vezes elas engasgam. Assim como uma bala de prata pode falhar. Você está voltando ao vodu, Philipot."

"E por que não? Talvez agora a gente precise mesmo dos deuses do Daomé."

"Você é católico. Acredita na razão."

"Os adeptos do vodu são católicos também, e nós não vivemos no mundo da razão. Talvez somente Ogun Ferraille possa nos ensinar a lutar."

"Foi só isso que Jones lhe disse?"

"Não. Ele disse: "Vamos. Tome um *scotch*, meu velho", mas eu não aceitei a bebida. Desci pela escada da frente para que o motorista me visse. Eu queria que ele me visse."

"Não será muito seguro para você se eles interrogarem Jones."

"Sem uma Bren, a única arma que eu tenho é a desconfiança. Acho que se eles começarem a desconfiar de Jones algo pode acontecer..." Havia lágrimas em sua voz; as lágrimas de um poeta por um mundo perdido ou as lágrimas de uma criança pela Bren que ninguém lhe daria? Voltei nadando até a parte rasa da piscina, para não vê-lo chorar. Meu mundo perdido era a garota nua na piscina, qual era o seu? Lembrei-me da noite em que ele leu seus versos pouco originais para mim e Petit Pierre, e o jovem romancista *beat* que queria ser o Kerouac do Haiti; havia um pintor mais velho que dirigia um caminhão durante o dia e trabalhava à noite com seus dedos calejados no centro americano de arte, onde lhe davam tintas e telas. Encostado na varanda estava seu último quadro — vacas num pasto, mas não o tipo de vacas que vendiam no sul de Piccadilly, e um porco com a cabeça enfiada num aro, entre folhas verdes de bananeiras escurecidas pela perpétua tempestade que descia pela montanha. Tinha alguma coisa que meu estudante de arte não conseguira descobrir.

Fui até ele no fim da piscina, depois de lhe dar tempo suficiente para controlar o choro. "Lembra-se", perguntei, "daquele jovem que escreveu um romance chamado *La route du sud*?"

"Ele está em San Francisco, onde sempre desejou estar. Fugiu após o massacre de Jacmel."

"Estava pensando naquela noite em que você nos leu..."

"Não tenho saudade daqueles dias. Não eram reais. Os turistas e a pista de dança e o homem vestido como o Baron Samedi. Baron Samedi não é divertimento para turistas."

"Eles trouxeram dinheiro para a ilha."

"Quem o viu? Pelo menos Papa Doc nos ensinou a viver sem dinheiro."

"Venha jantar sábado, Philipot, para conhecer os únicos turistas daqui."

"Não, tenho um compromisso à noite."

"Tenha cuidado, em todo caso. Gostaria que você voltasse a fazer poemas."

Seus dentes brancos brilharam num sorriso malicioso. "O poema sobre o Haiti já foi escrito definitivamente. O senhor o conhece, *monsieur* Brown", e começou a recitá-lo para mim:

Quelle est cette île triste et noire? — C'est Cythère,
Nous dit-on, un pays fameux dans les chansons,

Eldorado banal de tous les vieux garçons,
Regardez, après tout, c'est une pauvre terre.*

Uma porta abriu-se lá em cima, e um dos *vieux garçons* saiu na sacada da suíte John Barrymore. O sr. Smith tirou o calção de banho da balaustrada e olhou para baixo no jardim. "Sr. Brown", gritou.
"Sim?"
"Conversei com a sra. Smith. Ela acha que fui um pouco precipitado em meu julgamento. Ela acha que deveríamos dar ao ministro o benefício da dúvida."
"Sim?"
"Então vamos ficar mais um pouco e tentar de novo."

V

Convidei o dr. Magiot para jantar no sábado e conhecer os Smith. Queria que estes soubessem que nem todos os haitianos eram políticos ou torturadores. Além disso, não via o médico desde a noite em que nos livramos do corpo e não queria que me julgasse arredio por covardia. Ele chegou logo depois que cortaram a luz, e Joseph estava acendendo os lampiões a querosene. Ergueu demais o pavio de um lampião, e as chamas lançadas ao longo do tubo fizeram a sombra do dr. Magiot desenrolar-se pela varanda como um tapete negro. Ele e os Smith se cumprimentaram com a cortesia de outros tempos, e por um momento parecia que havíamos voltado ao século XIX, quando os lampiões a querosene davam uma luz mais suave do que as lâmpadas elétricas, e nossas

---

* Em francês, no original: "Que ilha triste e negra é aquela? — Esta é Cythera,/ Nós dizemos, um país famoso nas canções, / Eldorado banal de todos os velhos garotos,/ Olha, afinal, é uma terra pobre". (N. E.)

paixões — ou pelo menos assim pensávamos — eram também mais moderadas.

O dr. Magiot declarou que admirava Truman por algumas das medidas que ele adotou no país. "Mas os senhores vão me desculpar", disse, "se não posso fingir que o admiro no que diz respeito à guerra da Coreia. Eu estou honrado, de qualquer maneira, por conhecer seu oponente.

"Um adversário pouco importante", disse o sr. Smith. "Não foi especificamente a respeito da guerra da Coreia que divergimos, embora seja óbvio que eu sou contrário a todas as guerras, quaisquer que sejam as justificativas dos políticos. Eu me candidatei contra ele em nome do vegetarianismo."

"Eu não me havia dado conta de que o vegetarianismo fosse um programa eleitoral."

"Acho que não era, com exceção de um Estado."

"Tivemos dez mil votos", informou a sra. Smith. "O nome de meu marido estava impresso na cédula."

Ela abriu a bolsa e, depois de procurar um pouco entre os lenços de papel, puxou uma cédula eleitoral. Como a maioria dos europeus, eu conhecia pouco o sistema eleitoral americano; tinha uma vaga ideia de que havia dois ou três candidatos, no máximo, e que todos os eleitores, em toda parte, votavam no candidato de sua escolha. Não sabia que, nas cédulas eleitorais da maioria dos Estados, o nome do candidato presidencial nem sequer aparecia, somente os nomes dos delegados em quem se votava efetivamente. No Estado de Wisconsin, entretanto, o nome do sr. Smith estava claramente impresso debaixo de um grande quadrado contendo um emblema que aparentava ser um repolho. Fiquei surpreso com o número dos partidos: até os socialistas estavam divididos em dois, e havia candidatos liberais e conservadores para cargos menores. Vi pela expressão do dr. Magiot que ele estava tão perdido quanto eu. Se uma eleição inglesa é menos complexa do que a americana, uma haitiana é mais simples ainda. No Haiti, se alguém desse valor à sua pele, ficava em casa, mesmo na época relativamente pacífica do predecessor do dr. Duvalier.

Passamos a cédula de mão em mão sob os olhos da sra. Smith, que a fitava como se se tratasse de uma nota de cem dólares.

"O vegetarianismo é uma ideia interessante", disse o dr. Magiot. "Não estou certo se é adequado para todos os mamíferos. Duvido por exemplo que um leão conseguisse viver com vegetais."

"Uma vez, a sra. Smith teve um buldogue vegetariano", falou com orgulho o sr. Smith. "É claro que foi preciso um certo treino."

"Foi preciso autoridade", afirmou a sra. Smith, e seus olhos desafiaram o dr. Magiot a negar isso.

Contei a ele do centro vegetariano e de nossa viagem a Duvalierville.

"Tive um paciente em Duvalierville certa vez", contou o dr. Magiot. "Ele trabalhava no local, acho que no rinhadeiro, e foi despedido porque um *tonton macoute* queria seu emprego para um parente. Meu paciente cometeu um erro muito insensato. Apelou para o *tonton* argumentando com sua pobreza, o *tonton* deu-lhe um tiro na barriga e outro na coxa. Eu salvei-lhe a vida, mas ele é agora um dos pedintes paralíticos do correio. Eu não me estabeleceria em Duvalierville se fosse o senhor. Não é a *ambiance* adequada para o vegetarianismo."

"Não há lei neste país?", perguntou a sra. Smith.

"Os *tontons macoutes* são a única lei. A expressão, minha senhora, significa demônios."

"Não há religião?", indagou por sua vez o sr. Smith.

"Ah, sim, nós somos um povo muito religioso. A religião do Estado é a católica, mas o arcebispo está exilado, o núncio papal se encontra em Roma e o presidente foi excomungado. A religião popular é o vodu, que quase chegou a ser abolida devido aos impostos. O presidente era um fervoroso adepto antigamente, mas como foi excomungado não pode mais participar. É preciso ser católico praticante para entrar no vodu."

"Mas é paganismo", disse a sra. Smith.

"Quem sou eu para dizer? Não acredito no Deus cristão e também não creio nos deuses do Daomé. Os praticantes do vodu acreditam em ambos."

"Então em que acredita, doutor?"

"Eu acredito em certas leis econômicas."

"A religião é o ópio do povo?", citei em tom impertinente.

"Eu não sei onde Marx escreveu isso", respondeu ele com desaprovação, se é que escreveu, mas se o senhor nasceu católico, como eu, deveria gostar de ler em O capital o que Marx tem a dizer sobre a Reforma. Ele aprovava os mosteiros naquela sociedade. A religião pode ser uma terapia excelente para muitos estados de espírito: melancolia, desespero, covardia. O ópio, lembre-se, é usado na medicina. Não sou contra o ópio. Evidentemente, não sou contra o vodu. Como meu povo se sentiria sozinho se Papa Doc fosse o único poder nesse país!"

"Mas é paganismo", insistiu a sra. Smith.

"A terapia adequada para os haitianos. Os fuzileiros americanos tentaram destruir o vodu. Os jesuítas também. No entanto, as cerimônias continuam, sempre que é possível encontrar um homem suficientemente rico para pagar o sacerdote e o imposto. Eu não aconselharia a senhora a ir."

"Ela não se assusta tão facilmente", replicou o sr. Smith.

"O senhor deveria tê-la visto em Nashville."

"Eu não ponho em dúvida sua coragem, mas existem coisas que para um vegetariano..."

A sra. Smith perguntou asperamente: "O senhor é comunista, dr. Magiot?".

Era uma pergunta que eu quis fazer muitas vezes e fiquei pensando o que ele responderia.

"Senhora, eu acredito no futuro do comunismo."

"Eu perguntei se o senhor é comunista."

"Minha querida", disse o sr. Smith, "nós não temos o direito..." Ele tentou distraí-la. "Vou lhe dar mais um pouco de Yeastrel."

"Ser comunista aqui, madame, é ilegal. Mas como a ajuda americana acabou, nós tivemos permissão para estudar o comunismo. A propaganda comunista é proibida, mas as obras de Marx e Lenin, não. Uma distinção sutil. Portanto, posso dizer que acredito no futuro do comunismo; esta é uma perspectiva filosófica."

Eu havia bebido demais. Acrescentei: "Assim como o jovem Philipot acredita no futuro da metralhadora Bren".

"O senhor não pode deter os mártires", disse o doutor. "Só pode tentar diminuir seu número. Se na época de Nero eu conhecesse um cristão, tentaria salvá-lo dos leões. Diria: 'Continue vivendo com sua crença, não morra com ela'."

"Um conselho com certeza muito tímido, doutor — falou a sra. Smith."

"Não posso concordar, sra. Smith. No hemisfério ocidental, no Haiti e em toda parte, vive-se à sombra de seu grande e próspero país. É preciso muita coragem e paciência para manter a cabeça no lugar. Eu admiro os cubanos, mas gostaria de poder acreditar em suas cabeças e em sua vitória final."

CAPÍTULO 2

I

Eu NÃO CONTEI A ELES NO JANTAR que um homem rico havia sido encontrado e que naquela noite se realizaria uma cerimônia vodu em algum lugar das montanhas além do Kenscoff. Era o segredo de Joseph, e ele só confiara em mim porque precisava de uma carona em meu carro. Se eu tivesse recusado, tenho certeza de que tentaria arrastar sua perna manca até lá. Seria depois da meia-noite; percorremos cerca de doze quilômetros e, quando deixamos o carro na estrada atrás do Kenscoff, pudemos ouvir os atabaques tocando muito delicadamente como um pulso acelerado. Era como se lá a noite quente resfolegasse. Em frente, havia uma cabana com o teto de sapé aberta aos ventos, um bruxulear de velas, uma mancha de branco.

Aquela seria a primeira e última cerimônia a que eu assistiria. Durante os anos de prosperidade, eu assistira, por imposição do trabalho, às danças vodus realizadas para os turistas. A mim, que havia nascido católico, pareciam de mau gosto, como poderia parecer o rito da eucaristia apresentado por um balé da Broadway. Só fui porque devia isso a Joseph, e não é da cerimônia vodu que me lembro com mais clareza, mas do rosto de Philipot, do lado oposto do terreiro, mais pálido e mais jovem do que os rostos negros a seu redor; com os olhos fechados, ele ouvia a batida suave, clandestina, insistente dos atabaques tocados por um grupo de moças de branco. Entre nós dois ficava o maestro do templo, plantado como uma antena para captar a passagem dos deuses. Nele estavam pendurados um chicote, em memória da escravidão do passado, e, numa nova exigência legal, a foto oficial de Papa Doc, uma lembrança do presente. Recordei o que o jovem Philipot me havia dito em resposta à minha acusação: "Os deuses do Daomé talvez sejam aquilo de que precisamos". Os governos o haviam desapontado, assim como eu e Jones o desapontáramos — não tinha a metralhadora Bren; ele estava lá, ouvindo os tambores e aguardando, esperando força e coragem para decidir. Sobre o chão de terra, ao redor de um pequeno braseiro, havia um desenho feito com cinzas, a invocação a um deus. Seria uma invocação a Legba, o alegre sedutor das mulheres, à doce Erzulie, a virgem da pureza e do amor, a Ogun Ferraille, o protetor dos guerreiros, ou a Baron Samedi com sua roupa negra e seus óculos escuros de *tonton*, sedento de morte? O sacerdote sabia, e talvez o homem que pagara a cerimônia; também os iniciados, suponho, sabiam ler os hieróglifos de cinza.

A cerimônia prosseguiu durante horas antes de chegar ao clímax; era o rosto de Philipot que me mantinha acordado em meio aos cantos e às batidas dos atabaques. Entre as orações, havia pequenos oásis familiares — "*Libera nos a malo*", "*Agnus dei*" —, estandartes sagrados agitavam-se ao passar com as inscrições aos santos, "*Panem nostrum quotidianum da nobis hodie*". A certa altura, olhei para o mostrador de meu relógio e vi na pálida fosforescência os ponteiros se aproximarem das três.

O sacerdote veio de sua câmara no interior da cabana carregando um turíbulo, mas o turíbulo que ele balançava diante de nosso rosto era um galo amarrado — os olhinhos estúpidos fixavam os meus, e a bandeira de Santa Luzia agitava-se atrás dele. Quando ele completou o círculo do terreiro, o *houngan* colocou a cabeça do galo na boca e arrancou-a completamente; enquanto a cabeça estava caída no chão sujo, as asas continuaram a se agitar como um pedaço de um brinquedo quebrado. Então ele se curvou, espremeu o pescoço como um tubo de pasta dental e misturou a cor ferruginosa do sangue aos desenhos feitos em cinza no chão. Quando olhei para ver se o delicado Philipot aceitava a religião de seu povo, percebi que ele não estava mais lá. Eu também teria ido embora, mas estava preso a Joseph, e este, preso à cerimônia na cabana.

As jovens que tocavam os atabaques ficaram mais imprudentes à medida que a noite avançava. Já não procuravam abafar suas batidas. Algo acontecia na câmara interna, onde havia bandeiras plantadas ao redor de um altar e uma cruz debaixo de uma oração gravada sobre uma tábua, e nesse momento apareceu uma procissão. Carregavam o que julguei primeiramente ser um cadáver envolto num lençol branco para o enterro — a cabeça estava coberta e um braço negro pendia solto. O sacerdote ajoelhou-se ao lado da fogueira e soprou as brasas até as chamas brotarem. Colocaram o corpo a seu lado, ele pegou o braço solto e o segurou no meio das chamas. Quando o corpo se contraiu percebi que estava vivo. O neófito gritou talvez — eu não pude ouvir por causa dos atabaques e dos cantos das mulheres, mas senti o cheiro da pele queimada. O corpo foi carregado para fora, e outro tomou seu lugar, e depois outro. O calor das chamas atingia meu rosto quando o vento noturno soprava pela cabana. O último corpo era seguramente de uma criança, com menos de um metro de comprimento, e nesse momento o *houngan* segurou a mão alguns centímetros acima das chamas — não era um homem cruel. Quando olhei novamente para o lado oposto do terreiro, Philipot estava de volta a seu lugar, e eu me lembrei de que um dos braços colocados nas chamas parecia claro como o de um mulato. Disse a mim mesmo que não podia ser o de Philipot. Os poemas dele tinham sido publicados numa edição limitada, elegante, encapada em couro. Ele havia sido educado como eu pelos jesuítas e estudado na Sorbonne; citara versos de Baudelaire para mim na piscina. Se Philipot fosse um dos iniciados, que triunfo isso representaria para Papa Doc, enquanto ele arrastava o país para a degradação. As chamas iluminavam a fotografia pregada no pilar, os óculos pesados, os olhos voltados para o chão como se fixassem um corpo pronto para a dissecação. Outrora ele fora um médico do interior, combatera com sucesso o tifo; havia sido o fundador da Sociedade Etnológica. Com minha formação jesuítica, eu falava latim tão bem quanto o *houngan* que agora pedia aos deuses do Daomé que baixassem. *"Corruptio optimi..."*

Não foi a doce Erzulie que esteve entre nós naquela noite, embora por um momento seu espírito parecesse penetrar na cabana e baixar numa mulher sentada ao lado de Philipot, porque ela se levantou e colocou as mãos sobre o rosto, oscilando delicadamente de um lado para o outro. O sacerdote aproximou-se dela e arrancou suas mãos do rosto. Ela tinha uma expressão de grande doçura à luz das velas, mas o *houngan* não queria saber dela. Não era Erzulie que queríamos. Não estávamos reunidos naquela noite para receber a deusa do amor. Ele colocou as mãos sobre os ombros da mulher e a empurrou de volta para seu banco. Mal teve tempo de virar antes que Joseph entrasse no meio do terreiro.

Joseph se movimentava em círculo, as pupilas de seus olhos reviravam de tal maneira que eu via somente o branco, as mãos estendidas como se estivesse pedindo. Virou-se sobre o quadril machucado e pareceu a ponto de cair. As pessoas a meu redor inclinavam-se para a frente com grave atenção, como se procurassem algum sinal comprovando que o deus estava realmente lá. Os atabaques estavam calados; a cantoria parou; somente o *houngan* falava alguma língua mais antiga que o *créole*, talvez mais antiga que o latim, e Joseph parou e ficou ouvindo, olhando acima do pilar de madeira, além do chicote e do rosto de Papa Doc, para o telhado de sapé onde um rato se mexia, fazendo a palha crepitar.

Então o *houngan* dirigiu-se para Joseph. Trazia na mão um lenço vermelho que jogou sobre os ombros de Joseph. Ogun Ferraille havia sido reconhecido. Alguém veio para o centro com um facão e colocou-o nas mãos enrugadas de Joseph como se ele fosse uma estátua inacabada.

A estátua começou a se mexer. Lentamente ergueu um braço, depois descreveu com o facão um amplo arco, e todos ficaram com medo de que voasse pelo terreiro. Joseph começou a correr com o facão reluzente agitando-o no ar; as pessoas da fileira da frente recuaram, por um momento estabeleceu-se o pânico. Joseph não era mais Joseph. O suor escorria por seu rosto, seus olhos pareciam os de um cego ou de um bêbado enquanto ele corria e agitava a faca. Onde estava seu aleijão? Ele corria sem tropeçar. A certa altura parou e agarrou uma garrafa largada no chão de terra batida quando as pessoas fugiram. Bebeu um demorado gole e depois voltou a correr.

Vi Philipot isolado em seu banco: todos os que estavam à sua volta haviam pulado para trás. Ele se inclinava para a frente a fim de observar Joseph, e este atravessou o terreiro em sua direção, agitando o facão. Segurou com a mão o cabelo de Philipot, e achei que fosse golpeá-lo com o facão. Então empurrou a cabeça de Philipot para trás e entornou a bebida em sua boca. Da boca de Philipot, o líquido jorrava como de uma bomba de descarga. A garrafa caiu entre os dois, Joseph deu duas voltas e depois caiu no chão. Os atabaques começaram a tocar, as moças a cantar. Ogun Ferraille viera e se fora.

Philipot foi um dos três homens que ajudaram a carregar Joseph para o quarto atrás do terreiro, mas eu já estava cansado. Saí na noite quente e dei uma longa golfada de ar, que cheirava a fogueira e a chuva. Disse a mim mesmo que não havia deixado os jesuítas para me tornar vítima de um deus africano. As bandeiras sagradas se mexiam nas vigas, prosseguiam as intermináveis ladainhas, e voltei para o carro, onde fiquei sentado esperando Joseph para voltar.

Se ele conseguia se movimentar com tanta agilidade na cabana, encontraria o caminho sem minha ajuda. Pouco depois, chegou a chuva. Fechei as janelas e fiquei sentado num calor sufocante enquanto a chuva caía como uma mangueira sobre o terreiro. O ruído da chuva silenciou os atabaques, e eu me senti sozinho como um homem num hotel estranho depois do funeral de um amigo. Tinha um frasco de uísque no carro para uma emergência, tomei um gole e dali a pouco vi os acompanhantes do enterro passarem, sombras cinzentas na chuva negra.

Ninguém parou perto do carro: eles se separavam formando duas fileiras, uma de cada lado. A certa altura, julguei ouvir o barulho de um automóvel — Philipot devia ter ido com seu carro, mas a chuva o escondia. Nunca devia ter vindo a este funeral, nunca devia ter vindo para este país, eu era um estrangeiro. Minha mãe teve um amante negro, ela se envolveu, mas em algum lugar, anos antes, eu havia esquecido como me envolver com alguma coisa. De alguma maneira, em algum lugar, eu havia perdido totalmente a capacidade de me envolver. Em certo momento, olhei para fora e vi Philipot acenando para mim através do vidro. Era uma ilusão.

Como Joseph não aparecia, liguei o motor e fui para casa sozinho. Eram quase quatro da manhã no relógio e tarde demais para dormir, assim estava totalmente acordado quando o carro dos *tontons macoutes* se aproximou da varanda e eles gritaram para que eu descesse.

II

O CAPITÃO CONCASSEUR CHEFIAVA O GRUPO e ficou me apontando a arma na varanda, enquanto seus homens procuravam na cozinha e nos alojamentos dos empregados. Ouvia pancadas de armários e portas e o tinir de vidros quebrados.

"O que estão procurando?", perguntei.

Ele estava deitado numa *chaise longue* de vime, com o revólver no colo apontado para mim e para a cadeira que eu ocupava. O sol ainda não nascera; mesmo assim ele usava óculos escuros. Fiquei pensando se conseguia enxergar com clareza suficiente para atirar, mas preferi não correr riscos. Ele não respondeu à minha pergunta. Por que deveria? O céu tomou uma cor avermelhada sobre seu ombro, e as palmeiras tornaram-se negras e distintas. Eu estava numa das cadeiras da sala de jantar, e os mosquitos mordiam meu tornozelo.

"Ou estão procurando alguém? Não temos refugiados aqui. Seus homens estão fazendo barulho suficiente para acordar defuntos. E eu tenho hóspedes", acrescentei com razoável orgulho.

O capitão Concasseur mudou a posição do revólver enquanto mudava a posição das pernas — talvez sofresse de reumatismo. O revólver que havia estado apontando para meu estômago agora mirava meu peito. Bocejou, sua cabeça caiu para trás, e pensei que tivesse adormecido. Fiz um leve movimento para levantar, e ele falou imediatamente: "*Asseyez-vous*".

"Estou cansado. Quero esticar as pernas." O revólver desviou para minha cabeça. "Em que o senhor e Jones estão metidos?" Era uma pergunta retórica, e fiquei surpreso quando ele respondeu.

"O que sabe a respeito do coronel Jones?"

"Muito pouco", eu disse. Notei que Jones havia sido promovido.

Então da cozinha veio novo ruído de um baque, e pensei que deviam estar desmantelando o fogão. O capitão Concasseur disse: "Philipot esteve aqui". Fiquei quieto, sem saber se ele se referia ao tio morto ou ao sobrinho vivo. "Antes de vir para cá, ele foi à casa do coronel Jones. O que ele queria com o coronel Jones?"

"Não sei de nada. Não perguntou a Jones? Ele é seu amigo."

"Nós usamos os brancos quando precisamos. Não confiamos neles. Onde está Joseph?"

"Também não sei."

"Por que não está aqui?"
"Não sei."
"O senhor saiu de carro com ele ontem à noite."
"Sim."
"O senhor voltou sozinho."
"Certo."
"O senhor teve um encontro com os rebeldes."
"Está falando coisas absurdas. Absurdas."
"Poderia matá-lo facilmente. Seria um prazer para mim. O senhor teria resistido à prisão."
"Não duvido disso. Deve ter bastante prática."

Estava apavorado, mas tinha mais pavor de mostrar meu medo — isso desencadearia sua sanha. Como um cão selvagem, seria mais seguro enquanto latisse.

"Por que me prenderia?", perguntei. "A embaixada gostaria de saber disso."

"Às quatro da manhã, hoje, um posto policial foi atacado. Um homem foi morto."

"Um policial?"
"Sim."
"Ótimo."

"Não finja que é corajoso", ele afirmou. "O senhor está apavorado. Olhe para sua mão." (Eu a limpara uma ou duas vezes na calça do pijama para enxugar a umidade.)

Tentei rir.

"A noite está quente. Minha consciência está tranquila. Estava na cama às quatro da manhã. O que aconteceu com os outros policiais? Suponho que tenham fugido."

"Sim. Cuidaremos deles no devido tempo. Eles abandonaram as armas. Foi um grave erro."

Os *tontons macoutes* foram saindo da cozinha. Era estranho estar cercado de homens usando óculos de sol na semi-escuridão da madrugada. O capitão Concasseur fez um sinal a um deles, e este me deu um soco na boca cortando meu lábio."

"Resistindo à prisão", disse o capitão Concasseur. "Tem de haver luta. Depois, se formos gentis, mostraremos seu corpo ao encarregado de negócios. Como é o nome dele? Esqueço com facilidade os nomes."

Sentia meus nervos fraquejando. A coragem, mesmo nos bravos, adormece antes do café da manhã, e eu não era um bravo. Percebi que precisava fazer um esforço para me manter ereto na cadeira, porque sentia um horrível desejo de me atirar aos pés do capitão Concasseur. Sabia que o gesto seria fatal. Ninguém pensava duas vezes para atirar em escória.

"Vou lhe dizer o que aconteceu", falou o capitão. "O policial de serviço foi estrangulado. Provavelmente estava dormindo. Um homem manco apanhou sua arma, um *métis* pegou seu revólver, eles abriram com um pontapé a porta de onde os outros dormiam..."

"E os deixaram sair?"

"Eles teriam atirado em meus homens. Às vezes eles poupam a polícia."

"Deve haver muitos homens mancos em Porto Príncipe."

"Então onde está Joseph? Deveria estar dormindo aqui. Alguém reconheceu Philipot, e ele não está na casa dele. Quando o senhor o viu pela última vez? Onde?"

Fez sinal ao mesmo homem. Dessa vez o homem me deu um forte pontapé na canela, enquanto outro tirava rapidamente a cadeira debaixo de mim, assim me encontrei onde não queria estar, aos pés de Concasseur. Seus sapatos eram de um horrível marrom avermelhado. Sabia que tinha de ficar de pé de novo ou acabariam comigo, mas minha perna doía, e eu não tinha certeza se conseguiria ficar de pé. Encontrava-me numa posição absurda, sentado no chão, como numa festa informal. Todos esperavam que eu fizesse alguma coisa. Talvez quando eu ficasse de pé voltassem a me derrubar com um chute. Podia ser seu conceito de brincadeira social.

Lembrei-me do quadril quebrado de Joseph. Era mais seguro ficar onde estava. Mas levantei. Senti na perna direita uma fisgada de dor. Encostei-me para trás a fim de me apoiar na balaustrada da varanda. O capitão mudou a posição de sua arma para me manter na mira, mas sem nenhuma pressa. Tinha uma atitude muito confortável na *chaise longue*. Realmente parecia o dono do lugar. Talvez fosse esta sua intenção.

"O que estava dizendo?", consegui articular. "Ah, sim... Fui na noite passada com Joseph a uma cerimônia vodu. Philipot estava lá. Mas não nos falamos. Eu saí antes que terminasse."

"Por quê?"

"Estava enojado."

"O senhor ficou enojado com a religião do povo haitiano?"

"Cada um com seu gosto."

Os homens de óculos escuros se aproximaram um pouco. Os óculos estavam virados para Concasseur. Se eu pudesse ver ao menos um par de olhos e sua expressão... Estava atemorizado pela anonimidade.

"O senhor está tão apavorado comigo que mijou em seu *pantalon*."

Percebi que ele falava a verdade. Sentia a umidade e o calor. Estava pingando de maneira humilhante sobre as tábuas. Ele havia conseguido o que queria, e teria sido melhor se eu tivesse ficado no chão a seus pés.

"Bata nele de novo", ordenou ao homem.

"*Dégoûtant*", disse uma voz. "*Tout à fait dégoûtant.*"*

Fiquei tão espantado quanto eles. A pronúncia americana com que as palavras foram ditas teve para mim o brilho e o vigor do *Battle hymn of the Republic*, de Julia Ward Howe. As vinhas da ira acabavam de ser pisoteadas, e vi o lampejo da espada terrível e veloz. Elas detiveram meu adversário com o punho levantado para bater.

---

* Em francês, no original: "Nojento. Absolutamente nojento". (N. E.)

A sra. Smith havia aparecido na extremidade oposta da varanda, atrás do capitão Concasseur, e ele teve de abandonar sua atitude de preguiçosa indiferença a fim de ver quem havia falado, de modo que a arma não mais me ameaçava e eu saí do alcance do soco. A sra. Smith vestia uma espécie de antiga camisola colonial, e seu cabelo estava preso em rolos de metal que lhe emprestavam um ar curiosamente cubista. Lá estava, firme, na luz da madrugada, enxotando-os com ríspidos fragmentos de frases arrancadas do manual de francês autodidata de Hugo. Ela falou do *bruit horrible* que despertara ela e o marido do sono; acusou-os de *lâcheté* por baterem num homem desarmado; exigiu a ordem de prisão para justificar a presença deles ali — a ordem de prisão e de novo a ordem de prisão; mas aí o vocabulário do Hugo falhou: *"Montrez-moi votre* ordem de prisão". *"Votre* ordem de prisão *où est-il?"* A palavra misteriosa os ameaçava mais do que as que podiam compreender.

O capitão Concasseur começou a balbuciar *"madame"*, e ela deslocou sobre ele o foco de seus ferozes olhos míopes. "O senhor", disse. "Ah, sim, já vi o senhor antes. O senhor é aquele que bate em mulheres." O Hugo não tinha palavras para aquilo, somente o inglês poderia expressar sua indignação agora. Ela avançou sobre ele, esquecendo todo o vocabulário aprendido a duras penas. "Como ousa vir aqui brandindo um revólver? Dê para mim", e estendeu a mão esperando, como se ele fosse uma criança com um estilingue.

Talvez o capitão não tenha entendido seu inglês, mas entendeu muito bem o gesto. E, como escondendo um objeto precioso de uma mãe zangada, enfiou o revólver de volta no coldre.

"Levante dessa cadeira, ralé negra. Fique de pé para falar comigo." E acrescentou, em defesa de todo o seu passado, como se esse eco do racismo de Nashville lhe tivesse queimado a língua: "Você é a desgraça de sua cor".

"Quem é essa mulher?", perguntou-me com voz fraca Concasseur.

"A esposa do candidato presidencial. O senhor já a viu antes." Acho que pela primeira vez ele se lembrou da cena no enterro de Philipot. Havia perdido todo o domínio da situação: seus homens olhavam para ele através dos óculos escuros esperando ordens que não vinham.

A sra. Smith recuperara seu domínio do vocabulário do Hugo. Como deve ter estudado toda aquela longa manhã em que seu marido e eu havíamos ido para Duvalierville. Ela disse em seu sotaque atroz: "Os senhores procuraram, revistaram, não encontraram nada. Podem ir".

Salvo pela ausência de alguns substantivos, as frases poderiam ser perfeitamente adequadas à segunda lição. O capitão Concasseur hesitou. Demasiado ambiciosa, ela tentou o subjuntivo e o futuro, e errou, mas ele entendeu muito bem o que ela queria dizer. "Se os senhores não saírem, vou buscar meu marido." Ele capitulou. Levou seus homens e logo estavam descendo a alameda de maneira muito mais ruidosa do que na chegada, rindo tolamente na tentativa de aliviar o orgulho ferido.

"Quem era aquele?", ela quis saber.

"Um dos novos amigos de Jones", respondi.

"Falarei com o sr. Jones a respeito disso na primeira oportunidade. Não se pode mexer com piche sem... Sua boca está sangrando. É melhor o senhor subir para eu lavá-la com Listerine. Nunca viajamos para parte alguma sem um vidro de Listerine."

III

"Dói?", perguntou Martha.

"Não muito, agora."

Não sabia dizer quanto tempo havia que não conseguíamos ficar tão sozinhos e em paz. As longas horas da tarde se escoavam atrás do mosquiteiro da janela do quarto. Relembro aquela tarde como se nos tivesse sido concedida a visão distante de uma terra prometida. Havíamos chegado à margem de um deserto: leite e mel nos esperavam; nossos espiões passavam transportando sua carga de uvas. A que deuses falsos recorremos então? Que mais poderíamos fazer senão o que fizemos?

Nunca Martha viera antes para o Trianon por sua própria vontade, sem ser pressionada. Nunca antes havíamos dormido em minha cama. Durou só meia hora, mas o sono foi o mais profundo que eu desfrutei depois daquele momento. Acordei afastando dela minha boca com a gengiva machucada, e então disse: "Recebi uma carta de desculpas de Jones. Ele disse a Concasseur que considerava um insulto pessoal o fato de um amigo seu ser tratado daquela maneira. Ameaçou cortar relações".

"Que relações?"

"Sabe Deus. Pediu-me para tomar um drinque com ele esta noite. Às dez. Não irei."

Mal podíamos nos enxergar agora, no crepúsculo. Toda vez que ela falava, eu achava que seria para dizer que não podia ficar mais. Luis voltara para a América do Sul a fim de apresentar seu relatório ao Ministério do Exterior, mas sempre havia Angel. Sabia que ela convidara alguns amigos do menino para o chá, mas o chá não demora muito tempo. Os Smith haviam saído para outro encontro com o secretário do Bem-Estar Social. Desta vez, ele lhes pedira que fossem sozinhos, e a sra. Smith levara consigo o manual de francês, caso fosse preciso um intérprete.

Julguei ouvir uma porta bater e disse a Martha: "Acho que os Smith voltaram."

"Não me preocupo com os Smith." Colocou a mão sobre meu peito. "Ah, estou cansada."

"Um cansaço bom ou um cansaço ruim?"

"Um cansaço ruim."

"O que há de errado?" Foi uma pergunta boba em nossas circunstâncias, mas eu queria ouvir dela as palavras que tantas vezes eu pronunciara.

"Estou cansada de nunca poder ficar sozinha. Estou cansada das pessoas. Estou cansada de Angel."

"De Angel?", espantei-me.

"Hoje dei a ele uma caixa inteira de quebra-cabeças novos. Bastante para mantê-lo ocupado por uma semana. Gostaria de passar esta semana com você."

"Uma semana?"

"Eu sei. Não é muito, não é? Essa não é mais uma aventura."

"Deixou de ser uma aventura quando eu estava em Nova York."

"Sim."

De algum lugar muito distante na cidade veio o ruído de tiros.

"Estão matando alguém", disse eu.

"Você não ouviu?", ela perguntou.

Mais dois tiros.

"Quero dizer, a respeito das execuções?"

"Não. Petit Pierre não aparece há dias. Joseph desapareceu. Estou sem nenhuma informação."

"Como represália por um ataque à delegacia de polícia eles tiraram dois homens da prisão para matá-los no cemitério."

"No escuro?"

"É mais impressionante. Eles instalaram luzes de arco com uma câmera de televisão. Todos os alunos das escolas têm de estar presentes. Ordens de Papa Doc."

"Então é melhor você esperar o público se dispersar."

"Sim. É o que tudo isso representa para nós. Não nos diz respeito."

"Não. Não seríamos rebeldes muito bons, eu e você."

"Não consigo imaginar Joseph tampouco. Com aquele quadril machucado."

"Ou Philipot sem sua Bren. Fico pensando se colocou seu Baudelaire no bolso do paletó para se proteger contra as balas."

"Não seja tão severo comigo então", disse ela, "porque sou alemã, e os alemães não fizeram nada." Ela mexia com a mão enquanto falava, e meu desejo voltou, então não me preocupei em perguntar-lhe o que queria dizer com aquilo. Não enquanto Luis estava longe, na América do Sul, e Angel se ocupava com seus quebra-cabeças e os Smith estavam longe da vista e do ouvido. Podia imaginar o gosto do leite de seus seios e o gosto do mel entre suas coxas, e fantasiei por um momento estar penetrando na terra prometida, mas o espasmo de esperança logo acabou e ela falou como se seus pensamentos nem por um instante tivessem mudado de rumo.

"Os franceses não têm uma expressão para ir às ruas?", indagou.

"Minha mãe deve ter ido às ruas, suponho, a não ser que tenha ganho do amante sua medalha da Resistência."

"Meu pai também foi às ruas em 1930, mas ele se tornou um criminoso de guerra. A ação é algo perigoso, não?"

"Sim, nós aprendemos com o exemplo deles."

Já era tempo de nos vestirmos e descer. Cada degrau para baixo era um degrau mais perto de Porto Príncipe. A porta da suíte dos hóspedes estava aberta, e a sra. Smith olhou para cima enquanto passávamos. O marido encontrava-se sentado, segurando o chapéu, e ela havia colocado a mão sobre sua nuca. Afinal, eles também eram amantes.

"Bem", disse eu enquanto caminhávamos para o carro, "eles nos viram. Com medo?"

"Não. Aliviada", disse Martha.

Voltei para o hotel, e a sra. Smith me chamou do primeiro andar. Fiquei pensando se, como um dos antigos habitantes de Salem, eu não seria denunciado por adultério. Martha teria de usar tinta vermelha? Não tenho ideia do motivo, mas pensava que eles fossem puritanos por serem vegetarianos. No entanto, não era a paixão do amor que a acidez causava, e ambos eram inimigos do ódio. Relutando, subi a escada e os encontrei na mesma atitude anterior. A sra. Smith disse com uma estranha nota de provocação, como se tivesse lido meus pensamentos e ficado magoada: "Gostaria de ter desejado boa-noite à sra. Pineda".

Minha resposta foi a mais desastrosa possível: "Ela precisava ir correndo para casa ver o filho", e a sra. Smith nem pestanejou.

"É uma mulher que eu teria gostado de conhecer melhor."

Por que supus que era apenas pelas raças de cor que ela sentia caridade? Foi meu sentimento de culpa que me fez decifrar a desaprovação em seu rosto, na noite anterior? Ou era o tipo de mulher que, quando simpatizava com um homem, perdoava-lhe qualquer coisa? Eu fora absolvido talvez pelo Listerine. Ela tirou a mão da nuca do marido e a colocou sobre seus cabelos.

"Não é tarde demais", disse eu. "Ela voltará outro dia."

"Voltamos para casa amanhã", avisou. "O sr. Smith não tem mais esperanças."

"No centro vegetariano?"

"Em tudo aqui."

Ele olhou para cima e havia lágrimas em seus olhos velhos e pálidos. Que absurda fantasia havia sido para ele posar de político.

"Ouviu os tiros?", perguntou.

"Sim."

"Passamos pelas crianças que saíam da escola. Jamais poderia supor... quando participamos do movimento de integração racial. Eu e a sra. Smith..."

"Não podemos condenar a cor, querido", afirmou ela.

"Eu sei. Eu sei."

"O que aconteceu com o ministro?"

"O encontro foi rápido. Ele queria presenciar a cerimônia."

"Cerimônia?"

"No cemitério."

"Ele sabe que vão partir?"

"Ah, sim, eu tinha tomado minha decisão antes... daquela cerimônia. O ministro pensou no caso e chegou à conclusão de que afinal de contas eu não era um otário. A alternativa era eu ser tão desonesto quanto ele. Eu tinha vindo aqui para conseguir dinheiro, não para gastá-lo, então ele me mostrou um método: teria de dividir por três, e não por dois, com alguém que ocupasse um cargo no Departamento de Obras Públicas. Pelo que entendi, eu teria de pagar alguns materiais, mas não muitos, e em realidade eles seriam comprados com nossa parcela dos lucros."

"E de que jeito eles obteriam lucros?"

"O governo garantiria os salários. Nós contrataríamos a mão de obra por um salário muito mais baixo, e no fim de um mês os trabalhadores seriam demitidos. Então manteríamos o projeto parado por dois meses e depois contrataríamos mais uma leva de trabalhadores. Naturalmente, os salários garantidos durante os meses parados iriam para nosso bolso. Além disso, pagaríamos os materiais, e a comissão sobre estes faria feliz o chefe do Departamento de Obras Públicas, acho que era esse. Estava muito orgulhoso de seu esquema. Ele salientou que no final poderia haver até um centro vegetariano."

"O esquema me parece totalmente furado."

"Eu não deixei que ele entrasse em detalhes. Acho que ele taparia todos os furos à medida que aparecessem, taparia com os lucros."

A sra. Smith interveio com triste ternura: "O sr. Smith veio para cá com tantas esperanças".

"Você também, querida."

"Vivendo e aprendendo", comentou ela. "Não é o fim do mundo."

"Aprender é mais fácil para os jovens. Desculpe, sr. Brown, se pareço um tanto desanimado, não queremos que o senhor leve a mal o fato de irmos embora do hotel. O senhor nos recebeu muito bem. Fomos muito felizes aqui debaixo de seu teto."

"Fiquei feliz em hospedá-los. Vão pegar o *Medea*? O navio volta amanhã."

"Não. Não esperaremos o navio. Deixamos com o senhor o endereço de nossa casa. Vamos apanhar o avião para São Domingos amanhã e ficaremos lá alguns dias pelo menos. A sra. Smith quer visitar o túmulo de Colombo. Estou esperando alguns livros sobre vegetarianismo que deverão chegar para mim aqui pelo próximo navio. Se puder fazer a gentileza de colocá-los de novo no correio..."

"Sinto muito pelo centro. Sabe, sr. Smith, nunca daria certo."

"Agora reconheço. Talvez nós pareçamos um pouco cômicos, sr. Brown."

"Não cômicos", contestei com sinceridade, "heroicos."

"Oh, nada disso. Agora, boa noite, sr. Brown, queira desculpar. Sinto-me um tanto exausto esta noite."

"Estava muito quente e úmido na cidade", explicou a sra. Smith, e acariciou novamente o cabelo dele, como se tocasse um tecido precioso.

CAPÍTULO 3

I

NO DIA SEGUINTE, LEVEI OS SMITH AO AEROPORTO. Não havia sinal de Petit Pierre, e, no entanto, a partida do candidato presidencial mereceria com certeza um parágrafo de sua coluna, muito embora ele tivesse de omitir a macabra cena final fora do correio. O sr. Smith pediu-me que parasse o carro no centro da praça, e eu pensei que quisesse tirar uma fotografia. Em vez disso, ele saiu carregando a bolsa da mulher, e os pedintes se aproximaram de todas as direções — houve um tagarelar em voz baixa, frases semi-articuladas, e vi um policial descer correndo os degraus do correio. O sr. Smith abriu a bolsa e começou a espalhar notas, gurdes e dólares indiscriminadamente. "Pelo amor de Deus", murmurei. Um ou dois pedintes gritavam de maneira enervante, vi Hamit aparecer espantado à porta de sua loja. A luz avermelhada do crepúsculo tornava as poças e a lama da cor da laterita. O dinheiro foi distribuído, e a polícia começou a fechar o cerco em volta de sua presa. Pessoas com ambas as pernas derrubavam a pontapés as de uma perna só, homens com dois braços agarravam os manetas pelo tronco e os atiravam ao chão. Enquanto lutava para levar o sr. Smith de volta, vi Jones. Estava num carro atrás do meu com o motorista *tonton* e parecia perplexo, preocupado, pelo menos uma vez na vida. O sr. Smith disse:

"Bom, minha querida, acho que eles não gastariam aquilo de modo pior do que eu teria feito."

Levei os Smith até o avião, jantei sozinho e depois fui de carro até Villa Créole. Estava curioso para ver Jones.

O motorista, escarrapachado no fim da escada, olhou-me com ar de suspeita, mas me deixou passar. Uma voz no andar de cima gritou zangada *"La volonté du diable"*, um negro passou por mim, e seu anel de ouro brilhou subitamente debaixo da luz.

Jones me cumprimentou como se eu fosse um antigo colega de escola que não via fazia anos, e com um ar paternal, porque nossas posições relativas haviam mudado desde aquele tempo.

"Entre, meu velho. Estou feliz em vê-lo. Esperava-o na noite passada. Desculpe a confusão. Pegue aquela cadeira, vai ficar bastante confortável." A cadeira estava realmente morna: ainda guardava o calor do último ocupante irado. Três baralhos achavam-se espalhados sobre a mesa; o ar estava azul de fumaça de cigarro, e um cinzeiro havia caído espalhando tocos pelo chão.

"Quem é seu amigo?", perguntei.

"Alguém do Departamento do Tesouro. Um mau perdedor."

"Gin rummy?"

"Ele não devia ter levantado as apostas no meio do jogo, quando estava ganhando. Mas a gente não briga com alguém do Tesouro, não é? Em todo caso, no fim o ás de espadas apareceu, e fiz um *flash*. Ganhei dois mil. Mas ele me pagou em gurdes, não em dólares. Que veneno vai tomar?"

"Tem uísque?"

"Tenho quase tudo, meu velho. Não gostaria de um martíni seco?"

Teria preferido um uísque, mas ele parecia ansioso por exibir os tesouros de seu bar, assim...

"Se for bem seco", eu disse.

"Dez a um, meu velho."

Abriu o armário e tirou uma maleta de couro: meia garrafa de gim, meia garrafa de vermute, quatro copos grandes de metal, uma coqueteleira. Era um jogo caro, elegante, e ele o colocou com reverência sobre a mesa desarrumada como um leiloeiro mostrando uma antiguidade valiosa. Não pude deixar de fazer um comentário a respeito: "É da Asprey?"

"Tão boa como se fosse", respondeu rapidamente, e começou a misturar os coquetéis.

"Deve ser um pouco estranho lidar com isso aqui", disse eu, "tão distante de Londres."

"Está acostumada a lugares muito mais estranhos", ele explicou. "Estava comigo na Birmânia durante a guerra."

"Conseguiu sobreviver notavelmente intacta."

"Mandei arrumá-la."

Deu-me as costas para procurar um limão, e eu olhei cuidadosamente a maleta. A marca Asprey era visível no interior da tampa. Ele voltou com o limão e viu que eu estava olhando.

"Rendo-me, meu velho. É da Asprey. Não queria parecer pretensioso, só isso. Aliás, esta maleta tem uma história."

"Conte."

"Experimente a bebida antes e veja se está a seu gosto."

"Está ótima."

"Ganhei-a numa aposta com outros sujeitos da unidade. O comandante tinha uma como esta, e eu não podia deixar de invejá-lo. Sonhava com uma maleta assim na patrulha, a coqueteleira tinindo com gelo. Havia comigo dois camaradas de Londres, nunca tinham ido além de Bond Street. Bem de vida, os dois. Eles me amolavam com a maleta de coquetel do comandante. Uma vez, nossa água quase acabou, e eles me desafiaram a encontrar um riacho antes do escurecer. Se eu conseguisse, ganharia uma daquelas na próxima vez que alguém fosse para casa. Não sei se lhe contei que sei farejar água...

"Foi dessa vez que perdeu todo seu pelotão?", perguntei. Ele olhou para mim por sobre os óculos, e tenho certeza de que leu meus pensamentos.

"Isso foi em outra ocasião" disse, e mudou abruptamente de assunto. "Como está o casal Smith?"

"Viu o que aconteceu no correio?"

"Sim."

"Foi a última parcela da ajuda americana. Eles viajaram essa noite de avião. Mandaram-lhe um abraço."

"Gostaria de ter estado mais com eles", disse Jones. "Há alguma coisa nele..." E acrescentou, surpreendentemente: "Ele me lembrava meu pai. Não fisicamente, quero dizer, mas... bem, uma espécie de bondade.".

"Sim, entendo o que quer dizer. Eu não me lembro de meu pai."

"Para falar a verdade, minha memória também é um pouco vaga."

"Digamos, o pai que nós gostaríamos de ter tido."

"É isso, meu velho, exatamente. Não deixe seu martíni amornar. Eu sempre achei que o sr. Smith e eu tínhamos alguma coisa em comum. Farinha do mesmo saco."

Ouvi espantado. O que poderia um santo ter em comum com um trapaceiro? Jones fechou delicadamente a maleta de coquetel e depois, apanhando um pano de cima da mesa, começou a passá-lo sobre o couro, com a mesma ternura com a qual a sra. Smith alisara o cabelo do marido, e eu pensei: "Inocência, talvez".

"Sinto muito", disse Jones, "por aquele negócio com Concasseur. Disse-lhe que se tocasse novamente num amigo meu, acabaria com todos eles."

"Cuidado com o que diz. Eles são perigosos."

"Não tenho medo deles. Precisam muito de mim, meu velho. Sabe que o jovem Philipot me procurou?"

"Sim."

"Imagine só o que eu poderia ter feito por ele. Eles sabem disso."

"Tem uma Bren para vender?"
"Tenho eu mesmo, meu velho. Melhor que uma Bren. Tudo aquilo que os rebeldes precisam é de um homem que saiba das coisas. Imagine só: um dia, você pode ver Porto Príncipe da fronteira dominicana."
"Os dominicanos jamais se porão em marcha."
"Não precisamos deles. Dê-me cinquenta haitianos com um mês de treinamento, e Papa Doc estará num avião rumo a Kingston. Não é à toa que estive na Birmânia. Pensei muito sobre isso. Estudei o mapa. Aquelas incursões perto de Cap-Haïtien foram uma loucura, do modo como fizeram. Eu sei exatamente onde simularia um ataque e onde atacaria."
"Por que não foi com Philipot?"
"Fiquei tentado. Ah, fiquei tentado mesmo, mas aqui tenho um negócio que só acontece uma vez na vida de um homem. Significará uma fortuna se eu me sair bem."
"Para onde?"
"Como, para onde?"
"Sair para onde?"
Ele riu alegremente. "Para qualquer parte do mundo, meu velho. Uma vez, quase consegui em Stanleyville, mas estava lidando com um bando de selvagens, e eles desconfiaram.".
"E aqui não desconfiam?"
"São educados. Sempre é possível enganar as pessoas educadas."
Enquanto ele preparava mais dois martínis, fiquei pensando que tipo de trapaça seria. Uma coisa pelo menos era certa: ele estava vivendo bem melhor do que na cela da prisão. Tinha até engordado um pouco. Perguntei-lhe diretamente: "Em que está metido, Jones?".
"Estou lançando as bases de uma fortuna, meu velho. Por que não entra comigo? Não é um projeto a longo prazo. A qualquer momento vou conseguir, mas preciso de um sócio. Era sobre isso que eu queria falar, mas você nunca aparecia. Há duzentos e cinquenta mil dólares envolvidos nisso. Talvez mais, se tivermos sangue-frio suficiente."

"E o que faria o sócio?"

"Para concluir o negócio, eu teria de fazer uma viagem, e quero um homem no qual possa confiar para tomar conta das coisas aqui, enquanto estiver fora."

"Não confia em Concasseur?"

"Não confio em nenhum deles. Não é o problema da cor, mas pense nisso, meu velho, duzentos e cinquenta mil dólares de lucro limpo. Não posso arriscar. Preciso deduzir um pouco para os gastos. Dez mil provavelmente cobririam isso, e então dividiríamos o restante. O hotel não está indo bem, não é? Pense no que poderia fazer com sua parte. Há algumas ilhas no Caribe que só estão esperando alguns melhoramentos: uma praia, um hotel, uma pista de pouso. Você ficaria milionário, meu velho."

Seguramente foi minha educação jesuítica que me lembrou do momento em que, de um alto monte sobre o deserto, o demônio mostrou todos os reinos do mundo. Fiquei imaginando se o demônio os possuiria de verdade para oferecê-los ou se não seria tudo um gigantesco blefe. Olhei em volta na sala da Villa Créole, procurando sinais de tronos e poderes. Havia uma vitrola que Jones devia ter comprado na loja de Hamit — não a carregaria desde os Estados Unidos a bordo do *Medea*, porque era um aparelho barato. A seu lado, estava, como não poderia deixar de ser, um disco de Edith Piaf, *Je ne regrette rien*, e alguns objetos pessoais, sem nenhum sinal de que ele houvesse conseguido sacar adiantado sobre a mercadoria que tinha de entregar — que mercadoria?

"Então, meu velho?"

"Ainda não me deu uma ideia clara do que quer que eu faça."

"Não posso adiantar muito, não é?, enquanto não sei se você está comigo..."

"Como posso dizer que estou com você se não sei nada?"

Olhou-me por cima das cartas espalhadas; o ás de espadas da sorte estava virado para cima.

"Trata-se de uma questão de confiança, não é?"

"Certamente."

"Se pelo menos tivéssemos estado na mesma unidade durante a guerra, meu velho. Naquelas condições a gente aprende a confiar..."

"Em que divisão estava?", e ele respondeu sem a menor hesitação que era a 4ª Unidade. Até elaborou um pouco, 77ª Brigada. Ele tinha as respostas certas. Eu as verifiquei naquela noite no Trianon, numa história sobre a campanha da Birmânia deixada por algum cliente, mas mesmo assim ocorreu à minha mente desconfiada que era possível que ele possuísse o mesmo livro e tivesse tirado seus dados dali. Mas eu estava sendo injusto com ele. Ele havia estado realmente em Imphal.

"Que esperanças tem para seu hotel?"

"Muito poucas."

"Não conseguiria encontrar um comprador se tentasse. A qualquer momento pode ser despejado. Eles alegarão que não está usando adequadamente sua propriedade e poderão tomá-la."

"Pode acontecer."

"O que é, meu velho? Problemas com mulher?" Acho que meus olhos me traíram. "Você é velho demais para exigir fidelidade, meu caro. Pense no que poderia fazer com cento e cinquenta mil dólares." (Notei que a recompensa havia aumentado.) "Pode ir muito além do Caribe. Conhece Bora Bora? Não há nada por lá, apenas um campo de pouso e um albergue, mas com um pequeno capital... E as mulheres, nunca viu garotas iguais! Mestiças nascidas de pais americanos há vinte anos. *Mère* Catherine não tem coisa melhor para oferecer..."

"O que você fará com o dinheiro?"

Jamais imaginara que os inexpressivos olhos amarronzados de Jones, como moedas de cobre, tivessem a capacidade de sonhar, no entanto agora se umedeceram com uma espécie de emoção.

"Meu velho, tenho um certo lugar em mente não muito distante daqui: um recife de corais e areia branca, autêntica areia branca com

a qual você pode construir castelos, e atrás disso encostas verdes e macias como gramado de verdade e acidentes naturais feitos por Deus. Um lugar perfeito para um campo de golfe. Construiria um clube, bangalôs com chuveiros, seria mais exclusivo do que qualquer outro clube de golfe do Caribe. Sabe como gostaria de chamá-lo? Sahib House."
"Você não sugere que eu seja seu sócio lá."
"Um sonho não admite sócios, meu velho. Os conflitos acabariam surgindo. Planejei o lugar como eu quero até o último detalhe." (Fiquei pensando se eram aqueles projetos que Philipot havia visto.) "Foi uma caminhada horrivelmente longa para chegar lá, mas agora está perto, posso até ver o lugar exato onde colocarei o buraco número 18."
"Gosta de golfe?"
"Eu não jogo. Nunca tive tempo. É a ideia que me atrai. Vou ter uma *hostess* de primeira categoria. Uma mulher bonita com um bom preparo. No começo pensei em ter *playgirls*, mas quanto mais fico pensando nisso mais acho que não seriam adequadas num clube de golfe com classe."
"Planejou tudo isso em Stanleyville?"
"Venho planejando há vinte anos, meu velho, e agora o momento está próximo. Toma outro coquetel?"
"Não. Preciso ir."
"Vou ter um bar comprido, de coral, chamado Desert Island Bar. Com um *barman* treinado no Ritz. Vou ter cadeiras de madeira rústica, é claro que nós as tornaremos mais confortáveis com almofadas. Periquitos nas cortinas, e um grande telescópio de metal na janela, focalizando o buraco número 18."
"Voltaremos a falar nisso."
"Nunca havia falado sobre isso com alguém, alguém que pudesse entender o que tenho em mente. Costumava comentar com meu *boy* em Stanleyville, quando estava elaborando os detalhes, mas o pobre sujeito não tinha a menor ideia."
"Obrigado pelos martínis."

"Fico contente que você tenha apreciado a maleta." Quando me virei, ele havia tirado o pano e a estava lustrando de novo. Jones me chamou: "Vamos ter outra conversa logo. Se pelo menos você concordasse em princípio..."

II

Não tinha vontade de voltar para o Trianon, que agora estava sem nenhum hóspede, e não havia recebido uma palavra de Martha o dia todo. Assim fui arrastado de novo para o cassino, o equivalente mais próximo de um lar, mas era um lugar que havia mudado muito desde a noite em que conhecera Martha. Não havia turistas, e poucos residentes de Porto Príncipe se aventuravam a sair depois do escurecer. Somente uma mesa de roleta funcionava com um único jogador — um engenheiro italiano que eu conhecia superficialmente, chamado Luigi; ele trabalhava para a inconstante usina elétrica. Nenhuma empresa privada poderia manter o cassino aberto nessas condições, e o governo assumira seu controle; agora, todas as noites, eles tinham prejuízo, mas era um prejuízo em moeda local, e o governo sempre podia imprimir mais.

O crupiê estava sentado com a expressão carregada; talvez estivesse tentando imaginar de onde sairia seu salário. Mesmo com dois zeros, as chances a favor da banca eram muito escassas. Com tão poucos jogadores, uma ou duas derrotas *en plein,* a banca fecharia por aquela noite.

"Está ganhando?", perguntei a Luigi.

"Ganhei cento e cinquenta gurdes", disse ele. "Não tenho coragem de abandonar o pobre-diabo." Mas na jogada seguinte ganhou mais quinze.

"Lembra-se deste lugar nos velhos tempos?"
"Não. Não estava aqui naquela época."

Eles tentavam economizar na iluminação, e assim jogávamos numa penumbra cavernosa. Joguei sem interesse, colocando minhas fichas na primeira coluna, e ganhei também. A expressão do crupiê ficou ainda mais carregada.

"Acho", disse Luigi, "que vou colocar tudo o que ganhei no vermelho e dar-lhe uma chance de recuperar."

"Mas o senhor poderia ganhar", observei.

"Sempre há o bar. Eles devem ganhar um bocado com as bebidas."

Compramos uísque. Parecia cruel demais pedir rum, embora o uísque para mim não fosse uma escolha sábia depois daqueles dois martínis. Já começava a sentir...

"Ora se não é o sr. Jones", gritou uma voz do fundo do salão.

Voltando-me, vi o comissário de bordo do *Medea* aproximando-se com uma mão úmida e cordial.

"Está errado", avisei. "Sou Brown, não Jones."

"Quebrando a banca?", perguntou jovialmente.

"Não é preciso muito para quebrar. Achei que o senhor jamais se aventuraria até a cidade."

"Eu não sigo meus próprios conselhos", disse ele e piscou. "Fui antes até *Mère* Catherine, mas a garota está com problemas de família. Só vai vir amanhã."

"Não encontrou mais ninguém de quem o senhor gostasse?"

"Sempre gosto de comer no mesmo prato. Como estão o sr. e a sra. Smith?"

"Eles partiram de avião hoje. Desapontados."

"Ah, ele deveria ter vindo conosco. Algum problema com os vistos de saída?"

"Nós os conseguimos em três horas. Nunca vi o Departamento de Imigração e a polícia trabalharem tão depressa. Acho que queriam se ver livres dele."

"Problemas políticos?"

"Acredito que o Ministério do Bem-Estar Social achou suas ideias subversivas."

Tomamos mais algumas bebidas enquanto olhávamos Luigi perder alguns gurdes para ficar com a consciência tranquila.

"Como está o comandante?"

"Não vê a hora de sair. Ele não suporta este lugar. Seu humor só vai melhorar quando estivermos em alto-mar."

"E o homem do capacete? Deixaram-no são e salvo em São Domingos?"

Senti uma estranha saudade enquanto falava de meus companheiros de viagem, talvez porque fora a última vez que eu havia experimentado uma sensação de segurança — a última vez, também, que eu havia sentido alguma esperança real; voltava para Martha e achava que tudo poderia estar mudado.

"O capacete?"

"Não se lembra? Ele recitou em nosso concerto."

"Ah, sim, pobre sujeito. Nós o deixamos são e salvo, como se deve, no cemitério. Teve um colapso cardíaco antes de atracar."

Prestamos a Baxter uma homenagem de dois segundos de silêncio, enquanto a bolinha pulava somente para Luigi. Ele ganhou mais algum e se levantou com um gesto de desespero.

"E Fernandez?", perguntei. "O preto que chorou."

"Ele se revelou valiosíssimo", disse o comissário. "Sabia tudo. Encarregou-se de tudo. Sabe, descobrimos que era agente funerário. A única coisa que o preocupava era a religião do sr. Baxter. No fim, enterrou-o no cemitério protestante porque descobriu em seu bolso um calendário sobre o futuro: o *Antigo*..."

"*Antigo Almanaque de Moore?*"

"Era isso."

"O que será que falava de Baxter?"

"Dei uma olhada. Não era muito pessoal. Um furacão em breve provocaria grandes danos. Haveria uma doença grave na família real e o preço das ações do aço subiria vários pontos."
"Vamos", eu disse. "Um cassino vazio é pior do que um túmulo vazio."
Luigi já estava descontando suas fichas, e eu fiz o mesmo. A noite lá fora estava carregada com a costumeira tempestade.
"Está de táxi?", perguntei ao comissário.
"Não. Ele queria receber adiantado."
"Eles não gostam de esperar de noite. Vou levá-lo de carro até o navio."
As luzes ao longo do parque piscavam:

JE SUIS LE DRAPEAU HAÏTIEN, UNI ET INDIVISIBLE,
FRANÇOIS DUVALIER

(O "f" estava queimado, por isso se lia *Rançois Duvalier*.) Passamos pela estátua de Colombo e chegamos ao porto e ao *Medea*. Uma luz brilhava sobre o passadiço, iluminando um policial postado na extremidade. Outra luz ardia na ponte de comando, na cabine do comandante. Olhei para cima, para o convés, onde costumava me sentar observando os passageiros passarem oscilando por mim em suas caminhadas matinais. No porto (era o único navio ancorado), o *Medea* parecia estranhamente pequeno. Era o vazio do mar que conferia ao naviozinho altivez e grandeza. Nossos passos rangiam sobre o carvão em pó, e o gosto de pedregulho ficava entre os dentes.
"Suba a bordo para tomar o último drinque."
"Não. Se eu subir posso querer ficar. O que faria então?"
"O comandante pediria para ver seu visto de saída."
"Aquele sujeito pediria antes", eu disse, olhando para o policial ao pé do passadiço.
"Ah, ele é um ótimo amigo meu."

O comissário imitou o gesto de um homem bebendo e apontou para mim. O policial respondeu com uma risadinha.
"Está vendo? Ele não tem objeções."
"Em todo caso, não vou subir. Misturei muitas bebidas essa noite." Contudo, deixei-me ficar perto da escada.
"E o sr. Jones?" perguntou o comissário. "O que foi feito do sr. Jones?"
"Está bem."
"Eu gostava dele", disse o comissário. Embora fosse um homem tão ambíguo, no qual todos nós confiávamos tão pouco, Jones sabia conquistar amizades.
"Ele me disse que era de libra. Aniversaria em outubro, por isso dei uma olhada."
"No *Antigo Moore*? O que encontrou?"
"Um temperamento artístico. Ambicioso. Bem-sucedido em empreendimentos literários. Mas quanto ao futuro só pude encontrar uma importante entrevista coletiva à imprensa pelo general De Gaulle e tempestades elétricas em Gales do Sul."
"Ele acabou de me dizer que está prestes a ganhar uma fortuna de duzentos e cinquenta mil dólares."
"Um empreendimento literário?"
"Nada disso. Ele me convidou para ser seu sócio."
"Então o senhor também vai ficar rico?"
"Não. Recusei. Eu sonhava fazer fortuna. Talvez um dia possa lhe contar a respeito da galeria de arte itinerante. Foi o sonho mais bem-sucedido que eu tive, mas precisei abandoná-lo logo e assim vim para cá e encontrei meu hotel. Acha que eu abriria mão desta segurança?"
"O senhor acha o hotel uma segurança?"
"É o máximo que já consegui."
"Quando o sr. Jones ficar rico, o senhor vai se arrepender de não ter desistido desse tipo de segurança."

"Talvez ele me empreste dinheiro suficiente para continuar com meu hotel até que os turistas voltem."

"Sim. Acho que é generoso à sua maneira. Ele me deu uma gorjeta enorme, mas foi em moeda do Congo, e o banco não quis trocar. Nós ficaremos aqui até amanhã à noite pelo menos. Traga o sr. Jones para nos visitar."

Os relâmpagos começaram a riscar o céu sobre as encostas de Pétionville: às vezes, um clarão serpeava sobre a terra, iluminando o bastante para destacar na escuridão o contorno de uma palmeira ou o canto de um telhado. O ar estava saturado da chuva próxima, e o som grave lembrava-me vozes cantarolando as respostas na escola. Despedimo-nos.

TERCEIRA PARTE

CAPÍTULO 1

I

TIVE DIFICULDADE PARA DORMIR. Os relâmpagos faiscavam e sumiam com a mesma regularidade do painel de propaganda de Papa Doc no parque, e, somente quando a chuva momentaneamente cessou, um pouco de ar filtrou-se pelos mosquiteiros. Pensei muito sobre a fortuna prometida por Jones. Se eu realmente pudesse compartilhar dela, Martha deixaria o marido? Mas não era o dinheiro que a prendia, era Angel. Ele ficaria feliz, imaginava-me tentando persuadi-la, se eu lhe fornecesse uma cota semanal de quebra-cabeças e biscoitos ao uísque. Adormeci e sonhei que era uma criança ajoelhada na balaustrada da capela do colégio em Monte Carlo. O padre vinha pela nave colocando em cada boca um desses biscoitos, mas quando chegou minha vez, ele me deixou sem nada. As pessoas que comungavam de cada lado iam e vinham, mas eu continuava obstinadamente ajoelhado. O padre voltou a distribuir os biscoitos e novamente me deixou sem nada. Então me levantei e fui caminhando aborrecido pela nave, que havia se tornado um imenso viveiro de pássaros, em que papagaios enfileirados estavam acorrentados a seus poleiros.

Alguém gritou com voz aguda a meu lado: "Brown, Brown", mas eu não estava certo se aquele era meu nome ou não, porque não me voltei. "Brown." Dessa vez, acordei, e uma voz subia da varanda para o meu quarto.

Saí da cama e fui até a janela, mas não consegui enxergar nada através do mosquiteiro. Ouvi um ruído de passos embaixo, e uma voz ainda mais distante chamou-me com urgência, "Brown", sob outra janela. Mal podia ouvi-la entre o murmúrio inocente da chuva. Encontrei minha lanterna e desci. Em meu escritório, peguei a única arma à mão, o caixãozinho de bronze marcado com as iniciais R.I.P. Então tirei a trava da porta lateral e acendi a lanterna para ver quem estava lá. O facho iluminou o caminho que conduzia à piscina. No canto da casa e dentro do círculo de luz, surgiu Jones.

Estava encharcado de chuva, e seu rosto, manchado de sujeira. Carregava um pacote debaixo do casaco, protegido da chuva, e disse: "Apague a luz. Deixe-me entrar depressa." Seguiu-me ao escritório e tirou o pacote de baixo de seu casaco de veludo molhado. Era a maleta de coquetel. Colocou-a delicadamente sobre minha escrivaninha como um bichinho de estimação e a alisou. "Tudo acabado. Terminou. *Capot* em três colunas."

Estiquei a mão para acender a luz.

"Não faça isso, eles poderiam ver a luz da estrada."

"Não dá", eu disse, e apertei o interruptor.

"Meu velho, se você não se importar... eu me sentiria melhor no escuro." Apagou a luz. "O que é isso em sua mão?"

"Um caixão."

Ele respirava com dificuldade. Senti o cheiro do gim.

"Tenho de ir embora. De qualquer maneira."

"O que aconteceu?"

"Começaram a investigar. À meia-noite Concasseur me telefonou, eu nem sabia que o desgraçado do telefone funcionava. Levei um choque, tocando daquele jeito no meu ouvido. Nunca havia tocado antes."

"Suponho que eles consertaram a linha quando alojaram os poloneses na casa. Você está morando numa casa de descanso para VIPs do governo."

"*Very important pooves*, nós os chamávamos em Imphal", disse Jones com ar de riso.*

"Eu lhe serviria uma bebida se me deixasse acender a luz."

"Não há tempo, meu velho. Tenho de sair. Concasseur falava de Miami. Eles o mandaram para verificar. Ainda não estava desconfiado, somente intrigado. Mas pela manhã, quando descobrirem que eu escapei..."

"Escapou para onde?"

"Sim, esta é a questão, meu velho, esta é a questão dos sessenta e quatro mil dólares."

"O *Medea* está no porto."

"O único lugar..."

"Tenho de vestir alguma roupa."

Ele me seguia como um cachorrinho, deixando manchas molhadas atrás de si. Eu senti falta da ajuda e dos conselhos da sra. Smith, porque ela estimava muito Jones. Enquanto me vestia — tive de deixar um pouco de luz para isso —, ele andava de uma parede a outra, bem longe da janela.

"Não sei qual era seu jogo", eu disse, "mas com certeza, com uma aposta de duzentos e cinquenta mil dólares, você algum dia seria investigado."

"Ah, pensei nisso. Eu teria ido para Miami com o investigador."

"Mas eles o seguraram aqui."

"Não segurariam se eu tivesse deixado um sócio. Nem percebi que o tempo era tão escasso, achei que tinha uma semana ou mais, no mínimo, caso contrário tentaria convencê-lo antes."

---

* *Pooves* é uma gíria inglesa que designa pejorativamente homens afeminados. (N. E.)

OS FARSANTES   261

Fiquei parado com uma perna dentro da calça e perguntei atônito: "Você está me dizendo que eu tinha de ser o otário?"

"Não, não, meu velho, está exagerando. Pode ter certeza de que eu o avisaria a tempo de você correr para a embaixada britânica. Se fosse necessário. Mas não seria. O investigador teria telegrafado que estava tudo bem e pegado sua parte, e você iria se encontrar conosco mais tarde."

"Que parte você tinha planejado para *ele*? Sei que agora isso é apenas de interesse acadêmico."

"Eu havia previsto tudo isso. O que ofereci a você, meu velho, era líquido, não bruto. Tudo seu."

"Se eu sobrevivesse."

"A gente sempre sobrevive, meu velho." À medida que ele ia secando, sua segurança voltava. "Tive meus reveses antes. Estava tão perto como agora do *grand coup* e do fim, em Stanleyville."

"Se seu plano tinha algo a ver com armas", observei, "você cometeu um grave erro. Eles já foram mordidos antes..."

"Como assim, mordidos?"

"No ano passado, havia um sujeito aqui que arranjou meio milhão de dólares em armas para eles, totalmente pagos em Miami. Mas as autoridades americanas foram avisadas, as armas, apreendidas. Ninguém soube quantas realmente havia. Eles não iriam cair duas vezes na mesma arapuca. Você devia ter investigado melhor antes de vir aqui."

"Meu plano não era exatamente esse. Na verdade, não havia arma alguma. Eu não pareço um sujeito com tanto capital, não é?"

"De onde vinha aquela sua carta de apresentação?"

"De uma máquina de escrever. Como a maioria das cartas de apresentação. Mas você tem razão quanto a investigar melhor. Eu coloquei o nome errado na carta. Embora tenha conseguido me safar dessa com uma boa conversa."

"Estou pronto para ir." Olhei para ele, que brincava num canto do quarto com o fio de um abajur, os olhos castanhos, o bigode de

oficial descuidado, a pele descolorida. "Não sei por que estou correndo este risco por você. Um otário de novo..."
Fui dirigindo pela estrada com os faróis apagados, descendo lentamente em direção à cidade. Jones estava agachado e assobiava para se dar coragem. Acho que a música era de 1940 — "Quarta-feira depois da guerra". Logo antes da barreira, acendi os faróis. Havia uma chance de o soldado estar dormindo, mas não estava.
"Já passou por aqui esta noite?", perguntei a Jones.
"Não. Dei uma volta por diversos jardins."
"Bem, não há como evitá-lo agora."
Mas o soldado estava com muito sono para criar problemas: atravessou mancando a rua e levantou a barreira. O dedão do pé estava enfaixado numa bandagem suja, e seus fundilhos mostravam um buraco na calça cinzenta. Nem se preocupou em nos revistar. Continuamos a descer, passando a curva para a casa de Martha e a embaixada britânica. Aí diminuí a marcha: tudo parecia bastante tranquilo — os *tontons macoutes* seguramente teriam posto guardas no portão se soubessem da fuga de Jones.
"Que tal irmos lá? Estaria bastante seguro."
"Não gostaria, meu velho. Já os incomodei antes, e eles não me receberiam muito bem."
"Você teria uma recepção pior de Papa Doc. Esta é sua grande chance."
"Há algumas razões, meu velho..." Ele fez uma pausa, e pensei que finalmente iria confiar em mim, mas em seguida disse: "Oh, Deus, esqueci minha maleta de coquetel. Deixei-a em seu escritório. Sobre a escrivaninha."
"É tão importante?"
"Eu amo aquela maleta, meu velho. Esteve comigo em toda parte. Me dá sorte."
"Vou trazê-la amanhã, se é tão importante para você. Quer tentar o *Medea*, então?"

"Se houver problemas ainda poderemos voltar para cá como último recurso." Ele ensaiou outra música, acho que era "Um rouxinol cantou", mas parou. "Pensar que depois de tudo o que passamos juntos eu iria esquecê-la..."
"É a única aposta que você ganhou?"
"Aposta? O que quer dizer, aposta?"
"Você me disse que a ganhou numa aposta."
"Foi?" Ele ficou um pouco pensativo. "Velho, você está correndo um grande risco por minha causa, e eu vou ser sincero com você. Não foi exatamente assim. Eu a roubei."
"E a Birmânia, também não era verdade?"
"Ah, eu estive de verdade na Birmânia. Juro."
"Você a roubou na Asprey?"
"Não com minhas mãos, claro."
"Com sua esperteza, então?"
"Eu estava trabalhando naquela época. Algum emprego na cidade. Usei um dos cheques da firma, mas assinei com meu próprio nome. Não seria preso por falsificação. Tratava-se apenas de um empréstimo temporário. Sabe, foi amor à primeira vista, quando vi a maleta lembrei-me daquela do comandante."
"Então não estava com você na Birmânia?"
"Eu romanceei um pouco. Mas estava comigo no Congo."
Deixei o carro perto da estátua de Colombo. A polícia devia estar acostumada a ver meu carro lá de noite, embora não sozinho, e saí na frente de Jones para fazer reconhecimento. Foi mais fácil do que eu pensava. Por alguma razão o policial não estava mais ao lado do passadiço, deixado para os retardatários que voltavam de *Mère* Catherine; talvez ele estivesse fazendo uma ronda, talvez tivesse ido atrás do muro para urinar. Um tripulante montava guarda lá em cima, mas vendo nossas caras brancas nos deixou passar.

Subimos até o convés superior, e o ânimo de Jones melhorou — ele mal havia emitido um som desde sua confissão. Ao passar pela porta do salão, ele disse:

"Lembra-se do concerto? Que noite aquela, não? Lembra de Baxter e de seu apito? 'St. Paul ficará de pé. Londres ficará de pé.' Ele era bom demais para ser de verdade, meu velho."

"Ele já não é mais de verdade. Morreu."

"Pobre sujeito. Isto o torna de certa forma respeitável, não é?", acrescentou com uma ponta de enternecimento.

Subimos a escada até a cabine do comandante. Não estava gostando desse encontro, pois me lembrei de sua atitude com Jones depois que recebeu o telegrama da Filadélfia pedindo informações. Tudo tinha corrido bem até aquele instante, mas eu não apostava na duração de nossa sorte. Bati à porta, e imediatamente se ouviu a voz do comandante, áspera e autoritária, ordenando que eu entrasse.

Pelo menos eu não o acordara. Ele estava recostado em seu leito de armar, com uma camisa de dormir de algodão e uns óculos de lentes muito grossas, que faziam seus olhos parecer lascas de quartzo. Segurava um livro inclinado sob a lâmpada de leitura, um romance de Simenon, e isso me encorajou um pouco — parecia um sinal de que ele tinha interesses humanos.

"Sr. Brown", exclamou surpreso, como uma velha senhora perturbada em seu quarto de hotel. E, como uma velha senhora, sua mão esquerda foi instintivamente até o decote do camisão.

"E major Jones" acrescentou jovialmente o próprio, saindo detrás de mim.

"Ah, sr. Jones", disse o comandante num tom de nítido desagrado.

"Espero que tenha lugar para um passageiro", falou Jones com um humor nada convincente. "Não faltam *schnapps*, espero."

"Não para um passageiro. Mas o senhor é um passageiro? A esta hora da noite, imagino que o senhor não tenha bilhete..."

"Tenho dinheiro para pagar um bilhete, comandante."

"E um visto de saída?"

"Uma formalidade, para um estrangeiro como eu."

"Uma formalidade que é atendida por todos, exceto criminosos. Acho que o senhor está em apuros, sr. Jones."

"Sim. O senhor pode dizer que sou um refugiado político."

"Então por que não foi para a embaixada britânica?"

"Achei que estaria mais à vontade no velho e querido *Medea*." A frase teve um tom de teatro de variedades, e talvez por isso ele a repetiu. "O velho e querido *Medea*."

"O senhor nunca foi um hóspede bem recebido, sr. Jones. Tive muitas investigações a seu respeito."

Jones olhou para mim, mas não pude ajudá-lo. "Comandante", eu disse, "o senhor sabe como tratam os prisioneiros aqui. Com certeza o senhor pode transgredir uma norma..."

Seu camisão branco de dormir, bordado na gola e nos punhos talvez por aquela sua formidável esposa, tinha um ar horrivelmente forense; ele olhava para nós do alto de seu beliche como se fosse o assento do juiz.

"Sr. Brown, tenho minha carreira a zelar. Preciso voltar para cá todos os meses. O senhor acha que na minha idade a companhia me daria outro comando, numa outra rota? Depois de uma imprudência como essa que o senhor está propondo?"

"Sinto muito. Não pensei nisso", disse Jones com uma gentileza que surpreendeu tanto o comandante quanto a mim, porque quando este falou de novo foi como se estivesse se desculpando.

"Não sei se o senhor tem família, sr. Jones. Mas eu tenho, com toda certeza."

"Não, não tenho", admitiu Jones. "Nenhuma. A não ser que o senhor considere uns rabichos que eu tenho aqui e ali. Está certo, comandante, eu sou um sujeito que pode ser sacrificado. Vou ter de resolver este problema de outra maneira." Pensou um pouco, enquanto olhávamos para ele, depois repentinamente propôs: "Eu poderia me esconder no porão do navio se o senhor fechasse um olho".

"Nesse caso, eu teria de entregá-lo à polícia na Filadélfia. Isto lhe convém, sr. Jones? Tenho a impressão de que há pessoas na Filadélfia que pretendem fazer-lhe algumas perguntas."

"Não é nada grave. Devo um pouco de dinheiro, só isso."

"Seu?"

"Pensando bem, talvez não me convenha muito."

Admirei a calma de Jones: parecia um juiz também, sentado no escritório com dois especialistas num caso judicial insidioso.

"A escolha da ação me parece estreitamente limitada", ele resumiu o problema.

"Então volto a sugerir a embaixada britânica", disse o comandante com a voz gélida de quem conhece sempre a resposta certa e não espera discordância de opinião.

"O senhor provavelmente tem razão. Eu não me dei muito bem com o cônsul em Leopoldville, esta é a verdade. E eles são todos farinha do mesmo saco, uns carreiristas. Temo que aqui também eles tenham um relatório a meu respeito. É um problema, não? O senhor seria realmente obrigado a me entregar aos tiras na Filadélfia?"

"Eu seria obrigado."

"Não tem jeito, não é?" Ele se virou para mim. "Que tal alguma outra embaixada onde não houvesse um relatório...?"

"Estas coisas são regidas por normas diplomáticas", repliquei. "Eles poderiam afirmar que um estrangeiro tem o direito de asilo. Teriam a responsabilidade de seu sustento enquanto este governo durasse."

O ruído de passos chegou pela escotilha. Bateram à porta. Vi Jones prender a respiração. Ele não estava tão calmo quanto queria aparentar.

"Entre."

Era o imediato. Olhou para nós sem nenhuma surpresa, como se esperasse encontrar estrangeiros. Falou a seu superior em holandês, e o comandante lhe fez uma pergunta. Ele respondeu olhando para Jones. O comandante se voltou para nós. Como se finalmente tivesse abandonado qualquer esperança de Maigret por aquela noite, abaixou o livro e disse:

"Há um oficial com três policiais no passadiço. Querem subir a bordo."

Jones suspirou, profundamente infeliz. Talvez estivesse vendo Sahib House, o buraco número 18 e o Desert Island Bar desaparecerem para sempre.

O comandante deu uma ordem em holandês ao imediato, que saiu da cabine. Depois disse: "Preciso me vestir". Balançou-se com timidez na beira da cama, como uma *hausfrau*, e desceu pesadamente.

"O senhor está deixando que subam a bordo!", exclamou Jones. "Onde está seu orgulho? Isto é território holandês, não é?"

"Sr. Jones, por favor vá para a toalete e fique quieto. Será mais fácil para todos nós."

Abri uma porta no fundo da cabine e empurrei Jones para dentro. Entrou relutante.

"Estou preso aqui. Como um rato." Então modificou rapidamente a frase para: "Um coelho, quero dizer", e sorriu para mim, assustado. Sentei-o com firmeza, como uma criança, sobre o vaso.

O comandante estava suspendendo a calça e enfiando para dentro o camisão. Pegou um casaco de uniforme de um gancho e o vestiu. A camisa de dormir ficou escondida pelo colarinho.

"Não vai deixar que revistem o navio", protestei.

Não teve tempo de me responder nem de calçar sapatos e meias quando bateram à porta.

Conhecia o oficial que entrou. Era um autêntico canalha, tão mau quanto qualquer *tonton macoute*; um homem corpulento como o dr. Magiot e com um murro terrível; muitas mandíbulas quebradas em Porto Príncipe testemunhavam sua força. A boca estava cheia de dentes de ouro, e provavelmente não eram seus: ele os trazia como um índio destemido costumava carregar seus escalpos.

Olhou para nós com insolência, enquanto o imediato, um jovem cheio de espinhas, se mexia nervosamente atrás dele. Dirigiu-se a mim, e suas palavras soaram como um insulto: "Conheço você".

O miúdo comandante parecia muito vulnerável descalço, mas respondeu com espírito: "Eu não conheço o senhor".

"O que está fazendo a bordo a esta hora?", perguntou-me o policial.

O comandante disse em francês ao imediato para que suas palavras fossem claras para todos:

"Pensei ter dito a você que ele deveria deixar a arma lá fora."

"Ele se recusou, senhor. Ele me empurrou."

"Recusou? Empurrou?" O comandante empertigou-se e quase chegou ao ombro do negro. "Eu o aceitei a bordo, mas apenas sob uma condição. Eu sou o único que pode carregar armas a bordo deste navio. Nós não estamos no Haiti agora."

Aquelas palavras, pronunciadas com convicção, realmente desconcertaram o oficial. Foi como uma palavra mágica — ele se sentiu inseguro. Fitou a todos, olhou ao redor da cabine.

"*Pas à Haïti?*", exclamou, e acho que só pôde ver o diploma na parede, por salvamento de homens no mar, a fotografia de uma austera mulher branca com ondas cinza-metálicas no cabelo, uma garrafa de pedra de algo chamado Bols, a imagem dos canais de Amsterdã congelados no inverno. "*Pas à Haïti?*", repetiu distraído.

"*Vous êtes en Hollande*", disse o comandante com uma risada magistral, estendendo a mão. "Dê-me seu revólver."

"Estou cumprindo ordens", explicou vilmente o fanfarrão. "Cumpro meu dever."

"Meu oficial o devolverá ao senhor quando sair do navio."

"Mas eu estou procurando um criminoso."

"Não em meu navio."

"Ele veio aqui para seu navio."

"Eu não sou responsável por isso. Agora me dê seu revólver."

"Preciso procurá-lo."

"O senhor pode procurar tudo o que quiser em terra, mas aqui não. Aqui eu sou responsável pela lei e pela ordem. A menos que o senhor me dê seu revólver, terei de chamar a tripulação para que o desarme e depois o farei encaminhar até o porto."

O homem estava perplexo. Seu olhar foi atraído pela expressão desaprovadora da esposa do comandante, enquanto abria o coldre e entregava sua arma. O comandante a colocou sob a guarda dela.

"Agora estou pronto a responder a qualquer pergunta razoável. O que quer saber?"

"Queremos saber se tem um criminoso a bordo. O senhor o conhece, um homem chamado Jones."

"Aqui está uma lista de passageiros. Se sabe ler."

"O nome dele não vai estar aqui."

"Sou comandante nesta linha há dez anos. Obedeço à lei ao pé da letra. Jamais transportaria um passageiro que não estivesse nessa lista. Nem um passageiro sem visto de saída. Ele tem um visto de saída?"

"Não."

"Então posso lhe prometer, tenente, que ele jamais será um passageiro deste navio."

A menção de sua patente pareceu amolecer um pouco o policial.

"Ele pode estar escondido", disse, "sem seu conhecimento."

"Pela manhã, antes de zarpar, mandarei vasculhar o navio e, se ele for encontrado, eu o mandarei a terra."

"Se não está aqui", o homem hesitou, "deve ter ido para a embaixada britânica."

"Seria um lugar mais natural", disse o comandante, "do que a Real Companhia Holandesa de Navegação." Entregou o revólver ao imediato. "Pode devolver no fim do passadiço." Deu as costas e deixou a mão negra do oficial flutuando como peixe num aquário.

Aguardamos em silêncio, até que o imediato voltou e disse ao comandante que o tenente tinha ido embora com seus homens;

então deixei que Jones saísse do banheiro. Agradeceu efusivamente: "Foi soberbo, comandante".
O veterano do mar olhou-o com antipatia e desprezo.
"Só falei a verdade. Se eu tivesse descoberto o senhor escondido por aí, teria feito descer. Estou contente por não ter precisado mentir. Dificilmente eu me perdoaria por isso ou perdoaria o senhor. Por favor, deixe meu navio assim que for seguro." Tirou o paletó, puxou o camisão branco de dentro da calça para poder despi-la com recato, e nós saímos.

Lá fora, encostei no parapeito e fitei o policial que havia voltado ao pé da escada. Era o mesmo da noite passada, e não havia sinal do tenente e seus homens.

"É tarde demais para ir à embaixada", eu disse. "Esta noite estará muito bem guardada."

"O que faremos, então?"

"Sabe Deus, mas precisamos deixar o navio. Se pela manhã ainda estivermos aqui, o comandante cumprirá sua palavra."

O comissário, que acordou bastante animado (estava deitado de bruços quando entramos, com um sorriso lascivo no rosto), salvou a situação.

"Não há dificuldade para a saída do sr. Brown, o policial o conhece. Mas só há uma solução para o sr. Jones. Ele terá de sair disfarçado de mulher."

"E as roupas?", perguntei.

"Há um baú de adereços para as festas do navio. Temos uma roupa de espanhola e um vestido típico do Vollendam."

"E meu bigode?", Jones lamentou.

"Terá de raspá-lo."

Nem a roupa de espanhola, feita para uma dançarina de flamenco, nem a graciosa touca de camponesa holandesa passariam despercebidas. Fizemos o possível para elaborar uma mistura discreta, deixando de lado a touca do Vollendam e os tamancos de madeira de uma e a mantilha da outra, bem como a quantidade de anáguas de ambas. Nesse meio-tempo, Jones se barbeava triste e dolorosamente — não havia água quente. Era estranho, ele parecia inspirar mais confiança sem seus bigodes; era como se antes ele estivesse vestindo um uniforme inadequado. Agora quase se podia acreditar em sua carreira militar. E mais estranho ainda, uma vez feito o grande sacrifício, ele entrou com uma espécie de entusiasmo prático no espírito da brincadeira.

"Não tem ruge ou batom?", perguntou ao comissário, mas não havia, e Jones teve de se arranjar usando como cosmético um bastão Remington para antes de barbear. Que, por cima da saia preta do Vollendam e da blusa espanhola de lantejoulas, lhe conferiu uma palidez lívida.

"No fim do passadiço", pediu ao comissário, "deverá me beijar. Ajudará a esconder meu rosto."

"Por que não beija o sr. Brown?", perguntou o comissário.

"Ele vai me levar para casa. Não seria natural. O senhor deverá imaginar que passamos uma noite e tanto os três juntos."

"Que espécie de noite?"

"Uma noite de desvarios lúbricos", sentenciou Jones.

"Sente-se à vontade com a saia?", perguntei.

"Claro, meu velho." E acrescentou misteriosamente: "Não é a primeira vez. Em circunstâncias muito diferentes, é claro.".

Desceu pelo passadiço segurando meu braço. A saia era tão comprida que tinha de segurá-la com uma das mãos, qual dama vitoriana pisando cuidadosamente numa rua enlameada. O sentinela do navio observou-nos embasbacado: ele não sabia de uma mulher a bordo, e esta mulher, Jones, ao passar pelo sentinela, deu-lhe um olhar de avaliação e provocação com seus olhos castanhos. Percebi que eram bonitos e atrevidos agora, debaixo do lenço de cabeça; o bigode os matava. No pé do passadiço, abraçou o comissário e o lambuzou em ambas as faces com seu preparado para antes de barbear. O policial fitou-nos com preguiçosa curiosidade — era óbvio que Jones não era a primeira mulher a deixar o navio de madrugada, e ele não chamaria a atenção de qualquer homem acostumado às moças de *Mère* Catherine.

Caminhamos lentamente de braço dado até o lugar onde havia deixado meu carro.

"Está segurando a saia muito em cima", adverti-o.

"Não sou uma mulher recatada, meu velho."

"Quero dizer que o *flic* poderá ver seus sapatos."

"Não nessa escuridão."

Jamais imaginaria uma fuga tão fácil. Não fomos seguidos. O carro estava lá sem ninguém a vigiá-lo; a paz e Colombo reinavam na noite. Entrei e fiquei pensando enquanto Jones arrumava a saia. Ele disse: "Fiz o papel de Boadiceia uma vez. Numa peça satírica. A realeza estava na plateia.".

"A realeza?"

"Lorde Mountbatten. Bons tempos aqueles. Poderia erguer sua perna esquerda? Está prendendo minha saia."

"Para onde vamos agora?", perguntei.

"Procure em meu bolso. O sujeito para o qual escrevi a carta de recomendação está abrigado na embaixada da Venezuela."

"É a mais vigiada de todas. Metade do pessoal do governo está lá. Eu ficaria bastante satisfeito com algo mais modesto."

"Talvez não fosse aceito. O senhor não é exatamente um refugiado político, estou certo?"

"O fato de enganar Papa Doc não conta como um ato de resistência?"

"Talvez não fosse bem recebido como hóspede permanente. Pensou nisso?"

"Eles não me tirariam de lá, não é?, uma vez estando lá dentro, a salvo."

"Acho que um ou dois deles poderiam até fazer isso."

Liguei o motor, e começamos a voltar lentamente para a cidade. Não queria dar a impressão de uma fuga. Olhava antes de todas as esquinas procurando o farol de outro carro, mas Porto Príncipe estava vazia como um cemitério.

"Para onde está me levando?"

"Para o único lugar em que consigo pensar. O embaixador está fora."

Senti alívio enquanto subíamos a colina. Não haveria barreira desse lado do caminho tão familiar. No portão, um policial olhou rapidamente para o carro. Reconheceu-me, e Jones passava facilmente por uma mulher, com a luz do painel apagada. Obviamente, ainda não fora dado um alarme geral — Jones era apenas um criminoso, não um patriota. Eles provavelmente haviam advertido as barreiras rodoviárias e colocado alguns *tontons macoutes* na ronda da embaixada britânica. Com o *Medea* vigiado, e provavelmente meu hotel também, deviam pensar que o tinham encurralado.

Disse a Jones que ficasse no carro e toquei a campainha. Alguém estava acordado, porque vi luz numa janela no térreo. Contudo, tive de tocar duas vezes e esperei com impaciência enquanto passos pesados soaram de muito longe, no interior da casa, pesados e sem pressa. Um cão latiu e ganiu. Fiquei intrigado com o barulho, nunca havia visto um cachorro na casa. Então uma voz, suponho que a do guarda-noturno, perguntou quem era.

"Quero falar com a sra. Pineda", respondi. "Diga-lhe que é *monsieur* Brown. É urgente."

Alguém tirou a tranca da porta, depois o ferrolho e as correntes, mas o homem que a escancarou não era o porteiro. Era o próprio embaixador, olhando com seus olhos míopes, em mangas de camisa e sem gravata: nunca o havia visto assim, sem estar impecável. A seu lado, em guarda, um horroroso cãozinho miniatura, de pelo cinzento comprido, com aspecto de centopeia.

"Quer falar com minha esposa? Ela está dormindo." Ao ver seus olhos castanhos e magoados, pensei: "Ele sabe, sabe de tudo". "Quer que eu a acorde? É tão urgente assim? Ela está com meu filho. Os dois estão dormindo."

Um tanto desajeitado e ambíguo, consegui dizer: "Não sabia que o senhor havia voltado".

"Voltei no avião desta noite." Colocou a mão no lugar onde deveria estar a gravata. "Tenho muito trabalho me esperando. Papéis para ler, sabe como é."

Parecia pedir desculpas, mostrando-me humildemente seu passaporte. Nacionalidade: ser humano. Sinais particulares: corno.

"Não, desculpe, não a acorde. Na verdade queria falar com o senhor", disse um tanto envergonhado.

"Comigo?" Por um instante pensei que ele cederia a um impulso de pânico, que recuaria e fecharia a porta. Talvez pensasse que eu estava prestes a dizer-lhe o que ele tinha medo de ouvir. "Não quer esperar até amanhã de manhã?", implorou. "É tão tarde. Tenho tantas coisas para fazer."

Procurou uma caixa de charutos que não estava lá. Acho que ele quase desejava me enfiar na mão um maço de charutos, como outra pessoa enfiaria dinheiro, para convencer-me a ir embora. Mas não havia charutos. Então se rendeu: "Entre então, se precisa mesmo."

"O cão não gosta de mim."

"Dom Juan?" Rosnou uma ordem à vil criatura que começou a lamber seu sapato.

"Tenho companhia", falei, indicando Jones.

O embaixador observou com desesperada incredulidade o aparecimento de Jones. Deve ter pensado que eu pretendia confessar tudo e talvez exigir o fim de seu casamento. E que papel, provavelmente perguntaria, "ela" poderia ter no caso? Era uma testemunha, uma enfermeira para cuidar de Angel, uma esposa substituta? Tudo é possível num pesadelo, por mais cruel e grotesco que seja, e para ele este era seguramente um pesadelo. Em primeiro lugar, saíram do carro os pesados sapatos com sola de borracha, um par de meias listradas vermelhas e pretas como uma gravata de uniforme escolar usada no lugar errado; em seguida, os abundantes panos de uma saia azul-escura e, finalmente, a cabeça e os ombros cobertos com um lenço, o rosto branco de Remington e os olhos castanhos provocadores. Jones sacudiu-se como um pássaro depois de um banho na areia e avançou rapidamente em nossa direção.

"Este é o sr. Jones", informei.

"Major Jones", ele me corrigiu. "Prazer em conhecê-lo, Excelência."

"Ele quer asilo aqui. Os *tontons macoutes* estão atrás dele. Não tem possibilidade de entrar na embaixada britânica. Está muito bem vigiada. Pensei que talvez, embora ele não seja um cidadão sul-americano... Está correndo extremo perigo."

Uma expressão de enorme alívio invadiu o rosto do embaixador enquanto eu falava. O problema era político. E ele poderia resolvê-lo. Isto era rotina.

"Entre, major Jones, entre. Seja bem-vindo. Minha casa está à sua disposição. Vou acordar minha mulher imediatamente. Mandarei arrumar um dos meus quartos." Em seu alívio, espalhava seus pertences como confetes. Em seguida, ele fechou, trancou, aferrolhou e acorrentou a porta e distraidamente ofereceu o braço a Jones para escoltá-lo ao interior da casa. Jones segurou-o, atravessou o saguão de maneira magnífica, como uma matrona vitoriana. O horroroso cão cinzento varreu o chão a seu lado com seu pelo emaranhado, cheirando a barra da saia de Jones.

"Luis!" Martha estava no topo da escada e olhava para nós com sonolento espanto.

"Querida", disse o embaixador, "deixe que lhe apresente. Este é o sr. Jones. Nosso primeiro refugiado."

"Sr. Jones!"

"Major Jones", ele corrigiu, tirando o lenço da cabeça como se fosse um chapéu. Martha encostou na balaustrada e riu; riu até seus olhos se encherem de lágrimas. Via seus seios através da camisola e até a sombra de seus pelos. "Jones também poderia vê-los", pensei. Ele sorriu para ela e disse: "Do exército feminino, evidentemente". Eu me lembrei da moça chamada Tin Tin na casa de *Mère* Catherine que, quando indagada sobre a razão por que gostara dele, dissera: "Ele me fez rir".

II

RESTAVA MUITO POUCO TEMPO PARA DORMIR. Voltando ao Trianon, o mesmo policial que subira a bordo do *Medea* me parou na entrada da alameda e perguntou onde eu havia estado. "Sabe tão bem quanto eu", disse, e ele, para se vingar, vasculhou meticulosamente meu carro. Sujeito idiota.

Remexi o bar em busca de uma bebida, mas os baldes de gelo estavam vazios, e só havia uma garrafa de Seven-Up nas prateleiras. Batizei-a com bastante rum e sentei na varanda esperando o sol nascer. Havia muito os mosquitos não me incomodavam, eu era carne velha e estragada. O hotel atrás de mim parecia mais vazio do que nunca; senti falta de Joseph e de seu andar claudicante como sentia falta de um som familiar. Talvez inconscientemente eu sofresse junto com ele com seu caminhar manco do bar para a varanda, subindo e descendo escadas. Pelo menos eu podia reconhecer facilmente seus passos e fiquei pensando em que desvão deserto das montanhas estariam ecoando agora, ou se ele já estaria morto entre os morros pedregosos do espigão haitiano. Parecia-me o único som ao qual tivera tempo de me acostumar. Estava cheio de autocomiseração, meloso como os biscoitos ao uísque de Angel.

Contudo, poderia distinguir o som dos passos de Martha dos de outra mulher?, perguntei a mim mesmo. Duvido, e com certeza jamais aprendi a distinguir os de minha mãe antes que ela me deixasse com os padres da Visitação. E meu pai de verdade? Ele não deixara sequer uma recordação infantil. Estava morto, supostamente, mas eu não sabia ao certo — este é um século em que os velhos vivem muito além do que lhes é permitido. Mas não sentia nenhuma curiosidade autêntica em relação a ele; tampouco tinha vontade de procurá-lo ou de encontrar seu túmulo, no qual talvez, não necessariamente, haveria gravado o nome Brown.

No entanto, minha falta de curiosidade era um vazio onde um vazio não deveria existir. Eu não havia preenchido o vazio com um substituto, como um dentista coloca uma obturação temporária. Nenhum padre chegara a representar um pai para mim, e nenhuma região da Terra assumira o lugar da pátria. Eu era cidadão de Mônaco, só isso.

As palmeiras começaram a se destacar da escuridão anônima; lembravam-me as palmeiras em frente ao cassino naquela costa azul artificial onde até a areia era um artigo importado. Uma brisa fraca agitou as longas folhas, recortadas como o teclado de um piano; duas ou três teclas de cada vez pareciam premidas por um pianista invisível. Por que eu me encontrava ali? Estava lá por causa de um cartão-postal de minha mãe que poderia facilmente ter-se extraviado — em nenhum cassino nenhuma chance de ganhar poderia ser mais fortuita do que isso. Há pessoas que pertencem inextricavelmente a um país pelo nascimento e, mesmo quando o deixam, sentem esse vínculo. E há pessoas que pertencem a uma província, um condado, uma aldeia, mas eu não sentia nenhuma ligação com a centena de quilômetros quadrados ao redor dos jardins e bulevares de Monte Carlo, uma cidade de visitantes efêmeros. Sentia-me mais ligado aqui, a essa miserável terra de horrores que eu escolhera por mero acaso.

As primeiras cores tocaram o jardim, verde-escuro e depois vermelho-escuro. A transitoriedade era minha pigmentação;

minhas raízes jamais penetrariam tão profundamente em qualquer lugar a ponto de me proporcionar um lar ou me fazer sentir seguro com o amor.

CAPÍTULO 2

I

Não havia mais hóspedes no hotel; quando os Smith partiram, o cozinheiro, que tornara minha cozinha famosa com seus suflês, abandonou todas as esperanças e se mudou para a embaixada da Venezuela, onde pelo menos havia alguns refugiados para alimentar. Para minhas refeições, eu mesmo cozinhava um ovo, abria uma lata ou compartilhava da comida haitiana com minha última camareira e o jardineiro. Às vezes, fazia uma refeição com os Pineda, embora não muito frequentemente, porque a presença de Jones me irritava. Angel agora ia para uma escola dirigida pela mulher do embaixador espanhol, e à tarde Martha subia abertamente com seu carro pela alameda do Trianon e o deixava em minha garagem. O medo de ser descoberta a deixara, ou quem sabe um marido complacente agora nos concedia certa liberdade. Em meu quarto, passávamos horas fazendo amor ou conversando e não raro discutindo. Discutíamos até por causa do cachorro do embaixador. "Causa-me arrepios", disse eu. "Como uma ratazana embrulhada num xale de lã, ou uma longa centopeia. Por que razão ele o comprou?"
"Acho que queria companhia."
"Ele tem você."

"Você sabe que ele me tem muito pouco."
"Vou ter de lamentar por ele também?"
"Não faria mal a nenhum de nós", ela observou, "lamentar por alguém." Era mais astuta do que eu em perceber a nuvem distante de uma briga quando ainda não era maior do que a mão de um homem e em geral ela tomava a iniciativa apropriada, pois ao fim de um abraço a briga acabava também. Naquela ocasião, pelo menos. Uma vez ela mencionou minha mãe e a amizade entre elas. "Estranho, não é? Meu pai foi um criminoso de guerra, e ela era uma heroína da Resistência."
"Você acha mesmo que era?"
"Sim."
"Encontrei uma medalha num cofrinho, mas achei que poderia ser uma lembrança de algum caso amoroso. Havia uma medalhinha benta no cofrinho também, mas isso não significava nada, com certeza não era uma mulher muito religiosa. Quando ela me deixou com os jesuítas, foi unicamente por conveniência. Uma conta não paga não ia prejudicá-los."
"Você ficou com os jesuítas?"
"Sim."
"Agora me lembro. Eu pensava que você era... um nada."
"E sou mesmo."
"Sim, mas um nada protestante, não um nada católico. Eu sou um nada protestante."
Tive a sensação de uma porção de balões coloridos no ar, cores diferentes para cada religião — ou até para cada falta de religião. Havia um balão existencialista, um balão lógico-positivista. "Pensei até que você fosse um nada comunista." Era divertido, era engraçado, desde que com grande agilidade alguém mantivesse os balões no ar: somente quando um balão caía por terra é que tínhamos a sensação de uma ferida impessoal, como um cachorro morto numa avenida.

"O dr. Magiot é comunista", disse ela.
"Imagino que sim. Eu o invejo. Ele tem sorte em ter fé. Deixei todos estes conceitos absolutos atrás de mim na capela da Visitação. Você sabe que uma vez eles chegaram a pensar que eu tinha vocação?"
"Talvez você seja um *prêtre manqué.*"
"Eu? Está debochando de mim. Ponha a mão aqui. Isto não é teologia." Zombei de mim mesmo enquanto fazia amor. Atirei-me ao prazer como um suicida se atira na calçada.
Por que razão, após aquele breve e furioso encontro, falamos novamente em Jones? Confundo na memória muitas tardes, muitos momentos de amor, muitas discussões, muitas brigas, todas elas o prólogo do grande litígio final. Por exemplo, houve uma tarde em que ela saiu cedo e, quando perguntei por que estava indo embora — faltava muito tempo para Angel voltar da escola —, ela respondeu: "Prometi a Jones que o deixaria me ensinar *gin rummy*". Fazia apenas dez dias que eu havia depositado Jones debaixo de seu teto, e, quando ela me disse isso, senti a premonição do ciúme como o primeiro calafrio que anuncia uma febre.
"Deve ser um jogo interessante. Prefere isso a fazer amor?"
"Querido, fizemos todo o amor que podíamos. Não quero decepcioná-lo. Ele é um bom hóspede. Angel gosta dele. Ele brinca muito com Angel."
E uma tarde, muito depois, a briga começou de outra maneira. Ela me perguntou subitamente — foi a primeira frase que ela pronunciou depois que nossos corpos se separaram — o que significava *"midge"*.
"Uma espécie de mosquito. Por quê?"
"Jones sempre chama o cachorro de Midge, e ele corresponde. Seu nome é Dom Juan, mas nunca conseguiu aprender."
"Acho que você vai me dizer que até o cachorro gosta de Jones."
"Ah, é verdade, mais que de Luis. Meu marido sempre lhe dá comida, nunca deixa que Angel faça isso, e no entanto basta que Jones o chame Midge..."

"E como é que Jones chama você?"
"O que você quer dizer?"
"Você corre para ele quando a chama. Vai embora cedo para jogar *gin rummy*."
"Isso aconteceu há três semanas. Nunca mais fiz isso."
"Passamos metade do tempo agora falando daquele trapaceiro."
"Foi você que levou o maldito do trapaceiro para nossa casa."
"Eu não sabia que ele se tornaria tão amigo da família."
"Querido, ele nos faz rir, só isso." Ela não poderia escolher uma expressão que me incomodasse mais. "Não há muito do que rir aqui."
"Aqui?"
"Você está distorcendo tudo. Não quero dizer aqui na cama. Quero dizer aqui em Porto Príncipe."
"Duas linguagens diferentes provocam mal-entendidos. Eu devia ter estudado alemão. Jones fala alemão?"
"Nem Luis fala alemão. Querido, quando você me quer eu sou uma mulher, mas quando eu o magoo sou sempre uma alemã. Que pena que Mônaco nunca teve uma fase de poder."
"Teve. Mas os ingleses derrotaram a frota do príncipe no canal. Como a Luftwaffe."
"Eu tinha dez anos de idade quando vocês derrotaram a Luftwaffe."
"Eu não derrotei ninguém. Estava num escritório traduzindo material de propaganda contra Vichy para o francês."
"Jones fez uma guerra mais interessante."
"Ah, é?"
Era a inocência que a fazia introduzir o nome dele com tanta frequência ou sentia a compulsão de tê-lo sempre na ponta da língua?
"Esteve na Birmânia, lutando contra os japoneses."
"Disse isso a você?"
"Ele é muito interessante quando fala da guerrilha."
"A Resistência precisava dele aqui. Mas ele preferiu o governo."

"Mas Jones se desiludiu com o governo agora."
"Ou será que eles se desiludiram com Jones? Ele lhe contou a respeito do pelotão que perdeu?"
"Sim."
"E que consegue farejar água?"
"Sim."
"Às vezes, eu me pergunto por que não se tornou pelo menos general de brigada."
"Querido, qual é o problema?"
"Otelo encantou Desdêmona com suas histórias de aventuras. É uma velha técnica. Eu deveria contar a você como fui agredido por aí na vida. Quem sabe conquistaria sua simpatia. Mas esqueça."
"Uma mudança de assunto na embaixada é sempre alguma coisa. O primeiro-secretário é uma autoridade em tartarugas. Foi interessante por algum tempo, como história natural, mas ficou maçante do mesmo jeito. E o segundo-secretário é um admirador de Cervantes, mas não do *Dom Quixote,* que, segundo ele, foi uma tentativa de conquistar fácil popularidade."
"Imagino que a guerra na Birmânia também acabará se tornando chata com o tempo."
"Pelo menos ele ainda não se repete como os outros."
"Ele lhe contou a história de sua maleta de coquetel?"
"Sim, de fato. Querido, você o subestima. Ele é um homem muito generoso. Você sabe que nossa coqueteleira vaza, então Jones deu a dele para Luis, apesar de todas as recordações ligadas a ela. É muito boa, é da Asprey de Londres. Ele disse que era a única coisa que tinha para retribuir nossa hospitalidade. Nós dissemos que a tomaríamos emprestada, e sabe o que ele fez? Deu dinheiro a um dos empregados para mandá-la gravar na loja de Hamit. De modo que ela está lá, não podemos devolvê-la. Uma inscrição tão esquisita. "Para Luis e Martha, de seu hóspede agradecido, Jones." Assim, sem o primeiro nome. Sem iniciais, como um ator francês."

"E *seu* primeiro nome."
"E o de Luis. Querido, está na hora de eu ir."
"Quanto tempo passamos falando de Jones, não é mesmo?"
"Imagino que vamos passar muito mais. Papa Doc não vai lhe conceder um salvo-conduto. Nem até a embaixada britânica. O governo apresenta um protesto formal toda semana. Afirmam que ele é um criminoso comum, mas, evidentemente, isso é um absurdo. Ele estava disposto a trabalhar com o governo, mas aí alguém lhe abriu os olhos. O jovem Philipot."
"É o que ele diz?"
"Ele tentou sabotar um fornecimento de armas aos *tontons macoutes*."
"Uma história engenhosa."
"Então isso o torna de fato um refugiado político."
"Ele é um oportunista, só isso."
"E não é isso que todos somos... até certo ponto?"
"Como você corre para defendê-lo!"

De repente, tive uma visão grotesca dos dois na cama, Martha nua como estava agora, e Jones ainda com sua roupa feminina, o rosto esbranquiçado, levantando sua longa saia de veludo preto acima das coxas.

"Querido, o que há agora?"
"É uma coisa tão idiota. Pensar que eu levei o trapaceirozinho para viver com você. E agora ele está lá, para toda a vida, talvez. Ou até que alguém chegue bastante perto de Papa Doc com uma bala de prata. Quanto tempo Mindszenty ficou na embaixada americana em Budapeste? Doze anos? Jones vê você o dia todo..."
"Não da mesma maneira que você."
"Ah, Jones precisa ter periodicamente uma mulher, sei disso. Eu o vi em ação. Quanto a mim, só posso vê-la num jantar ou num coquetel de segunda categoria."
"Você não está num jantar agora."

"Ele pulou o muro. Já está no jardim."
"Você deveria ser um romancista", ela disse, "todos seríamos suas personagens. Não poderíamos dizer a você que não somos desse jeito, não teríamos como responder. Querido, não vê que está nos inventando?"
"Estou contente de ter inventado pelo menos essa cama."
"Nós não podemos nem conversar com você, não é? Você não nos ouve se o que falamos não combina com a personagem que você nos deu."
"Que personagem? Você é uma mulher que eu amo. Só isso."
"Ah, sim, estou classificada. Uma mulher que você ama."
Ela se levantou da cama e começou a se vestir depressa. Xingou *"merde!"* porque não conseguiu prender uma liga, o vestido ficou enroscado na cabeça e ela teve de recomeçar. Parecia estar fugindo de um incêndio. Não conseguiu encontrar a outra meia.
"Vou tirar logo seu hóspede", falei. "De uma forma ou de outra."
"Não me importa se você o tira ou não. Desde que ele esteja em segurança."
"Angel sentirá muito a falta dele."
"Sim."
"Midge também."
"Sim."
"E Luis."
"Ele diverte Luis."
"E a você?"
Ela enfiou os pés nos sapatos e não respondeu.
"Teremos paz quando ele for embora. Você não ficará mais dividida entre nós."
Ela me olhou por um instante como se eu tivesse dito algo chocante. Então veio até a cama e pegou minha mão como se eu fosse uma criança que não entende o significado de suas palavras, mas que precisa ser de qualquer modo advertida para não repeti-las.

"Meu querido, tenha cuidado. Você não compreende? Para você nada existe que não esteja em seus pensamentos. Nem eu nem Jones. Nós somos o que você escolhe para sermos. Você segue a doutrina de George Berkeley, e como! Você transformou o pobre Jones num sedutor e eu, numa amante libertina. Não consegue nem acreditar na medalha de sua mãe, não é? Você escreveu para ela um papel diferente. Meu querido, tente acreditar, nós existimos quando você não está presente. Nós somos independentes de você. Nenhum de nós é como você imagina que sejamos. Talvez não fosse muito importante se seus pensamentos não fossem tão sombrios, sempre tenebrosos."

Tentei fazê-la voltar às boas com um beijo, mas ela se virou rapidamente e da porta falou ao corredor vazio: "É um mundo muito escuro aquele em que você vive. Lamento que você seja assim. Como lamento por meu pai."

Fiquei deitado bastante tempo, pensando no que eu poderia ter em comum com um criminoso de guerra responsável por tantos mortos não identificados.

II

OS FARÓIS VARRERAM O VÃO ENTRE as palmeiras e se fixaram como uma mariposa amarela em meu rosto. Não conseguia enxergar direito quando se apagaram, exceto algo grande e negro aproximando-se da varanda. Eu havia sido espancado uma vez, não queria passar por aquilo de novo. Gritei "Joseph", mas evidentemente ele não estava lá. Eu adormecera em cima de meu copo de rum e me esquecera disso.

"Joseph voltou?"

Foi um alívio ouvir a voz do dr. Magiot. Com sua inexplicável dignidade, ele se aproximou lentamente dos degraus quebrados da

varanda, como se fossem os degraus de mármore do Senado e ele, um senador de uma região distante do império galardoado com a cidadania romana.
"Peguei no sono. Falei sem pensar. Posso lhe oferecer algo, doutor? Sou o cozinheiro agora, mas posso facilmente preparar-lhe uma omelete."
"Não, não estou com fome. Posso colocar meu carro em sua garagem, para o caso de alguém aparecer?"
"Ninguém vem aqui à noite."
"Nunca se sabe..."
Quando voltou, repeti meu convite, mas ele não aceitou nada. Disse que só queria companhia. Escolheu uma cadeira para sentar.
"Costumava vir aqui com frequência para conversar com sua mãe, nos bons tempos. Sinto-me solitário agora, depois do pôr do sol."
Haviam começado os relâmpagos, e o dilúvio noturno logo desabaria. Puxei minha cadeira um pouco mais ao abrigo da varanda.
"Não tem visto seus colegas?", perguntei.
"Que colegas? Há uns velhos como eu atrás das portas trancadas. Nos últimos dez anos, três quartos dos médicos que se formaram preferiram ir para outro lugar assim que conseguiram comprar uma permissão de saída. Aqui as pessoas compram uma autorização de saída, não uma clientela. Se quiser se consultar com um médico haitiano, melhor ir para Gana."
Calou-se, e a chuva começou a cair, retinindo na piscina novamente vazia; a noite estava tão escura que eu não conseguia ver o rosto do dr. Magiot, apenas as pontas de seus dedos pousados sobre os braços da cadeira, como madeira esculpida.
"Ontem à noite", contou ele, "tive um sonho absurdo. O telefone tocava... Imagine só, o telefone. Há quantos anos não ouço um telefone? Eu estava sendo chamado ao hospital geral por causa de um acidente. Ao chegar, vi com satisfação que a enfermaria estava limpa, as enfermeiras também eram jovens e imaculadas (poderá

constatar que todas elas foram embora para a África também). Meu colega veio a meu encontro, um jovem no qual eu depositava grandes esperanças; ele as está concretizando atualmente em Brazzaville. Ele me disse que o candidato da oposição (como soam antiquadas essas palavras hoje) havia sido atacado por alguns desordeiros numa reunião política. Houve complicações. Seu olho esquerdo estava ameaçado. Comecei a examiná-lo, mas não era o olho, e sim a face que estava recortada e aberta até o osso. Meu colega voltou. Ele disse: 'O chefe de polícia está ao telefone. Os baderneiros foram presos. O presidente está ansioso por saber o resultado de seu exame. A esposa do presidente mandou estas flores...'." O dr. Magiot começou a rir tranquilamente no escuro e continuou: "Até nas épocas melhores, até na época do presidente Estimé nunca aconteceu isso. Os sonhos freudianos de autorrealização em geral não são tão óbvios.".

"Não foi um sonho muito marxista, dr. Magiot. Com um candidato da oposição."

"Talvez o sonho marxista de um futuro muito, muito distante. Quando o Estado mundial tiver desaparecido e houver apenas eleições municipais. Na freguesia do Haiti."

"Quando fui à sua casa, fiquei surpreso em encontrar *O capital* visível numa prateleira. É seguro isso?"

"Já lhe disse uma vez. Papa Doc faz uma distinção entre filosofia e propaganda. Ele quer conservar sua janela aberta para o Leste enquanto os americanos não lhe fornecem armas novamente."

"Eles jamais farão isso."

"Aposto com o senhor dez contra um que, em questão de meses, as relações melhorarão e a embaixada americana reabrirá. O senhor esquece que Papa Doc é um baluarte contra o comunismo. Não haverá uma Cuba, não haverá uma baía dos Porcos aqui. É claro que há outras razões. O 'lobista' de Papa Doc em Washington é o mesmo de alguns moinhos de propriedade americana. Eles moem farinha de trigo inferior para quem possui trigo importado excedente, e é espantosa a quantidade de dinheiro que é possível tirar dos mais pobres dos pobres, com um pouco de imaginação. E depois há o grande cartel da carne. Os pobres aqui não comem carne e também não comem bolo, portanto suponho que eles não sofrem se toda a carne existente vai para o mercado americano. Não interessa aos importadores que aqui não existam especificações para a criação de gado. A carne vai enlatada para os países subdesenvolvidos, paga pela ajuda americana, evidentemente. Os americanos não seriam afetados se esse comércio cessasse, mas sim aquele político em Washington que recebe um por cento para cada libra de carne exportada."

"O senhor não tem esperança no futuro?"

"Não, não é que eu não confie. Não cultivo a desesperança, mas nossos problemas não serão resolvidos pelos fuzileiros navais americanos. Nós tivemos nossa experiência com os fuzileiros. Não sei se eu não lutaria por Papa Doc se eles viessem. Pelo menos ele é haitiano. Não, o negócio tem de ser feito por nossas próprias mãos. Nós somos uma horrível favela flutuando a poucas milhas da Flórida, e nenhum americano nos ajudaria com armas, dinheiro ou conselhos. Já aprendemos há alguns anos o que significam tais conselhos. Havia um grupo de resistentes aqui que mantinha contato com um simpatizante na embaixada americana: prometeram-lhes todo tipo de apoio moral, mas as informações iam diretamente para a CIA e desta, por linha direta, até Papa Doc. Pode imaginar o que aconteceu com o grupo. O Departamento de Estado não queria perturbação no Caribe."

"E os comunistas?"

"Nós somos mais organizados e mais discretos do que os outros, mas, se tentássemos tomar o poder, pode estar certo de que os fuzileiros navais desembarcariam e Papa Doc se manteria no poder. Em Washington, nós parecemos um país muito estável, não indicado para turistas, mas de qualquer maneira os turistas são sempre um estorvo. Às vezes, eles veem demais e escrevem a seus senadores. Seu sr. Smith ficou muito perturbado com as execuções no cemitério. A propósito, Hamit sumiu."

"O que aconteceu?"

"Espero que tenha se escondido, mas seu carro foi encontrado abandonado perto do porto."

"Ele tinha muitos amigos americanos."

"Mas ele não é cidadão americano. Ele é haitiano. Você pode fazer o que quiser com os haitianos. Trujillo assassinou vinte mil em tempo de paz no Massacre do Rio, camponeses que foram ao país dele para a colheita da cana, homens, mulheres e crianças. Acha que houve algum protesto por parte de Washington? Ele viveu mais quase vinte anos engordando com a ajuda americana."

"Quais são suas esperanças, dr. Magiot?"

"Talvez uma revolução palaciana. Papa Doc jamais sai, só é possível atingi-lo no palácio. E então, antes que Fat Gracia se estabeleça em seu lugar, um expurgo por obra do povo."

"Nada espera dos rebeldes?"

"Pobres coitados, não sabem lutar. Eles agitam seus fuzis, quando conseguem alguns, diante de um posto fortificado. Podem ser heróis, mas precisam aprender a viver, e não a morrer. Acha que Philipot sabe algo sobre guerra de guerrilha? E seu pobre manco, Joseph? Eles precisam de alguém com experiência e depois, talvez daqui a um ano ou dois... Nós somos tão corajosos quanto os cubanos, mas o terreno é adverso. Nós destruímos nossas florestas. Temos de viver em grutas e dormir em cima de pedras. E há o problema da água..."

Como uma espécie de comentário a seu pessimismo, o dilúvio desabou. Não conseguíamos ouvir nossas próprias palavras. As luzes da cidade se apagaram. Fui para o bar e trouxe dois copos de rum, colocando-os entre o doutor e mim. Tive de levar sua mão até o copo. Ficamos sentados em silêncio até que a tempestade cedesse.

"O senhor é um homem estranho", disse afinal o dr. Magiot.
"Por que estranho?"
"Fica me ouvindo como se eu fosse um velho falando do passado distante. Parece tão indiferente, e, no entanto, o senhor vive aqui."
"Eu nasci em Mônaco", expliquei. "Isso é quase como ser apátrida."
"Se sua mãe ainda vivesse, não ficaria tão indiferente. Talvez ela estivesse lá nas montanhas agora."
"Inutilmente?"
"Ah, sim, inutilmente, é claro."
"Com seu amante?"
"Com certeza ele não deixaria que fosse sozinha."
"Talvez eu me assemelhe a meu pai."
"Quem era ele?"
"Não tenho ideia. Como meu país de origem, ele não tem rosto."
A chuva diminuiu: agora podia ouvir o som distinto dos pingos sobre as árvores, sobre os arbustos, sobre o cimento duro da piscina. "Pego as coisas como elas vêm, prossegui. "Evidentemente, é o que a maioria das pessoas faz, não? A gente precisa viver."
"O que quer da vida, Brown? Sei como sua mãe me responderia."
"Como?"
"Ela daria uma gargalhada porque não saberia a resposta. Divertimento. Mas 'divertimento' para ela era quase tudo. Até a morte."
Dr. Margiot ergueu-se e ficou de pé à beira da varanda. "Pensei ter ouvido alguma coisa. Imaginação. As noites nos tornam todos neuróticos. Eu amei realmente sua mãe, Brown."
"E o amante dela, o que fez com ele?"
"Ele a fazia feliz. O que você pretende, Brown?"
"Pretendo dirigir este hotel. Quero vê-lo como era antes. Antes da chegada de Papa Doc. Joseph atarefado atrás do balcão do bar, as garotas na piscina, os carros subindo pela alameda, todos os ruídos bobos da alegria. O gelo nos copos, risadas entre os arbustos e, é claro, o roçar das notas de dinheiro."

"E depois?"
"Ah, suponho que um corpo para amar. Como minha mãe tinha."
"E depois disso?"
"Sabe Deus. Não basta, pelo tempo que me resta viver? Tenho quase sessenta anos."
"Sua mãe era católica."
"Nem tanto."
"Eu conservo uma fé, mesmo que seja apenas a verdade de algumas leis econômicas, mas o senhor perdeu a sua."
"Perdi? Talvez nunca tenha tido uma fé. Em todo caso, crer é uma limitação, concorda?

Ficamos algum tempo em silêncio com os copos vazios."
"Tenho um recado de Philipot", disse o doutor. "Ele está nas montanhas atrás de Aux Cayes, mas planeja ir para o norte. Ele tem doze homens, incluindo Joseph. Espero que os outros não estejam aleijados. Dois mancos já bastam. Ele pretende reunir-se aos guerrilheiros perto da fronteira dominicana. Dizem que há trinta homens lá."
"Que exército! Quarenta e dois homens!"
"Castro tinha doze."
"Mas o senhor não pode comparar Philipot a Castro."
"Ele acredita ter condições de estabelecer uma base de treinamento perto da fronteira. Papa Doc escorraçou os camponeses até uns dez quilômetros além da fronteira, portanto há a possibilidade de sigilo, se faltar a de recrutas... Ele precisa de Jones."
"Por que Jones?"
"Ele acredita muito em Jones."
"Seria muito melhor se conseguisse uma Bren."
"O treinamento é mais importante do que armas para começar. É sempre possível tirar as armas dos mortos, mas antes é preciso aprender a matar."
"Como sabe de tudo isso, dr. Magiot?"
"Às vezes eles precisam confiar até mesmo em um de nós."

"Um de vocês?"
"Um comunista."
"É fantástico que o senhor sobreviva."
"Se não houvesse comunistas, e a maioria de nossos nomes está na lista da CIA, Papa Doc deixaria de ser um baluarte do mundo livre. Pode haver outra razão também. Eu sou um bom médico. Chegará o dia. Ele não é imune..."
"Se o senhor pudesse transformar seu estetoscópio em algo fatal."
"Sim, pensei nisso. Mas ele provavelmente sobreviverá a mim."
"A medicina francesa gosta de supositórios e de picadas?"
"Seriam testados antes em alguém sem importância."
"E o senhor acredita realmente que Jones... Ele só é bom para fazer rir as mulheres."
"Ele teve a experiência necessária na Birmânia. Os japoneses eram mais espertos do que os *tontons macoutes*."
"Ah, sim, ele se vangloria daquela época. Ouvi dizer que os está enfeitiçando na casa do embaixador. Canta para pagar o jantar."
"Não vai querer passar a vida toda lá."
"Mas também não quer morrer na porta de casa."
"Existem formas de fugir."
"Ele jamais correria o risco."
"Ele arriscou bastante quando tentou enganar Papa Doc. Não o subestime. Só porque ele se gaba muito... Você pode pegar um homem que se gaba. Pode perceber o blefe."
"Ah, não me entenda mal, dr. Magiot. Eu o quero fora da embaixada tanto quanto Philipot."
"Mas o senhor o colocou lá."
"Não podia imaginar."
"O quê?"
"Esse é outro problema. Eu faria tudo..."
Alguém vinha andando pela alameda. Os passos o denunciaram sobre as folhas molhadas e as cascas secas de coco. Ficamos

sentados em silêncio, esperando... Em Porto Príncipe, ninguém saía a pé de noite. Fiquei pensando se o dr. Magiot estaria armado. Mas não era próprio de seu caráter. Alguém parou onde as árvores terminavam e a alameda fazia uma curva. E chamou: "Sr. Brown?".
"Sim?"
"Não tem luz?"
"Quem é?"
"Petit Pierre."
De repente, percebi que o dr. Magiot não estava mais comigo. Extraordinário como aquele homem enorme podia se mover silenciosamente quando queria.
"Vou buscar uma lanterna", gritei. "Estou sozinho."
Voltei tateando para o bar. Sabia onde encontrar uma lanterna. Quando a achei, vi que a porta da cozinha estava aberta. Voltei com a luz, e Petit Pierre subiu os degraus. Fazia semanas que não via aquela fisionomia vívida e ambígua. Pendurou o paletó encharcado no espaldar de uma cadeira. Servi-lhe um copo de rum e fiquei esperando uma explicação; não era usual vê-lo depois do pôr do sol.
"Meu carro enguiçou", disse ele. "Esperei até passar a chuva mais grossa. Está demorando para as luzes voltarem esta noite."
Eu repliquei mecanicamente, numa observação comum em Porto Príncipe: "Eles revistaram você na barreira?"
"Com essa chuva, não", respondeu. "Não há barreiras quando chove. Não vai esperar que um soldado trabalhe em meio a um vendaval."
"Faz muito tempo que não o vejo, Petit Pierre."
"Andei muito ocupado."
"Na verdade, não tem acontecido muita coisa para sua coluna de mexericos..."
Ele deu uma risadinha no escuro. "Sempre há alguma coisa. Sr. Brown, hoje é um grande dia na história de Petit Pierre."
"Não me diga que você se casou?"
"Não, não, não. Pense um pouco."

"Você herdou uma fortuna?"

"Uma fortuna em Porto Príncipe? Não, sr. Brown, hoje instalei um aparelho estéreo de alta-fidelidade."

"Parabéns. Funciona?"

"Não comprei discos ainda, de modo que não posso dizer. Encomendei discos de Juliette Greco, Françoise Hardy e Johnny Halliday na loja de Hamit..."

"Ouvi dizer que Hamit não está mais aqui."

"Por quê? O que houve?"

"Ele desapareceu."

"Pela primeira vez", disse Petit Pierre, "o senhor sabe das coisas antes de mim. Quem lhe contou?"

"Eu não revelo minhas fontes."

"Ele ia com muita frequência às embaixadas estrangeiras. Não era conveniente."

De repente as luzes se acenderam, e pela primeira vez apanhei Petit Pierre com a guarda abaixada, pensativo, perturbado, antes que reagisse à luz e dissesse com sua vivacidade costumeira: "Então terei de esperar por meus discos".

"Tenho alguns no escritório, posso emprestá-los. Eu os guardava para os hóspedes."

"Estive no aeroporto hoje à noite", observou ele.

"Chegou alguém?"

"Na verdade, sim. Não esperava vê-lo. As pessoas às vezes ficam mais do que pretendem em Miami, e ele esteve fora bastante tempo, e com tudo o que aconteceu..."

"Quem é?"

"O capitão Concasseur."

Acho que sabia agora por que Petit Pierre fazia sua amigável visita: não era apenas para me contar da compra do aparelho de alta-fidelidade. Tinha um recado para dar.

"Ele teve problemas?"

"Todos os que lidam com o major Jones têm problemas", disse Petit Pierre. "O capitão está muito zangado. Foi bastante insultado em Miami. Consta que passou duas noites numa delegacia. Imagine só! O capitão Concasseur! Ele quer se reabilitar."

"Como?"

"Pegando de qualquer maneira o major Jones."

"Jones está a salvo na embaixada."

"Deveria ficar lá o máximo possível. É melhor que não confie em nenhum salvo-conduto. Mas quem sabe que atitude poderia tomar um novo embaixador?"

"Que novo embaixador?"

"Há boatos de que o presidente avisou o governo do sr. Pineda de que ele não é mais *persona grata*. É claro que pode não ser verdade. Posso ver seus discos, por favor? A chuva acabou, e preciso ir."

"Onde deixou o carro?"

"No acostamento, na estrada, para baixo da barreira."

"Vou levá-lo para casa em meu carro", disse eu. Tirei o veículo da garagem e, quando acendi os faróis, vi o dr. Magiot sentado pacientemente em seu carro. Não nos falamos.

III

DEPOIS QUE DEIXEI PETIT PIERRE na cabana que ele chamava de casa, fui até a embaixada. O guarda do portão parou meu carro e espiou no interior antes de me deixar passar. Quando toquei a campainha, ouvi o cachorro latir no saguão e a voz de Jones falando em tom de dono: "Quieto, Midge, quieto".

Estavam sozinhos naquela noite, o embaixador, Martha e Jones, e eu tive a impressão de que se tratava de uma festa em família. Pineda e Jones jogavam cartas — não é preciso dizer que Jones estava ganhando —, enquanto Martha costurava sentada numa poltrona. Jamais a havia visto com uma agulha na mão; era como se Jones tivesse trazido para aquela casa uma espécie de domesticidade. Midge estava sentado a seus pés como se ele fosse o dono, e Pineda ergueu-me os olhos nada cordiais, dizendo: "Queira desculpar, vamos acabar a partida".

"Venha ver Angel", propôs Martha. Subimos juntos as escadas e a meio caminho ouvimos Jones dizer: "Paro por aqui". No corredor, viramos à esquerda, entramos no quarto onde havíamos brigado, e ela me beijou, espontânea e feliz. Contei-lhe do boato de Petit Pierre. "Ah, não. Não pode ser verdade", comentou, acrescentando: "Luis tem andado preocupado com alguma coisa nos últimos dias."

"Mas se fosse verdade..."

"O novo embaixador teria de ficar com Jones do mesmo jeito. Não poderia despejá-lo."

"Não estava pensando em Jones. Estava pensando em nós." Uma mulher continuaria chamando um homem pelo sobrenome se estivesse dormindo com ele?

Sentou-se na cama e ficou olhando para a parede com um olhar estupefato, como se a parede de repente se aproximasse. "Não creio que seja verdade", ela disse. "Não acredito."

"Tem de acontecer um dia."

"Eu sempre pensei... que quando Angel fosse suficientemente crescido para compreender..."

"Quantos anos eu terei então?"

"Você também pensou nisso", ela me acusou.

"Sim, pensei muito nisso. Foi uma das razões pelas quais tentei vender o hotel em Nova York. Queria dinheiro para segui-la, para onde quer que vocês fossem designados. Mas ninguém comprará o hotel agora."

"Querido, nós conseguiremos de alguma forma, mas Jones... Para ele é uma questão de vida ou morte."

"Imagino que se fôssemos jovens ainda pensaríamos que era uma questão de vida ou morte para nós também. Mas agora 'os homens morreram e os vermes os comeram, mas não por amor'."

Jones gritou lá embaixo: "O jogo acabou"; sua voz penetrou no quarto como um estranho sem tato. "Melhor irmos agora", decidiu Martha. "Não diga nada, até sabermos."

Pineda estava sentado com o cachorro no colo, acariciando-o; o animal aceitava os carinhos com indiferença, como se quisesse estar em outro lugar, e olhava para Jones com uma devoção remelenta enquanto ele somava os pontos. "Estou ganhando de mil e duzentos pontos", disse. "Vou mandar alguém à loja de Hamit amanhã de manhã para comprar biscoitos ao uísque para Angel."

"O senhor o mima", falou Martha. "Compre alguma coisa para o senhor. Para que se lembre de nós."

"Como se eu algum dia pudesse esquecer", disse Jones, e olhou para ela como o cachorro no colo de Pineda fitava Jones, com uma expressão de pesar, úmida e um pouco falsa ao mesmo tempo.

"Seu serviço de informação parece ruim", observei. "Hamit desapareceu."

"Não ouvi nada", disse Pineda. "Por quê...?"

"Petit Pierre acha que ele tem amigos estrangeiros demais."

"Você precisa fazer alguma coisa", interveio Martha. "Hamit nos ajudou de tantas formas."

Eu podia lembrar de uma delas, o quartinho com a cama de metal, a coberta de seda cor de malva e as cadeiras orientais enfileiradas contra a parede. Aquelas tardes pertenciam a nossos dias mais felizes.

"O que posso fazer?", lamentou Pineda. "O secretário do Interior aceitará dois de meus charutos e me dirá educadamente que Hamit é cidadão haitiano."

"Devolvam-me minha companhia" disse Jones, "e porei a delegacia de pernas para o ar até encontrá-lo."

Não podia ter esperado uma resposta mais rápida ou melhor. Magiot havia dito: "Você pode apanhar um homem que se gaba". Enquanto falava, Jones olhava para Martha com a expressão de um rapaz que busca aprovação, e pude imaginar todas aquelas noites em família em que ele os divertia com suas histórias sobre a Birmânia. Era verdade que ele não era jovem, mas mesmo assim tínhamos quase dez anos de diferença.

"Há muitos policiais", repliquei.

"Se eu tivesse cinquenta de meus homens, tomaria o país. Os japoneses eram mais numerosos do que nós e sabiam lutar..."

Martha dirigiu-se para a porta, mas eu a detive. "Por favor, não vá." Eu precisava dela como testemunha. Ela ficou, e Jones prosseguiu, sem suspeitar de nada: "É claro que, no começo, eles nos puseram para correr na Malásia. Naquela época, nós não sabíamos nada de guerra de guerrilha, mas aprendemos.".

"Wingate", disse eu em tom encorajador, temendo que ele não chegasse lá.

"Foi um dos melhores, mas há outros que poderia mencionar. Eu me orgulho de alguns de meus truques."

"Você sabia farejar água", lembrei-o.

"Aquilo foi algo que eu não precisei aprender. Nasceu comigo. Puxa, quando criança..."

"Que tragédia você estar trancafiado aqui", interrompi-o. Sua infância estava longe demais para meu propósito. "Há homens nas montanhas agora, que só precisam aprender. É claro que eles têm Philipot."

Era como um dueto entre nós dois. "Philipot", ele exclamou, "não tem nenhuma ideia, meu velho. Sabe que foi falar comigo? Ele queria minha ajuda no treinamento... Ofereceu..."

"Não ficou tentado?"

"Claro que sim. Tenho saudades daquela época na Birmânia. Pode compreender isso. Mas, meu velho, eu estava a serviço do governo. Eu não percebi suas intenções naquele momento. Talvez eu seja inocente, mas um homem precisa apenas ser correto comigo... eu confiava então... Se soubesse o que sei agora..."

Fiquei imaginando que tipo de explicação ele havia dado a Martha e a Pineda para sua fuga. Obviamente, elaborara bastante a história que me contara na noite da escapada.

"É uma pena mesmo que você não tenha ido com Philipot", disse eu.

"Uma pena para nós dois, meu velho. Evidentemente não o estou criticando. Philipot tem coragem. Mas eu poderia tê-lo transformado, se tivesse a oportunidade, num comando de primeira categoria. Aquele ataque à delegacia de polícia foi obra de amadores. Deixou escapar a maioria deles e as únicas armas que tinha..."

"Se surgisse outra oportunidade..." Nenhum rato mais inexperiente correria tão temerariamente para o queijo. "Ah, eu iria sem titubear", completou.

"Se eu conseguisse arranjar sua fuga... para chegar até Philipot..."

Ele não hesitou, porque os olhos de Martha estavam fixos nele. "Basta que me mostre como, meu velho", disse ele. "Basta que me mostre como."

Naquele momento, Midge pulou sobre seus joelhos e lambeu-lhe o rosto, do nariz até a bochecha, como para se despedir longamente do herói; ele fez alguma pilhéria óbvia — porque não sabia que a ratoeira estava realmente fechada —, e Martha riu; eu me consolei pensando que os dias para rir estavam contados.

"Deve estar pronto para o aviso a qualquer momento", observei.

"Eu viajo com pouca bagagem, meu velho", disse Jones. "Nem mesmo uma maleta para coquetéis, agora." Ele podia arriscar aquela referência; confiava tanto em mim...

O dr. Magiot estava sentado em meu escritório, no escuro, embora a luz tivesse voltado. Entrei dizendo: "Peguei-o. Não poderia ter sido mais fácil".

"Parece muito triunfante", comentou ele. "Mas do que se trata, afinal? Um homem não pode ganhar uma guerra."

"Não, tenho outras razões para meu triunfo." O dr. Magiot abriu um mapa sobre minha mesa, e estudamos detalhadamente a rodovia do sul para Aux Cayes. Para eu voltar sozinho, deveria parecer que não tinha passageiros.as e se eles vasculharem meu carro?"

"Chegaremos lá."

Eu precisaria de um passe policial e de uma razão para minha viagem. "Precisa conseguir um passe para segunda-feira, dia 12...", ele me disse. Levaria boa parte da semana para ele receber uma resposta de Philipot, portanto dia 12 era a data mais próxima possível. "Não haverá lua, e isso nos favorece. O senhor o deixa aqui perto do cemitério, antes de chegar a Aquin, e dirige-se para Aux Cayes."

"Se os *tontons macoutes* o encontrarem antes de Philipot..."

"O senhor não chegará lá antes da meia-noite, e ninguém vai a um cemitério depois que escurece. Se alguém o descobrir, será um péssimo aviso para o senhor. Eles o farão falar."

"Suponho que não há outra maneira possível..."

"Jamais conseguiria um passe para sair de Porto Príncipe ou eu teria oferecido..."

"Não se preocupe. Tenho uma conta pessoal para acertar com Concasseur."

"Todos temos uma conta com ele. Pelo menos há uma coisa com a qual podemos contar..."

"O quê?"

"O tempo."

IV

HAVIA UMA MISSÃO CATÓLICA e um hospital em Aux Cayes, e preparei uma história a respeito de um pacote de livros de teologia e uma caixa de remédios que havia prometido levar para lá. A história pouco importava; a polícia só se preocupava com a dignidade de sua função. Um passe para Aux Cayes custou muitas horas de espera, só isso, com o cheiro de zoológico, debaixo das fotos dos rebeldes mortos, no vapor de fornalha daquele dia. A porta do escritório no qual o sr. Smith e eu vimos Concasseur pela primeira vez estava fechada. Talvez ele já tivesse caído em desgraça, e minhas contas já estivessem acertadas.

Pouco antes de bater uma hora, chamaram meu nome, e fui até um policial numa mesa. Ele começou a preencher os inúmeros detalhes, a respeito de mim, de carro, do meu nascimento em Monte Carlo até a cor de meu Humber. Chegou um sargento e olhou por cima de seu ombro.

"Está louco", disse ele.

"Por quê?"

"Nunca chegará a Aux Cayes sem um jipe."

"A Grande Rodovia do Sul", justifiquei.

"Cento e cinquenta quilômetros de lama e buracos. Até um jipe leva oito horas."

Naquela tarde, Martha foi me ver. Enquanto descansávamos um ao lado do outro, ela disse que Jones me levava a sério."

"Tem de levar mesmo."

"Você sabe que não conseguiria passar da primeira barreira."

"Está tão ansiosa por causa dele?"

"Você é tão louco", reclamou ela. "Acho que se eu fosse embora para sempre você estragaria o último instante..."

"Está indo embora?"

"Um dia, é claro. Isso é certo. As pessoas estão sempre em movimento."

"Você me contaria antes?"
"Não sei. Talvez não tivesse coragem."
"Eu iria com você."
"Você iria? Que séquito. Chegar a uma nova capital com um marido, Angel e também um amante."
"Pelo menos você deixaria Jones para trás."
"Quem sabe? Talvez pudéssemos contrabandeá-lo na mala diplomática. Luis gosta mais dele do que de você. Diz que é mais honesto."
"Honesto? Jones?" Fiz uma boa imitação de uma gargalhada, mas minha garganta estava seca depois do amor.

E, como acontecera tantas vezes, caiu a noite enquanto falávamos de Jones; não fizemos amor uma segunda vez: o assunto era antiafrodisíaco.

"Acho estranha", comentei "a facilidade com que ele faz amigos. Luis e você. Até o sr. Smith gostava dele. Talvez o escroque atraia o honesto, ou o culpado, o inocente, como o loiro atrai o preto."
"Eu sou inocente?"
"Sim."
"E mesmo assim você acha que eu durmo com Jones."
"Isso não tem nada a ver com inocência."
"Você me seguiria realmente se eu fosse embora?"
"Claro. Se eu conseguisse levantar o dinheiro. Uma vez eu tinha um hotel. Agora tenho apenas você. Você vai embora? Está guardando algum segredo?"
"Eu não. Luis talvez."
"Ele não conta tudo a você?"
"Talvez ele tenha mais medo do que você de me fazer infeliz. A ternura é mais... terna."
"Quantas vezes ele faz amor com você?"
"Você acha que eu sou insaciável, não é? Eu preciso de você, de Luis e de Jones", disse ela, mas não respondeu à minha pergunta. As palmeiras e as primaveras haviam se tornado negras, e a

chuva começou, em pingos distintos, como gotas de óleo pesado. Entre os pingos caiu o silêncio opressivo, e então brilhou um relâmpago, e o rugido da tempestade veio descendo a montanha. A chuva despencou fincando-se na terra como uma parede pré-fabricada.

"Numa noite como esta", disse eu, "quando a lua estiver escondida, vou buscar Jones."

"Como conseguirá fazê-lo passar pelas barreiras?"

Repeti o que Petit Pierre me havia dito: "Não há barreiras durante uma tempestade".

"Mas eles suspeitarão de você quando descobrirem..."

"Confio em você e em Luis para que não descubram. Você precisa calar a boca de Angel, e do cachorro também. Não deixe que fique andando pela casa ganindo à procura de Jones."

"Está assustado?"

"Gostaria de ter um jipe, só isso."

"Por que está fazendo isso?"

"Não gosto de Concasseur e de seus *tontons macoutes*. Não gosto de Papa Doc. Não gosto que fiquem apalpando meus culhões pela rua para ver se tenho uma arma. Aquele cadáver na piscina... Eu costumava ter lembranças diferentes. Eles torturaram Joseph. Acabaram com meu hotel."

"Que diferença pode fazer se Jones é um mentiroso?"

"Talvez não seja, afinal. Philipot acredita nele. Talvez ele tenha mesmo lutado contra os japoneses."

"Se fosse um mentiroso não haveria de querer ir, não é?"

"Ele se comprometeu demais diante de você."

"Não sou tão importante assim para ele."

"Então o que é? Ele lhe falou alguma vez de um clube de golfe?"

"Sim, mas não se arrisca a vida por um clube de golfe. Ele quer ir embora."

"Você acredita nisso?"

"Ele me pediu que lhe emprestasse sua coqueteleira. Disse que é sua mascote. Esteve sempre com ela na Birmânia. Diz que a devolverá quando os guerrilheiros entrarem em Porto Príncipe." "Ele tem seus sonhos. Talvez seja um inocente também." "Não fique zangado se eu for para casa cedo", ela implorou. "Prometi a ele uma partida de *gin rummy*, quero dizer, antes que Angel volte da aula. É tão bonzinho com Angel. Eles brincam de guerrilheiros e de luta japonesa. Talvez não haja tempo para outras partidas de *gin rummy*. Você compreende, não é? Quero ser gentil."

Senti mais cansaço do que raiva quando ela me deixou, cansaço de mim mesmo acima de tudo. Seria incapaz de confiar? Mas, quando preparei um uísque para mim e ouvi a imensa maré do silêncio subir à minha volta, o veneno voltou; o veneno era um antídoto contra o medo. Pensei: "Por que confiaria numa alemã, a filha de um enforcado?".

V

DIAS MAIS TARDE, RECEBI UMA CARTA do sr. Smith. Levara mais de uma semana para chegar de São Domingos. Havia ficado alguns dias, escrevia, para dar uma olhada e conhecer o túmulo de Colombo, e quem haviam reencontrado? Respondi sem virar a página. O sr. Fernandez, é claro. Estava no aeroporto quando eles chegaram. (Fiquei pensando se sua profissão fazia com que ele ficasse de prontidão num aeroporto, como uma ambulância.) O sr. Fernandez mostrara-lhes tantas coisas, de uma maneira tão interessante, que decidiram ficar mais tempo. Aparentemente, o vocabulário do sr. Fernandez aumentara. No *Medea*, seu sofrimento era muito grande, e foi por isso que sucumbiu durante o concerto; sua mãe estivera gravemente doente, mas se recuperara. O câncer não passava de um *fibrome*, e a sra. Smith a convertera a uma dieta vegetariana. O sr. Fernandez achava até que havia possibilidade de fundar um centro vegetariano na República Dominicana. *Devo admitir, escrevia, que a situação aqui é mais pacífica, embora haja muita pobreza. A sra. Smith encontrou uma amiga de Wisconsin.* Mandava lembranças cordiais ao major Jones e agradecia minha ajuda e hospitalidade. Era um velho com maneiras muito finas, e de repente percebi que sentia saudades dele. Na capela da escola, em Monte Carlo, rezávamos todos os domingos, *Dona nobis pacem*, mas duvido que mais tarde, na vida, muitos de nós tenham sido atendidos em sua prece. O sr. Smith não precisava rezar pela paz. Ele nascera com a paz no coração, e não com uma lasca de gelo. Naquela tarde, o corpo de Hamit foi encontrado num lixão a céu aberto nos arrabaldes de Porto Príncipe.

Fui de automóvel até *Mère* Catherine (por que não, se Martha estava em casa com Jones?), mas nenhuma das garotas se arriscara a sair de casa naquela noite. A história de Hamit, a essa altura, estava provavelmente circulando por toda a cidade, e eles temiam que um corpo não fosse suficiente para o festim de Baron Samedi. A sra. Philipot e seu filho foram se juntar aos outros refugiados na embaixada da Venezuela, e existia por toda parte uma sensação de incerteza. (Ao passar de carro, notei que havia dois guardas do lado de fora da embaixada de Martha.) Pararam-me na barreira abaixo do hotel, revistaram-me, embora a chuva tivesse começado. Fiquei pensando se em parte essa atividade se devia à volta de Concasseur. Ele tinha de mostrar sua lealdade.

No Trianon, encontrei o mensageiro do dr. Magiot esperando com um bilhete; um convite para jantar com ele. A hora do jantar quase passara, e fomos até sua casa acompanhados pelas trovoadas. Dessa vez ninguém nos deteve. A chuva era demasiado pesada agora, e os soldados estavam agachados debaixo de seu abrigo de sacos velhos. O pinheiro-de-norfolk gotejava perto da alameda como um guarda-chuva quebrado, e o dr. Magiot esperava por mim, em sua sala de visitas vitoriana, com uma garrafa de cristal de vinho do Porto.

"Ouviu a respeito de Hamit?", perguntei. Os dois copos apoiavam-se sobre descansos de contas com desenhos florais, a fim de proteger a mesa de *papier mâché*.

"Sim. Pobre homem."

"O que tinham contra ele?"

"Era um dos correios de Philipot. E não falou."

"E o senhor é outro?"

Ele serviu o porto. Nunca aprendi a apreciar o porto como aperitivo, mas naquela noite o tomei sem protestar; estava com vontade de tomar qualquer bebida. Ele não respondeu à minha pergunta, então fiz outra. "Como sabe que ele não falou?"

Ele me deu a resposta óbvia. "Eu estou aqui." A velha chamada *madame* Ferry, que cuidava da casa e preparava as refeições, abriu a porta e nos avisou que o jantar estava pronto. Trajava uma roupa preta e tinha uma touca branca na cabeça. Parecia um ambiente curioso para um marxista, mas me lembrei de ter ouvido falar de cortinas de renda e armários para a porcelana nos primeiros jatos Ilyushin. Como a mulher, davam uma sensação de segurança.

Saboreamos um bife excelente, batatas ao creme com um toque de alho e um vinho clarete tão bom quanto possível, longe do bordeaux. O dr. Magiot não estava com disposição para conversar, mas seu silêncio era monumental como sua conversação. Quando ele propôs "Outro copo?", a frase foi como um simples nome gravado numa pedra tumular. Terminado o jantar, ele disse: "O embaixador americano está de volta".

"Tem certeza?"

"E serão iniciadas conversações amistosas com a República Dominicana. Novamente nos abandonam."

A velha senhora veio com o café, e ele se calou. Seu rosto estava oculto pelo globo de vidro que cobria um arranjo de flores de cera. Tinha a sensação de que após o jantar nos reuniríamos a outros membros da Sociedade Browning para analisar os *Sonnets from the Portuguese*. Hamit jazia em sua vala muito distante dali.

"Tenho um pouco de curaçau ou também *bénédictine*, se preferir."

"Curaçau, por favor."

"O curaçau, *madame* Ferry", e de novo o silêncio se instalou, exceto pelo trovão lá fora. Fiquei pensando por que ele havia mandado me chamar e finalmente ouvi, quando a mulher se foi depois de servir: "Recebi resposta de Philipot".

"Que bom que veio para o senhor e não para Hamit."

"Ele diz que ficará no local marcado três noites seguidas na próxima semana. A começar de segunda-feira."

"O cemitério?"

"Sim. São noites quase sem luar."

"Mas suponhamos que não haja tempestade também."

"Já viu três noites sem tempestade nesta época do ano?"

"Não. Mas meu passe é apenas por um dia: segunda-feira."

"Um detalhe. Poucos policiais sabem ler. O senhor deixa Jones e vai em frente. Se algo sair errado e suspeitarem do senhor, tentarei avisá-lo em Aux Cayes. Talvez possa sair num barco de pesca."

"Tenho fé em Deus que nada sairá errado. Não tenho nenhuma vontade de fugir. Minha vida é aqui."

"Terá de passar Petit Goave antes que a tempestade acabe, ou eles vasculharão seu carro lá. Além de Petit Goave não deve haver problemas antes de Aquin, e estará novamente sozinho ao chegar a Aquin."

"Gostaria de ter um jipe."

"Eu também."

"E os guardas da embaixada?"

"Não se preocupe com eles. Durante o temporal, eles ficam tomando rum na cozinha."

"Precisamos avisar Jones para que fique de prontidão. Tenho a impressão de que ele pode desistir."

"Não quero que o senhor visite a embaixada entre hoje e a noite de sua saída", disse o dr. Magiot. "Eu irei lá amanhã, para tratar de Jones. Caxumba é uma doença perigosa na idade dele; pode provocar esterilidade ou até mesmo impotência. O período de incubação depois da crise do menino poderá parecer curiosamente longo para um médico, mas os empregados não perceberão. Ele terá de ficar isolado e quieto. O senhor deverá estar de volta de Aux Cayes muito antes que alguém saiba que ele foi embora."

"E o senhor, doutor?"

"Eu tratarei dele todo o tempo necessário. Esse período é seu álibi. E meu carro não deixará Porto Príncipe, este é o meu."

"Eu só espero que ele valha todo o trabalho que o senhor está tendo."

"Ah, asseguro-lhe que eu também. Eu também."

CAPÍTULO 3

I

No DIA SEGUINTE, RECEBI UM BILHETE de Martha dizendo que Jones estava doente e que o dr. Magiot tinha medo de complicações. Ela cuidava pessoalmente do doente e não podia, no momento, deixar a embaixada. Era um bilhete escrito para que outras pessoas o lessem, uma nota para ser deixada por aí, e, no entanto, arrefeceu meu entusiasmo. Com certeza, nas entrelinhas, ela poderia ter dado uma discreta indicação de amor. Não havia perigo só para Jones, mas para mim também, e todo o conforto de sua presença nesses últimos dias iria para ele. Eu a imaginei sentada na cama, enquanto ele a fazia rir, como divertira Tin Tin no estábulo de *Mère* Catherine. O sábado veio e se foi, então o domingo começou seu longo curso. Estava impaciente para que acabasse.

No domingo à tarde, enquanto eu lia na varanda, o capitão Concasseur subiu de jipe — invejei o jipe — a alameda do hotel. O motorista que havia sido destinado a Jones, com a barriga imensa e os dentes de ouro, ocupava o banco ao lado ostentando um sorriso fixo, como um macaco que está sendo entregue ao zoológico. Concasseur não desceu; ambos ficaram me observando através de seus óculos escuros, e eu fiquei olhando para eles, mas eles tinham uma vantagem: eu não podia vê-los pestanejar.

Depois de muito tempo, Concasseur disse: "Ouvi dizer que o senhor vai a Aux Cayes".

"Sim."

"Que dia?"

"Amanhã, espero."

"Seu passe é apenas para uma viagem curta."

"Sei disso."

"Um dia para ir, outro para voltar, e uma noite em Aux Cayes."

"Sei."

"Seu negócio deve ser muito importante para levá-lo a enfrentar uma viagem tão desconfortável."

"Falei de meu negócio na delegacia."

"Philipot está nas montanhas perto de Aux Cayes, e seu empregado, o Joseph, também."

"O senhor sabe mais coisas do que eu. Mas é sua função."

"Está sozinho agora?"

"Perfeitamente."

"Nenhum candidato presidencial. Nenhuma sra. Smith. Até seu encarregado de negócios está de licença. O senhor está muito isolado aqui. Algumas vezes fica com medo à noite?"

"Já estou me acostumando."

"Ficaremos vigiando o senhor ao longo da estrada, observando sua passagem em cada posto. Terá de nos prestar contas de seu tempo." Ele falou algo ao motorista, e o homem riu. "Disse-lhe que eu ou ele interrogaremos o senhor caso demore na estrada."

"Como fizeram com Joseph?"

"Sim. Exatamente da mesma maneira. Como está o major Jones?"

"Não está nada bem. Apanhou caxumba do filho do embaixador."

"Dizem que logo haverá um novo embaixador. Não se deve abusar do direito de asilo. Seria prudente que o major Jones se mudasse para a embaixada britânica."

"Devo dizer a ele que o senhor lhe dará um salvo-conduto?"

"Sim."

"Avisarei quando estiver melhor. Não tenho certeza se já tive caxumba e não quero me arriscar."

"Ainda podemos ser amigos, *monsieur* Brown. Estou certo de que o senhor também não gosta do major Jones."

"Talvez o senhor tenha razão. De qualquer maneira, darei seu recado."

Concasseur deu marcha à ré entre os arbustos, quebrando galhos com o mesmo prazer que ele sentia em quebrar ossos, virou e foi embora. Sua visita foi a única coisa que interrompeu a monotonia do longo domingo. Pela primeira vez, as luzes se apagaram na hora certa, e a tempestade despencou pelos flancos do Kenscoff como se um cronômetro a fizesse desencadear; tentei ler um livro de contos de Henry James, *The Great Good Place*, que havia muito tempo alguém deixara no hotel; queria esquecer que o dia seguinte era segunda-feira, mas não consegui. "As águas turbulentas de nossos horríveis tempos", escrevera James, e fiquei pensando que rompimento temporário da longa e invejável paz vitoriana o teria perturbado. Seu mordomo pedira aviso prévio? Eu construíra minha vida em torno desse hotel. Ele representava a estabilidade, de uma maneira mais profunda do que o Deus que os padres da Visitação pretendiam que eu servisse; outrora, ele representara o sucesso, mais do que minha galeria de arte itinerante com seus quadros falsificados; em certo sentido, era o túmulo da família. Deixei de lado o livro e subi com uma lanterna. Pensei que — se as coisas saíssem erradas — essa seria a última noite que eu passaria no hotel Trianon.

Nas escadas, a maioria dos quadros havia sido vendida ou devolvida a seus proprietários. Minha mãe teve a sabedoria, em seus primeiros tempos no Haiti, de comprar um Hyppolite, e eu o conservara apesar de todas as ofertas de americanos, nos anos melhores e nos piores, como uma apólice de seguro. Sobrava também um Benoit, que representava o grande furacão Hazel de 1954, um imenso rio cinzento arrastando, como numa inundação, todos os tipos de objetos curiosos, um porco morto flutuando de costas, uma cadeira, a cabeça de um cavalo e a armação de uma cama com decorações florais, enquanto um soldado e um sacerdote rezavam sobre a margem e a tempestade fustigava as árvores num único sentido. No primeiro andar, havia um quadro de Philippe Auguste reproduzindo um desfile de carnaval, homens, mulheres e crianças usando máscaras de cores fortes. De manhã, com o sol brilhando através das janelas do primeiro andar, essas cores davam uma impressão de alegria, os músicos pareciam tocar uma canção animada com seus tambores e trompetes. Só ao chegar mais perto, percebia-se como as máscaras eram feias e que os mascarados rodeavam um cadáver vestido com roupas de enterro; então as cores primitivas se apagavam como se as nuvens tivessem descido do Kenscoff e o trovão logo se fizesse ouvir. Onde quer que aquele quadro estivesse, sentiria o Haiti perto de mim. Baron Samedi estaria perambulando no cemitério mais próximo, mesmo que este fosse em Tooting Bec.

Subi em primeiro lugar até a suíte John Barrymore. Quando olhei pela janela, não vi nada; a cidade estava às escuras, com exceção de uma fileira de luzes no palácio e outra de lâmpadas assinalando o porto. Notei que o sr. Smith havia deixado um manual vegetariano na mesa-de-cabeceira. Fiquei imaginando quantos manuais ele levaria consigo para distribuir. Abri-o e encontrei na contracapa uma mensagem escrita com sua clara caligrafia americana inclinada: *Caro Leitor Desconhecido, não feche este Livro, leia um pouco antes de dormir. Ele contém Sabedoria. Seu Amigo Desconhecido.* Invejei sua segurança, sim, e também sua pureza de intenções. As maiúsculas davam a mesma impressão de uma bíblia de Gedeão.

No andar de baixo, estava o quarto de minha mãe (eu dormia lá agora) e, entre os quartos fechados dos hóspedes, que não recebiam visitantes fazia muito tempo, estavam o quarto de Marcel e aquele no qual eu dormira na primeira noite em Porto Príncipe.

Lembrei-me do sino tocando e da grande figura negra de pijama escarlate e monograma no bolso dizendo num tom triste e enfático: "Ela me quer".

Entrei nos dois quartos: não continham mais nada daquele passado remoto. Eu trocara a mobília, mandara pintar as paredes, mudara até sua forma para acrescentar os banheiros. Um pó espesso cobria a porcelana dos bidês, e as torneiras de água quente não funcionavam mais. Fui para meu quarto e me sentei na grande cama que havia sido de minha mãe. Quase esperava, mesmo depois de todos aqueles anos, encontrar um fio daquele impossível cabelo ticianesco sobre o travesseiro. Mas nada dela sobrevivia, salvo aquilo que eu decidira conservar.

Sobre uma mesa, ao lado da cama, havia uma caixa de *papier mâché* na qual minha mãe guardara joias improváveis. As joias eu as vendera a Hamit por uma ninharia, e a caixa agora continha apenas aquela medalha misteriosa da Resistência e o cartão-postal com a cidadela destruída e a única frase escrita que ela jamais me endereçara: "Será bom vê-lo, caso você apareça por aqui", mais a assinatura que eu pensara fosse Manon e o sobrenome que ela nunca teve tempo de me explicar, *comtesse* de Lascot-Villiers. Havia ainda outro bilhete na caixa, escrito de seu próprio punho, mas não era para mim. Eu o encontrara nos bolsos de Marcel quando cortei a corda e o desci até o chão. Não sei por que o guardei, ou por que o reli duas ou três vezes, pois só aprofundava minha sensação de orfandade. *Marcel, sei que sou uma mulher velha e, como você diz, um pouco farsante. Mas, por favor, continue fingindo. Nós sobreviveremos enquanto fizermos de conta. Faça de conta que você me ama como um amante. Faça de conta que eu morreria por você e que você morreria por mim.* Li de novo o bilhete; achei-o comovente... E ele morrera por ela, portanto, afinal talvez ele não fosse um *comédien*. A morte é uma prova de sinceridade.

II

MARTHA ME CUMPRIMENTOU com um copo de uísque na mão. Vestia uma roupa de linho dourado, e seus ombros estavam nus. "Luis saiu", disse ela. "Estou levando uma bebida a Jones."
"Eu a levo para você", ofereci. "Ele vai precisar."
"Você não veio por causa dele?", perguntou ela.
"Ah, certo, vim. A chuva está começando. Vamos ter de esperar mais um pouco, para os guardas procurarem abrigo..."
"Mas que ajuda ele poderá dar lá?"
"O que ele diz em grande parte é verdade. Bastou apenas um homem em Cuba..."
"Já ouvi falar nisso. É uma frase que todo mundo repete como papagaio. Estou cansada de ouvir. Isto não é Cuba."
"Será mais fácil para você e para mim quando ele for embora."
"É só no que você pensa?"
"Sim. Acho que é."
Ela tinha um pequeno machucado logo abaixo do ombro. Tentando dar um tom de brincadeira à pergunta, eu disse: "O que você tem feito?".
"O que quer dizer?"
"Esse machucado." Toquei-o com o dedo.
"Ah, isto? Não sei. Eu me machuco com facilidade."
"Jogando *gin rummy*?"
Ela colocou o copo sobre a mesa e me virou as costas.
"Tome uma bebida. Vai precisar também."
Enquanto pegava um uísque, eu disse: "Chegarei na quarta-feira lá pela uma, se sair de Aux Cayes de madrugada. Você irá ao hotel? Angel estará na escola".
"Talvez. Esperemos para ver."
"Faz dias que não ficamos juntos", acrescentei. "Não haverá *gin rummy* para levar você para casa cedo." Ela se voltou de novo para mim, e vi que estava chorando.

"O que há?", perguntei.

"Já disse. Eu me machuco com facilidade."

"O que foi que eu fiz?" O medo produz estranhos efeitos: lança adrenalina no sangue, faz um homem molhar a calça; em mim, injetava um desejo de ferir. "Parece perturbada por perder Jones."

"Por que não deveria estar? Você acha que se sente sozinho lá no Trianon. Eu estou sozinha com Luis, calados, em camas separadas. Estou sozinha com Angel, fazendo suas contas intermináveis quando ele volta da escola. Sim, fui feliz com Jones aqui, ouvindo as pessoas rirem de suas piadas sem graça, jogando cartas com ele. Sim, vou sentir sua falta. Vou sentir saudade enorme dele, até doer. Como vou sentir saudades!"

"Mais do que de mim, quando fui para Nova York?"

"Você ia voltar. Pelo menos, disse que voltaria. Agora não sei bem se você disse mesmo."

Peguei os dois copos de uísque e subi. No corredor me dei conta de que não sabia qual era o quarto de Jones. Chamei em voz baixa, para que os criados não me ouvissem.

"Jones. Jones."

"Estou aqui."

Abri uma porta e entrei. Ele estava sentado na cama totalmente vestido: havia colocado até suas botas de borracha.

"Ouvi sua voz lá embaixo. É hoje, meu velho?"

"Sim. É bom que tome isto."

"Eu aguento bem." Fez uma careta.

"Tenho uma garrafa no carro."

"Já fiz as malas. Luis me emprestou uma valise." Verificou seus pertences contando nos dedos: "Uma muda de sapatos, uma muda de calça. Dois pares de meia. Uma muda de camisa. Ah, a coqueteleira. É para dar sorte. Sabe, foi um presente...". Parou abruptamente. Talvez se lembrasse de me haver contado a verdade a respeito *daquela* história.

"Parece que você não está prevendo uma longa campanha para tirá-lo do embaraço", observei.

"Não preciso carregar mais coisas do que meus homens. Dê-me tempo e organizarei todos nossos suprimentos." Pela primeira vez, assumia um tom profissional, e fiquei pensando se talvez eu não o teria denegrido. "Você poderá nos ajudar lá, meu velho. Quando eu tiver organizado um sistema de correio que funcione adequadamente."

"Vamos pensar a respeito das próximas horas. Teremos de enfrentá-las."

"Sou-lhe grato por muitas coisas." Novamente suas palavras me surpreenderam. "É uma grande oportunidade para mim, não é? É claro que estou totalmente apavorado. Não posso negar."

Ficamos sentados um ao lado do outro em silêncio, bebendo nossos drinques, ouvindo o trovão que sacudia o telhado. Tinha tanta certeza de que Jones resistiria quando chegasse o momento, que fiquei um pouco perplexo quanto ao que fazer, e foi Jones que assumiu o comando.

"É melhor a gente se apressar, se temos de sair daqui antes que termine a tempestade. Com licença, vou me despedir de minha encantadora anfitriã."

Quando voltou, tinha uma marca de batom no canto da boca: um beijo desajeitado na boca ou um beijo desajeitado no rosto. Era difícil definir.

"A polícia está na cozinha tomando rum", disse ele. "É melhor irmos."

Martha tirou o ferrolho da porta da frente para nós.

"Você sai antes", avisei a Jones, tentando restabelecer o comando. "Abaixe-se aí na frente, se puder."

Estávamos ambos completamente ensopados um segundo depois de sair. Virei para me despedir de Martha, mas mesmo nesse momento não resisti e perguntei: "Ainda está chorando?".

"Não", respondeu, "é a chuva." E vi que falava a verdade. Os pingos escorriam em seu rosto como pela parede atrás dela. "O que está esperando?"

"Não mereço um beijo como Jones?" Ela encostou a boca em meu rosto; percebi a indiferença no beijo e disse em tom acusador: "Eu também estou correndo um grande risco".

"Mas eu não aprecio seu motivo", afirmou ela.

Foi como se alguém que eu odiava falasse por minha boca antes que eu pudesse silenciá-lo.

"Dormiu com Jones?" Arrependi-me da pergunta ainda antes de pronunciar a última palavra. Se o estrondo do trovão que se seguiu a tivesse abafado, eu ficaria contente; jamais a teria repetido. Ela se apoiou à porta como que diante de um pelotão de fuzilamento, e por alguma razão pensei em seu pai antes da execução. Será que ele desafiou seus juízes no patíbulo? Exibiu uma expressão de ira e de desprezo?

"Está me perguntando isso há semanas", respondeu, "todas as vezes que estive com você. Muito bem. A resposta é sim. É isso que você quer que eu diga, não é? Sim. Dormi com Jones."

O pior de tudo é que eu não acreditei inteiramente.

III

NÃO HAVIA NENHUMA LUZ NA CASA de Mère Catherine quando passei pela curva que levava a seu bordel e peguei a Grande Rodovia do Sul, ou então não conseguimos vê-la com a chuva. Dirigia a cerca de trinta quilômetros por hora; tinha a impressão de estar com os olhos vendados, e este era o melhor trecho da estrada. Havia sido construída com a ajuda dos engenheiros americanos no alardeado plano quinquenal, mas os americanos haviam voltado para seu país, e a estrada de cascalho acabava cerca de dez quilômetros além de

Porto Príncipe. Ali esperava encontrar uma barreira, mas fiquei surpreso quando meus faróis mostraram um jipe vazio fora da cabana de um soldado, o que significava que os *tontons macoutes* também estavam lá. Tive pouco tempo para acelerar, mas ninguém saiu da cabana. Se os *tontons* estavam lá dentro, não queriam se molhar. Prestei atenção para ouvir se estava sendo perseguido, mas tudo o que pude perceber foi o tamborilar da chuva. A rodovia já não passava de um caminho de terra: nossa velocidade caiu para doze quilômetros por hora, enquanto pulávamos de pedra em pedra e caíamos espirrando água nas poças espalhadas pelo caminho. Durante mais de uma hora, andamos em silêncio, sacolejando demais para poder falar.

Uma pedra bateu debaixo do carro e pensei por um instante que o eixo se quebrara. "Posso lhe dar um uísque?", ofereceu Jones.

Quando o encontrou, tomou uma longa golada e me passou a garrafa. Por causa de minha falta de atenção momentânea, o carro derrapou, e as rodas traseiras atolaram na lama. Foram necessários vinte minutos de esforços antes de retomarmos o caminho.

"Vamos conseguir chegar a tempo a nosso encontro?", perguntou Jones.

"Duvido. Talvez você tenha de se esconder até amanhã à noite. Trouxe alguns sanduíches, caso precise."

"É a vida", ele riu. "Muitas vezes sonhei com algo assim."

"Pensei que fosse a vida que você sempre levou."

Ele calou, como que percebendo a indiscrição.

De repente, sem nenhuma razão, a estrada melhorou. A chuva estava amainando rapidamente; esperava que não parasse de todo antes que passássemos o próximo posto policial. De lá para a frente, não haveria mais problemas antes do cemitério deste lado de Aquin. "E Martha? Como foi com Martha?", perguntei.

"Ela é uma mulher maravilhosa", respondeu cautelosamente.

"Tive a impressão de que ela gostava de você."

Um mau sinal de que o tempo estava melhorando era que, às vezes, podia enxergar uma nesga de mar entre as palmeiras, como o clarão de um fósforo.

"Nos demos muito bem", disse Jones.

"Às vezes tinha inveja de você, mas talvez ela não seja seu tipo." Foi como arrancar o curativo de uma ferida: quanto mais eu demorasse a puxar, mais a dor duraria, mas não tinha coragem de fazer isso de uma vez, e o tempo todo precisava ficar de olho na estrada difícil.

"Meu velho, toda mulher é meu tipo, mas ela era especial."

"Sabe que é alemã?"

"As *Fräulein* sabem muitas coisas."

"Como Tin Tin?" Tentei parecer casual, quase clínico.

"Tin Tin não era da mesma categoria, meu velho." Parecíamos dois estudantes de medicina gabando-se de suas experiências rudimentares. Não falei mais nada por muito tempo.

Estávamos nos aproximando de Petit Goave, lugar que conhecera numa época melhor. A delegacia, lembrava-me, ficava longe da rodovia, e eu teria de ir até lá para fazer meu relatório. Esperava que a chuva ainda fosse bastante pesada para prender a polícia no posto. Era improvável que houvesse soldados lá. Cabanas molhadas oscilavam à luz dos faróis ao lado da estrada; o barco e o sapé arrebentado e molhado na chuva; não havia lampiões acesos nem seres humanos à vista, nem mesmo um aleijado. Nos pequenos terrenos, os túmulos de família pareciam mais sólidos do que as cabanas. Os mortos tinham moradas melhores do que os vivos: casinhas de dois andares com vãos onde se podiam colocar alimentos e lamparinas na noite de Finados. Não podia me permitir desvios de atenção até passar Petit Goave. Num longo terreno ao lado da estrada, havia fileiras de pequenas cruzes com uma espécie de tranças loiras enroladas entre elas, como se tivessem sido arrancadas dos crânios das mulheres enterradas lá embaixo.

"Meu Deus", disse Jones, "o que era aquilo?"

"Só sisal secando."

"Secando? Nessa chuva?"
"Quem sabe o que aconteceu com o proprietário? Talvez tenha sido morto com um tiro. Ou esteja na cadeia. Ou tenha fugido para as montanhas."
"É um tanto quanto sinistro, meu velho. Uma espécie de Edgar Allan Poe. Parecia mais com a morte do que os cemitérios em geral parecem."
Não havia ninguém na rua principal de Petit Goave. Passamos por algo chamado Yo-Yo Clube e uma grande placa das confeitarias de *Mère* Merlan, uma *boulangerie* de propriedade de um sujeito chamado Brutus e uma garagem pertencente a Catão — era assim que este povo negro preservava as memórias de uma república melhor. E então, para meu alívio, nos encontramos novamente fora da cidade, pulando de pedra em pedra. "Conseguimos", eu disse.
"Estamos quase chegando?"
"Estamos quase na metade do caminho."
"Acho que vou tomar outro gole de uísque, meu velho."
"Beba o que quiser. Mas precisa fazê-lo durar um bocado."
"Será melhor que acabe com ele antes de chegarmos lá. Não duraria muito com os rapazes."
Eu também tomei outra golada para me dar coragem e, no entanto, adiava a pergunta final sem ambiguidades.
"Como se deu com o marido?", indaguei cautelosamente.
"Me dei bem. Não estava roubando nada dele."
"Não?"
"Ela não dorme mais com ele."
"Como sabe?"
"Tenho minhas razões", respondeu, pegando a garrafa e bebendo ruidosamente.
A estrada voltou a exigir toda minha atenção. Nossa velocidade estava praticamente reduzida a zero: tinha de passar com dificuldade entre as pedras como um pônei numa gincana.

"Devíamos ter um jipe", disse Jones.

"Onde é que você iria encontrar um jipe em Porto Príncipe? Pegando emprestado dos *tontons*?"

A estrada se bifurcava, e deixamos o mar atrás de nós ao virar em direção ao interior, subindo pelas colinas. Por algum tempo, o caminho se tornou apenas rocha plana, e só a lama dificultava nossa passagem. Era um novo tipo de exercício. Estávamos viajando havia três horas. Era quase uma da manhã.

"Há pouco perigo de encontrarmos soldados agora", comentei.

"Mas a chuva parou."

"Eles têm medo das montanhas."

"Das quais virá nossa ajuda", brincou Jones. O uísque o estava deixando mais à vontade. Não consegui esperar mais e fiz a pergunta. "Ela é boa de cama?"

"No-tá-vel", disse Jones, e eu agarrei com força o volante para não botar as mãos nele.

Passou muito tempo antes que eu voltasse a falar, mas ele não percebeu nada. Dormia de boca aberta, apoiando-se na porta onde Martha tantas vezes se apoiara; dormia pacífico como uma criança, inocentemente. Talvez fosse mesmo inocente como o sr. Smith, por isso haviam simpatizado tanto um com o outro. A raiva logo me abandonou: a criança havia quebrado um prato, só isso. "Sim, um prato", pensei. É exatamente como ele a teria definido. A certa altura, acordou por um instante e se ofereceu para dirigir, mas eu já achava a situação suficientemente perigosa sem isso.

E então o carro parou totalmente; talvez minha atenção diminuísse, talvez estivesse esperando apenas um salto mais brusco para cuspir suas entranhas. A direção rodou em minhas mãos enquanto tentava recuperar a estrada depois de pular de uma pedra: batemos com violência contra a outra pedra e paramos, o eixo dianteiro partido em dois e um farol amassado. Não havia absolutamente nada a fazer. Eu não poderia chegar a Aux Cayes nem voltar a Porto

Príncipe. De qualquer maneira, por aquela noite eu estava amarrado a Jones, que em seguida abriu os olhos:
"Sonhei... por que paramos? Chegamos?".
"O eixo dianteiro estourou."
"A que distância imagina que a gente esteja de... lá?"
Olhei para o marcador de quilometragem. "Uns dois quilômetros, talvez três."
"Vamos a pé", disse Jones. E começou a tirar a valise do carro. Coloquei as chaves no bolso, não sei para quê. Duvidava que houvesse uma oficina no Haiti capaz de consertar o carro, e em todo caso, quem se daria ao trabalho de vir apanhá-lo por este caminho? As estradas ao redor de Porto Príncipe estavam coalhadas de carros abandonados e ônibus tombados; uma vez vi um caminhão-guincho caído de lado no acostamento: era como um barco salva-vidas quebrado sobre os rochedos, uma contradição da natureza.

Começamos a caminhar. Eu havia trazido uma lanterna, mas era uma caminhada muito difícil, e as botas de borracha de Jones escorregavam na rocha molhada. Já passava das duas, e a chuva havia parado. "Se eles estiverem nos seguindo", ponderou Jones, "não terão muita dificuldade agora. Somos um maldito anúncio de vida humana."

"Não há nenhuma razão para eles nos seguirem."
"Estava pensando naquele jipe que passamos."
"Não havia ninguém nele."
"Não sabemos quem estava na cabana vigiando nossa passagem."
"Em todo caso, não temos escolha. Não poderíamos andar dois passos sem luz. Nesta estrada ouviríamos um carro a três quilômetros de distância."

Quando iluminei com a lanterna cada lado da estrada, só havia pedras, terra e arbustos mirrados e molhados. Eu disse: "Não podemos passar o cemitério e cair em Aquin. Há um posto militar em Aquin". Ouvia Jones respirar pesadamente e ofereci-me para carregar um pouco sua valise, mas ele não deixou. "Estou um pouco fora de forma, só isso", disse. E mais adiante acrescentou: "Falei muitas bobagens no carro. Nem sempre deve acreditar em mim". Pareceu-me uma espécie de retratação, mas fiquei pensando por que ele faria aquilo.

Finalmente, minha lanterna mostrou o que eu procurava: um cemitério à direita, estendendo-se morro acima na escuridão. Era como uma cidade construída por anões, ruas e mais ruas de pequeninas casas, algumas quase grandes o bastante para nos abrigar, outras pequenas demais para um recém-nascido, todas da mesma pedra cinzenta, da qual o reboco havia muito descascara. Desviei a lanterna para o outro lado onde me tinham dito que haveria uma cabana em ruínas, mas há sempre algum erro no plano de um encontro. A cabana devia ficar em frente à primeira esquina do cemitério onde acabávamos de chegar, isolada, mas nada havia com exceção de uma rampa de terra.

"É o cemitério errado?", perguntou Jones.

"Não pode ser. Devemos estar perto de Aquin agora." Continuamos descendo pelo caminho e em frente a outra esquina encontramos de fato uma cabana, mas não parecia em ruínas à luz da lanterna. Não havia nada a fazer senão tentar. Se alguém morasse lá, estaria pelo menos tão apavorado quanto nós.

"Gostaria de ter uma arma", disse Jones.

"Estou contente que não tenha, mas e suas artes marciais?" Ele murmurou alguma coisa como "enferrujado".

Mas não havia ninguém lá dentro quando a porta se abriu a meu empurrão. Um remendo de pálido céu noturno aparecia através de um buraco do telhado. "Estamos duas horas atrasados", expliquei. "Provavelmente ele veio e foi embora."

Jones descansou sua valise e ficou ofegando. "Devíamos ter saído mais cedo."

"Como? Tínhamos de esperar a tempestade."

"O que fazemos agora?"

"Quando clarear, vou voltar para o carro. Não há nada de comprometedor num carro quebrado nessa estrada. Durante o dia, há um ônibus entre Petit Goave e Aquin, talvez eu possa conseguir uma carona de lá, ou talvez haja outro ônibus até Aux Cayes."

"Parece simples", disse Jones com inveja. "Mas... e quanto a mim?"

"Espere até amanhã à noite", acrescentei maldosamente. "Agora você está em seu ambiente." Olhei pela porta: não se via ou se escutava nada, nem um cachorro latindo. "Não gosto de ficar aqui", falei. "Suponhamos que a gente adormeça, pode chegar alguém. Os soldados às vezes patrulham estas estradas. Ou um camponês indo trabalhar. Ele nos denunciaria. Por que não faria isso? Somos brancos."

"Podemos montar guarda um de cada vez", propôs Jones.

"Há uma maneira melhor. Dormimos no cemitério. Ninguém irá lá, exceto Baron Samedi."

Atravessamos o que chamavam de estrada, escalamos um muro baixo de pedra e nos encontramos na rua de uma cidadezinha em miniatura, onde as casas chegavam apenas até nosso ombro. Subimos o morro lentamente por causa da valise de Jones. Eu me senti mais seguro bem no meio do cemitério, e lá descobrimos uma casa maior que nós. Colocamos a garrafa de uísque num dos vãos de janela e nos sentamos, encostados a uma parede. "Ah, bem", disse Jones mecanicamente. "Estive em lugares piores." Fiquei imaginando quanto um lugar teria de ser feio para que ele esquecesse seu prefixo musical.

"Se enxergar uma cartola por cima dos túmulos", afirmei, "é o Baron."

"Acredita em zumbis?", perguntou Jones.

"Não sei. Você acredita em fantasmas?"

"Não vamos falar em fantasmas, meu velho, vamos tomar outro gole."

Pensei ter ouvido algo se mexer e acendi a lanterna. Ela iluminou uma rua de túmulos em toda sua extensão até os olhos de um gato que refletiram a luz como botões fosforescentes. Pulou sobre um telhado e desapareceu.

"Deveríamos dar sinal de luz, meu velho?"

"Se tivesse alguém por aí, ficaria apavorado demais para se aproximar. Você não poderia fazer nada melhor do que ficar enterrado aqui amanhã." Não foi uma frase muito feliz para se empregar num cemitério. "Duvido que alguém venha aqui, a não ser para enterrar os mortos." Jones mamou mais uísque, e eu o avisei: "Só sobrou um quarto da garrafa. Tem toda a manhã pela frente.".

"Martha encheu a coqueteleira para mim", disse ele. "Nunca conheci uma mulher tão prestimosa."

"Ou tão boa de cama?"

Houve um instante de silêncio. Pensei que talvez estivesse recordando com prazer os momentos. Então Jones disse: "Velho, o jogo ficou sério agora".

"Que jogo?"

"Brincar de soldado. Posso compreender por que as pessoas querem confessar. A morte é um negócio danado de sério. Um homem não se sente muito digno dela. Como uma condecoração."

"Tem tantas coisas assim para confessar?"

"Todos temos. Não digo para um padre ou para Deus."

"Para quem?"

"Para qualquer um. Se eu tivesse um cachorro aqui hoje à noite, em vez de você, confessaria para o cachorro."

Eu não queria suas confissões, não queria ouvir quantas vezes ele havia dormido com Martha.

"Confessou-se para Midge?"

"Não tive oportunidade. O jogo ainda não tinha ficado tão sério."

"Um cachorro pelo menos é obrigado a manter seus segredos."

"Não ligo a mínima para quem conta o quê, mas não me agrada a ideia de muitas mentiras depois de minha morte. Menti o suficiente antes."

Ouvi o gato voltar andando com dificuldade pelos telhados e novamente acendi a lanterna e iluminei os olhos do bicho. Dessa vez ele foi se achatando contra uma pedra e começou a arranhar com as unhas. Jones abriu a valise e tirou um sanduíche. Partiu-o ao meio e jogou metade para o gato que voou, como se o pão fosse uma pedra.

"Melhor ter cuidado", aconselhei. "Sua comida está racionada agora."

"O pobre-diabo está faminto." Pôs o que restou do sanduíche de volta, e nós e o gato ficamos silenciosos por muito tempo. Foi Jones quem rompeu o silêncio com sua pertinaz obsessão. "Sou um terrível mentiroso, velho."

"Sempre imaginei isso."

"O que eu disse a respeito de Martha... não há uma palavra de verdade. Ela é apenas uma das cinquenta mulheres que não tive a coragem de tocar."

Fiquei pensando se agora falava a verdade ou se preparava para uma espécie de mentira mais honrosa. Talvez tivesse percebido alguma coisa em meu comportamento que revelava tudo. Talvez tivesse pena de mim. "Não seria possível descer mais do que isso", pensei. "Fazer com que Jones tenha pena de mim." "Sempre menti sobre as mulheres", disse ele, e soltou uma risada sem graça. "Quando me deram Tin Tin, ela se tornou um membro importante da aristocracia haitiana, se houvesse alguém por perto para falar sobre isso. Sabe, meu velho, nunca tive uma mulher em minha vida sem pagar, ou a quem pelo menos prometesse pagar. Às vezes, precisei dar calote quando as coisas iam mal."

"Martha me disse que dormiu com você."

"Ela não pode ter-lhe contado isso. Não acredito em você."

"Ah, sim. Foram praticamente as últimas palavras que ela me disse."

"Nunca me dei conta", afirmou com tristeza, "de que ela era sua. Fui traído por outra de minhas mentiras. Você não deve acreditar nela. Estava nervosa porque você ia embora comigo."

"Ou nervosa porque eu estava levando você embora."

Na escuridão ouvimos o raspar do gato que havia encontrado o sanduíche.

"Há uma atmosfera de selva aqui. Você deve se sentir em casa", comentei. Ouvi-o tomar um gole de uísque.

"Meu velho, eu nunca estive numa selva na minha vida, a não ser que você leve em conta o zoológico de Calcutá."

"Nunca esteve na Birmânia?"

"Ah, sim, estive. Quase. Em todo caso, fui a apenas oitenta quilômetros da fronteira. Estive em Imphal, encarregado de entreter as tropas. Bem, não exatamente encarregado. Tivemos Noel Coward, certa vez," ele acrescentou orgulhosamente e com uma espécie de alívio; era uma verdade da qual podia se vangloriar.

"Que tal ele?"

"Eu não cheguei a falar com ele", respondeu Jones.

"Mas você estava no Exército?"

"Não. Fui dispensado. Pés chatos. Eles descobriram que eu havia sido gerente de cinema em Shillong, então me deram esse emprego. Eu usava uniforme mas sem as insígnias da patente. Fazia ligação com a Associação de Serviços de Entretenimento."

Iluminei com a lanterna aquele lugar cheio de túmulos cinzentos e disse: "Então, por que diabos estamos aqui?".

"Eu me gabei demais, foi isso."

"Você se meteu numa situação perigosa. Não está com medo?"

"Sinto-me como um bombeiro em seu primeiro incêndio."

"Seus pés chatos não devem gostar dessas trilhas de montanha."

"Eu me arranjo com palmilhas", disse Jones. "Você não vai contar a eles, meu velho? Foi uma confissão."
"Eles descobrirão logo, sem que eu precise contar. Então não sabe sequer manejar uma Bren?"
"Eles não têm nenhuma."
"Você falou tarde demais. Eu não vou poder levar você de volta, escondido."
"Eu não quero voltar. Meu velho, você não sabe o que foi em Imphal. Às vezes eu tinha amigos que apresentava às mulheres e então eles desapareciam e nunca mais voltavam. Ou então voltavam uma ou duas vezes para bocejar. Havia um homem chamado Charters que farejava água..." Ele se interrompeu bruscamente, recordando.
"Outra mentira", constatei, como se eu fosse de uma retidão escrupulosa.
"Não exatamente uma mentira", ele disse. "Sabe, quando ele me contou isso, foi como se alguém me chamasse por meu nome verdadeiro."
"Que não era Jones..."
"Jones constava da minha certidão de nascimento. Eu mesmo vi." Mudou o assunto. "Quando ele me disse isso, tive certeza de que poderia fazer o mesmo com um pouco de treino. Eu sabia que tinha aquilo em mim. Mandei meu funcionário esconder alguns copos de vidro no escritório, então esperei até ficar com muita sede e farejei. Não funcionava quase nunca, mas água de torneira não é a mesma coisa." E acrescentou: "Acho que vou aliviar um pouco meus pés".
Percebi pelos seus movimentos que estava tirando as botas de borracha, e perguntei: "Como foi parar em Shillong?".
"Eu nasci em Assam. Meu pai plantava chá, ou pelo menos foi o que minha mãe disse."
"Você confiou nisso?"
"Bom, ele voltou para sua pátria antes de eu nascer."

"Sua mãe era indiana?"

"Meio indiana, meu velho", falou, como se atribuísse importância às frações. Era o mesmo que encontrar um irmão desconhecido: Jones e Brown, os nomes podiam quase ser intercambiáveis, e também nossa situação. Pelo que sabíamos, ambos éramos bastardos, embora, é claro, pudesse ter havido uma cerimônia. Minha mãe sempre me deu essa impressão. Ambos havíamos sido jogados na água para afundar ou nadar, e nadamos. Nadamos em pontos muito distantes, para acabarmos juntos num cemitério do Haiti.

"Eu gosto de você, Jones", afirmei. "Se você não quiser aquela metade de sanduíche, gostaria de comê-la."

"Claro, meu velho." Vasculhou na valise e procurou minha mão no escuro.

"Fale mais, Jones", pedi.

"Fui para a Europa depois da guerra. Enfrentei uma porção de dificuldades. De certo modo, não conseguia descobrir o que devia fazer. Sabe, houve momentos terríveis em Imphal em que quase desejei que os japoneses nos apanhassem. As autoridades teriam mandado para o combate até os civis a serviço do Exército, naquela época, como eu, os funcionários burocráticos e os cozinheiros. Afinal, eu tinha um uniforme. Uma porção de pessoas que não são profissionais se dá bem numa guerra, não é? Eu aprendi um bocado, ouvindo, estudando mapas, observando... Você pode ter uma vocação mesmo que não possa colocá-la em prática, certo? E aí estava eu, controlando passaportes e documentos de viagem para artistas de terceira categoria que iam entreter os soldados. Coward foi uma das exceções, e eu tinha de ficar de olho nas garotas. Eu as chamava de garotas, aquelas artistas tarimbadas. Meu escritório tinha cheiro de camarim."

"O cheiro de maquiagem abafava o da água?"

"É isso mesmo. Não era um teste justo. Eu só queria ter minha chance", ele acrescentou, e fiquei pensando se talvez, ao longo de toda a vida errante, ele não estaria comprometido num caso de amor secreto e sem esperanças com a virtude, observando a virtude de longe, esperando ser notado, talvez como uma criança que faz arte para chamar a atenção da virtude.

"E agora você tem sua chance", disse eu.

"Graças a você, velho."

"Achei que o que você queria era um clube de golfe..."

"É verdade. Era meu outro sonho. Você precisa ter dois sonhos, não é? No caso de o primeiro não dar certo."

"Sim. Acho que sim." Fazer dinheiro tinha sido meu sonho também. Haveria outro? Faltava-me vontade de vasculhar o passado.

"É melhor você dormir um pouco", disse eu. "Não será seguro dormir de dia."

E ele pegou no sono, quase imediatamente, encolhido como um feto debaixo do túmulo. Tinha uma qualidade em comum com Napoleão, e fiquei pensando se não haveria outras. Uma vez abriu os olhos, observou que aquele era "um bom lugar" e voltou a dormir. Eu não via nada de bom lá, mas também acabei dormindo.

Depois de umas duas horas, algo me despertou. Imaginei por um instante que fosse o ruído de um automóvel, mas seria improvável que um carro estivesse andando pela estrada tão cedo. Os destroços de um sonho permaneceram comigo, e a eles atribuí o ruído. Eu estava guiando um carro ao longo de um rio sobre um leito de pedras. Fiquei deitado sem me mexer, ouvindo, enquanto observava o céu cinzento da madrugada. Podia enxergar as silhuetas dos túmulos ao redor. Logo o sol se levantaria. Estava na hora de voltar para o carro. Quando me certifiquei do silêncio, sacudi Jones para acordá-lo.

"Melhor não dormir de novo agora", eu disse.

"Vou andar um pouco com você."

"Não, você não vai. Faça isso por mim. Você precisa ficar longe da estrada até escurecer. Os camponeses logo começarão a ir ao mercado. Eles informarão a polícia sobre qualquer branco que virem."

"Então informarão sobre você."

"Eu tenho meu álibi. Um carro quebrado na estrada de Aux Cayes. Você vai ter de fazer companhia para o gato até escurecer. Então vá para a cabana e espere Philipot."

Jones insistiu em me dar a mão. Na luz razoável do dia, a afeição que eu havia sentido por ele rapidamente desapareceu. Pensei novamente em Martha e, como se lesse meu pensamento, ele afirmou: "Diga a Martha que gosto dela, quando a vir. A Luis e a Angel também, claro."

"E Midge?"

"Foi bom", ele disse. "Foi como estar em família."

Desci por uma longa rua de túmulos em direção à estrada. Sem ter nascido para *maquis*, não tomei nenhuma precaução. Pensei: "Martha não tinha razão alguma para mentir, ou será que sim?". Do outro lado do muro do cemitério, havia um jipe, mas por um instante sua presença não mudou o curso de meus pensamentos. Então parei e fiquei esperando. Ainda estava muito escuro para enxergar quem estava na direção, mas eu sabia muito bem o que iria acontecer.

A voz de Concasseur sussurrou: "Fique aí mesmo. Bem quieto. Não se mexa". Ele desceu do jipe, seguido do motorista gordo com dentes de ouro. Mesmo no lusco-fusco, usava os óculos escuros que eram seu único uniforme. Uma arma de cano curto, de fabricação antiga, estava apontada para meu peito. "Onde está o major Jones?", sussurrou.

"Jones?", falei tão alto quanto poderia arriscar. "Como vou saber? Meu carro quebrou. Tenho um passe para Aux Cayes. Como o senhor sabe."

"Fale baixo. Vou levar o senhor e o major Jones de volta a Porto Príncipe. Vivos, espero. O presidente vai preferir assim. Tenho de fazer as pazes com o presidente."

"Está sendo absurdo. Deve ter visto meu carro na estrada. Estava a caminho..."

"Ah, sim, vi. Sabia que o veria." A pistola de cano curto mudou de direção em suas mãos e apontou para outro ponto à minha esquerda. Não era nenhuma vantagem para mim: o motorista me cobria com sua pistola também.

"Venha para cá", disse Concasseur. Dei um passo para a frente. "Não o senhor. O major Jones." Virei e vi Jones atrás de mim. Ele segurava na mão a garrafa com o que sobrara do uísque.

"Seu cretino", disse eu. "Por que não ficou escondido?"

"Desculpe. Achei que poderia precisar do uísque enquanto esperava."

"Suba no jipe", disse Concasseur para mim. Obedeci. Ele foi até Jones e bateu em sua cara. "Você trapaceia."

"Havia o suficiente para nós dois", afirmou Jones, e Concasseur bateu nele de novo. O motorista se levantou e ficou observando. Havia luz bastante para fazer cintilar seus dentes de ouro enquanto sorria.

"Sente aí ao lado de seu amigo", ordenou Concasseur. Enquanto o motorista nos mantinha na mira, ele se voltou e começou a caminhar em direção ao jipe.

Um ruído muito próximo e forte quase escapa a nossa audição: senti uma vibração nos tímpanos mais do que ouvi a explosão. Vi Concasseur sendo atirado para trás como se tivesse sido acertado por um soco invisível, e o motorista atingido no rosto. Um pedaço do muro do cemitério saltou no ar e caiu, muito tempo depois, com um pequeno silvo na estrada. Philipot saiu da cabana, e Joseph veio mancando atrás dele. Eles tinham metralhadoras da mesma fabricação antiga. Os óculos escuros de Concasseur estavam caídos na estrada. Philipot esmagou-os reduzindo-os a migalhas com o salto do sapato, e o cadáver não mostrou nenhum ressentimento. Philipot disse: "Deixei o motorista para Joseph"

Joseph estava debruçado sobre o motorista, mexendo em seus dentes. "Temos de agir depressa. Devem ter ouvido os tiros em Aquin. Onde está o major Jones?"

"Entrou no cemitério", disse Joseph.
"Deve estar procurando sua valise", avisei.
"Diga-lhe que se apresse."
Subi no meio das casinhas cinzentas até o lugar onde havíamos passado a noite. Jones estava lá, ajoelhado ao lado do túmulo em atitude de oração, mas o rosto que virou para mim estava verde de náusea. Havia vomitado no chão. "Desculpe, meu velho. Que coisa! Por favor, não diga a eles, nunca vi um homem morrer antes."

CAPÍTULO 4

I

Fui dirigindo por muitos quilômetros de cercas de arame até encontrar uma saída. O sr. Fernandez arranjara para mim em São Domingos um pequeno carro esporte a um preço de ocasião, talvez um carro vistoso demais para minha tarefa, e eu tinha uma carta de recomendação pessoal do sr. Smith. Saíra de São Domingos à tarde, e já era o crepúsculo. Não havia barreiras nas estradas naquela época na República Dominicana e tudo estava em paz. Não havia junta militar, os fuzileiros navais americanos ainda não tinham desembarcado. Até a metade do caminho, percorri uma ampla rodovia onde os carros passavam por mim a cento e cinquenta quilômetros por hora. A sensação de paz era bastante real depois da violência do Haiti, que parecia ficar a mais que algumas centenas de quilômetros de distância. Ninguém me parou para examinar meus documentos.

Cheguei a um portão da cerca que estava trancado. Um negro com um capacete e um macacão azul-marinho perguntou do outro lado o que eu desejava. Disse-lhe que queria falar com o sr. Schuyler Wilson.

"Mostre seu passe", pediu, e tive a sensação de ter voltado ao lugar de onde vinha.

"Ele me espera."

O negro foi até uma cabana e vi que telefonava (eu tinha quase esquecido que os telefones funcionavam). Então abriu o portão e me deu um crachá que me recomendou usar enquanto eu estivesse dentro da região da mina. Podia avançar até a próxima barreira. Segui por muitos quilômetros ladeando o liso mar azul do Caribe. Passei por um pequeno aeroporto com uma biruta girada na direção do Haiti e depois um porto sem navios. O pó vermelho da bauxita cobria tudo. Cheguei a outra barreira que fechava a estrada e a outro negro de capacete. Ele examinou meu crachá e novamente perguntou meu nome e o que queria. Depois de telefonar, disse para eu aguardar onde estava. Alguém viria me buscar. Esperei dez minutos.

"É o Pentágono?", indaguei a ele. "Ou o quartel-general da CIA?"

Não deu resposta. Provavelmente tinha ordens para não falar. Fiquei contente que não estivesse carregando uma arma. Então chegou uma motocicleta pilotada por um branco de capacete. Quase não falava inglês, e eu não sabia espanhol; ele me fez sinal para seguir a moto. Fomos em frente por mais alguns quilômetros de terra vermelha e mar azul antes de chegarmos aos primeiros prédios da administração, blocos retangulares de cimento e vidro sem ninguém à vista. Mais adiante havia um estacionamento de *trailers* luxuosos no qual crianças com uniformes e armas espaciais brincavam. As mulheres olhavam pelas janelas sobre os fogões, e se sentia cheiro de comida. Finalmente, paramos diante de um grande edifício envidraçado. Havia uma escadaria grande o bastante para um Parlamento e um terraço com espreguiçadeiras. Um sujeito muito gordo, de rosto anônimo, liso como mármore, estava no alto da escada. Parecia o prefeito da cidade aguardando para conceder um título.

"Sr. Brown?"
"Sr. Schuyler Wilson?"

Ele me olhou carrancudo. Talvez tivesse pronunciado seu primeiro nome de modo errado. Talvez ele não gostasse de meu carro esporte. Mal-humorado, ele ofereceu uma Coca e apontou para uma das espreguiçadeiras.

"O senhor teria um uísque?"

"Vou ver o que podemos fazer", disse, sem entusiasmo, e entrou no grande prédio deixando-me sozinho. Tive a sensação de ter ultrapassado um sinal. Talvez somente os diretores visitantes ou políticos importantes tivessem direito a um uísque. Eu era apenas um gerente de suprimentos em potencial, procurando emprego. No entanto, ele trouxe a bebida, carregando uma Coca na outra mão como uma censura.

"O sr. Smith lhe escreveu a meu respeito", comecei, parando a tempo de não dizer "o candidato presidencial".

"Sim. Onde se conheceram?"

"Ele se hospedou em meu hotel em Porto Príncipe."

"Está certo." Era como se estivesse controlando os fatos para ver qual de nós dois tinha mentido. "O senhor não é vegetariano?"

"Não."

"Porque os rapazes aqui gostam de bife com batata frita." Tomei um pouco de uísque afogado em soda. O homem me observava severamente como se invejasse cada gota. Crescia em mim a sensação de que não conseguiria o emprego.

"Qual é sua experiência em suprimentos?"

"Bem, eu tinha um hotel no Haiti até um mês atrás. Trabalhei também no Trocadero, em Londres." E acrescentei a velha mentira: "E no Fouquet, em Paris".

"Tem referências?"

"Eu não poderia fornecê-las, não é? Já faz muitos anos que sou meu próprio empregador."

"O sr. Smith é bastante excêntrico, não?"

"Gosto dele."

"Sua esposa lhe contou que uma vez ele se candidatou à presidência? Com um programa vegetariano." O sr. Schuyler Wilson riu. Era uma risada ácida e sem prazer, como a ameaça de uma fera escondida.

"Suponho que fosse uma forma de propaganda eleitoral."

"Não gosto de propaganda. Chegaram uns panfletos aqui, atirados por baixo da cerca. Tentando alcançar os homens. Nós os pagamos bem. Nós os alimentamos bem. Por que o senhor saiu do Haiti?"

"Problemas com as autoridades. Ajudei um inglês a fugir de Porto Príncipe. Os *tontons macoutes* o estavam procurando."

"O que são os *tontons macoutes*?"

Estávamos a menos de trezentos quilômetros de Porto Príncipe; pareceu-me estranho que perguntasse aquilo, mas presumo que havia muito tempo os jornais que ele lia não escreviam a respeito.

"A polícia secreta", expliquei.

"E como o *senhor* conseguiu sair?"

"Os amigos dele me ajudaram a passar a fronteira." Era uma frase extremamente curta para resumir duas semanas de fadiga e frustração.

"O que quer dizer com 'amigos dele'?"

"Os rebeldes."

"Ah, os comunistas?" Ele me interrogava como se eu tivesse me candidatado a um emprego de agente da CIA e não de gerente de suprimentos de uma mineradora. Perdi um pouco a paciência.

"Os rebeldes nem sempre são comunistas, até que a gente os torne comunistas."

Minha irritação divertiu o sr. Schuyler Wilson. Sorriu pela primeira vez com ar de satisfação, como se tivesse descoberto por meio de perguntas hábeis o que eu queria manter em segredo.

"O senhor é um especialista", disse ele.

"Especialista?"

"Quero dizer, tem seu próprio hotel, trabalhou naquele lugar que mencionou, em Paris. Acho que o senhor não se daria muito bem aqui. Só precisamos de comida simples americana." Levantou-se mostrando que a entrevista estava encerrada. Acabei meu uísque enquanto ele me olhava impacientemente, e então disse sem me dar a mão: "Prazer em conhecê-lo. Deixe seu crachá no segundo portão". Voltei a passar de carro pelo campo de pouso e pelo porto particular. Deixei o crachá; lembrei-me da autorização de ingresso que deixamos no escritório de imigração em Idlewild.

II

Fui até o hotel Ambassador nos arredores de São Domingos, onde o sr. Smith estava hospedado. Não era o ambiente adequado para ele, ou pelo menos assim me pareceu. Acostumara-me à figura curvada, ao rosto meigo e modesto, à revolta cabeleira branca num ambiente pobre. No saguão amplo e resplandecente, os homens sentados tinham bolsas penduradas na cinta e não coldres, e quando usavam óculos escuros era apenas para proteger os olhos da luz. Havia um retinir contínuo das máquinas, e se podiam ouvir os gritos do crupiê no cassino. Todos tinham dinheiro aqui, até o sr. Smith. A pobreza estava longe dos olhos, na cidade. Uma moça num biquíni de cores alegres saiu da piscina. No balcão, perguntou se o sr. Hochstrudel Jr. já havia chegado. "Quero dizer, o sr. Wilbur K. Hochstrudel." O recepcionista informou que não, "mas o sr. Hochstrudel está sendo esperado".

Mandei recado ao sr. Smith dizendo que o esperava embaixo e procurei um lugar para sentar. Na mesa mais próxima, os homens bebiam ponche de rum, e pensei nos de Joseph. Seus ponches eram melhores do que os servidos ali, e senti saudade dele.

Fiquei somente vinte e quatro horas com Philipot. Foi bastante polido comigo, mostrou-se contido, mas era um homem diferente daquele que eu conhecera. Eu fora um bom ouvinte para seus versos baudelairianos no passado, mas era velho demais para a guerra. Ele precisava de Jones agora e era a companhia de Jones que procurava. Tinha nove homens com ele em seu esconderijo, e, ao ouvi-lo falar com Jones, podia-se imaginar que comandava um batalhão. Jones muito sabiamente ouvia sem falar muito, mas uma vez acordei durante a noite que passei com eles e escutei Jones dizer: "Você precisa se estabelecer. Suficientemente próximo da fronteira para que os jornalistas possam chegar até você. Então pode exigir reconhecimento". Será que realmente, nesse buraco no meio das rochas (e fiquei sabendo que mudavam de buraco todos os dias), eles já estavam pensando num governo provisório? Possuíam três velhas metralhadoras expropriadas da delegacia, as quais provavelmente tinham entrado em serviço nos tempos de Al Capone, uns dois fuzis da Primeira Guerra, uma espingarda e dois revólveres; um dos homens não portava nada além de seu próprio machado. Jones somava forças na qualidade de alguém muito experiente: "Este tipo de guerra é um pouco como um golpe de estelionato. Uma vez conseguimos enganar os japoneses...". Ele não achara seu clube de golfe, mas creio que estava feliz. Os outros se acotovelavam a seu redor; não compreendiam palavra do que ele dizia, mas era como se o líder tivesse chegado ao acampamento.

No dia seguinte, despacharam-me com Joseph como guia para tentar atravessar a fronteira dominicana. Meu carro e os corpos já teriam sido descobertos a essa altura, e não havia mais segurança para mim em nenhum lugar do Haiti. Podiam facilmente poupar Joseph por causa de sua perna manca, e ele poderia desempenhar ao mesmo tempo uma segunda função. Philipot planejou que eu teria de penetrar na rodovia internacional, que dividia as duas repúblicas por cerca de cinquenta quilômetros ao norte de Banica. Era verdade que a cada poucos quilômetros, de ambos os lados da estrada, havia postos de guardas haitianos e dominicanos, mas se dizia, e ele queria saber se era verdade, que os postos do lado haitiano ficavam desertos à noite devido ao temor de um ataque dos guerrilheiros. Todos os camponeses haviam sido expulsos da fronteira, mas constava que ainda existia aquele grupo de cerca de trinta homens operando nas montanhas, com o qual Philipot pretendia fazer contato. A informação de Joseph seria valiosa se ele voltasse, e ele era o menos imprescindível de todos. Imagino também que seu passo claudicante era considerado suficientemente lerdo para um homem de minha idade poder acompanhá-lo. As últimas palavras que Jones me disse em particular foram:"Vou em frente, meu velho".

"E o clube de golfe?"

"O clube de golfe é para a velhice. Depois que tomarmos Porto Príncipe."

A viagem era lenta, difícil e cansativa. Levamos onze dias, nove deles entocados, dando rápidas carreiras de um ponto a outro, voltando pelo mesmo caminho, e finalmente nos dois últimos dias abandonamos a prudência por causa da fome. Fiquei muito contente quando, ao anoitecer, da árida montanha cinzenta minada pela erosão onde nos encontrávamos, avistamos a densa floresta dominicana. Podíamos ver todas as sinuosidades da fronteira graças ao contraste de nossas rochas com sua vegetação. Era a mesma cadeia montanhosa, mas as árvores nunca passaram para as pobres terras secas do Haiti. A meio caminho da encosta, havia um posto haitiano — um grupo de cabanas decrépitas —, e do outro lado da trilha, a uma centena de metros, um forte como os do Saara espanhol. Um pouco antes do anoitecer, vimos os guardas haitianos afastarem-se, sem deixar nenhuma sentinela. Ficamos olhando enquanto se dirigiam para deus sabe que esconderijo (não havia estradas nem aldeias para as quais pudessem escapar da rocha impiedosa), então eu me despedi de Joseph, fazendo alguma piada sem graça sobre ponche de rum e embarafustei pelo leito de um riacho estreito até a rodovia internacional — nome pretensioso para uma picada um pouco melhor do que a Grande Rodovia do Sul até Aux Cayes. Na manhã seguinte, os dominicanos me colocaram num caminhão de suprimento do Exército que ia diariamente até o forte, e cheguei a São Domingos com a roupa rasgada e empoeirada, cem gurdes que não poderia trocar no bolso e uma nota de cinquenta dólares que por segurança havia costurado no forro da calça. Com a ajuda dessa nota, ocupei um quarto com banheiro, me limpei e dormi doze horas antes de ir pedir dinheiro no consulado britânico e a expatriação. Para onde?

Foi o sr. Smith que me salvou dessa humilhação. Ele passava de carro por acaso com o sr. Fernandez e me viu na rua enquanto tentava me informar com um preto que só falava espanhol sobre como chegar ao consulado. Queria que o sr. Smith me deixasse lá, mas ele se negou; todas estas coisas, insistiu, podiam esperar até depois do almoço, e quando este acabou ele me disse que estava fora de questão pedir dinheiro emprestado a um cônsul tão antipático, uma vez que ele, o sr. Smith, tinha muitos dólares da American Express. "Pense só em quanto devo ao senhor", afirmou, mas não consegui pensar em nada que ele me devesse. Havia pago sua conta no hotel Trianon e até usado seu próprio Yeastrel.

Apelou para o sr. Fernandez contra meus argumentos, e o homem disse: "Sim". A sra. Smith observou zangada que, se eu pensava que seu marido era o tipo de homem que abandona um amigo, eu deveria ter estado com eles naquele dia em Nashville... Enquanto esperava por ele agora, eu pensava na diferença oceânica que o separava do sr. Schuyler Wilson.

Ele estava sozinho quando veio a meu encontro no salão do Ambassador. Desculpou-se pela ausência da sra. Smith, que estava tomando a terceira aula de espanhol com o sr. Fernandez. "Deveria ouvir os dois conversando", comentou. "A sra. Smith tem um talento fantástico para idiomas."

Contei-lhe de que maneira havia sido recebido pelo sr. Schuyler Wilson. "Ele achou que eu era comunista", disse-lhe.

"Por quê?"

"Porque os *tontons* estavam me perseguindo. Papa Doc, como o senhor se lembra, é um baluarte contra o comunismo. E rebelde, é claro, é uma palavra obscena. Fico pensando se o presidente Johnson negociaria agora com algo parecido com a Resistência francesa. Aquela também estava infiltrada (outra palavra obscena) de comunistas. Minha mãe foi uma rebelde, mas felizmente não contei isso ao sr. Schuyler Wilson."

"Não vejo que mal um comunista poderia fazer como gerente de suprimentos." Ele me olhou com uma expressão de tristeza e acrescentou: "Não é nada agradável sentir vergonha de um compatriota".

"O senhor deve ter sentido isso muitas vezes em Nashville."

"Aquilo foi diferente. Havia uma doença, uma febre. Eu podia lamentar por eles. Em meu Estado, ainda temos uma tradição de hospitalidade. Quando um homem bate à porta, nós não perguntamos sua posição política."

"Gostaria de poder pagar seu empréstimo."

"Não sou pobre, sr. Brown. Há muito mais dinheiro onde peguei este. Sugiro que o senhor fique com mais mil dólares."

"Como posso fazer isso? Não tenho garantia alguma a oferecer."

"Se é o que o preocupa, redigiremos um documento, tudo certo e legal, e eu farei uma hipoteca sobre seu hotel. Afinal de contas é uma bela propriedade."

"Não vale um níquel agora, sr. Smith. O governo provavelmente já a tomou."

"Um dia as coisas vão mudar."

"Ouvi falar de outro emprego no norte. Perto de Monte Cristi. Como gerente de cantina numa companhia produtora de frutas."

"Não precisa descer tanto, sr. Brown."

"Desci muito mais do que isso no meu tempo, e de maneira menos respeitável. Se não se importa que eu use de novo seu nome... Também é uma empresa americana."

"O sr. Fernandez estava me dizendo que precisa de um sócio anglo-saxão. Ele tem uma pequena mas próspera empresa aqui."

"Nunca pensei em me tornar um empresário de pompas fúnebres."

"É um serviço valioso para a sociedade, sr. Brown. E seguro também. Não sofre recessão econômica."

"Vou tentar a cantina antes. Tenho mais experiência nesse campo. Se falhar, quem sabe..."

"Sabia que a sra. Pineda está na cidade?"

"A sra. Pineda?"

"Aquela senhora encantadora que conhecemos no hotel. Com certeza se lembra dela?"

Por um instante realmente eu não entendi a quem ele se referia.

"O que está fazendo em São Domingos?"

"O marido foi transferido para Lima. Ela vai ficar uns dias aqui em sua embaixada, com o filhinho. Esqueci o nome."

"Angel."

"É isso. Um bom menino. A sra. Smith e eu gostamos muito de crianças. Talvez porque nunca tivemos uma. A sra. Pineda ficou contente em saber que o senhor saiu do Haiti incólume, mas naturalmente estava ansiosa a respeito do major Jones. Pensei que poderíamos jantar juntos amanhã à noite, assim o senhor poderia contar-lhe a história."

"Estava planejando ir para o norte amanhã cedo", disse eu. "Um emprego não pode esperar. Já fiquei muito tempo por aqui sem fazer nada. Diga-lhe que escreverei a ela tudo o que sei a respeito de Jones."

III

TINHA UM JIPE PARA ENFRENTAR A ESTRADA dessa vez, que o sr. Fernandez novamente me arranjara a preço de ocasião. Não obstante, não cheguei a Monte Cristi e às plantações de bananas, e jamais saberei se eu me revelaria um gerente de cantina aceitável. Saí às seis da manhã e alcancei San Juan à hora do café da manhã. Havia uma boa estrada até Elias Pinas, mas na época, ao longo da fronteira, talvez por não haver tráfego, exceto o ônibus diário e uns poucos caminhões militares, a rodovia internacional era mais apropriada para mulas e vacas. Ao chegar ao posto militar de Pedro Santana, me fizeram parar. Não entendi por quê. O tenente, que conhecia de vista porque o havia encontrado um mês antes ao cruzar a fronteira, estava ocupado falando com um sujeito gordo em trajes civis; ele observava uma porção de bijuterias reluzentes: correntes, pulseiras, relógios, anéis. A fronteira era um bom campo de caça para os contrabandistas. O dinheiro trocou de mãos, e o tenente veio até meu jipe.

"Qual é o problema?", perguntei.

"Problema? Não há problema." Ele falava francês tão bem quanto eu.

"Seus homens não me deixam passar."

"É para sua própria segurança. Há intenso tiroteio do outro lado da rodovia internacional. Fogo cerrado. Já vi o senhor antes, não?"

"Cruzei a fronteira há um mês."

"Sim. Lembro-me agora. Acho que vamos receber mais pessoas como o senhor."

"Recebe refugiados com frequência aqui?"

"Depois que o senhor chegou, tivemos cerca de vinte guerrilheiros. Estão num campo agora, em São Domingos. Pensei que não havia mais."

Ele devia se referir ao bando com o qual Philipot pretendia entrar em contato. Recordei-me de Jones e Philipot conversando naquela noite, enquanto os homens ouviam sobre os grandes planos de uma cabeça de ponte permanente, para um governo provisório e jornalistas visitantes.

"Pretendo chegar a Monte Cristi antes do escurecer."
"Seria melhor se o senhor voltasse para Elias Pinas."
"Não, vou esperar por aqui, se não se importa."
"Fique à vontade."

Trazia uma garrafa de uísque no carro e me pus mais à vontade ainda. O homem que vendia bijuterias tentou me impingir uns brincos que segundo ele eram de safira e brilhantes. Em seguida, partiu de carro na direção de Elias Pinas. Vendera ao tenente um relógio e ao sargento duas correntinhas.

"Para a mesma mulher?", perguntei ao sargento.

"Para minha esposa", ele disse, e piscou.

Era meio-dia. Sentei-me à sombra nos degraus da casa dos guardas e estudei o que deveria fazer caso a empresa de frutas não me aceitasse. Restava a proposta do sr. Fernandez; fiquei pensando se teria de vestir um terno preto.

Talvez seja uma vantagem nascer numa cidade como Monte Carlo, sem raízes, porque é mais fácil aceitar as coisas como acontecem. As pessoas sem raízes experimentaram, como todos os outros, a tentação de partilhar da segurança de uma religião ou de uma ideologia, e por alguma razão nós repelimos essa tentação. Somos os sem fé... Admiramos os dedicados, os doutores Magiot e os senhores Smith, por sua coragem e integridade, por sua fidelidade a uma causa. Mas, por timidez ou por falta de interesse suficiente, descobrimos que somos os únicos realmente comprometidos — comprometidos com todo o mundo de maldade e bondade, com os sábios e os loucos, com os indiferentes e os equivocados. Não escolhemos nada a não ser continuar vivendo, "girando no curso diurno da Terra. Com rochas e pedras e árvores".

O assunto me interessava; diria mesmo que acalmava a consciência sempre intranquila que me havia sido inculcada sem meu consentimento, quando era jovem demais para saber, pelos padres da Visitação. Então o sol chegou até os degraus e me empurrou para dentro da casa dos guardas com seus beliches semelhantes a padiolas, suas fotos de garotas, pregadas na parede, e as lembranças de muitas casas, seu pesado cheiro de lugar fechado. O tenente foi lá para falar comigo.

"O senhor logo poderá prosseguir", disse ele. "Eles estão chegando."

Alguns soldados dominicanos vinham subindo lentamente pela estrada em direção ao posto. Andavam em fila como para se manter à sombra das árvores. Carregavam seus fuzis jogados sobre os ombros e, nas mãos, as armas dos homens que, saídos das montanhas haitianas, caminhavam poucos passos atrás, cambaleando de cansaço, com uma expressão envergonhada no rosto, como de crianças que quebraram algo valioso. Não reconheci nenhum dos negros, mas quase no fim da pequena coluna vi Philipot. Estava nu até a cintura e usara a camisa para prender o braço direito contra o tórax. Quando me viu, murmurou em tom de defesa: "Não tínhamos mais munições", mas não acho que tenha me reconhecido naquele momento — ele via apenas o que julgava ser um rosto branco acusador. No final da coluna, dois soldados transportavam uma maca. Joseph estava deitado nela. Tinha os olhos abertos, mas não podia ver o país estrangeiro para o qual o estavam carregando. Um dos homens perguntou: "O senhor o conhece?".

"Sim", eu disse. "Ele fazia ótimos ponches de rum."

Os dois olharam para mim com desaprovação; percebi que não era o tipo de discurso que se deveria fazer diante de um morto. O sr. Fernandez falaria melhor, e eu acompanhei em silêncio a maca como quem acompanha um funeral.

"É apenas um braço quebrado", informou Philipot. "Caí descendo pelo barranco. Não é nada. Posso esperar."

O tenente disse em tom afável: "Preparamos um campo confortável para seu pessoal perto de São Domingos. Num antigo asilo de loucos...".

"Um asilo de loucos! Está certo." Philipot começou a rir e depois chorou. Colocou as mãos sobre os olhos para escondê-los.

"Estou de carro", falei. "Se o tenente permitir, você não precisa esperar."

"Emil está com o pé ferido."

"Podemos levá-lo conosco."

"Não quero me separar deles agora. Quem é o senhor? Ah, claro, eu o conheço. Minha mente está confusa."

"Vocês dois precisam de médico. Não há por que esperar até amanhã aqui. Está aguardando mais alguém atravessar?" Pensava em Jones.

"Não, não há mais ninguém."

Tentei me lembrar de quantos haviam chegado pela estrada.

"Todos os outros estão mortos?", perguntei.

"Todos mortos."

Instalei os dois homens da maneira mais confortável possível no jipe, e os fugitivos ficaram observando com pedaços de pão nas mãos. Eram seis, mais Joseph morto numa maca à sombra. Tinham o olhar estupidificado de homens que escaparam por pouco de um incêndio na floresta. Fomos embora, dois homens acenaram, os outros mastigavam seu pão.

"E Jones, está morto?", inquiri.

"A esta altura, sim", respondeu Philipot.

"Estava ferido?"

"Não, mas seus pés não aguentaram."

Tive de lhe arrancar a informação. Pensei no começo que ele quisesse esquecer, mas estava apenas preocupado. "Ele foi tudo aquilo que você esperava?", perguntei.

"Era um homem formidável. Com ele começamos a aprender, mas não houve tempo suficiente. Os homens o adoravam. Ele os fazia rir."

"Mas ele não falava o dialeto *créole*."

"Não precisava de palavras. Quantos homens há nesse asilo de loucos?"

"Cerca de vinte. Todos aqueles que você procurava."

"Quando conseguirmos armas novamente, voltaremos."

"Claro", concordei para confortá-lo.

"Gostaria de encontrar o corpo dele. Gostaria que tivesse um túmulo como se deve. Vou colocar uma pedra no ponto em que cruzamos a fronteira, e um dia, quando Papa Doc estiver morto, colocaremos uma pedra igual no lugar em que ele morreu. Será um lugar de peregrinação. Falarei com o embaixador britânico, talvez com um membro da família real..."

"Espero que Papa Doc não sobreviva a todos nós." Saímos de Elias Pinas pegando a estrada para San Juan. "Então, no fim das contas, ele demonstrou que podia fazer aquilo."

"Fazer o quê?"

"Chefiar os comandos."

"Ele já havia provado isso contra os japoneses."

"Sim, estava me esquecendo."

"Era um homem astucioso. Sabe como ele enganou Papa Doc?"

"Sim."

"Sabe que conseguia farejar água a grande distância?"

"Conseguia mesmo?"

"Claro, mas não era de água que nós precisávamos."

"Ele atirava bem?"

"Nossas armas eram tão velhas, tão antiquadas. Tive de ensinar-lhe. Ele não sabia atirar bem, na Birmânia arranjou-se com uma bengala, contou-me, mas sabia liderar."

"Com seus pés chatos. Como foi que acabou?"

"Chegamos à fronteira para encontrar os outros e caímos numa emboscada. Não foi culpa dele. Dois homens foram mortos, Joseph ficou gravemente ferido. Não havia nada a fazer senão fugir. Não podíamos andar depressa por causa de Joseph. Ele morreu descendo o último desfiladeiro."

"E Jones?"

"Ele não podia mais andar por causa dos pés. Encontrou um lugar que achou bom. Disse que manteria os soldados a distância até que tivéssemos tempo de alcançar a estrada. Nenhum deles estava ansioso por se arriscar muito. Disse que nos seguiria devagar, mas eu sabia que ele jamais conseguiria."

"Por quê?"

"Ele falou uma vez que não havia lugar para ele fora do Haiti."

"O que será que ele queria dizer?"

"Queria dizer que seu coração estava lá."

Pensei no telegrama que o escritório da Filadélfia enviara ao comandante do navio e na mensagem que o encarregado de negócios recebera. Havia muito mais em seu passado do que uma coqueteleira roubada na Asprey, isso era certo.

"Cheguei a querer bem a ele", disse Philipot. "Gostaria de escrever a seu respeito para a rainha da Inglaterra..."

IV

REZARAM UMA MISSA PARA JOSEPH e para os outros mortos (os três eram católicos), e Jones, cuja religião era desconhecida, foi incluído num gesto de cortesia. Fui até a igrejinha franciscana numa rua secundária com o casal Smith. Éramos um grupo pequeno. Nós nos sentimos cercados pela indiferença do mundo exterior ao Haiti. Philipot encabeçava a pequena companhia do asilo de loucos, e na última hora Martha apareceu com Angel. Um sacerdote haitiano refugiado rezou a missa, e, é claro, o sr. Fernandez estava presente. Mantinha um ar profissional, afeito a tais ocasiões.

Angel se portou bem e parecia mais magro do que eu me recordava. Fiquei pensando por que motivo o achava tão detestável no passado. Olhando para Martha, dois passos à minha frente, pensei também por que nosso caso semidefinitivo fora tão importante. Agora parecia pertencer exclusivamente a Porto Príncipe, à escuridão e ao terror do toque de recolher, aos telefones que não funcionavam, aos *tontons macoutes* com seus óculos escuros, à violência, à injustiça e à tortura. Como certos tipos de vinho, nosso amor não poderia amadurecer nem viajar.

O padre era um jovem da idade de Philipot, com a pele clara dos *métis*. Fez um breve sermão sobre as palavras do apóstolo São Tomé: "Vamos a Jerusalém para morrer com ele".

"A Igreja está no mundo, é parte do sofrimento do mundo, e, embora Cristo condenasse o discípulo que arrancou a orelha do servo do grande sacerdote, nossos corações simpatizam com aqueles que são levados à violência pelos sofrimentos dos outros. A Igreja condena a violência, mas condena mais ainda a indiferença. A violência pode ser a expressão do amor, a indiferença, jamais. A primeira é uma imperfeição da caridade, a outra, a perfeição do egoísmo. Naqueles dias de terror, dúvida e confusão, a simplicidade e a lealdade de um apóstolo advogavam uma solução política. Ele estava errado, porém prefiro estar errado com São Tomé a estar certo com os frios e os covardes. Vamos a Jerusalém para morrer com ele."

O sr. Smith balançou a cabeça, pesaroso; não era um sermão que lhe agradasse. Continha em demasia a acidez da paixão humana.

Fiquei observando Philipot enquanto subia até a balaustrada do altar para receber a comunhão, seguido pela maioria de seu pequeno bando. E me perguntei se teriam confessado seus pecados de violência ao sacerdote; duvido que este exigisse deles o firme propósito de se emendarem. Depois da missa, achei-me ao lado de Martha e do filho. Percebi que Angel havia chorado. "Ele adorava Jones", disse Martha, e me puxou pela mão, levando-me até uma

capela lateral: estávamos sozinhos com uma pavorosa estátua de Santa Clara. "Tenho más notícias para você."
"Já sei. Luis foi transferido para Lima."
"São realmente notícias tão ruins? Nós estávamos no fim, não é, eu e você?"
"Será? Jones morreu."
"Ele era mais importante para Angel do que para mim. Você me deixou furiosa naquela última noite. Se não fosse com Jones, você se incomodaria com qualquer outro. Estava procurando uma forma de acabar com tudo. Eu nunca dormi com Jones. Você tem de acreditar. Eu gostava dele, mas de uma forma diferente."
"Sim. Acredito em você agora."
"Mas naquele momento não acreditou."
O fato de que, afinal, ela tinha sido fiel a mim era irônico, mas parecia singularmente insignificante agora. Quase desejei que Jones tivesse "se divertido". "Quais são suas más notícias?"
"O dr. Magiot morreu."
Jamais soube quando meu pai morreu, se é que havia morrido, portanto experimentei pela primeira vez a sensação de perda repentina de uma pessoa em quem eu poderia confiar em extremo recurso. "Como aconteceu?"
"A versão oficial é de que foi morto ao resistir à prisão. Eles o acusaram de ser um agente de Castro, um comunista."
"Ele era mesmo comunista, mas tenho certeza de que não era agente de ninguém."
"A história verdadeira é que mandaram um camponês à sua casa pedindo que fosse ver uma criança doente. Ele saiu, e os *tontons macoutes* atiraram nele de um carro. Havia testemunhas. Eles mataram o camponês também, mas isso provavelmente não estava previsto."
"Tinha de acontecer. Papa Doc é um baluarte contra o comunismo."
"Onde está hospedado?"
Disse-lhe o nome do hotelzinho na cidade.

"Posso ir vê-lo? Essa tarde Angel vai ficar com amigos."
"Se você realmente quer...."
"Parto amanhã para Lima."
"Se eu fosse você, não viria."
"Escreverá me contando o que aconteceu com você?"
"Claro."

Fiquei no hotel a tarde toda esperando que ela viesse, mas gostei dela não ter aparecido. Lembrei-me de que por duas vezes nosso amor havia sido perturbado pela morte: da primeira vez Marcel, e depois o *ancien ministre*. Agora era o dr. Magiot que havia se reunido ao exército dignificado e disciplinado; e este reprovava nossa leviandade. À noite, jantei com os Smith e o sr. Fernandez. A sra. Smith atuou como intérprete, pois aprendera espanhol suficiente para isso, mas o sr. Fernandez também conseguiu falar um pouco. Ficou combinado que eu me tornaria sócio minoritário em sua empresa. Eu trataria com os franceses e anglo-saxões abandonados, e nos foi prometida uma participação no centro vegetariano do sr. Smith quando este fosse implantado. O ex-candidato achava justo o acordo, porque nossa empresa poderia ser prejudicada pelo sucesso do vegetarianismo. Talvez o centro viesse mesmo a ser construído se a violência, poucos meses mais tarde, não tivesse chegado a São Domingos. Violência que trouxe alguma prosperidade a mim e a meu sócio, embora, como sempre nesses casos, os mortos pertencessem na maioria à parte do negócio que era do sr. Fernandez. As pessoas de cor são mortas em ação mais facilmente do que os anglo-saxões.

Naquela noite, quando voltei a meu quarto de hotel, encontrei uma carta sobre meu travesseiro — uma carta do morto. Jamais soube quem a trouxe. O recepcionista nada pôde me informar. A carta não estava assinada, mas a caligrafia, inconfundível, era do dr. Magiot.

Caro amigo, escrevo-lhe porque amei sua mãe e nestes últimos momentos quero me comunicar com o filho. Minhas horas estão contadas:

espero a qualquer instante que batam à porta. Não podem tocar a campainha, porque a eletricidade como sempre está desligada. O embaixador americano está prestes a voltar, e Baron Samedi seguramente pretenderá oferecer-lhe um pequeno tributo em troca. Isso acontece em todo o mundo. Sempre é possível encontrar alguns comunistas, judeus ou católicos. Chiang Kai-chek, o heróico defensor de Formosa, nos colocou, como se lembrará, nas caldeiras das locomotivas. Deus sabe para que pesquisa médica Papa Doc me achará útil. Só peço que você se recorde de ce si gros neg. *Lembra-se da noite em que a sra. Smith me acusou de ser marxista? Acusou é uma expressão excessivamente forte. Ela é uma mulher bondosa que odeia a injustiça. No entanto, eu aprendi a detestar a palavra "marxista". É usada tão frequentemente apenas para definir um plano econômico em particular. Acredito, é claro, nesse plano econômico — em certos casos e em certos momentos, aqui no Haiti, em Cuba, no Vietnã, na Índia. Mas o comunismo, meu amigo, é mais do que marxismo, assim como o catolicismo — não se esqueça de que também nasci católico — é mais do que a Cúria Romana. Existe uma* mystique *assim como existe* politique. *Nós somos humanistas, você e eu. Talvez não admita, mas é filho de sua mãe e uma vez empreendeu aquela viagem perigosa que todos nós temos de empreender antes do fim. Católicos e comunistas cometeram graves crimes, mas pelo menos eles não permaneceram à parte, como uma sociedade estabelecida, e não ficaram indiferentes. Preferiria ter sangue em minhas mãos a ter água, como Pilatos. Conheço você e o amo também, e estou escrevendo esta carta com algum cuidado porque pode ser a última oportunidade que tenho de fazer contato. Talvez jamais chegue a suas mãos, mas a estou enviando por alguém que considero de confiança, embora não haja garantia disso no mundo selvagem em que vivemos agora (não quero dizer só em meu pobre e insignificante Haiti). Imploro-lhe — uma pancada na porta poderá me impedir de acabar esta sentença, portanto aceite o último pedido de um moribundo —, se abandonou uma fé, não abandone toda a fé. Há sempre uma alternativa para a fé que perdemos. Ou será a mesma fé sob outra máscara?*

Lembrei-me de Martha dizendo: "Você é um *prête manqué*". Como devemos parecer estranhos aos outros! Eu deixara para trás a capacidade de me envolver; no Colégio da Visitação com certeza. Eu a deixara cair como a ficha de roleta no ofertório. Eu me sentia não apenas incapaz de amor — muitos são incapazes disso —, mas até mesmo incapaz de me culpar. Não existiam grandes alturas nem abismos em meu mundo. Eu me via numa grande planície, caminhando, caminhando sobre intermináveis rasos. Antes poderia ter tomado uma direção diferente, agora era tarde demais. Quando menino, os padres da Visitação disseram-me que uma prova de fé era estar disposto a morrer por ela. Assim pensava também o dr. Magiot, mas por qual fé Jones morrera?

Talvez, considerando as circunstâncias, fosse natural que eu sonhasse com Jones. Ele jazia a meu lado, entre as pedras áridas da planície, dizendo:

"Não me peça para encontrar água. Não posso, estou cansado, Brown, cansado. Após a septuagésima apresentação, às vezes me esqueço do texto, e só tenho duas falas."

"Por que está morrendo, Jones?"

"Está em meu papel, meu velho, está em meu papel. Mas eu tenho esta fala cômica. Deveria ouvir o teatro inteiro dar gargalhadas quando a digo. As senhoras, principalmente."

"Qual é?"

"Eis o problema. Eu me esqueci."

"Jones, você precisa se lembrar."

"Agora me lembro. Tenho de dizer... olhe só estas pedras malditas... 'Este é um bom lugar', e todos riem até chorar. Então você diz: 'Para prender os bastardos?'. E eu respondo: 'Não queria dizer isso'."

A campainha do telefone me despertou — havia dormido demais. Era o sr. Fernandez, pelo que pude entender, convocando-me para minha primeira tarefa.

ESTE LIVRO, COMPOSTO NA FONTE FAIRFIELD,
FOI IMPRESSO EM PAPEL PÓLEN SOFT 70 G/M, NA GRÁFICA IMPRENSA DA FÉ,
SÃO PAULO, BRASIL, MAIO DE 2016